古典文獻研究輯刊

十三編

曾永義 主編

第 11 冊

集曲研究——
以萬曆至康熙曲譜的集曲爲論述範疇（上）

黃思超 著

國家圖書館出版品預行編目資料

集曲研究——以萬曆至康熙曲譜的集曲為論述範疇（上）／
黃思超 著 -- 初版 -- 新北市：花木蘭文化出版社，2016
〔民 105〕
目 4+266 面：19×26 公分
（古典文學研究輯刊 十三編：第 11 冊）
ISBN 978-986-404-587-7（精裝）
1. 曲譜 2. 曲評 3. 明清戲曲
820.8   105002166

ISBN-978-986-404-587-7

9 789864 045877

古典文學研究輯刊
十三編　第十一冊   ISBN：978-986-404-587-7

集曲研究——
以萬曆至康熙曲譜的集曲爲論述範疇（上）

作　　　者　黃思超
主　　　編　曾永義
總　編　輯　杜潔祥
副總編輯　楊嘉樂
編　　　輯　許郁翎
出　　　版　花木蘭文化出版社
社　　　長　高小娟
聯絡地址　235 新北市中和區中安街七二號十三樓
　　　　　　電話：02-2923-1455／傳眞：02-2923-1452
網　　　址　http://www.huamulan.tw 信箱 hml810518@gmail.com
印　　　刷　普羅文化出版廣告事業
初　　　版　2016 年 3 月
全書字數　335386 字
定　　　價　十三編 20 冊（精裝）新台幣 38,000 元

集曲研究——
以萬曆至康熙曲譜的集曲爲論述範疇（上）

黃思超　著

作者簡介

黃思超，1979 年生，中央大學中國文學系博士，曾任實踐大學應用中文學系助理教授，現任中央大學中國文學系助理研究員。研究領域為崑曲曲牌，博士論文《集曲研究——以萬曆至康熙曲譜的集曲為論述範疇》曾獲國科會「獎勵人文與社會科學領域博士候選人撰寫博士論文」獎助。對傳統戲曲有濃厚的興趣，求學階段即學習南管與京崑老生，參與台南市崑曲社團「東寧雅集」創社，並籌辦實踐大學學生南管社團，以傳統戲曲的研究、推廣為職志。

提　　要

　　本文研究萬曆至康熙年間，編纂的九種曲譜：《舊編南九宮譜》、《增定南九宮曲譜》、《墨憨齋詞譜》、《南詞新譜》、《南曲九宮正始》、《寒山曲譜》與《詞格備考》、《新訂十二律崑腔譜》、《欽定曲譜》與《南詞定律》，各譜集曲的收錄與考訂，及其背後反映的曲學觀。本文第一章論述集曲的相關問題，包含集曲的溯源、傳奇作者在創作時選用集曲的功能性考量，並對歷來對集曲組合條件之說法提出檢討，認為集曲之組合，考量的要點有三：一、本調之聯套關係；二、本調板位的保留與銜接的流暢；三、前後曲結音的一致。

　　本文第二到四章論述萬曆至康熙年間成書的九種曲譜，其集曲的收錄與考訂。本文認為，各譜最大的差異，就在於集曲收錄、考訂方法與結果，也因此，釐清這些問題，不僅是探討不同曲譜編纂者曲學觀，也是觀察不同年代，曲牌創作風氣與現象的種要切入點。本文分析各譜觀點與集曲收錄的差異，將萬曆至康熙年間曲譜的集曲編纂，分為三種收錄取向：一、只要不悖曲律者，時曲均收；二、以舊本南戲為主，追求曲牌早期原貌的收錄觀點；三、追求創作時用，以「常用集曲」為收錄觀點。三種收錄取向的差異，產生了各譜收曲與考訂的不同。

　　另外，集曲的考訂方法，本文提出「因詞定牌」及「因曲定牌」，從目前可見的考訂方法判斷，「因詞定牌」主要是透過文詞、板位的比對，以考訂集曲的本調，這種考訂方法，重要的目的在於訂正曲唱的錯誤；「因曲定牌」則是將集曲本身的腔句，與本調做比較，以音樂旋律的近似作為考訂依據，而不具有訂正集曲演唱的功能。

　　本文試圖透過大量集曲材料的整理分析，論述曲譜中集曲收錄的種種問題，並以實例檢視歷來各家所提出的集曲諸說，以期對集曲有更全面的認識。

目

次

緒 論

一、研究論題之範疇與定義

本論文研究主題為「集曲」，並將研究範疇，訂於萬曆至康熙年間，「曲譜」所收的集曲，以下首先定義「集曲」的名義。

《九宮大成南北詞宮譜・凡例》云：「以各宮牌名彙而成曲，俗稱犯調，其來舊矣。然於犯字之義實屬何居？因更之曰集曲。〔註1〕」因認為「犯」字不佳，更名為「集曲」，故一般認為「集曲」之名始於《九宮大成》。然「集曲」一詞，卻早在康熙時期就已使用，成書康熙五十九年的《南詞定律》，已使用「集曲」一詞來說明犯調，《南詞定律・凡例》云：「凡諸譜犯調之曲，或各宮互犯，或本宮合犯，細查諸譜不無異同，且其定句間或參差，或犯同而名不同者，諸論不齊，各相矛盾，難於定準。今以正體之句詳定，則其所犯，集曲幾句，亦定準矣。」〔註2〕此處所用「集曲」二字不當名詞，而作動詞使用，與《九宮大成南北詞宮譜》將「集曲」作名詞用有所不同，然可見最遲在康熙末年，就已用「集曲」一詞，指稱犯用數牌組成新曲牌的現象。

「集曲」是什麼？成書於萬曆年間的《增訂南九宮曲譜》中，沈璟批評當時集曲大量創作的亂象，云：「後進好事，競為新奇，有借省犯而揉雜，乖越多矣。〔註3〕」所謂「省犯而揉雜」，指的是集曲「摘句組合」的特徵，這

〔註1〕〔清〕周祥鈺等編：《九宮大成南北詞宮譜》（台北：學生書局，1987 年），頁 46。
〔註2〕〔清〕呂士雄等編：《南詞定律》，《續修四庫全書》1751 冊，（上海：上海古籍出版社，2002 年），頁 47。
〔註3〕〈南曲全譜題詞〉，收於《增定南九宮曲譜》（台北：學生書局，1984 年 8 月）

也是較早出現描述集曲特徵的文字，而從文中「競爲新奇」，可見集曲是當時爭相採用的創新作法。眞正談及到「集曲定義」，見於清初張彝宣《寒山曲譜》的〈犯調總論〉，云：

> 犯者，音之變也，亦調之厄也。凡作者不論本宮他調，必先審腔之粗細、調之抑揚、拍之徐疾，必使有頭有尾，有起有收，切忌雙頭二尾，須過搭處無痕，高低合頭，音不學（覺）換而暗移，聲不覺轉而自變，不費人力，暗得天巧，即在本宮作犯，有側犯（借別宮作犯），有花犯（將幾曲名）反覆前後湊成，如【雁魚錦】、【二犯傍粧臺】之類。有串犯（將曲分前後兩段，後半先完，前半後曲重起，如散曲霍索起披襟之體是也）。有和聲（一套中，每一曲完，將別曲幾句和之，如【三疊排歌】、【道和排歌】之類是也）。所忌前緊後緩，粗細不稱，大小不合，短調要趨蹌，長調要段數，或二犯三犯至十犯十二犯十六犯三十犯，非出別理，以協爲主，非鄙取奇也，吟哦（必當細心煉之），不可潦草，歌者既以碍口，聽者焉能賞心？厄蕭管、劣嗓子，徒費精神，（毋添）蛇足。〔註4〕

文中所論，包括了集曲的組合條件、組合方法的分類，以及集曲評定的標準，是最早針對集曲所作的系統性論述。民國以來，集曲的定義並無大歧異，皆強調集曲「摘句組成新曲」的特徵，如吳梅《顧曲麈談》云：「所謂集曲者……取一宮中數牌，各截數句而別立一新名是也。」〔註5〕王季烈《螾廬曲談》云：「集曲者，即節取數曲之詞句，以合成一曲是也。」〔註6〕許之衡《曲律易知》謂：「取此曲牌與彼曲牌，各截數句，而別立一新名，是謂集曲。〔註7〕」這三個定義，皆提到了「取數牌」、「各取數句組成新曲」，即「集曲」是由不同曲牌的數句組合成新的曲牌。晚近幾部辭書，對「集曲」一詞，則有更爲詳盡的定義：

《中國大百科全書・戲曲曲藝》「集曲」條謂：

頁4。

〔註4〕〔清〕張彝宣，《寒山曲譜》（收入《續修四庫全書》第1750冊，上海古籍出版社，2002。

〔註5〕吳梅：《顧曲麈談》（臺灣商務印書館，1966年臺一版），頁8。

〔註6〕王季烈，《螾廬曲談》卷二〈論作曲〉第二章〈論宮調及曲牌〉，收入《集成曲譜》（上海：商務印書館石印線裝本，1925年）聲集卷二第14葉。

〔註7〕許之衡：《曲律易知》，（飲流齋刻本，1922年）卷下二十三頁。

南曲中較爲普遍運用的一種曲調變化方法。它是采用若干支舊有的曲牌，各摘取其中的若干樂句，重新組織成一支新的曲牌。〔註8〕

《中國曲學大辭典》「集曲」條謂：

南曲犯調謂之集曲，……（引吳梅定義，並舉【錦堂月】、【醉羅歌】等爲犯二曲、犯三曲之例），集曲的組合雖不拘成例，但也有制約：一般須是「犯本宮」，也可以集笛子同調而不同宮的曲牌的某些句段，叫作「同笛色可犯」，但首尾曲牌必須同宮，音調始協，犯十數曲的集曲可不在此限。集曲的首數句必須取自正曲的首數句，集曲的尾數句也必須取自正曲的尾數句，集曲的中間部分也必須取自正曲的中間部分，次序倒置或混亂是不許可的。〔註9〕

《崑曲辭典》「集曲」條謂：

集曲是曲牌體戲曲爲調劑聆賞而產生的編曲方式，可分兩種：（一）、截集各曲之美聲以成新調者……（二）、保留首尾，中間犯他調以成新曲者……。集曲所集之曲不限同一宮調，而以首句曲牌之宮調爲所屬宮調。其名稱多自所用曲牌名各取一字合成，例如中呂集曲【駐馬聽黃鶯】係集合中呂過曲【駐馬聽】首至合前接商調過曲【黃鶯兒】合前至末句而成；也有用曲牌數目爲名，如【十二紅】、【三十腔】，或另立名目者。在南戲和雜劇的階段，集曲發展還很有限，到了崑曲時代，由於大批學士騷人加入塡詞作曲的行列，將文人遣興炫才的習性帶到戲曲創作中，才使集曲編製成爲曲家熱衷的作法。

〔註10〕

《中國崑劇大辭典》「集曲」條謂：

南曲曲牌的一種體式。即從同宮調或不同宮調的若干支曲牌中摘取部分樂句聯成新的曲牌。因此，集曲亦稱「犯調」。由於被摘取的部分仍保持其原牌的字句格律以及主腔板式，故集曲必須符合以下條件：各原始曲牌，（一）笛色相同；（二）音域接近；（三）節奏板眼

〔註8〕　張庚等編：《中國大百科全書・戲曲曲藝》（北京：中國大百科全書出版社，1983 年 8 月），頁 138。

〔註9〕　齊森華等編：《中國曲學大辭典》（杭州：浙江教育出版社，1997 年 12 月），頁 699。

〔註10〕洪惟助主編：《崑曲辭典》（宜蘭，國立傳統藝術中心，2002 年 5 月），頁 474。

速度相同；（四）結音有共同性。〔註11〕

這些辭書的解釋，除了「曲牌摘句組合爲新曲」的概念外，還提到其他的概念：

1. 集曲主要存在於南曲，北曲少有。如王季烈謂：「〈女彈〉折之【九轉貨郎兒】，首尾俱用【貨郎兒】，中間犯他曲，實爲北曲中之集曲，然此外不多見，南曲則集曲甚多。」〔註12〕與南曲相較，北曲集曲確實數量不多，如《北詞廣正譜》所收北曲曲牌，集曲共十七曲〔註13〕。故一般論述集曲，皆以南曲爲主要材料。

2. 集曲組成的條件規律，各書所論出入不大，要言之，皆涉及宮調、管色、板眼速度、結音等幾個概念。

3. 集曲組合形式的討論，有各種條件限制的論說。

綜上所述，本文將「集曲」定義爲：一、二首以上「曲牌」；二、將諸曲「摘句」組合爲一首新曲；三、集曲的組成有條件限制，並非隨意摘句組合就可成爲集曲，本文第一章第三節有專文論說。由於集曲以南曲爲主，北曲集曲所涉及的問題有所不同，故本文以南曲集曲爲論述材料。既以此做爲研究範疇，有一些相關名詞必須特別釐清：

1. 「帶過曲」並非集曲：「帶過曲」一詞，係指二首完整的曲子連唱，以「『某曲』帶『某曲』」爲名，如北曲常見的【雁兒落帶得勝令】。本文既認爲，集曲是「數牌摘句」，則「帶過曲」因組合兩首完整曲牌，故並非集曲。

2. 「帶格犯」爲集曲：「集曲有帶格犯曲，及集多支之集曲，帶格犯則首尾歸本格；多曲集則首必用首曲數句，末曲必末曲數句，中間各牌必

〔註11〕吳新雷主編：《中國崑劇大辭典》（南京：南京大學出版社，2002 年 5 月），頁494。

〔註12〕前揭注。

〔註13〕〔清〕李玉：《北詞廣正譜》（臺北：學海出版社，1998 年 8 月）。《北詞廣正譜》所收北曲集曲，均註明所犯曲牌，以此過濾北曲犯調，計有黃鐘宮【刮地風犯】（頁38）、【神仗兒犯】（頁48）、正宮【番馬舞西風】（頁129）、【錦庭芳】（頁130）、仙呂宮【上馬嬌煞】（頁230）、中呂宮【啄木兒煞】（頁342）、大石調【蒙童兒犯】（頁374）、【雁過南樓煞】（頁391）、【好觀音煞】（頁393）、商調【高平隨調煞】（頁504）、越調【天淨沙煞】（頁567）、【眉兒彎煞】（頁567）、雙調【離亭宴煞】（頁720）、附錄【滿庭芳犯】（頁746）、【胡十八犯】（頁746）、【茝葉黃犯】（頁749）、【春閨怨犯】。

用中段各句，若多用首句或多用末句，謂之頭尾混雜，犯調中之大忌也。」則「帶格犯」實爲集曲中本調組合形式之一，爲前後同曲、中間插入異曲的集曲，屬集曲範疇。

3. 北曲雖有集曲，然數量較少，本文一則認爲北曲集曲所涉及的問題或與南曲不同，應視爲另一個問題專題研究，再則就本文研究範疇之年代跨度中，北曲譜僅見沈寵綏《弦索辨訛》與李玉《北詞廣正譜》〔註14〕，前者爲演唱口法譜，後者所收集曲見前文所論，並未如南曲曲譜有系統性的收錄集曲。故本文暫將研究範疇定於南曲集曲。

　　至於集曲組成之規律條件等問題，本文認爲仍有討論空間，將於第一章第三節一併論述。

　　郭英德《明清文人傳奇研究》〔註15〕、《明清傳奇戲曲文體研究》〔註16〕將明清文人創作分爲四期：崛起期（嘉靖元年至萬曆十四年）、勃興期（萬曆十五年至順治八年）、發展期（順治九年至康熙五十七年）、餘勢期（康熙五十八年至嘉慶七年），其中勃興、發展二期，郭氏認爲是明清傳奇創作最繁盛的時期，音樂體式在這個時期，也趨向「格律化」，而所謂「格律化」，反映在這個時期的曲譜中，曲譜編纂者講究格律規範，並糾正當時曲唱與創作的混亂，這一混亂，正與集曲被大量創作有關。時至當代，集曲通常被當作一種「曲牌現象」被「陳述」，這些「陳述」多側重於談論、整理曲牌組合的規律、限制、組合法等，曾經重要的創作手法，至今仍存在許多尚待解決的問題。本文參考郭英德的分期，將研究的年代範疇，定於「勃興期」與「發展期」，亦即萬曆十五年（1587）至康熙五十七年（1718）這一百三十二年間，明清傳奇創作與曲譜編纂最繁盛的兩個階段，《舊編南九宮譜》與《南詞定律》雖不在研究範疇的年限，然《舊編南九宮譜》是沈璟《增訂南九宮曲譜》編纂的依據，《南詞定律》成書於康熙五十九年，雖比分期略晚二年，但這部官修曲譜，可視爲這段時間集曲創作的總結，故列入本文的討論範疇。

〔註14〕 另有徐于室《北詞譜》，鄭振鐸舊藏，現藏於北京圖書館，不分卷。此譜是李玉據以編纂《北詞廣正譜》的材料，周維培《曲譜研究》認爲，《北詞廣正譜》「內容與《北詞譜》大體相同，又由於《廣正譜》在戲曲史上的影響更爲深遠。」（頁71）因筆者未見《北詞譜》，此處暫依周氏所論，暫僅列《北詞廣正譜》於此。

〔註15〕 郭英德：《明清文人傳奇研究》（北京：北京師範大學出版社，2001年6月）。

〔註16〕 郭英德：《明清傳奇戲曲文體研究》（北京：商務印書館，2004年7月）。

　　吳梅《南北詞簡譜》【燈月照畫眉】註云：「按集曲無定格，但取音調之和，故《新譜》析錄，多於詞隱，《大成》《定律》，又多於鞠通，蓋知音者往往任意割湊，於是增格增牌，遂日新不已矣。」〔註17〕這裡描述了一個曲譜收錄集曲的進程，可見從這段時間曲譜的集曲收錄中，可以看到當時集曲創作的盛況，以及集曲大量增加的反映。

　　本文以萬曆十五年至康熙末年的格律譜爲論述材料，原因有三：

　　首先，這段時間除了是傳奇創作的高峰，亦爲格律譜編纂成書的高峰，萬曆以前可見的格律譜，除蔣孝《舊編南九宮譜》及其據以編纂的陳、白《九宮》與《十三調》譜外，未見其他編纂的曲譜，至於雍正以降以迄清末，雖有代表性的曲譜大成之作《九宮大成南北詞宮譜》的成書，然就曲譜編纂的風氣來看，已不如這段時間數量之眾，故可知萬曆至康熙，是曲譜成書數量的高峰。

　　其次，這段時間編纂的曲譜，編纂者各異的觀點，使得曲譜面貌各有不同，成爲重要的時代特徵。本文主要將這些編纂觀點分爲三類：一、收錄時曲爲主的曲譜；二、以舊本南戲爲收錄材料的曲譜；三、傾向創作實用的曲譜。觀點的不同，除了影響收曲，更影響了集曲的考訂，因此，探討集曲相關問題時，透過格律譜所收的集曲論述，實可發現在集曲大量創作的年代，關於集曲的論述以及由此產生的問題，是建構集曲理論的重要切入點。

　　最後，綜觀各譜，最明顯的差異，就在於集曲收錄的數量，以及考訂方法、結果的差異，然而截至目前爲止，此一問題仍未獲得系統性的研究，也因此，本文擬從各格律譜所收錄集曲的研究出發，以期補充集曲、曲牌研究中仍有待關注的重要課題。

　　在這個基礎上，本文的研究尚有兩個概念必須釐清：

1. 明代中葉至清初，南曲各種聲腔紛呈，格律譜所反映的，是曲牌體式的問題，而非聲腔問題，本文論述本不擬針對聲腔問題做深入討論，然時至今日，曲牌主要以崑腔爲載體，故本文論述須要涉及音樂的討論時，以崑腔爲基本材料，故在選擇曲譜時，明確標注爲其他聲腔者（如王正祥《新訂十二律京腔譜》），暫不論述。

2. 各譜曲牌所錄例曲，部分來源是宋元以至明初的南戲，除了《九宮正始》明確標示所據爲古本，保留曲牌早期面貌爲其編纂目的外，其餘

〔註17〕吳梅：《南北詞簡譜》（台北：學海出版社，1997年5月），頁270。

曲譜所收例曲，未必有明確的版本概念，尤其以收錄時曲爲編纂理念的曲譜，所錄曲牌往往反映當時創作的習慣，綜合這些曲譜的差異，可勾勒曲排變化的樣貌。

周維培《曲譜研究》是目前針對明清兩代曲譜材料收集、研究相當完整的論著。本文根據周維培的研究，在上述勃興、發展二期這段時間編纂的南曲譜，目前可見全本與殘本者，計有〔註18〕：

1. 沈璟《增定南九宮曲譜》：大約編纂於萬曆二十五年前後。

2. 馮夢龍《墨憨齋詞譜》：周維培認爲「當在天啓初年」。此譜全本亡佚，錢南揚有《馮夢龍墨憨齋詞譜輯佚》一種，以及沈自晉《南詞新譜》有部分引述馮夢龍說法者，爲本文據以論述《墨憨齋詞譜》的材料。

3. 沈自晉《南詞新譜》：從此譜〈凡例〉「採新聲」一條有「先生訂譜以來，又經四十餘載」之語〔註19〕，以及卷首沈自南〈重定南九宮新譜序〉署乙未年（順治十二年）作，並記乙酉年（順治二年）馮夢龍勸沈自晉增補沈璟曲譜一事〔註20〕，可知此譜成書時間，當在順治二年到順治十二年之間。

4. 徐于室與鈕少雅《南曲九宮正始》：據周維培所言，此譜編纂歷經二十四載，崇禎九年與順治八年歷經兩次修訂，又此譜卷首有順治九年吳亮中序，可知此書大約成書於順治八年前後。

5. 張彝宣曲譜：據李佳蓮的研究，由於屢次引述《南詞新譜》，《詞格備考》成書時間當在《南詞新譜》之後〔註21〕；《寒山曲譜》的成書則應在順治十八年以前。

6. 胡介祉《隨園譜》：筆者未見此譜，據周維培所言，此譜編纂於康熙二十九年前後。

7. 王正祥《新定十二律崑腔譜》：成書於康熙二十四年。

8. 王奕清《欽定曲譜》：成書於康熙五十四年。

9. 呂士雄《南詞定律》：成書於康熙五十九年。

以上九種，胡介祉《隨園譜》藏於南京圖書館古籍部，共有稿本十六冊，

〔註18〕周維培：《曲譜研究》（南京：江蘇古籍出版社，1999年9月），頁109～222。

〔註19〕〔明〕沈自晉：《南詞新譜》（臺北：學生書局，1984年8月），頁33。

〔註20〕〔明〕沈自晉：《南詞新譜》（臺北：學生書局，1984年8月），頁13。

〔註21〕李佳蓮：《清初蘇州崑腔曲律研究——以《寒》、《廣》二譜與傳奇作品爲論述範疇》（臺灣大學95學年度博士論文），頁35。

筆者未見，本文暫不論述。又蔣孝《舊編南九宮譜》雖編纂於嘉靖年間，此譜卷首所附《十三調南曲音節譜》年代更早，但作爲沈璟藉以增補的曲譜材料，且作爲參照，更能了解萬曆以後編纂曲譜集曲收錄與考訂的特點，故於本文第二章論之。其餘八種曲譜，本文各章論述其集曲收錄情況與考訂方法、觀點等問題，作更詳盡的論述。

二、研究背景與目的

　　成書於萬曆年間的沈璟《增定南九宮曲譜》，書首李維楨〈南曲全譜題辭〉，描述當時曲壇創作風氣，云：「後進好事，競爲新奇，有借省犯而揉雜，乖越多矣。〔註22〕」言及時人創作劇本，往往爲求新奇，妄用「犯調」之法，造成曲律的混亂。其後，成書於順治年間的沈自晉《南詞新譜》，其凡例有「採新聲」一條，云：「人文日靈，變化何極，感情觸物，而歌詠益多，所採新聲，幾愈出愈奇。然一曲，每從各曲相湊而成。〔註23〕」所謂「新聲」，即「各曲相湊」之「犯調」，雖然是「各曲相湊」，卻作爲曲調創新的手法。這兩條敘述皆提及集曲創作之風的興盛，大約從萬曆以降直到康熙年間，集曲被視爲曲體創新的作法，頻繁運用於傳奇劇本的創作，大量的創作、創新用法，同時引起了曲家的重視，並反映在這段時間編纂的曲譜上。當代對於集曲的論述，一般將重點放在對「集曲」這種曲牌創作方法的描述，但從目前可見明清兩代集曲創作的現況來看，仍有一些問題仍待進一步探究。

　　問題之一是曲體集曲的起源。「集曲」一名雖起於清代，其產生的年代難以查考。乾隆以前，這樣的體式被稱之爲「犯調」，而「犯調」一詞在曲學上卻有兩種解釋，一爲「犯宮調」，一則爲「犯曲調」，後者即是所謂的「集曲」。既然「犯調」之名涵蓋兩種意義，當代學者對集曲起源的考證，則上溯自唐代俗曲與宋代詞調。俞爲民認爲唐代犯調已十分盛行，而其盛行的原因，則在於犯調在音樂上較有新意，且相對於創作新曲來說，以犯調譜新腔較爲容易〔註24〕，後說有待商榷，然犯調組合不同曲調，以達到聽覺的新奇之感，必須建立在當時聽者對本調已是熟悉的基礎之上，如果不熟本調，那麼「犯

〔註22〕　〈南曲全譜題詞〉，收於〔明〕沈璟：《增定南九宮曲譜》（臺北：學生書局，1984年8月），頁4。
〔註23〕　〔清〕沈自晉：《南詞新譜》（臺北：學生書局，1984年8月），頁34。
〔註24〕　俞爲民，〈犯調考論〉，《南大戲劇論叢》（北京：中華書局，2008年12月），頁209～211。

調」與「本調」都屬新曲，對聽者來說是沒有區別的。這個基礎，同樣存在於曲牌的「犯調」。

　　即使俞爲民將集曲的源流上溯自唐代俗曲與宋代詞調，集曲畢竟是「曲」，「曲」從何時開始，出現集曲這樣的創作方法？俞文並未提及。李昌集認爲：「在今存南戲作品中，元末高則誠的《琵琶記》是最初出現集曲體的作品，溯其源當是宋代文人集曲體的一脈流衍。〔註25〕」《琵琶記》或許是最早有規模運用集曲的劇作，然認爲是最早出現集曲體的作品則未必正確。一般論集曲，皆以南曲爲主，由此追溯集曲的創作方法，可上溯至宋元南戲。《永樂大典戲文三種》已有集曲出現，保守推測，這三種作品曲名有「犯」者，當爲集曲無疑，如《張協狀元》第一齣【犯思園】、第五齣【犯櫻桃花】諸譜未收，然學者一般以爲集曲〔註26〕；《張協狀元》第二十齣所用【四換頭】，未見於《舊編南九宮譜》，沈璟《增定南九宮曲譜》首錄此曲，引《荊釵記》「賊潑賤閉嘴」爲例曲，認爲此曲屬集曲，然「所犯四調，但知前四句似一封書，其餘未敢妄訂。〔註27〕」《南詞新譜》亦列入「凡不知宮調及犯各調者」，亦收同一例曲，但未做說明〔註28〕，可見此曲亦是集曲；《小孫屠》第十一齣【錦天樂】當爲集曲，《南詞新譜》、《九宮大成》均有收錄，第十二齣【四犯臘梅花】諸譜未收，然這樣的曲牌命名方式經常用於集曲，此曲當爲集曲無誤，至於第九齣的【犯衰】，據考即是後代傳奇作品中【風入松】後所帶的【急三槍】〔註29〕，此曲全段爲【風入松】犯【黃龍衰】的集曲。宋元南戲已有集曲的出現，說明探討「曲牌」集曲之淵源，除了上溯自唐代俗曲與宋代詞調，或許也應著眼於這種「曲調組合之法」的概念何時開始被運用於曲牌，以及其與後代集曲的異同，如此或可進一步解釋集曲大量產生的原因。李昌集認爲南曲曲牌之所以發展出集曲，原因在於「不完全小令」，即南曲小令可摘句而用〔註30〕。筆者贊同這樣的說法，由此若

〔註25〕　李昌集，《中國古代散曲史》（上海：華東師範大學出版社，1991年8月），頁84。

〔註26〕　【犯思園】被認爲是中呂【思園春】的犯調，見俞爲民、劉水云，《宋元南戲史》（南京：鳳凰出版社，2009年6月），頁62。【犯櫻桃花】，見許子漢，《明傳奇排場三要素發展歷程之研究》（臺北：臺灣大學，1999年6月），頁218。

〔註27〕　〔明〕沈璟：《增定南九宮曲譜》（臺北：學生書局，1984年8月），頁58。

〔註28〕　〔清〕沈自晉：《南詞新譜》（臺北：學生書局，1984年8月），頁870

〔註29〕　〔清〕徐于室、鈕少雅：《南曲九宮正始》（臺北：學生書局，1984年8月），頁1034～1035。

〔註30〕　李昌集：《中國古代散曲史》（上海：華東師範大學出版社，1991年8月），頁84。

進一步思考，更可從後代戲曲選本中曲牌省用的現象，觀察其與集曲產生及大量創作的關連。

其次，對「集曲」這一概念的理解，以及由此衍伸的問題，仍存在著看法的歧異。

目前學界對集曲的解釋，可區分為兩種概念，其一是從「文詞組合」來理解集曲，此說提到的概念很簡單，集曲為不同曲牌各截數句組合而成，在許之衡的行文中，「數句」組合涉及「句法平仄」，所指顯然為曲牌的「文句」。這樣的概念廣泛被運用在集曲的解釋與說明中。明代以來收錄集曲的曲譜，如沈璟《增定南九宮曲譜》、沈自晉《南詞新譜》等，對集曲的說明多側重於文字格律，有研究者因此謂集曲為「擇取其文學上的句法及句式，並非音樂腔句。」並認為「南曲中的集曲，既以因應文詞句式為主，重點就不在組合悅耳的腔句，故雖有大量新增的集曲曲牌，但就音樂而言，實際上並無新作、新腔產生。〔註31〕」「組合悅耳腔句」與「新腔創作」是兩種不同的概念，認為集曲為「文句集結」，固然是集曲表面形式可見的現象，集曲的組成尚有「音樂結合」與「曲調創作」的考量，是很值得討論的問題。集曲是否僅是文句組合？或即使是音樂腔句的組合，過程中是否有新腔的創作？這是本論文欲探討的問題之一，然而初步就曲譜資料來看，認為集曲僅是不同曲牌文詞的組合，恐難解決曲譜某些曲牌敘述中，所呈現的一些問題。如《九宮正始》黃鐘犯調【燈月交輝】第二格說明謂：「【玩仙燈】第二第四句變，但此句法多用於犯調，本調罕有之。〔註32〕」雖云「句法」，然句法與腔句〔註33〕是相關的，某句法多用於犯調而罕用於本調，說明在該句上，犯調音樂與本調有所區別，如果犯調僅是摘取本調文句，並將這樣的情況，解釋為犯調所犯曲牌的選擇，是罕用的本調某體，那麼何以摘罕用而棄常用？這或許只能從該

〔註31〕 林佳儀：《《納書楹曲譜》研究——以《四夢全譜》為核心》（臺北：國立政治大學博士論文，1999 年 7 月），頁 142。

〔註32〕 〔清〕徐于室、鈕少雅：《南曲九宮正始》（臺北：學生書局，1984 年 8 月），頁 115。

〔註33〕 「腔句」的概念，引自洛地：《詞樂曲唱》（北京：人民音樂出版社，2001 年 3 月），頁 134。其云：「腔句，由『字腔』與『過腔』構成，此二者，字腔為主，過腔為輔，字腔、過腔合成腔句，用唱眾多劇曲、散曲中的各曲牌及唱段的每個文句的文辭。」同頁下半解釋「字腔」云「是每個字依其字讀的四聲陰陽化為樂音進行的旋律片段」，頁 143 解釋「過腔」云：「字腔與字腔之間（經）過（連）接性質的旋律片段。」

集曲二曲牌音樂銜接來考量，如此，則涉及到音樂的問題，而非全然只是因應文詞字句。再如《九宮正始》雙調犯調【孝南枝】注云：「【鎖南枝】第四句四字句法僅見於此犯調。〔註34〕」查【鎖南枝】第四句爲上二下三的五字句，將第四句變爲四字句，僅見於犯調而不見於本調，足見集曲即使犯【鎖南枝】，也並非僅是摘錄文句，其音樂應與本調有所不同，導致文詞產生改變。《增定南九宮曲譜》【瑣窗郎】注云：「亦是後人訛以傳訛，不知【瑣窗郎】之出於【瑣窗寒】耳，必求歸一之腔，乃妙，今人唱彼則極其慢，唱此則甚粗疏，亦非也，【瑣窗寒】亦何必細腔，即至于昨字上，或可無板，此則不必拘也。〔註35〕」沈璟所提到俗唱時「粗唱」與「細唱」的區分，是時人唱【瑣窗郎】與【瑣窗寒】的不同之處，由此可見作爲一般過曲的【瑣窗寒】，與作爲【瑣窗郎】犯調的【瑣窗寒】，實際演唱時樣貌有所不同。

　　即使曲譜討論集曲多側重文詞，然「曲牌」本涵蓋音樂與文詞兩個範疇。集曲匯集兩個以上曲牌爲一曲，目前可見的資料中，文詞組合固然是表面可見的特徵，然而其音樂腔句的銜接，以及銜接過程中可能爲了腔句的美聽順暢，改變原曲牌之音樂腔句，都是極有可能的，這個問題，是本論文關心的重點之一。

　　關於集曲理解的另一種概念則是注意到音樂的部份，大部分對集曲的解釋，皆提到集曲爲音樂腔句的組合。集曲在明代萬曆年間被大量「創作」，雖不否認這樣的創作存在著許多不合律的、純爲文字遊戲的作品，產生了曲律的混亂〔註36〕，也不應忽視當時確實有部分考量音樂組合的創新或美聽，而有集曲的創作。從「音樂創作」的角度理解集曲，在王季烈《螾廬曲談》卷二〈論作曲〉第二章〈論宮調及曲牌〉云：「集曲可不拘成格，苟能深明宮調音律之規律，不妨自我創作新集曲，故傳奇之作者愈多，則集曲之名稱亦愈繁，惟初學填詞者，魯莽從事，易致謬誤，仍以沿用前人所定之曲牌爲宜。〔註37〕」宮調與音律所涉及的是音樂上的規律，此說提出了創作的限制

〔註34〕〔清〕徐于室、鈕少雅：《南曲九宮正始》（臺北：學生書局，1984年8月），頁888。

〔註35〕〔明〕沈璟：《增定南九宮曲譜》（臺北：學生書局，1984年8月），頁393。

〔註36〕沈璟《增定南九宮曲譜》的編纂，主要是針對「後進好事，競爲新奇，有借省犯而揉雜，乖越多矣」之弊，當時集曲創作的情況可見一斑。〈南曲全譜題詞〉，收於《增定南九宮曲譜》（臺北：學生書局，1984年8月）頁4。

〔註37〕王季烈：《螾廬曲談》卷二〈論作曲〉第二章〈論宮調及曲牌〉，收入《集成曲譜》（上海：商務印書館石印線裝本，1925年）聲集卷二第14葉。

在於「音律與宮調的規律」，可見王季烈認爲影響集曲創作最主要的因素在於音樂的和諧與完整性，從而可看出王季烈認爲，在符合「音律與宮調的規律」的原則下，集曲的創作有很大的隨意性，只是這樣的規律爲何？《螾廬曲談》並未具體說明，至於「隨意性」的問題，則影響到如何解釋集曲選用曲牌及其銜接的限制。從「音樂腔句」的組合來理解集曲，同時必須考量的是不同曲牌音樂銜接的問題，只是此一問題雖屢被提及，卻尚未構成有系統的論述，如認爲「宮調相同」、「管色相同」、「音域相同」等爲曲牌銜接基礎，卻難以完全解釋現存集曲存在著許多與這些說法相悖的情況。針對此點，本文試圖提出一個反思：「哪些情況下，曲牌不可結爲集曲？」從實例及曲牌的文詞音樂，具體分析集曲的組合是否有規律？規律爲何？又從集曲所運用之曲牌，是否可進一步探討其音樂上的關聯？而這樣的關聯是否有助於對曲牌聯套的研究〔註38〕？這些同樣是本文欲探討的問題，將於第一章第三節論述。

視集曲爲音樂腔句的組合，衍伸出幾個值得思考的問題，除了上述如何組合、組合規律等問題，已爲研究者所注意，曲牌組合各種限制的成因，以及不同腔句結合所構成的集曲，如何在套曲中達到音樂的完整性，則尚未爲當代學者所提及，尤其是集曲入套，當代學者多就集曲入套各種形式進行描述，然而有一個關鍵的問題：集曲入套與一般過曲是否有別？如果有，差別在哪裡？對其入套運用有何影響？又集曲用於套曲時，爲與其他曲牌組套，音樂上是否有特殊的改變？本文從南戲及明清傳奇的集曲運用，發現除了不同時代的作品，運用集曲入套的形式有所不同，尚注意到一個現象：「集曲」一則作爲「曲牌」，一則可說是「曲牌的運用之法」，前者使得集曲與一般過曲入套有相同的情況，後者則是運用集曲匯集不同曲牌的特徵，產生新的組套模式。本文將依此概念，並以其形式的區別，勾勒集曲入套的各種類型，

〔註38〕關於此點，就初步整理的資料可以發現，集曲所集用的曲牌，似有關係遠近的區別。以仙呂宮爲例，《範例集》所列南仙呂宮常見曲套的【步步嬌】套（步步嬌、園林好、忒忒令、沉醉東風、江兒水、五供養、玉交枝、好姐姐、玉胞肚、川撥棹），細查各曲譜所收仙呂宮集曲，由本套套牌所用曲牌相互彙爲集曲者約有半數，而本套與仙呂宮另二種套式（【嘉慶子】套與【風入松】套）彙爲集曲者極少，如《南詞新譜》所列的六十九個集曲中，屬上述【步步嬌】套內曲牌之集曲就有三十二曲，與他套曲牌彙爲集曲者僅二曲（套內曲牌與該宮調其他孤牌彙爲集曲者不計）。由這樣的情況可看出聯套關係密切之曲牌，因其音樂有密切關聯，故有作爲集曲之「便利性」，如由此推論，此類「集曲」實可作爲「聯套」研究之重要依據，有待進一步研究。

詳述其特徵與區別，並整理明清傳奇實際創作，將集曲入套的形式做一歸納分類，並探討聯套時集曲音樂的各種現象。

　　上述情況的討論，散見於萬曆到康熙這段時間編纂的曲譜中。曲譜是明清之際集曲創作具體而微的反映。在曲論對集曲說明不多且零散的情況下，挖掘曲譜中散見的集曲材料、並分析曲譜所體現的集曲觀點，成為這段時間集曲創作與觀念具體而微的反映。然明代中後期以來，集曲普遍存在於劇本與曲譜的現象，卻少為研究者所重視，並進行全面的研究。特別是各譜觀點差異的問題，往往是探知時人如何理解「集曲」相當關鍵的概念，由此更可從不同的角度，探討明清傳奇創作手法與曲牌的運用，而不僅僅止於截至目前為止，以統計的方法歸納曲牌用法的研究成果。故本文擬以萬曆至康熙這段時間曲譜收錄之集曲為主要分析之材料，透過這種特殊創作手法的梳理，一窺明清之際創作現象，以及曲學的又一觀點。

三、文獻回顧與評述

　　從明代萬曆年間集曲大量創作開始，這種曲牌組合的現象即為文人曲家所注意，提出了相關的看法，時至今日，對集曲的研究，大致可分為以下四個主題：一、集曲組合之限制與規律諸說；二、關於集曲所用曲牌的組合形式；三、關於集曲入套；四、其他專題研究。

（一）集曲組合之限制與規律諸說

　　清代張彝宣《寒山堂新定九宮十三攝南曲譜・凡例》就已提及，其云：「犯調祇是將同一宮調，或同一管色之宮調中，二調以上，以至若干調，各摘數句，合成一曲便是。〔註39〕」並認為犯調的組合，「必先審腔之粗細、調之抑揚、拍之徐疾，必使有頭有尾，有起有收，切忌雙頭二尾，須過搭處無痕，高低合調。〔註40〕」認為集曲的組合，需考量音樂旋律與節奏的銜接，特別是二曲接合處尤需注意。後人則提出宮調相同，或使用相同管色宮調的曲牌，即可合為集曲，而組合時必須考慮旋律、節拍的一致性。如武俊達《崑曲唱腔研究》認為集曲的組成基礎云：

〔註39〕　〔清〕張彝宣，《寒山堂新定九宮十三攝南曲譜》（收於《續修四庫全書》1750冊，上海古籍出版社，2002年），頁636。
〔註40〕　〔清〕張彝宣，《寒山曲譜》（收入《續修四庫全書》第1750冊，上海古籍出版社，2002年），頁496。

集曲的組合雖然不拘成例，但是也有一定的制約，首先是宮調方面的制約，集曲一般須是本宮調範圍內的各曲牌集其句段而成，傳統叫做「犯本宮」；也可以集笛子同調但不同宮的曲牌某些句段而成，傳統叫「同笛色可犯」；如正宮和中呂都可同定小工調或尺字調，黃鐘與南呂可同定凡字調；這些宮調間所屬曲牌，即可相借集曲，但是首尾曲牌則必須是同宮的；至於集合十數曲的詞句組成的集曲則不在此限。〔註41〕

此處提到同一宮調或管色可合爲集曲，除此以外，武俊達尚提到集曲摘句與原曲牌的「保留因素」時，云：「一是結音，兩句都保留了原曲句和讀的結音；二是曲式、字位大體保留；三是旋律主要骨幹音也都予以保留。〔註42〕」既然提到結音在曲牌作爲集曲使用時仍保留的要素，可見結音亦成爲集曲組成考量的因素。汪經昌《曲學例釋》所言「集曲之律有四」，亦包含宮調與笛色〔註43〕。王守泰於《崑曲格律》則進一步提出集曲的四個條件：「分析傳統集曲，作者認爲從樂調的實質上來看組織集曲應當合乎這樣四個條件，就是：（1）各原始曲牌笛色相同；（2）各原始曲牌音域接近；（3）各原始曲牌板眼速度相同；（4）各原始曲牌結音有共同性。只要能滿足這四個條件就能集成全部工尺譜貫串圓順的曲牌。〔註44〕」除了宮調、笛色、結音，此處還提出音域與板眼速度的共同性。關於板眼速度可進一步思考，除了板式相同（如一板三眼、一板一眼），集曲的組合還考慮到板眼的銜接〔註45〕。至於音域與管色之說，筆者認爲尚需進一步考證〔註46〕。

〔註41〕武俊達，《崑曲唱腔研究》（北京：人民音樂出版社，1987年），頁43。
〔註42〕武俊達，《崑曲唱腔研究》（北京：人民音樂出版社，1987年），頁236。
〔註43〕汪經昌，《曲學例釋》（臺北：中華書局，1971年10月），頁61。其餘三者：一、句法佈置必須與本調相符；二、集曲例採慢曲，宮調歸屬依首曲宮調；三、集曲只許正調中選集曲調，不得採集曲牌調相連綴。此三者涉及選調及組合後的規範，與此處所言集曲選用曲牌之限制規範不同，故於註解補充。
〔註44〕王守泰，《崑曲格律》（南京：江蘇人民出版社，1982年），頁177。
〔註45〕如某曲牌末句結束於中眼，作爲集曲的另一曲牌便不能以頭板開始的某句銜接。沈璟《增定南九宮曲譜》考訂集曲時，似提出類似的概念，見《增定南九宮曲譜》南呂過曲【羅江怨】的考訂，〔明〕沈璟：《增定南九宮曲譜》（臺北：學生書局，1984年8月），頁405。
〔註46〕如管色一說，使用相同或相近管色的宮調非常多，筆者檢索崑曲譜種：《過雲閣曲譜》、《六也曲譜》、《集成曲譜》、《繪圖精選崑曲大全》、《與衆曲譜》、《粟廬曲譜》、《振飛曲譜》各折管色標示（《納書楹曲譜》（正、續、外、補遺、四夢）眉批偶注管色，但標注不全，恐影響統計結果，故暫不採入；《繪

　　俞爲民〈犯調考論〉〔註47〕對於集曲組合之規律，提出了幾種條件：一、
聲情相同或相近；二、可以相犯的宮調，有較爲固定的前後關係；三、需注
意前後曲過搭之處平仄、句式、節奏等格律的協調。俞爲民〈犯調考論〉一
文論及四種主題：溯源、集曲組合的規律、集曲曲調組合形式、集曲的命名
原則，然其前後所論有邏輯上的衝突，如認爲集曲匯集曲牌應注意「聲情的
相同或相近」，故集曲以犯本宮爲佳，同時也認爲相近聲情的宮調可相犯組
合，因此南呂、仙呂、商調可相犯，可看出此處肯定了宮調聲情說〔註48〕，
卻又言「以宮調來對曲調進行分類的方法，不能眞實細緻地反映具體曲調的
聲情」，認爲宮調與聲情的關係並不很密切〔註49〕。如此，文中以聲情相同或
相近作爲集曲規律的立論基礎爲何？又文中所謂聲情的「相近」究竟爲何？
行文中並未有任何解釋，以所舉的例子來看，如對照《唱論》對聲情的敘述，
南呂「悽愴怨慕」、仙呂「清新綿邈」、商調「感嘆傷悲」，謂其「相近」或只
是一個主觀看法，多有學者論證聲情說之不可信〔註50〕，如此，聲情如何成
爲集曲組合要件之一，或許有重新商榷之必要。

（二）關於集曲所用曲牌的組合形式

　　早在清初張彝宣《寒山曲譜》，就對集曲中曲牌組合的形式有所說明，其
〈犯調總論〉謂：

> ……在本宮作犯；有側犯借別宮作犯；有花犯將幾曲名翻覆前後湊成，如
> 【雁漁錦】、【二犯傍粧臺】之類；有串犯將曲分爲前後兩截，後半先完，前半後
> 曲重起，如散曲霍索起披襟之體是也；有和聲一套中每一曲完將別曲幾句和之如
> 【三疊排歌】、【道和排歌】之類是也。〔註51〕

　　圖精選崑曲大全》僅 47 折標註管色，此 47 折列入統計），其使用相同管色者
　　頗多。見洪惟助、黃思超〈崑曲宮調與管色的關係〉，中央研究院歷史語言研
　　究所主辦，2006 年俗文學研討會，2006 年 12 月 8 日。既然多有宮調用同一
　　管色，管色如何作爲限制規範？
〔註47〕俞爲民，〈犯調考論〉，收錄於《南大戲劇論叢（四）》（北京：中華書局，2008
　　年 12 月），頁 209～227。
〔註48〕前揭注，頁 211。
〔註49〕前揭注，頁 226。
〔註50〕參見洪惟助：〈宮調的聲情〉，《崑曲宮調與曲牌》（臺北：國家出版社，2010
　　年 6 月），頁 91～108。
〔註51〕按：原文對形式的解釋小字並排於名稱之下，此處以小字註之。〔清〕張彝宣，
　　《寒山曲譜》（收入《續修四庫全書》第 1750 冊，上海古籍出版社，2002 年），

此處描述了集曲組合的幾種情況，除了犯本宮調及犯別宮調（側犯）外，屬組合形式者尚有花犯、串犯、和聲等三類，以其所舉例子來看，「花犯」以【雁漁錦】、【二犯傍粧臺】爲例，查《寒山曲譜》對這兩首曲子的考訂，應爲前後所犯同曲、中段犯他調，或同一曲牌在集曲中間隔犯用者〔註52〕；「串犯」以燕仲義【畫眉畫錦】爲例，查《寒山曲譜》，所指爲前後「串聯」不同曲牌，故有此名〔註53〕，然〈犯調總論〉的說明頗不易解釋，筆者認爲或許應從此一集曲的「使用」來看，聯套時，【畫眉畫錦】一曲，常接用【畫錦畫眉】，如《雙珠記・處分後事》、《運甓記・棄官就辟》就運用了這樣的組合形式，而「後半先完，前半後曲重起」，或指後曲反過來改以【畫錦堂】犯【畫眉序】這樣的形式。「和聲」所舉二例皆爲某曲犯【排歌】，查其用法，多爲劇中某角唱前曲後，眾人或他角以【排歌】和之。故可知張彝宣〈犯調總論〉的分類，除了組合形式外，尚考量該曲使用或演唱的實際情況。

當代學者對集曲組合形式進行分類討論者，如俞爲民〈犯調考論〉分南北曲歸納整理，將南曲集曲分爲六種組合形式：一、若干曲調相犯，組合成一集曲；二、折腰式；三、截取若干曲之句子，相犯連接而成；四、以纏達的形式相犯；五、在曲調的合頭處，犯其他曲調中的句格；六、整支曲與他曲的若干句相犯。北曲集曲分爲四種組合形式：一、截取不同曲調中的句子組合成一支新的曲調；二、整曲與整曲相犯，即帶過曲；三、曲調的首尾句格不變，只在中間與別曲相犯；四、曲調與尾聲相犯。可看出此處的分類在前人基礎上更加完整豐富，然視「帶過曲」爲集曲組合的類型之一，則是混淆了「集曲」與「帶過曲」兩個不同的概念。另外，分別論南北曲集曲組合

頁 496。

〔註52〕 【雁漁錦】見《寒山曲譜》頁 553～555，此曲共分五段，首段爲【雁過聲】，二段爲【雁過聲】、【漁家傲】、【雁過聲】、【錦纏道】、【雁過聲】、【山漁燈】、【雁過聲】，三段爲【雁過聲】、【山漁燈】、【漁家傲】、【錦纏道】、【雁過聲】、【漁家傲】、【雁過聲】，四段爲【雁過聲】、【山漁燈】、【錦纏道】、【漁家燈】、【雁過聲】，五段爲【錦纏道】、【雁過聲】：【二犯傍粧臺】見《寒山曲譜》611，此曲爲【傍粧臺】、【八聲甘州】、【皂羅袍】、【傍粧臺】。可見「花犯」的重點在於一集曲前後或曲中反覆犯同一曲調。俞爲民〈犯調考論〉頁 217 認爲「花犯」乃是「將若干曲調相犯，組合成一集曲」，恐未能準確解釋「花犯」之特徵。

〔註53〕 「霍索起披襟」即黃鐘犯調【畫眉畫錦】，見《寒山曲譜》頁 505～506。此曲爲【畫眉序】首至四句，犯【畫錦堂】五至末句，故「串犯」一詞，恐怕非如俞爲民〈犯調考論〉頁 217 所謂「在一支曲調中間，串入別的曲調的曲句，與他曲相犯後，又轉接原曲末幾句。」

形式，筆者以為並非必要，北曲的四種形式，除帶過曲為南曲未見以外（筆者認為帶過曲並非集曲），其餘三種皆可見於南曲：第一種不同曲牌的聯用，本為集曲一般形式，第三種基本上等同於南曲的折腰式，第四種亦可見於南曲，在南曲中卻未成為一類，如《南詞定律》中，雙調犯調【好不盡】，即【好姐姐】犯【尾】、商調犯調【貓兒拖尾】，即【琥珀貓兒墜】犯【尾】，南曲甚至存在兩首尾聲相犯的集曲，如《九宮正始》小石調犯調錄有【雙煞】三格及【兩情煞】〔註54〕，既然形式皆為重複，將南北曲分開討論，既不產生分類功能，亦無法突顯南北曲犯調形式是否有明顯區別。

　　施德玉〈集曲體式初探〉〔註55〕採取了不同的分類方式。該文以《九宮大成南北詞宮譜》所收 585 首集曲為歸納分析的對象，依所集曲牌的數量，一一進行描述逐，分析其組成類型，如認為數量最多的犯二調之集曲，其組合形式有「A 首中＋B 中末」（曲牌 A 首至某句＋曲牌 B 某句至末）、「A 首中＋A 中末」（曲牌 A 首至某句＋曲牌 A 某句至末）、犯三調之集曲，其組合形式有「A 首中＋B 中＋A 中末」、「A 首中＋B 中＋C 中末」、「A 首中＋A 中＋B 中末」等三類。其分類可謂相當繁複細膩。可進一步思考的是，雖然一一針對不同數量的曲牌組合進行描述，分析所得多種不同類型，或許可以前人之分類概括，如該文犯二個曲牌之第一體、犯三個曲牌之第二體、犯四個曲牌之第二體、犯五個曲牌之第二體，其實都是指不同曲牌組成的犯調，可以俞為民〈犯調考論〉南曲之第三類概括。然而組合過程中，即使同樣是同樣形式之集曲，二曲的組合與三曲、四曲、尤其五曲以上，有不同的考量重點，筆者初步觀察格律譜所收集曲，犯多曲者多有集不同宮調曲牌為一曲的現象，如《南詞定律》黃鐘犯調【霓裳六序】，所犯首二曲【絳都春序】、【玉漏遲序】為黃鐘宮，第三曲起【尾犯序】屬中呂宮、【念奴嬌序】屬大石調、【梁州序】屬南呂宮、【河傳序】屬仙呂宮，《九宮正始》仙呂犯調【醉花月紅轉】首曲【醉扶歸】屬仙呂宮，次曲起【四季花】羽調、【月兒高】仙呂宮、【紅葉兒】大石調、【五更轉】南呂宮。這種現象普遍存在於犯五曲以上的集曲，這或許顯示了犯多曲之集曲與犯二、三曲之集曲，在音樂上有不同的需求，

〔註54〕《九宮正始》，頁。【雙煞】三格分別是：【喜無窮煞】犯【情未斷煞】、【尚繞樑煞】犯【有餘情煞】、【好收音煞】犯【尚如縷煞】；頁【兩情煞】則為【情未斷煞】犯【有餘情煞】。

〔註55〕施德玉，〈集曲體式初探〉，收錄於《戲曲學報》（臺北：國立臺灣戲曲學院，2007 年 12 月），頁 125～150。

犯多曲者由於演唱時間較長，組合不同宮調之曲牌或可產生音樂上的變化之感，此仍待進一步研究。

（三）關於集曲入套

　　早期對集曲入套的討論，多以「使用」的角度，探討套曲中如何、或該不該使用集曲，如吳梅《曲學通論》注意到集曲入套與一般過曲有所區別〔註56〕，或許特指大型集曲，但注意到集曲與一般過曲聯套有所區別，則可從集曲的特性來理解。許之衡《曲律易知》〔註57〕同樣從使用的角度論集曲入套，認爲套曲仍是以一般過曲組成爲主，使用一二集曲「究是小疵」，此說自然與其看待集曲的態度有關，許之衡認爲有些集曲相延已久，此類「直與正曲無異，不必問其集與不集也」，至於「罕見」、「自作聰明別創新格」者，則「究以不用爲是」，這樣的觀點基於許之衡認爲傳唱已久的曲牌窒礙較少、新創集曲多有不合律的現象，從演唱的角度考慮集曲使用的恰當與否。然而認爲集曲「當不當用」，與討論集曲「如何使用」，是兩個不同的問題。許之衡此說從「當不當用」考慮集曲入套，延伸到「如何使用」的問題，則僅述及應以「合律」爲考量小心使用，尚未針對使用形式提出看法。

　　當代研究者對集曲入套的研究，已開始對聯套的模式進行討論，並涉及簡單的分類，然其分類詳略有別，甚至僅是「敘述」而未涉及分類概念。如武俊達《崑曲唱腔研究》論及南曲套曲「變套」時，提到集曲入套作爲「變套」的類型之一，把集曲入套作爲「變套」來理解，與文中所謂「一般常見正曲爲主」組成的「本套」相對〔註58〕。然武俊達此處所舉的例子，並不單

〔註56〕吳梅：《曲學通論》（《吳梅全集·理論卷上》，石家莊：河北教育出版社，2002年）頁 197。云「述南曲套數謂：大句則全套曲牌，各有定次，前後連串，不能倒置。（若用集曲，則亦可不拘，如〈獨占〉之【十二紅】、散曲之【巫山十二峰】、〈思鄉〉之【雁魚錦】是也。）作者順其次序，按譜填之，不可自作聰明，致有冠履倒易之誚。」由此可知，吳梅認爲一般過曲聯套有一定的次序，集曲則不在此限。從其所舉的例子來看，或許雖特指大型集曲，亦可知吳梅認爲，部分集曲的入套，具有與一般正曲聯套不同的特徵，尤其套曲中曲牌之前後次序，通常指的是一般正曲的聯套，集曲入套自有另一種不同的形式。
〔註57〕許之衡：《曲律易知》（飲流齋刻本，1922 年），卷下 23～24 頁。
〔註58〕武俊達，《崑曲唱腔研究》（北京：人民音樂出版社，1993 年），頁 246。其謂：「以集曲組合成套，樣式也很多，常見的有：單支集曲加尾聲以成套，如：黃鐘——【巫山十二峰】、【尾聲】；南呂——【十三腔】、【尾聲】；【十樣錦】、【尾聲】；【九疑山】、【尾聲】；商調——【十二紅】、【尾聲】；【鬧十八】、【尾聲】等等。有帶「芙蓉」二字的集曲數支，接尾聲以成套，如《千鐘祿·慘

純只是「集曲入套」，而是特指「以集曲作爲套曲主體」，這樣的說法雖然大致符合集曲入套的情況，然而更需要提出說明的是：不屬於大型集曲的集曲入套，其型態較爲複雜，是探討集曲入套更值得注意的問題。

　　汪志勇《明傳奇聯套研究》第六章〈集曲聯套〉的〈肆・集曲聯套〉按宮調次序排列集曲聯套之「例式」，並作簡要的說明，並於篇首敘其基本概念云：「集曲於套內視作過曲用，有獨立性質。〔註59〕」雖未作進一步說明，但由其所列例式，可看出其「獨立性質」係指集曲入套與一般過曲所組成的各宮調套數有所區別，此說可見集曲入套的特殊性。由其例式亦可知，此處所謂的「集曲聯套」，所指爲「集曲置入套曲之中使用」，因此與其說「例式」，不如謂此處清楚條列了明傳奇集曲入套的各種套數，畢竟「例式」一詞，有「範例形式」之概念，故謂之「例式」即認爲有數個類似的套式，而所列爲其最典型的「範例形式」，然而此處所舉，多有孤例的存在，如黃鐘宮所舉「例式」十六種，作者自謂「均爲孤例」，既爲「孤例」，何言「例式」？另外，此處所列套式種類相當詳細，除舉其形式，並清楚標註使用該式的作品，是研究集曲入套的重要資訊，筆者整理傳奇作品集曲入套資料時，獲益於此書甚多，然尚未論及形式的分類，故無法突顯其篇首所謂「獨立性質」，究竟涉及了哪些聯套概念。此爲本論文討論集曲入套的重點之一。

　　許子漢所定義的「集曲聯套」，與上述汪志勇之說有所不同，其云：「以使用集曲組套之情形爲範圍，若一套中多數曲牌皆非集曲，而只插用少數集曲之情形，其實並非眞正之集曲聯套，本文皆計入一般曲牌的聯套範圍。（頁218）」將概念進一步聚焦於「以集曲爲套曲主體」作爲論述範圍。所謂的「主體」，指的是套曲中大部份曲牌皆爲集曲者。在其分類中，「大型集曲聯套」係指以大型集曲作爲套曲主體之聯套方式，文中舉【十二紅】、

睹》即由正宮【傾杯玉芙蓉】、【刷子芙蓉】、【錦芙蓉】、【雁芙蓉】、【小桃映芙蓉】、【普天芙蓉】、【朱奴插芙蓉】等七支集曲，加【尾聲】組合成套。更有採取「頂針格」牌名一曲套一曲，多支集曲組成的變套。如南雙調集曲套即有【錦堂月】、【堂上集賢賓】、【集賢賓】、【集賢聽黃鶯】、【黃鶯兒】、【黃鶯帶一封】、【一封書】、【一封羅】、【皂羅袍】、【皂羅歌】、【甘州歌】、【甘州解醒】、【解三醒】、【解醒姐姐】、【好姐姐】、【姐姐撥棹】、【撥棹入僥僥】、【僥僥令】、【尾聲】，由九支正曲間插九支集曲加尾聲組成。像這樣從形式上作曲牌堆砌遊戲，當然不應提倡，選用曲牌應從曲情詞意相合去考慮，才能更準確地表達劇情。」

〔註59〕汪志勇，《明傳奇聯套研究》（臺北：嘉新水泥公司文化基金會，1976年），頁185。

【一秤金】、【醉歸花月渡】等曲爲例；而許子漢所認爲「一般式」與「變套式」的區別，在於前者如同一般過曲的「疊腔成套」，後者則是「具有變化」的集曲組套。「疊腔」——即重複使用一曲——是集曲慣用的入套方式，廣泛出現在各使用集曲的套曲中，因此，在許子漢所舉的例子中，「疊腔成套」的「一般式」，與「變套式」有時界限是模糊的，如其文中正宮「其他變套集曲」所舉的《水滸記》第二齣套式爲：【喜遷鶯】、【七娘子】、【錦芙蓉】、【前腔】、【燕歸梁】、【芙蓉紅】、【前腔】、【前腔】，與中呂「一般集曲」所舉的《運甓記·太眞絕裾》套式【十二時】、【錦纏道】、【前腔】、【前腔】、【前腔】、【十二時】、【榴花泣】、【前腔】、【喜漁燈】、【前腔】，可以看到在套曲中均有兩個集曲的重複使用，同樣是集曲的「疊腔成套」，何以前者屬「變套式」、後者屬「一般式」？以「疊腔成套」作爲集曲入套二分的標準不僅略嫌簡略，也無法突顯集曲的入套自有其不同於一般過曲的特徵。如上述同樣是重複使用同一集曲者，被歸入「其他變套集曲」，而王守泰所提出的「集曲套」，也被同樣歸併於「變套集曲」之列，只是「集曲套」因使用較多特別提出，不列入「其他變套集曲」，此二者的運用區別甚大，歸於同類則可見此處分類的問題。

　　李佳蓮博士論文《清初蘇州崑腔曲律研究——以《寒》、《廣》二譜與傳奇作品爲論述範疇》整理諸說，提出「集曲聯套」有三類：「一爲一般地異曲聯用、或者疊腔成套；二爲獨用一支大型集曲；三爲從原有套式變化而來，或者同套之中前後曲牌互相犯調而成一套，或以疊用之某調犯入原套之曲。」〔註60〕該文之「集曲聯套」，就此三類來看，顯然排除了單一集曲插入套曲使用的情況。然而就該文所述，「集曲聯套」在清初蘇州劇作家群使用的比例，僅佔所有套數的 7.9%〔註61〕，李文由此認爲「對集曲的『實用性』必須重新衡量」，或許應該更客觀的就集曲在散曲和劇曲是否有不同的運用方式進行觀察，由其單一集曲入套的使用是更爲頻繁的。且就筆者資料的初步整理，清初蘇州劇作家群、尤其李玉，已是使用「集曲聯套」較多的族群，若就整個明清傳奇作品而言，整體比例恐怕更低。那麼，曲譜所收的諸多集曲究竟用在哪裡？筆者認爲，除了散曲以外，集曲與一般過曲的聯套是更加

〔註60〕 李佳蓮，《清初蘇州崑腔曲律研究——以《寒》、《廣》二譜與傳奇作品爲論述範疇》（臺北：國立臺灣大學博士論文，2007 年），頁 149。

〔註61〕 李佳蓮，《清初蘇州崑腔曲律研究——以《寒》、《廣》二譜與傳奇作品爲論述範疇》（臺北：國立臺灣大學博士論文，2007 年），頁 152。

普遍的現象，而這種聯套現象，若套用王守泰「孤牌」與「套牌」的概念，可發現有兩種不同的組套模式，一是與孤牌聯套，一是置入固定套式中使用，此單一集曲的入套使用，與「集曲聯套」有所區別。

另外，針對「集曲聯套」一詞，實可從排場的角度思考，在李文的第一種類型中，或可區分出不同情況，如《焚香記・登城》套式【滿庭芳】、【八聲甘州歌】、【前腔】、【前腔】、【前腔】、【尾聲】，爲引曲＋集曲＋尾聲，集曲【八聲甘州歌】及其前腔即本折主要情節；而屠隆《曇花記・禮佛求孃》套式【似娘兒】、【繞地遊】、【前腔】、【金索挂梧桐】、【前腔】、【前腔】、【東甌令】、【前腔】中，【金索挂梧桐】雖然使用三次，但在與【東甌令】二曲組成的套曲主體中，並無情節的區分，即使皆爲「疊腔」，後者卻非以集曲自身疊腔構成套曲主體。如此區分的目的在於，後者更需注意到與他曲的組合關係，尤其是聯套時音樂上的關聯，就筆者目前整理的資料可發現，部分集曲經常與某些過曲連用，如上述【金索挂梧桐】與【東甌令】或【劉潑帽】、【羅江怨】與【金蕉葉】等，雖非固定成套，但經常連用代表音樂上有較高的相關性，至於【錦堂月】與【醉翁子】、【僥僥令】更是成爲雙調固定套式，這是很值得注意的聯套現象。

對集曲入套研究較全面者，當推王守泰《崑曲曲牌與套式範例集》。王守泰《崑曲曲牌及套式範例集・南套》，除卷六第一章〈再論套式及套牌〉述及「集曲套」時，提到「以同一原曲或少數主腔相似的原曲作爲主曲，再與若干其他原曲組成的集曲〔註62〕」所組成的套曲外，對於集曲入套的討論散見書中，針對集曲性質的不同分別討論，如具有「孤牌」性質的【江頭金桂】、【風雲會四朝元】、【羅江怨】、【榴花泣】、【金絡索】等，論其曲牌性質，並簡述其聯套特徵，如【金絡索】云：「通常以二支或多支自套形式出現〔註63〕」、【榴花泣】云：「一般以二支自套的形式與其他套數聯用組成複套折，有時簡略只用一支，亦常與北套聯用〔註64〕」、【羅江怨】云：「通常以連用二支的自套形式出現，也有用一支的。在複套中常用在折子的前部或

〔註62〕 王守泰・《崑曲曲牌與套式範例集・南套》（上海：上海文藝出版社，1994 年7 月），頁 606。

〔註63〕 王守泰・《崑曲曲牌與套式範例集・南套》（上海：上海文藝出版社，1994 年7 月），頁 551。

〔註64〕 王守泰・《崑曲曲牌與套式範例集・南套》（上海：上海文藝出版社，1994 年7 月），頁 479

中部，沒有用在末尾的。〔註65〕」具有「套牌」性質者，論述較爲詳盡，書中所提到以集曲爲主要組成部分的套牌有：

1. 南仙呂入雙調集曲套：【園林沉醉】、【沉醉海棠】、【海棠沉醉】、【姐姐六么】、【江水撥棹】、【供養海棠】、【玉交林】、【撥棹僥】。

2. 南雙調【錦堂月】套：【錦堂月】、【醉翁子】、【僥僥令】。

3. 南正宮集曲套：【傾杯玉芙蓉】、【刷子芙蓉】、【錦芙蓉】、【雁芙蓉】、【小桃映芙蓉】、【普天芙蓉】、【朱奴插芙蓉】。

4. 南商調【二郎神】套牌集曲：【啄木鸝】、【鶯簇一金羅】、【黃玉鶯兒】、【憶鶯兒】。此項所指，並非以上集曲的聯套，而是這些集曲常插入商調【二郎神】套之中〔註66〕。

王守泰雖然注意到「常用集曲」聯套的現象，但從上述可知王守泰對集曲入套的形式並未有明確的分類觀念，因此如南商調【二郎神】套牌集曲特別列爲一章，這些集曲卻多「單獨」插入集曲使用，而其所列的集曲「孤牌」，在傳奇創作的實踐中，多有自套或與某一正曲產生密切聯套關係者，這些現象因其關係到的是套曲音樂的連貫性，特別值得注意。

（四）其他專題研究

國內碩博士論文與集曲相關者並不多，除上述李佳蓮博士論文部分針對「集曲聯套」的討論，並由此論清初的曲律變化。台灣藝術大學陳薇新碩士論文《集曲【榴花泣】之研究》〔註67〕，以集曲【榴花泣】爲研究對象，探討其與本調之關係，並從音樂上分析【榴花泣】之特徵。然而此論文頗見謬誤，研究方法亦值得商榷。如作爲學術論文，名詞使用皆有其特定所指的意涵，然文中所用「雜劇」、「傳奇」、「南戲」、「北曲」、「南曲」等詞多有混用，與現今學術界習用的概念不同，如其第三章第二、三節，分別以「北劇」與「南戲」爲名，然觀其內文，實不知其所謂北劇與南戲所指爲何，若以時代及文體類型區分，則稱明傳奇爲南戲類則有不妥，若以南北曲區分，則其「南

〔註65〕王守泰，《崑曲曲牌與套式範例集‧南套》（上海：上海文藝出版社，1994年7月），頁405。

〔註66〕王守泰，《崑曲曲牌與套式範例集‧南套》（上海：上海文藝出版社，1994年7月），頁1313。

〔註67〕陳薇新，《集曲【榴花泣】之研究》，（臺北：國立臺灣藝術大學碩士論文，1999年）。

戲」中多有使用北曲【石榴花】者。且忽略【石榴花】有南、北曲二種不同格式，而認為「僅有北曲【石榴花】單一曲牌，只是將其運用在北劇、南戲裡。」〔註68〕同樣的問題存在於【泣顏回】之格律與音樂分析，作者認為【泣顏回】是南曲，忽略了【泣顏回】亦有南北曲不同格者，因此認為《北曲新譜》沒有格律分析，而其所見南曲格律分析僅羅錦堂《南曲小令譜》一種，此譜未收【泣顏回】，由此則可見作者資料查詢之闕誤。作者認為【石榴花】為北曲，【泣顏回】為南曲，從而認為【榴花泣】是以北【石榴花】及南【泣顏回】所組成的集曲，並有「集曲【榴花泣】雖是由北曲【石榴花】與南曲【泣顏回】所集合而成的曲牌，然其音樂類型與曲牌【泣顏回】同為南曲音樂。（第五章頁3）」之謬論。該論文錯誤甚多，此處不一一指明。【榴花泣】實為一常用且較為特殊的集曲，除一般與南曲過曲聯用外，甚至還有與北曲結為套曲者，如《納書楹曲譜》續集卷四所收《千金記・虞探》即與北【倘秀才】、【滾繡球】聯套，《納書楹曲譜》尚特別於牌名上註「南中呂」，可見此套中【榴花泣】唱南曲。這樣的特徵，少見於其他集曲，值得針對【榴花泣】之特質進一步研究。

　　林佳儀博士論文《納書楹曲譜研究——以《四夢全譜》為核心》〔註69〕，由其編纂、選錄內容、編者觀點等各種角度，對葉堂《納書楹曲譜》作了全面且深入的研究，並將問題集中於《四夢全譜》，探討葉堂的訂譜及其「改調就詞」的集曲作法，並由此論及晚明以至乾隆曲律與曲樂的變化。作者指出了葉堂的新作集曲，並從文詞格律與音樂進行分析。而筆者更有興趣的議題是，從晚明以至乾隆年間，「集曲」的觀念有何轉變？「改調就詞」雖非起於葉堂，然而運用這樣的方法，重新標註不合格律的曲牌，則顯示了集曲的另一功能在《格正還魂記詞調》已被提出，若對照集曲發展與使用的歷史，更可發現將集曲作為「曲牌使用之法」的概念，在明末清初的這段時間是被明確提出，並實際運用於曲牌的創作與聯套使用。而因「改調就詞」所新創的集曲，由於所依據的曲詞限制，是否與一般集曲的創作規範有別？林佳儀論文重點在於葉堂集曲的作法，本論文則試圖將此「改調就詞」與新創集曲的作法，探討此一特殊現象。

〔註68〕前揭注，第三章，頁27。
〔註69〕林佳儀，《《納書楹曲譜》研究——以《四夢全譜》為核心》（臺北：國立政治大學博士論文，1999年7月）。

四、研究方法與進行步驟

本論文《集曲研究——以萬曆至康熙傳奇本爲論述範疇》以集曲爲主題，並將研究斷代定於集曲運用最繁盛的萬曆至康熙年間，針對以下幾個問題進行探討：

一、集曲產生及演進的歷史。

二、集曲的體式，及其曲牌組合規則。

三、集曲的運用：包括集曲在明清傳奇劇本的使用情況、集曲入套等。

四、曲譜集曲收錄之情況與考訂方法。

五、各譜集曲之觀點，以及觀點歷程的演進與傳奇創作之關係。

研究方法，可分爲文獻整理比對與曲牌分析兩大項，以下分別敘述。

現可見存有集曲的文獻資料，包括以下幾種類型的文本：

（一）劇本及選本

劇本或曲集是集曲使用的第一手資料，現存傳奇作品中，集曲的使用相當普遍，其具體使用情況更是值得注意的現象。然這些資料的數量繁多，同一劇作的不同版本，使用曲牌名的情況也有所不同，如【犯袞】一曲，《南曲九宮正始》收錄爲「仙呂入雙調正曲」【犯袞】，並認爲在元本《琵琶記》中，此曲乃是以【犯袞】爲名的集曲，而後代版本改註爲【風入松】與【急三槍】的連用，即使內容相同，概念上卻不將此曲作爲集曲。諸如此類的情況，或可對集曲的發展有所啓發。另外，傳奇劇本的集曲散用於各折，可作爲本文研究之旁證。查閱比對《舊編南九宮譜》、《增定南九宮曲譜》、《南詞新譜》、《九宮正始》、《南詞定律》、《九宮大成》諸譜，以過濾劇作中使用的集曲，而格律譜未收者，如能從曲牌名判斷，比對格律後確爲集曲者錄之，如李漁《憐香伴》第十一出〈請封〉，用【北撲燈娥犯】、【北疊字兒犯】、【南上小樓犯】，均未見於諸譜，然從牌名來看應爲集曲。此數曲情況頗爲複雜，將進行進一步研究。透過這樣的比對方式，整理南戲及明清傳奇劇本所用之集曲。這些資料有助於解釋劇本中集曲實際運用的情況。

明代中後期開始，諸多戲曲選本刊行於世，部分選本選錄當時流行的劇作，反映了當時的演出概況。選本中集曲的資料，筆者注意到兩個不同的層面：（一）、從原作到選本，曲牌的標註是否有所改變？如原爲集曲名，選本中標爲一般過曲者，可能是誤標，也可能是曲牌產生了改變；（二）、選本中曲牌省用的情況，如一個套曲中，相連的兩個曲牌，前者僅唱前半曲，後者

僅唱後半曲，這樣的情況，或對集曲的創作有所影響。此部分資料，目前僅整理《善本戲曲叢刊》中《堯天樂》、《時調青崑》、《樂府菁華》、《大明春》、《摘錦奇音》、《八能奏錦》、《徽池雅調》、《詞林一枝》、《玉谷新簧》等九種選本所收的劇目與折目，將於未來做進一步的比對分析。

（二）格律譜

目前可見收錄集曲的曲譜為蔣孝《舊編南九宮曲譜》，此譜共收錄集曲 70種〔註70〕，其後沈璟《增定南九宮曲譜》開創了以「集曲」作為曲譜新增曲牌的作法，並建立了曲譜收錄集曲的體式，該譜錄有集曲 189 首，可見明萬曆前後集曲創作的概況。其後《南詞新譜》、《九宮正始》、《南詞定律》、《寒山曲譜》、《九宮大成南北詞宮譜》均錄有大量集曲，各譜收錄態度及數量有別，然皆詳考集曲的本調及各種體式，是集曲研究的重要文獻。

格律譜的收錄，與劇本、選本集的態度不同，後者為實際運用，劇作者的曲牌選用可見其音樂及排場設計之用意，對研究者而言，是藉以探討集曲如何被使用的種種現象；前者則由「建立規範」的角度收錄集曲，對本調的考訂以及對曲牌集用的敘述與說明，一則可見曲譜編纂者的態度，一則也反映曲律的演化進展。將曲譜與劇本、選本相互參照，可發現兩種特殊現象：一、實際運用與曲譜所訂定格不同時有差異，如張四維《雙烈記》第十折〈勉承〉的【二犯江兒水】，與沈璟《增定南九宮曲譜》所收定格多有不同；二、不同曲譜對同一集曲的考訂不同，如同樣是《西廂記·佳期》【十二紅】，《南詞定律》認為其組成為：【醉扶歸】、【惜黃花】、【皂羅袍】、【傍粧臺】、【耍鮑老】、【羅帳裏坐】、【江兒水】、【玉嬌枝】、【山坡羊】、【東甌令】、【排歌】、【太平歌】；《九宮正始》則認為是：【醉扶歸】、【醉公子】、【解紅序】、【紅林檎】、【賽紅娘】、【醉娘子】、【紅衫兒】、【小桃紅】、【滿江紅】、【紅葉兒】、【紅繡鞋】、【紅芍藥】。更有某譜認為是集曲，但他譜認為不是者，如《舊編南九宮譜》、《增定南九宮曲譜》、《九宮正始》所收【二犯六么令】，均以《拜月亭》「娘生父養」為例曲，《九宮正始》更考此曲首二句為【六么令】，第三句為

〔註70〕此數字為筆者統計得知，判斷依據為：1. 例曲有清楚集曲標註者；2. 曲牌說明文字有集曲相關說明者，如註明謀幾句為某曲、前中後分別為某曲者；3. 雖未有集曲相關說明及標註，經查閱他譜實為集曲者，如越調【二犯排歌】、仙呂入雙調【四朝元】、【二犯江兒水】等；4. 未有集曲相關標示及說明，諸譜亦未收，然從曲牌名判斷應為集曲，且實際比對例曲曲詞，確為集曲者，如商調【梧桐半折芙蓉花】、中呂【泣榴花】等。

【玉抱肚】，末三句爲【玉交枝】，然《九宮大成南北詞宮譜》則認爲：「但《拜月亭·離鸞》之【尹令】、【品令】、【么令】同套，俱係正調，並無集曲。〔註71〕」可見同一例曲，除了所犯曲調的考訂各譜不同，是否爲集曲也存在判定的差異。這些特殊現象，涉及到集曲定格判定、定格與實用的問題，是本文關注的重點之一。

另外，曲譜編纂者在集曲的收錄及解釋文字中，呈現其「集曲觀」。本文所提出的「集曲觀」一詞，旨在探討如何看待「集曲」這樣的現象，如要具體解釋何謂「集曲觀」，舉一個簡單而明確的例子，也就是如明末清初集曲大量出現，所引起文人的批評與討論，這些討論直接反映看待集曲的態度，也可說是他們的「集曲觀」。然而關於「集曲觀」這個名詞，其實可以有更深刻的思考，尤其針對一個「曲譜編纂者」而言，情況可能更爲複雜，因爲曲譜的編纂通常有一個「制定標準／規範」的目的，集曲從明中葉以降作爲一個紛亂且快速、大量產生的曲牌體式，是否該收入曲譜？收多少？如何爲這種新體式制定「標準」？實是曲譜編纂者所必須面對的問題。而從曲譜的收錄及分析集曲結構的文字，更可發現這些曲譜編纂者面對集曲時，所想更爲深入，包括認爲集曲僅是「截錄詞句／腔句」的文字遊戲？或者是音樂上「創新曲調」的手法？集曲與所集原曲的關係爲何（原曲格律或原曲音樂）？其創作重點與限制是什麼？集曲如何入套？對這種種相關問題的看法，都是曲譜編纂者的「集曲觀」的反映。而要討論何謂「集曲觀」，線索多而複雜，有時甚至可能是曲譜編纂者無意間所做的判斷與決定。筆者認爲，可以由曲牌及討論文字所透漏的以下五個線索切入觀察：其一、集曲與原曲牌關係的討論；其二、對「該集曲在當時如何被使用」的看法；其三、關於集曲如何入套的討論；其四、集曲優劣的評論；其五、對「集曲存在」的看法。

（三）各種折子戲曲譜

上述兩種資料，除《南詞定律》與《九宮大成南北詞宮譜》附有工尺以外，均只存文字資料，《南詞定律》只點頭板、《九宮大成》點頭板與中眼，未能清楚表示集曲音樂的具體情況，折子戲曲譜則彌補了部份音樂資料的不足。之所以謂「部分」，乃因曲譜收錄以折子戲爲主，而這些被曲譜收錄的折子，未必都使用了集曲，因此這些折子戲曲譜中集曲的數量仍是很有限的。

〔註71〕〔清〕周祥鈺等編，《九宮大成南北詞宮譜》（臺北：學生書局，1987年），頁523。

這些雖然有限，卻提供了很重要的訊息，如王守泰《崑曲格律》就發現了集曲未必僅是文句與樂句的組合，其云：

> 也應當指出，有少數集曲其曲詞句格、字格、板式雖然都保留各原始曲牌中有關詞段的原來體式，但在工尺譜方面對其中某些詞段可能是以另一詞段的原始曲牌主腔和結音爲根據重新譜過的。例如南「仙呂入雙調」中的【江頭金桂】曲牌是由南「仙呂入雙調」【五馬江兒水】首句至五句作爲曲首，中間接入【金字令】五句，並以南仙呂【桂枝香】最後五句作爲曲尾組成的。在工尺譜方面則完全用的是南「仙呂入雙調」【柳搖金】曲牌的主腔，而且笛色也依【柳搖金】而採用正工調。因此在工尺譜上和【五馬江兒水】及【桂枝香】原始曲牌毫無共同之處。像這種集曲應當認爲是集曲中最高明的作品了。《欽定曲譜》把這一集曲的中間五句解釋爲採自【柳搖金】，實際上整個【江頭金桂】曲牌的主腔雖然和【柳搖金】一致，但這中間五句的曲詞體式和【柳搖金】體式並不相同。〔註72〕

【江頭金桂】曲調並非其所犯【五馬江兒水】、【金字令】、【桂枝香】的組合，而套用了【柳搖金】，可見集曲亦有未依循所犯曲牌者。這類的例子，必須透過曲譜資料才能檢驗。筆者就崑曲重要曲譜十二種〔註73〕，在這些折子戲工尺譜中，使用的集曲共 188 種 804 曲，這些句有工尺譜的音樂資料，年代從清乾隆（《納書楹》、《牡丹亭》）至當代，進行詳細的比對研究。

　　本論文研究的基礎，就在於上述文獻所收錄之集曲。不同文獻的集曲，整理重點有所不同。劇本及選本由於資料量大且分散，故整理時以上述「一、劇本與選本」的方法挑選出所用之集曲，紀錄所犯曲牌及曲詞，並詳註套式，以明其入套運用，此處以製表方式整理。

　　格律譜所收集曲較爲集中，故不將例曲逐一打字紀錄，而是將各曲譜所收集曲列檔編號，並將同一牌名或同實異名之集曲收歸同一檔案夾，以便查詢使用。格律譜列檔時，除了註明每曲所犯曲調，尚標註例曲銜接處的文字，以明其使用之例曲及銜接處的字音問題。曲譜編纂者對集曲的說明文字，是

〔註72〕前揭注，頁178。
〔註73〕此十二種折子戲曲譜爲：《吟香堂長生殿曲譜》、《吟香堂牡丹亭曲譜》、《納書楹牡丹亭全譜》、《納書楹曲譜》、《過雲閣曲譜》、《六也曲譜》、《集成曲譜》、《繪圖精選崑曲大全》、《與眾曲譜》、《粟廬曲譜》、《振飛曲譜》、《侯玉山崑曲譜》。

格律譜中顯示的重要資訊，這類說明文字通常位於曲牌名下、例曲後及眉批，除了說明該曲源流、格律、押韻、評論、以及曲牌實際使用情形外，尚明白揭示了曲譜編纂者的觀念，由其是該譜編者如何看待集曲的問題，這部分是本論文重要的研究文獻，故整理時將說明文字逐字建檔，以便未來檢索之用。建檔表例如下（編號前英文表曲譜，D 即《南詞定律》）：

編號	牌名	說明文字	出處	部位 1	部位 2	部位 3	部位 4
D585 商調	金井水紅花	此曲諸譜及作家皆為金井水紅花，然實全無取意，即梧蓼金羅之名，雖為切當，然行之已久，不必返古，莫若從俗為便	浣紗	梧桐葉首至三（芽）	水紅花五至末（濕）（囉）	柳搖金合至末（朝）（下）	皂羅袍合至末（寒）
D587 商調	夜雨打梧桐	此曲舊譜皆為夜雨打梧桐，並無取意，姑存其舊	慎鸞交	梧葉兒首至三（宜）	水紅花二至三（狀）（一）	五馬江兒水八至合（榜）（誰）	桂枝香五至末（神）

上述資料的整理，大致勾勒了曲牌集曲發展的概況，此將於正文作完整的論述。

「曲牌」一詞，涉及「文詞」與「音樂」兩種不同範疇，曲牌分析亦跨文詞與音樂二領域。文詞方面，集曲合不同曲牌為一曲，表面可見的即為文句的組合，涉及到四個不同層面：一、摘句情況；二、摘句組合所產生的變化；三、格律譜的考定及其差異；四、定格與實際運用的區別。關於這四個不同層面，本論文就上述資料的整理成果，進行具體的分析與論述。音樂方面，討論的重點，除了集曲所犯曲牌的銜接，及其與本調音樂的關聯，相對於本調是否有所改變；異宮相犯的集曲，與犯本宮的集曲是否有差別；結音與曲牌銜接的關係等相關問題外，集曲與同套曲中曲牌的音樂的關聯性為何，則尚未被注意的問題。針對這兩個重點，筆者將把工尺譜譯為五線譜進行比對分析。音樂的比對是一個複雜的問題，西方樂理雖不能硬套入中國戲曲的比對，卻能給予分析時很大的啟發。本論文分析曲牌音樂以五線譜為工具相較於工尺譜與簡譜，五線譜為圖像譜，將工尺譜譯為五線譜進行比對，其音符排列所表現旋律之異同，較工尺譜與簡譜更為清晰可見。將同一集曲、集曲與本調腔句進行譯譜並列比對，可看出同一曲牌的音樂特徵及變化，由此作為集曲音樂各方面研究之依據。

第一章 集曲的溯源、聯套運用與集曲諸說之檢討

第一節 集曲現象的產生與集曲的發展

「集曲」之名，一般認爲始於清乾隆《九宮大成南北詞宮譜》，在此之前，一般稱之爲「犯調」。《九宮大成南北詞宮譜・凡例》云：「以各宮牌名彙而成曲，俗稱犯調，其來舊矣。然於犯字之義實屬何居？因更之曰集曲。」〔註1〕因「犯」字不佳，改以「集曲」爲名，指稱曲牌摘句組合成新曲的現象。然「集曲」一詞的出現，可追溯到康熙末年的《南詞定律》，《南詞定律・凡例》云：「凡諸譜犯調之曲，或各宮互犯，或本宮合犯，細查諸譜不無異同，且其定句間或參差，或犯同而名不同者，諸論不齊，各相矛盾，難於定準。今以正體之句詳定，則其所犯，集曲幾句，亦定準矣。」〔註2〕此處「集曲」二字不當名詞使用，而作動詞使用，與《九宮大成南北詞宮譜》將「集曲」作爲此類曲牌的名稱有所不同，然可知這一詞彙的使用，最早在康熙末年就已出現。乾隆以前，這樣的體式被稱之爲「犯調」，「犯調」一詞有兩種解釋，一爲「犯宮調」，一爲「犯曲牌」，後者即是所謂的「集曲」。既然「犯調」之名有兩種意義，當代學者對集曲起源的考證，則綜合這兩種概念，將「犯調」上溯到唐代樂曲與宋代詞調。俞爲民認爲唐代犯調已十分盛行，而其盛行的

〔註1〕〔清〕周祥鈺等編：《九宮大成南北詞宮譜》（臺北：學生書局，1987 年），頁 46。

〔註2〕〔清〕呂士雄等編：《南詞定律》（收入《續修四庫全書》1751 冊，上海：上海古籍出版社，2002 年），頁 47

原因，則在於犯調在音樂上較有新意，且相對於創作新曲來說，以犯調譜新腔較爲容易〔註3〕，使否較爲容易有待商榷，然「犯調」組合不同的曲調，以達到聽覺的新奇之感，必須建立在當時聽者對本調已是熟悉的基礎之上，如果不熟本調，那麼「犯調」與「本調」都屬新曲，對聽者來說是沒有區別，這個基礎，同樣存在於曲牌的「犯調」。以下論述集曲現象的產生，與南戲中集曲的運用情況。

一、集曲的前身——「俗曲」與詞樂「犯調」

「犯調」，在中國傳統音樂的範疇存在著二義，一爲宮調之犯，一則爲摘句組合的詞牌、曲牌之犯。「宮調之犯」與「摘句組合」之犯，雖有所區別，但並非互相排斥、截然二分的兩種體裁。欲追溯曲牌集曲的產生，以及明清曲論中「犯調」一詞所指爲何，必須仔細釐清，避免混淆，同時考量這兩個概念混用的情況。歷代樂律相關論著所論「犯調」，一般是「宮調之犯」的「犯調」，例如《清朝續文獻通考》卷一百八十九〈樂二〉有論「犯調」一節，以琵琶相位與品位之音階變化，具體說明燕樂之正犯、旁犯、偏犯、側犯的區別。這裡所涉及的不只是樂理上的宮調轉換，也提到有「揉合二調以上作一曲」之法，云：

> 按琵琶係裴康兒、康崑崙輩所改製（胡琶五弦七調），廢撥彈爲搊彈、五弦爲四弦，上半弦合古律有半檔，二個下半弦各檔皆勻排，如班笛上下音位不同，故能運用犯調之妙。犯調有正犯、旁犯、偏犯、側犯四法，且更有六犯之曲，其法於一段一節，甚至一句之間、數字之際亦可相犯。犯調者，即揉合二調以上作一曲之法也。〔註4〕

此處以琵琶與班笛的樂器特徵，說明犯調轉換之便。所謂正犯、旁犯、偏犯、側犯四法，所指雖屬宮調之犯，然末二句所言，則是涉及了宮調之犯與曲調之犯的同時存在，一曲之中轉換數調、與異調數曲「揉合」爲一調，同樣可謂之「犯調」。一般論犯調的起源，皆追溯到唐代的【劍氣】犯【渾脫】，

〔註3〕 俞爲民：〈犯調考論〉，收入《南大戲劇論叢》（北京：中華書局，2008 年 12 月），頁 209～211。

〔註4〕 〔清〕劉錦藻：《清朝續文獻通考》卷 189〈樂二〉（臺北：新興書局，1963 年），頁 9361～9362。

此處所言「犯調」，又名「犯聲」，見宋陳暘《樂書》所載之【劍氣】犯【渾脫】云：

> 唐自天后末，【劍氣】犯【渾脫】，始爲犯聲之始。【劍氣】宮調，【渾脫】角調，以臣犯君，故有犯聲。明皇時樂人孫楚秀善吹笛，好作犯聲，時人以爲新意而效之，因有犯調。〔註5〕

這段文字所提到的「犯聲」，是異宮樂曲之「犯」，此異宮樂曲之犯，雖存在不同樂曲的「揉合」，但不能因此就認爲「犯調」必然就屬不同樂曲的組合，簡單的說，犯調可能出現兩種情況：一、一首樂曲中存在著轉調；二、兩首不同宮調的樂曲組合爲一首新曲，本身既有樂曲的組合，又有一首樂曲中宮調的轉換。這段文字又提到善吹笛的孫楚秀「好作犯聲」，傳統曲笛一笛可翻七調，此處所指「犯聲」所犯之不同「調」，具體而言，是具有樂理意義的調性或調式轉換，這樣的轉換，可運用古笛翻「調」來演奏，從文中敘述可知，有「時人以爲新意」之效，然此處所謂「新意」，並不能理解爲「新作曲」，而應視爲曲中「轉調」對觀眾聽覺產生刺激「新奇」效果，俞爲民〈犯調考論〉一文誤解「新意」一詞，認爲這是一種創作新曲的方法，故產生「由於這種犯調與本調相比，具有新意，且相對於創立一支本調來說又較容易，故在唐代已十分盛行。〔註6〕」的結論，「犯調」何以較「創立一支本調」來的容易而十分盛行，當然值得商榷，而認爲「犯調」在當時是一種「創作新曲」的簡便作法，實是混淆「曲中轉調」與「創作新曲」兩種不同的手法。

故可知即使將傳統樂曲之「犯」上溯至唐代俗曲，僅能說明唐代已有將不同樂曲組合爲一曲的手法，但此同時涉及宮調的轉換，仍無法解釋集曲這種「曲牌摘句組合」的形式最直接的影響爲何。集曲大量產生的明代萬曆年間，無論是蔣孝《舊編南九宮譜》與沈璟《增定南九宮曲譜》，均只對曲牌集曲現象的存在記錄或提出考訂過程的解釋。清代可見的曲論，亦未見對集曲產生歷史的論述。目前可見對曲牌集曲產生的追溯，爲吳梅《曲學通論》，第十一章〈十知〉第七種「集曲」，述及「集曲本名犯調，乾隆時修《大成譜》，乃改此名。」〔註7〕僅述及「集曲」一名的原由。俞爲民〈犯調考論〉

〔註5〕（宋）陳暘：《樂書》（臺北：臺灣商務印書館，1979年），卷164。
〔註6〕俞爲民：〈犯調考論〉，收入《南大戲劇論叢》（北京：中華書局，2008年12月），頁210。
〔註7〕吳梅，《曲學通論》，收入《吳梅戲曲論文集》（北京：中國戲劇出版社，1983年5月），頁292。

所論，在引述唐代俗曲後，提及了宋詞有劉過【四犯剪梅花】一類摘句組成的詞牌。范揚坤博士論文《別裁與正宗──曲牌音樂的現象存有與歷史實踐》第二章〈集曲文化的歷史形成與作用〉，第一節〈集曲文化的歷史崛起與前歷史〉，試圖論述集曲的崛起，引用《九宮大成》中「唐宋詩餘無相集者，後人創立新聲，乃有集調。〔註8〕」後，直接討論《永樂大典戲文三種》中已存在集曲的現象，接著又舉姜夔【淒涼犯】中轉調說明「犯聲」─即「宮調之犯」，然而，早在宋詞，已有不同詞牌摘句組合為一新詞牌的作法〔註9〕。

　　宋代詞樂對集曲摘句形式的影響，較唐代俗曲更值得注意。詞中所言犯調，有兩種含意，萬樹《詞律》釋「犯曲」云：「詞中題名『犯』者，有二義：一則犯調，如以宮犯商、角之類，夢窗云『十二宮住字不同，惟道調與雙調，俱上字住，可犯是也；一則犯他詞句法，若【玲瓏四犯】、【八犯玉交枝】等，所犯竟不止一詞。〔註10〕』一指一詞中的轉調現象，與前文所謂唐代俗曲之「犯聲」相同，一則指犯用不同詞牌文句為一詞，萬樹於此處提出運用摘句組合新詞的方法，與「犯調」（異宮互犯）有別，顯然是注意到二者在創作時本質的不同，從這段文字或可這麼理解：「犯調」（異宮互犯）是偏向音樂的考量，「自度曲」時，直接將一詞的音樂進行轉調處理，換言之，自作一詞時，同時、或優先考量到音樂創作時一曲的轉調設計；後者則偏重文詞的摘句組合，直接將不同詞牌的句法摘錄組合，入樂時，或許亦僅是將原詞牌詞樂摘錄組合演唱，至於如此演唱是否同時涉及「犯調」（異宮互犯），則屬另一個問題。由於宋代詞樂幾乎沒有留傳，此處關於文詞、音樂與創作的關係，只是從對犯調的解釋文字來理解。本文參酌萬樹《詞律》與《詞調辭典》，列宋詞犯調現象條如下表：

詞 牌 名	說　　　明
小鎮西犯	宋柳永詞，萬樹《詞律》目錄：「按此調止七十一字，例應前列，但題有犯字，是犯他調者，必非【鎮西】全體，故以列於正調之後。」

〔註8〕〔清〕萬樹，《詞律》，收入《文淵閣四庫全書》1496 冊，集部 435 詞曲類（臺北：臺灣商務印書館，1986 年），頁 1496-142。

〔註9〕范揚坤，《別裁與正宗──曲牌音樂的現象存有與歷史實踐》，國立臺灣師範大學音樂學系博士班音樂學組博士論文，2009 年 8 月，頁 87～100。

〔註10〕〔清〕萬樹，《詞律》，收入《文淵閣四庫全書》1496 冊，集部 435 詞曲類（臺北：臺灣商務印書館，1986 年），頁 1496-142。

六醜	蓮子居詞話云,六醜詞,周邦彥所作,上問六醜之義,則曰:此犯六調,皆聲之美者,然極難歌,高陽氏有子六人,才而醜,故以比之,調見宋周邦彥片玉詞,明楊升庵長短句,更名箇濃
玲瓏四犯	宋周邦彥詞,未註所犯詞牌。
八音諧	調見宋曹勛松隱樂府,自註以八曲聲合成,故名。
江月晃重山	調見《詞林萬選》。萬樹《詞律》:「用【西江月】、【小重山】串合,故名【江月晃重山】,此後世曲中用犯之嚆始也。」
四犯翦梅花	調見宋劉過《龍洲詞》,又名【三犯錦園春】、【月城春】、【錦園春】、【轆轤金井】。
月上紗窗烏夜啼	即相見歡,宋張輯詞。上二句【月宮春】,中二【紗窗恨】,結句【烏夜啼】。
月城春	即【四犯翦梅花】,宋盧祖皋詞,名【月城春】。
四犯令	宋侯寘詞,又名【四和香】、【桂華明】。萬樹《詞律》:「題名四犯,必犯四調者,或每句犯一調,然未註明,不知犯何調也。」
三犯渡江雲	即【渡江雲】,宋周密詞,名【三犯渡江雲】
八犯玉交枝	即【八寶粧】,元仇遠詞。

犯用不同詞牌文句為一新詞牌的作法,萬樹《詞律》認為南宋陸游所做【江月晃重山】是「後世曲中用犯之嚆始〔註11〕」,然北宋周邦彥所做【六醜】,雖云:「此犯六調,皆聲之美者,然極難歌,高陽氏有子六人,才而醜,故以比之。〔註12〕」應是指詞牌之犯,因宋詞中所指「犯調」雖有二義,此處【六醜】僅有六句,若犯六種宮調,於音樂上有轉換的困難,故可知北宋詞中確實已出現犯二個詞牌異句為一詞的「曲中之犯」作法,因此可知,現今所見集曲的摘句形式,在宋詞中就已出現。蔡楨《詞源疏證》云:

> 所謂犯調者,或採本宮諸曲合成新調,而聲不相犯,則不名曰
> 「犯」,如曹勛【八音諧】之類是也。或採各宮之曲合成一調,而
> 宮商相犯,則名之曰「犯」,如姜夔【淒涼犯】、仇遠【八犯玉交
> 枝】之類是也。〔註13〕

《詞源疏證》提到,「犯」法之不同,會反映在詞牌命名上,詞牌加「犯」

〔註11〕〔清〕萬樹,《詞律》,收入《文淵閣四庫全書》1496冊,集部435詞曲類(臺北:臺灣商務印書館,1986年),頁1496-142。

〔註12〕據(宋)周密:《浩然齋雅談》所載。轉引自楊易霖:《周詞定律》卷七(臺北:學海出版社,1975年),頁20。

〔註13〕張炎著、蔡楨疏證,《詞源疏證》卷上,〈律呂四犯〉(臺北:學海出版社,1988年1月),頁55。

字，表示該詞牌屬不同宮調之犯，而牌名未加「犯」者，則屬本宮內詞牌摘句之犯。清代以後的詞作，犯不同詞牌文句的作法出現頗多，如丁澎之【一痕眉碧】、【山溪滿路花】；沈謙之【月中柳】、【月籠沙】等，不僅創作時直接說明犯用何調，且運用所犯牌名重新組成具有「文義」的新詞牌名，這種現象顯然是詞的犯調反過來受到明清以來集曲影響的新創作。

宋詞的「犯調」對集曲的產生是否有影響，是一個值得思索的問題，李昌集認爲：

> 集曲一體，從今存資料來看，是在文人詞中首先發生的。或者說，
> 將「集曲」構成一「體」，是由文人加以完成的。南曲集曲體的發
> 生過程也是如此，在今存南戲作品中，元末高則誠的《琵琶記》是
> 最初出現集曲體的作品，溯其源當是宋代文人集曲體的一脈流衍。
> 〔註14〕

李昌集從文人創作的一脈相承，認爲詞的犯調，影響了元末高則誠《琵琶記》的創作並使用集曲，雖未提到目前所見更早的南戲作品中已存在集曲的事實，卻強調了元代南戲中，文人——即所謂「書會才人」的集曲創作。在現在可見宋元南戲曲文殘本中，集曲出現頗見頻繁，亦可見如【四犯江兒水】、【三十腔】等較大型集曲，不只是「數量」與「規模」，運用集曲特徵以聯套的集曲作法，可視爲集曲的形式已經成熟，並可靈活運用，從文詞風格、用典修辭與組合方式來看，南戲中所見的集曲確實可看見細心經營之處，而非隨意減省、割裂組合曲牌的情況。錢南揚雖見到戲文中有大量的集曲創作，但認爲曲中犯調起於詞樂看法則是相似的，《戲文概論》提到：「犯調一體，雖見宋詞，然數量不多，規模又小，戲文中繼承了這種方法，又加以發展，不但數量增多，而規模也比過去大得多。〔註15〕」從「摘句」得知二者形式的相同，然宋詞的「摘句犯調」並非流行之作，偶有作家運用此法創作，並未形成如晚明清初集曲創作之風氣。另外曲體的犯調，早在宋代南戲就已可見，究竟是詞犯調影響曲犯調的產生，或者民間戲曲本存在著這樣的唱演方式，是一個值得關注的問題。吳梅《曲學通論》特別指出「大抵曲中之犯，與詞中之犯大異〔註16〕」，詞中之犯著重於「起調畢曲」，至於曲中之犯，吳

〔註14〕李昌集，《中國古代散曲史》（上海：華東師範大學出版社，1991 年 8 月），頁
　　　　84。

〔註15〕錢南揚，《戲文概論》（北京：中華書局，2009 年 11 月），頁 34。

〔註16〕吳梅，《曲學通論》，收入《吳梅戲曲論文集》，頁 292。

梅認爲「竟是割裂詞句，於結聲起調，毫無關係」，吳梅確實也注意到詞中之犯有摘句之法，所舉劉改之【四犯剪梅花】之例，認爲實是「曲家犯調之法」，如此可知，吳梅所論的「曲家犯調之法」，畢竟仍是萬樹《詞律》中所舉「犯調」的第二義，而根據吳梅此處的論述邏輯，則詞中摘句犯調的方法，亦有可能是詞樂學習了民間曲體摘句犯調的形式。這個問題在今日或許無解，但在可見元南戲的殘本中，「曲犯調」已經頗見規模，且形成了自身創作的特色，應是對於早期「曲犯調」存在的正確理解。

二、宋元南戲所用集曲考

　　關於南戲的分期，本文參考俞爲民、劉水云《宋元南戲史》之說〔註17〕。本小節所謂「早期南戲」，係指宋元時期可見的南戲全本與殘本曲文，這些全本與殘本曲文中，已廣泛可見集曲的運用，然一般論述曲體中集曲初創情況者，往往忽略這段時期殘本曲文，僅前文所引錢南揚《戲文概論》略有提及。對於這段時期的集曲，存在最值得思索的問題是：如何理解民間創作、文人創作對集曲的影響？如果認爲早期南戲多屬民間創作，這種在早期南戲中已屬成熟的集曲創作與用法，是否與一般引用徐渭《南詞敘錄》所謂是「宋人詞益以里巷歌謠」、「本無宮調，亦罕節奏」的情況有所違背？畢竟一個屬「隨心令」的表演形式，如何能夠透過穩固格律的文詞，組合成目前所見曲文殘本中，被廣泛收入徐于室、鈕少雅《南曲九宮正始》以爲範例的集曲曲文？此處或有創作進程的問題，在宋代戲文可見資料極少的情況下，目前所見最早的戲文作品──《永樂大典戲文三種》中所用的集曲運用，成爲論述集曲初始面貌的重要材料。

　　集曲畢竟是「曲」，「曲」於何時開始出現集曲這樣的曲牌體式？一般論集曲，皆以南曲爲主，北曲少見集曲體式〔註18〕，而現可見最早的南曲使用

〔註17〕俞爲民、劉水云，《宋元南戲史》（南京：鳳凰出版社，2009 年 6 月），頁 149～151。

〔註18〕一般論北曲集曲，皆提到【轉調貨郎兒】一曲，見俞爲民〈犯調考論〉，《南大戲劇論叢》（北京：中華書局，2008 年 12 月），頁 209～211；李昌集，《中國古代散曲史》（上海：華東師範大學出版社，1991 年 8 月），頁 84。然傳奇中偶有創作北集曲者，如李漁《憐香伴》第十一出〈請封〉，有【北撲燈蛾犯】、【北疊字令犯】二曲，僅見於此作（見《李漁全集》第四卷〈笠翁十種曲〉（杭州：浙江古籍出版社，1990 年 6 月），頁 36～37）；又有南北合犯之集曲，如《南曲九宮正始》所錄【花郎兒】註云：「此調按凍蘇秦原本每曲之

集曲，則可上溯至宋代南戲。前文所引李昌集文中，提到《琵琶記》是「最初出現集曲體」的作品，將《琵琶記》作爲曲體中，最早使用集曲的作品，並非正確的說法。從現存全本或殘本南戲曲文可知，《琵琶記》或許是較早「有規模」運用集曲的劇作，此於本章第二、三節有所論述，然而認爲《琵琶記》是最早出現「集曲體」的作品，則是忽略了現存《永樂大典戲文三種》中，已出現成熟的集曲的運用，李昌集並非不曾提及《永樂大典戲文三種》，然而僅提到其所謂的「不完全小令」──即曲牌不唱全，僅唱曲中摘句的情況，認爲「不完全小令」的減句，乃是爲了與下一個異調曲牌連接，是「南曲集曲體所以能夠成立的基本原因」、「蘊含著集曲體的胚芽」〔註19〕，但論述中卻遺漏的這些劇本中已有集曲的存在。一般認爲南宋南戲的代表──《永樂大典戲文三種》所收的《張協狀元》、《宦門子弟錯立身》、《小孫屠》，〔註20〕所見劇本中並不乏集曲的使用，雖然此三作的集曲標註亦不甚明確，只能從曲牌名，核對各家曲譜來判斷。但年代最早南宋年間的《張協狀元》已使用若干集曲，經過比對，這三部劇作所使用的集曲及套式如下表所列：：

1. 《張協狀元》第一齣【犯思園】諸譜未收，然俞爲民、劉水云以爲此爲集曲〔註21〕。套式爲：【滿庭芳】、【鳳時春】、【小重山】、【浪淘沙】、【<u>犯思園</u>】、【繞池游】

2. 《張協狀元》第五齣【犯櫻桃花】諸譜未收，然許子漢以爲此曲爲集曲〔註22〕。套式爲：【行香子】、【武陵春】、【<u>犯櫻桃花</u>】、【同前】、【同前】、【同前】、【同前】。

3. 《張協狀元》第二十齣所用【四換頭】，未見於《舊編南九宮譜》，沈璟

下半截尚有北調【紅衫兒】一闋，古人所謂南北合調者也，向被改本《金印記》直削去，致今人皆不識其全調。」（《南曲九宮正始》，臺北：學生書局，1984年，頁145～146）故可知除【轉調貨郎兒】外，尚有零星北曲集曲的使用，然而數量極少，見本文緒論，故一般論集曲均集中討論南曲。

〔註19〕李昌集：《中國古代散曲史》（上海：華東師範大學出版社，1991年8月），頁85、86。

〔註20〕此處《永樂大典戲文三種》，參考錢南揚：《永樂大典戲文三種校注》（北京：中華書局，2009年11月）。這三部劇本雖是明代刊本，一般學者認爲保留宋代南戲的形式。

〔註21〕【犯思園】被認爲是中呂【思園春】的犯調，見俞爲民、劉水云：《宋元南戲史》（南京：鳳凰出版社，2009年6月），頁62。

〔註22〕【犯櫻桃花】，見許子漢：《明傳奇排場三要素發展歷程之研究》（臺北：臺灣大學，1999年6月），頁218。

《增定南九宮曲譜》首錄此曲，引《荊釵記》「賊潑賤閉嘴」爲例曲，認爲此曲屬集曲，然「所犯四調，但知前四句似一封書，其餘未敢妄訂。〔註23〕」《南詞新譜》亦列入「凡不知宮調及犯各調者」，亦收同一例曲，但未做説明〔註24〕，可見此曲亦是集曲。套式爲：【懶畫眉】、【獅子序】、【同前】、【臨江仙】、【柰子花】、【同前】、【同前】、【醉落魄】、【四換頭】、【賺】、【同前換頭】、【絳羅裙】、【呼喚子】、【尾聲】。

4. 《小孫屠》第十一齣【錦天樂】經查證爲集曲，《南詞新譜》、《九宮大成》均有收錄。套式爲：【梅子黃時雨】、【錦天樂】、【上小樓】、【同前換頭】、【紅繡鞋】、【四邊靜】、【同前】、【同前】、【一撮棹】。

5. 《小孫屠》第十二齣【四犯臘梅花】諸譜未收，然這樣的曲牌命名方式經常用於集曲，此曲當爲集曲無疑。套式爲：【望遠行】、【四犯臘梅花】、【同前】。

6. 《小孫屠》第九齣的【犯袞】，據考即是後代傳奇作品中【風入松】曲後所帶的【急三槍】一節，《九宮正始》於【犯滾】後註云：「時譜曰：細查舊曲，凡【風入松】或一曲，或二曲，其後必帶此二段，今人謂之【急三槍】，未知是否，不敢遽定其名也。末後一曲，則止用【風入松】，更不帶此二段，不知爲何。若然，時譜亦在疑信之間也，但今歌者無不實謂【急三槍】，余在未識元譜時亦然，後幸得勘元譜，始知此調名曰【犯袞】，向爲【急三槍】冒知，然此調全章必爲二折，每折之前三句皆犯【黃龍袞】，末三句比即元傳奇《王十朋》此調云『才日暮問路程尋宿店』是也，其第四句仍用【風入松】耳。〔註25〕」可知此二曲在元代以前，牌名作【犯袞】，後人析爲二曲，名爲【風入松】與【急三槍】。此曲全段爲【風入松】犯【黃龍袞】的集曲。套式爲：【梁州令】、【梧桐樹】、【同前】、【北曲新水令】、【南曲風入松】、【北曲折桂令】、【南曲風入松】、【北曲水仙子】、【南曲犯袞】、【北曲雁兒落】、【南曲風入松】、【北曲得勝令】、【南曲風入松】、【石榴花】、【同前】、【駐馬聽】、【同前】、【同前】、【同前】。

〔註23〕　〔明〕沈璟：《增定南九宮曲譜》（臺北：學生書局，1984 年 8 月），頁 58。
〔註24〕　〔清〕沈自晉：《南詞新譜》（臺北：學生書局，1984 年 8 月），頁 870
〔註25〕　〔清〕徐于室、鈕少雅：《南曲九宮正始》（臺北：學生書局，1984 年 8 月），頁 1034～1035。

　　早期南戲所用集曲，目前所見即以上數例，這是明確可推知年代、現存完整劇本可見的南戲資料，其中集曲的使用，成爲推測早期南戲集曲用法與形式的重要材料。首先就聯套形式來看，早期南戲的集曲用法與一般過曲無異，集曲入套常出現的兩種模式：插入「套曲單獨使用」及「重複使用構成曲套」，在南戲早期已經出現，這是將集曲視爲一個個的曲牌，尚未注意到運用這種摘句形式特徵於聯套或段落區分的特殊功能性用法；其次，從這少數的例子，可看出集曲的使用，與李昌集將南戲中所謂「不完全小令」視爲「集曲前身」的說法，並不完全相同。一般而言，「不完全小令」的用法，多是前後二曲雖是異牌，但存在較爲明確的聯套關係，因此省用曲牌，以減少曲套的「份量」，換言之，並非爲了「與下一個異調曲牌構成具有『集曲』意味的連接」（李昌集語）才減句，而應把減句視爲「套中曲牌的省用」，這是曲牌體戲曲搬上舞台演出時常見的曲牌處理方法。當然，其立論基礎，認爲南曲這種可減句省用的特徵，與集曲的創作有關，是本文接受的論點，然而在最早宋代南戲所見的例子中，集曲的運用已具有獨立性，在套中作爲獨立存在的一個曲牌，光就集曲來看，並未見「不完全小令」的「省用」特徵。因此本文認爲，所謂「不完全小令」，並不只是集曲產生的前身，而是廣泛存在於曲牌曲唱的省用現象，即使在集曲大量創作的明末至清初，一般演唱時仍多見曲牌省用的情況，因此，「不完全小令」與「集曲」，前者多屬實際演唱的被動反映，後者則屬曲牌的主動創作，二者或有密切相關、彼此影響，卻未能完全將「不完全小令」視爲集曲創作的前身。

　　一般以爲，南戲大約在北宋末年產生〔註26〕，然劇本曲文資料多已散佚。一九三〇年代，錢南揚等人從曲譜、曲集中，摘選宋元時期南戲曲文的片段，最早有錢南揚《宋元南戲百一錄》〔註27〕、趙景深《宋元戲文本事》〔註28〕，隨後《南曲九宮正始》發現並影印出版，陸侃如與馮沅君據此編輯《南戲拾遺》〔註29〕一書。1956年，錢南揚依據《南曲九宮正始》，並集諸家大成，撰

〔註26〕論及南戲產生，一般引述祝允明《猥談》：「南戲出於宣和之後，南渡之際」，以及徐渭《南詞敘錄》：「南戲始於宋光宗朝」。二者差約六、七十年，研究者認爲是分別就「草創」與「流播」而言。參見錢南揚：《戲文概論》（臺北：木鐸出版社，1988年9月），頁21～25。孫崇濤：《南戲論叢》（北京：中華書局，2001年6月），頁76～77。
〔註27〕錢南揚：《宋元南戲百一錄》，（臺北：古亭書屋，1969年）。
〔註28〕趙景深：《宋元戲文本事》，（上海：北新書局，1934年9月）。
〔註29〕陸侃如、馮沅君：《南戲拾遺》，（臺北：進學出版社，1969年）。

輯《宋元戲文輯佚》一書，共收宋元戲文 119 種〔註 30〕。又有俞爲民《宋元南戲考論》中〈《風月錦囊》所輯南戲佚曲考述〉一節〔註 31〕、孫崇濤《《風月錦囊》考釋》〔註 32〕二作，以《風月錦囊》的材料補充《宋元戲文輯佚》未收之曲牌。這些曲文材料中，主要集中在宋元之際、尤其是元代南戲作品，與《張協狀元》等三作相較，集曲的出現頗爲頻繁，也有相當技巧性的運用，見附錄一〈宋元南戲殘本所見集曲〉。

　　此表中的「曲牌聯用」一欄，標明該集曲前後使用的曲牌。今所見南戲佚曲，共使用集曲 76 例，曲牌的來源，則以《舊編南九宮譜》、《增定南九宮曲譜》、《南詞新譜》、《南曲九宮正始》、《南詞定律》、《九宮大成南北詞宮譜》所收曲文爲主，尤其是《南曲九宮正始》所收曲牌（特別是集曲的收錄與考訂），有明確「詳於古」的觀點，徐于室、鈕少雅二人廣泛收集元代舊本南戲，從中輯錄曲牌，並以早期所見曲牌格式，解決二沈等人未能解決的集曲考訂問題，這個編輯過程中，已大量蒐集宋元舊曲本作爲曲牌收錄與考訂的材料，錢南揚的輯錄，大部分是根據《南曲九宮正始》所錄。然而這些輯錄曲牌的根據，即使言明所據爲宋元舊本，是否就眞能完全顯示宋元戲文原貌，是一個值得思索的問題，以《南曲九宮正始》爲例，即使譜中所錄部分集曲，可見其他旁證以證明元代南戲曲牌的用法，如【犯衰】與【風入松】、【急三槍】分屬元刊本與明刊本《琵琶記》的不同曲牌標註，因此曲牌輯佚中出現【犯滾】、【犯歡】等曲，確實能因這些旁證，證明實屬元本無疑，然而大部分曲牌皆未能獲得旁證，僅能從徐、鈕二人的版本收集，及其譜中所註「元傳奇」等文字得知，此爲孤證，不免引起本文好奇：若錢南揚的輯錄屬實，則宋元南戲集曲的用法已經相當廣泛且成熟，與我們所知「本無宮調、亦罕節奏」的南戲唱演相較，集曲的創作顯然是作者有意爲之，如此是否曲牌在南戲之初已是文人有意識的自覺創作，這個問題關係到如何理解宋元時期南戲所用曲牌。然此一問題，在眞正得見宋元舊本以前實爲無解，錢南揚輯錄態度是嚴謹的，《宋元戲文輯佚》並非完全只是引錄該譜曲牌，亦將曲譜所錄有誤者一一指出，其考訂可謂詳實，且其中部分曲牌的標註，與明代以後改本之標註有所不同，如明代刊本所謂【風入松】與【集三槍】的運用，

〔註 30〕錢南揚：《宋元戲文輯佚》，（北京：中華書局，2009 年 11 月）。
〔註 31〕俞爲民：《宋元南戲考論》，（臺北：臺灣商務印書館，1994 年）。
〔註 32〕孫崇濤：《《風月錦囊》考釋》，（北京：中華書局，2000 年）。

元刊本《琵琶記》謂之【犯衮】，此外尚有【犯歡】、【犯聲】等集曲，體例與【犯衮】相同。若視錢南揚等人的輯錄實爲宋元南戲，據以論述早期南戲的集曲運用，則可發現從《永樂大典戲文三種》的《張協狀元》諸作，到《宋元南戲輯佚》等戲文殘曲輯錄的不同創作階段，集曲的創作與運用有很可觀的進展。

首先從「套用」的觀點來看。元代南戲的集曲套用，已出現了「犯用同曲以成套」這種有意識運用集曲犯用二曲的特徵，來創作集曲套曲的用法，例子是《王子高》中所用的此種套式：【鵝鴨滿渡船】、【錦添花】、【間花袍】、【一盆花】、【惜黃花】、【情未斷煞】。此套屬首尾保留完整的套曲，其中【間花袍】、【一盆花】、【惜黃花】三曲，分別是【間花袍】、【一盆花】、【惜黃花】全曲，犯用【錦添花】第五至末句，此套在《南曲九宮正始》中舉散曲「無意理雲鬟」套爲例，收入仙呂宮過曲，可見這樣的套式並非孤例。此套的特徵，在於末段所犯【錦添花】五至九句，尤其是七至九句所唱合頭「嘆取人生光陰能幾？莫把青春盧受，負良辰美時」，更屬同詞同腔。若將【錦添花】與此三曲並看，則可發現與《琵琶記》所創【雁漁錦】五段的形式類似：即首段唱【雁過聲】全，次段分別犯【雁過聲】與別調，構成套中音樂同中有異、異中有同的效果。這種同樣曲詞與同樣腔句的曲牌用法，目的在於增加同套異曲間曲牌的同質性，本文在第二章第二節論沈璟《增定南九宮曲譜》對集曲套式的看法，以及筆者〈集曲入套論析〉一文〔註33〕，認爲較一般過曲所組成的套曲，更重視套內曲牌音樂「同一性」的表現，此種利用集曲犯二曲的特徵，藉由末段犯用同曲以及合頭來達到「同一性」的需求，可見在早期南戲中，集曲的手法已經是被有意識的運用，而不只是作爲套中一曲的存在。同樣的例子尚見於《呂洞賓三醉岳陽樓》的【四換頭】，其首、二、三、四段，分別是【一封書】、【皂羅袍】、【勝葫蘆】、【樂安神】全曲各帶【排歌】末三句以成套，【四換頭】一曲格律，在二沈曲譜中雖另有所指〔註34〕，然沈

〔註33〕黃思超：〈集曲入套初探〉，發表於中央大學主辦，「2010 年兩岸八校崑曲國際學術研討會」，2010 年 5 月 27～29。收入洪惟助主編：《千里風雲會：2010 兩岸八校崑曲學術研討會論文集》（台北：里仁書局，2014 年 11 月，頁 983～1017）

〔註34〕沈璟所列【四換頭】列於卷首「凡不知宮調及犯各調者皆附於此」，僅知前四句所犯爲【一封書】，未知其餘各句所犯爲何。（明）沈璟：《增定南九宮曲譜》（臺北：學生書局，1984 年 8 月），頁 58。沈自晉則列於卷末「雜調」，考訂同。〔清〕沈自晉：《南詞新譜》（臺北：學生書局，1984 年 8 月），頁 870～871。

璟於譜中所收仙呂過曲【安樂神犯】後註云:「或將【一封書】、【皂羅袍】、【勝葫蘆】各帶【排歌】,并此調共四曲爲一套,亦甚相協,今不錄。〔註35〕」則可見這樣的套式出現在元代南戲之中,並被後人襲用的痕跡,這種有意爲之的集曲套式,是所見元代南戲集曲運用方法的突破。

其次則是集曲體式的複雜化。在《永樂大典戲文三種》中所見集曲,在可考所犯曲牌的集曲中,皆以犯二至三調爲主,另有【四犯蠟梅花】諸譜未收,然「四犯」一詞,實有多種解釋,即使解釋爲所犯共四曲,亦屬篇幅較小的集曲。然而在元代南戲中,大篇幅的集曲已被創作,前述【四換頭】與【一盆花】等諸曲用全調犯他曲,都在十二句以上,當然,從句數不能判定其音樂上的份量,因諸曲未點板,無法估算音樂長段,然句數較多,音樂長度應也具有相當的規模;【四犯江兒水】犯用五曲:【五馬江兒水】、【朝元歌】、仙呂【水紅花】、【淘金令】、商調【水紅花】,不僅達十五句,亦犯有他調曲牌,可見亦有相當的規模,至於引自南戲《孟月眉》的【三十腔】,犯用高達三十首曲子,即使在明末清初集曲創作的高峰,亦未見使用犯用如此多曲牌的集曲。從集曲的長度規模透露出的集曲創作訊息,在於集曲手法的成熟,畢竟集曲不僅是句子的組合,須注意音樂的銜接,尤其是【三十腔】這種大型集曲,更須注意到全曲音樂的連貫性,以及曲中音樂的變化,以避免過長曲子影響聽者注意力的問題。

三、《琵琶記》的創調與影響

宋元南戲所見殘本中,集曲的創作已有相當的規模,而元代南戲如《荊》、《劉》、《拜》、《殺》、《琵琶》等,集曲的運用亦是豐富多樣,其中更有許多曲子被收入曲譜作爲例曲者,以沈璟《增定南九宮曲譜》爲例,用《荊》、《劉》、《拜》、《殺》、《琵琶》等五本戲爲例曲者,共有 37 曲,《增定南九宮曲譜》是第一部有意識收錄集曲的曲譜〔註36〕,由此收錄現象可看出,此時期南戲中集曲的使用不僅是相當成熟,且對後人作品有廣泛的影響,這其中又以《琵琶記》集曲的使用較爲頻繁且多樣。在元刊本《琵琶記》〔註37〕中,共使用集曲 49 曲(含【前腔】),其入套形式,主要是單曲的疊

〔註35〕〔明〕沈璟:《增定南九宮曲譜》(臺北:學生書局,1984 年 8 月),頁 146。

〔註36〕周維培:《曲譜研究》(南京:江蘇古籍出版社,1999 年 9 月),頁 296。

〔註37〕錢南揚:《元本《琵琶記》校注　《南柯記》校注》(北京:中華書局,2009

腔，如【江頭金桂】、【啄木鸝】、【山桃紅】、【玉山供】諸集曲，皆疊用二到四曲，並與其它過曲聯結成套。另外，在後代傳奇中，【月雲高】多作引曲使用，元刊本《琵琶記》則疊用三次構成曲套。可見在元代南戲中，集曲入套的形式仍較爲單純，使用較爲自由，同時也尚未發現，集曲與套中其他過曲間有何關係與影響。

綜合諸多論排場與套式關係的論述，如許之衡《曲律易知》〔註38〕、王季烈《螾廬曲談》〔註39〕、張敬《明清傳奇導論》與〈南曲聯套述例〉等〔註40〕，此時期帶有集曲的套曲成爲常用套者，計有以下六種：

1. 【錦堂月】、【醉公子】、【僥僥令】；
2. 【甘州歌】疊用；
3. 【瑣窗郎】疊用；
4. 【金絡索】疊用；
5. 【江頭金桂】疊用；
6. 【雁漁錦】各段不分用；

這些常用帶有集曲的常用套，皆出自此一時期南戲，尤其各譜所錄曲牌例曲，皆出自《琵琶記》：【錦堂月】各譜皆引《琵琶記》的「簾幙風柔」爲例；【甘州歌】引《琵琶記》的「衷腸悶損」爲例；【瑣窗郎】舉《琵琶記》「吾加一女娉婷」爲例；【江頭金桂】舉《琵琶記》「終朝懶窨」爲例；【雁漁錦】舉《琵琶記》「思量那日離故鄉」爲例；【金絡索】二沈譜舉《詐妮子》「春來麗日長」爲例，而《九宮正始》、《南詞定律》則舉《琵琶記》「區區一個兒」爲例。可見《荊》、《劉》、《拜》、《殺》、《琵琶》五本南戲，目前可見眾多元明刊本的存在〔註41〕，甚至《六十種曲》的收錄〔註42〕，都說明了這些劇作

年11月）。

〔註38〕 許之衡：《曲律易知》（飲流齋刻本，1922年），卷下1～18頁。

〔註39〕 王季烈：《螾廬曲談》卷二〈論作曲〉第四章〈論劇情與排場〉（聲集卷一，上海：上海商務印書館，1921年4月），將曲情分爲歡樂、遊覽、悲哀、幽怨、行動、訴情六門，並列宜於該列使用之套數。

〔註40〕 張敬：《明清傳奇導論》（臺北：華正書局，1986年10月），頁140，論〈傳奇結構的程序〉；又於〈南曲聯套述例〉（收於《中國古典文學論文精選叢刊·戲劇類一》（臺北：幼獅文化事業公司，1984年11月），頁157～215），將慣用套式與排場的安排，分「快樂類」、「訴情類」、「苦情類」、「行動遊覽類」、「行動過場類」、「普通類」六種，並詳列各類慣用套。

〔註41〕 各劇版本，參見俞爲民：《宋元南戲考論》（臺北：台灣商務印書館，1994年）。

〔註42〕 此說參見蔣星煜：〈《六十種曲評註》序〉，收於黃竹三、馮俊杰主編，《六十

直至明末清初仍是廣爲流行的劇作,而因刊本的流傳、改編與傳唱,對明人創作傳奇的曲套選用,產生深刻的影響。

特別是《琵琶記》,從套式被模倣的角度來看,《琵琶記》創調並被後人所襲用,是非常值得討論的現象,呂天成《曲品》謂《琵琶記》:「特創調名,功同倉頡之造字,細編曲拍,才如后夔之典音。〔註43〕」強調其創調之功,以及後人模擬其作的情況。《琵琶記》套式被模倣的情況相當普遍,這與從明代開始,《琵琶記》的地位與傳唱有關〔註44〕,可以看到明初以至清末,各時期皆存在重視《琵琶記》的說法,從明初明太祖所說《琵琶記》爲「富貴家不可無」、明中葉魏良輔《南詞引正》所謂「將《伯喈》與《秋碧樂府》從頭至尾熟玩,一字不可放過。〔註45〕」,到陸萼廷考證清末舊本傳奇演出保留較完整者,以《琵琶記》爲「一枝獨秀」〔註46〕,說明了至少從明初至清末,《琵琶記》一直常演的劇本,而在崑腔度曲與創作時曲牌選用上,因《南詞引正》對《琵琶記》的重視,認爲度曲者須將此作熟玩,加強了明代傳奇創作時,學習、模擬《琵琶記》套式運用的動機。

例如常見的多段體集曲【雁漁錦】,至少在《六十種曲》中,就有《浣紗記》、《春蕪記》、《西樓記》、《琴心記》、《紫釵記》五本使用此套,從沈璟《增定南九宮曲譜》以降,包括同一曲譜系統的沈自晉《南詞新譜》、徐于室等《南曲九宮正始》至呂士雄《南詞定律》,此曲在各譜所舉例曲,均是《琵琶記》「思量那日離故鄉」一曲,吳梅《南北詞簡譜》直接說明「此調……創自《琵琶》,其後《荊釵》之〈憶母〉、《浣紗》之〈思越〉、《紅梨》之〈路敘〉、以及《長生殿》之〈尸解〉、《臨川夢》之〈續夢〉,皆以此曲寫情。〔註47〕」【錦堂月】一套也是類似的情況,雖未特別指明起於《琵琶記》,然此前南戲曲文殘本則未見,而此套在元末南戲中亦見使用,如《荊釵記》第三齣,並成爲

種曲評註》(吉林:吉林人民出版社,2001 年 9 月),頁 1～29。

〔註43〕〔明〕呂天成:《曲品》,收入《中國古典戲曲論著集成‧六》(北京:中國戲劇出版社,1959 年),頁 210。

〔註44〕關於明清《琵琶記》的傳唱流播,見王志峰:〈明清時期《琵琶記》的傳播〉,收入《文藝研究》2008 年第 8 期(北京:文藝研究雜誌社,2008 年 8 月),頁 86～92。

〔註45〕錢南揚:〈魏良輔《南詞引正》校注〉,收於《漢上宧文存》(北京:中華書局,2009 年 11 月),頁 94。

〔註46〕陸萼廷:〈清代全本戲演出述論〉,《清代戲曲與崑劇》(臺北:國家出版社,2005 年 6 月),頁 290～292。

〔註47〕吳梅:《南北詞簡譜》(臺北:學海出版社,1997 年 5 月),頁 311。

明代傳奇中常用於歡宴排場的集曲套曲。

　　從套式被模擬的角度切入觀察，「慣用套」之所以產生，與傳奇套曲選用「模擬」作法的關係，確實是值得注意並進一步研究的現象，而這當中元代南戲所作用有集曲的套曲，成爲日後傳奇慣用套者，除了與劇本的傳唱有關外，亦可見集曲於元代南戲的發展已然成熟，對後代劇本的創作產生極爲深刻的影響。

　　宋元南戲已有集曲的出現，說明探討「曲牌」集曲之淵源，除了上溯自唐代俗曲與宋代詞調，或許也應著眼於這種「曲調組合之法」的概念，於宋元南戲開始，就被運用於曲牌的創作上，這些集曲以及其與後代集曲的異同，如此或可進一步解釋集曲大量產生的原因。李昌集認爲南曲曲牌之所以可以發展出集曲，原因在於「不完全小令」，即南曲小令可摘句而用〔註48〕。筆者於本章雖贊同這樣的說法，但若進一步思考，後代戲曲選本中曲牌的省用，與集曲的創用是同時存在的，觀察曲牌省用與集曲的產作，可發現二者實有關聯。

第二節　排場設計與集曲選用的功能性

　　由若干曲牌組成的套曲，是傳奇每折的音樂主體。從劇本創作過程來看，曲套（曲牌）的選用，與人物、情節的構思具有相同的重要性，而論及曲套的選用，往往會涉及「排場」的概念，明中葉以降，劇本創作時某類情節適合用某些曲套，似乎逐漸形成襲用的共識，這種逐漸形成的共識影響著傳奇創作時曲牌與曲套的選用，至民國以後，許之衡《曲律易知》卷下〈論排場〉一節，將劇情分爲八類，每類皆有套曲（或曲牌）數種，配合不同的情節選用不同的套式，即使偶有例外，「排場」與「套曲」的關係引起了曲家與研究者的注意，以歸納的方法，對二者的關係提出詳細的條列與說明。

　　作爲與「排場」相應音樂選擇的種種套式，主要是以一般過曲組成的各宮調固定套式爲主，集曲成套、或套中使用集曲的例子較爲少見。萬曆以降傳奇作品中使用集曲頗爲頻繁，有所謂「競爲新奇」之弊，因此沈璟編纂《增定南九宮曲譜》，不僅針對當時的集曲妄作，也是針對爲了追求曲套新奇導致套曲中曲牌連接不諧的現象。有別於一般過曲組成的熟套，集曲入套往往被

〔註48〕李昌集：《中國古代散曲史》（上海：華東師範大學出版社，1991年8月），頁84。

當代研究者列入「變套」，此「變」由於集曲運用的頻繁與零散，並不存在如過曲組套一般「聯套規律」，只有某種「使用規律」〔註49〕，可見在襲用的「排場—套式」觀念外，集曲被作為一種「新奇的創作」運用在傳奇作品的曲套之中，劇作家在什麼情況下會選用集曲？如何安排集曲入套？甚至如何透過集曲設計音樂的變化效果？都是都是本文所欲探討，傳奇創作「技術層面」時值得思考的問題。

　　本文以萬曆至康熙年間作品為研究對象，探討這些作品中，劇作家在面對何種排場設計時，會選擇使用集曲而非一般過曲。特別提出的是，本文認為因不同時代、不同劇作家有不同的曲牌使用習慣，本文的研究並非「歸納」，而是就個例探討選用集曲的理由，並以集曲——犯用不同曲牌——為目列舉並試圖說明各種現象，因此不具有「某種情況多選用集曲」的概念存在，特此釐清。

一、概念的釐清——排場、慣用套歸納、集曲運用

　　「排場」一詞，涉及到包括戲劇情境、情節內容、人物安排、冷熱結構與套曲選用等等、與編劇與導演技巧相關的種種概念，曾永義〈說「排場」〉一文，梳理明代以至民國所論排場相關的敘述，亦由此概念出發，理解明清曲論中與「排場」相關概念的論述〔註50〕。這些論述中，往往提及了對於劇本創作時，音樂的設計與處理，然而明代曲論中，對於作品曲牌的選用，所論往往抽象而不具體，如呂天成《曲品》提到「十要」中，有「按宮調協音律」，所謂的「按宮調」，片面理解雖然可說是同宮曲牌的聯套，但實際創作中，異宮曲牌聯套亦屬常見，《十三調南曲音節譜》〔註51〕雖有列舉宮調出入的情況，但在實際使用中，例外的情況仍是相當普遍；至於「協音律」的標準為何，也未見具體說明，涉及創作時曲牌選用的討論，亦是付之闕如。也

〔註49〕　見黃思超，〈集曲入套初探〉，發表於中央大學主辦，「2010 兩岸八校師生崑曲學術研討會」，2010 年 5 月 27～29。本文所謂「使用規律」是指用法上的規律，簡言之，集曲在自套或疊腔成套時，與一般孤牌（引用自王守泰的概念，見本文第一章第三節的相關論述）用法相同，至於置入熟套中使用，則須考量與熟套中各曲牌的連貫性。

〔註50〕　曾永義，〈說排場〉，《詩歌與戲曲》（臺北：聯經出版社，1988 年）。

〔註51〕　《十三調南曲音節譜》，收於《舊編南九宮譜》（臺北：學生書局，1984 年 8 月）頁 35～63。關於此譜所列宮調出入的討論，見洪惟助，《崑曲宮調與曲牌》（臺北：國家出版社，2010 年 6 月），頁 49～52。

因此，提到排場與「曲牌／曲套」的關係，得從民國以後的論著來看。

（一）民國以來對「排場—套曲」關係的歸納整理

民國以來對這個議題的諸多論述，往往運用統計歸納的方式，列舉各種戲劇情境的常用曲套。目前所見最早進行這種歸納工作的是許之衡《曲律易知》〔註52〕卷下〈論排場〉，許之衡將傳奇劇情的情感及作用類型，分爲「歡樂類」、「悲哀類」、「遊覽類」、「行動類」、「訴情類」、「過場短劇類」、「文靜短劇類」、「武裝短劇類」等八類，並詳列每類適用的套曲數種。所列有常用、亦有僅見一用的套式〔註53〕，並特別說明一些例外狀況〔註54〕。許之衡所列套式繁多且頗爲複雜，其中亦頗見集曲爲套者，細察此說，與後人以統計所得「慣用套」的概念有所不同，許之衡就其所見，列舉明清傳奇中劇情與套式運用的關聯性，綜觀所列套式，不僅有經常襲用的「情節／套式」關係，尚有偶一用之、或爲某一劇作者所創用者，因此，許文中特別強調「惟排場千變萬化，似不易以筆墨罄。」畢竟南曲曲牌組合的形式，並不如北曲般的規範，甚至如李昌集就認爲「在南曲的戲曲中（尤其是早期戲曲），我們找不到像散曲那樣的『套數』。」〔註55〕所言雖否定南曲有「套數」的存在，但劇曲中南曲的聯套，仍可見到不少相當固定的套曲使用習慣，王守泰整理了常用的曲套，並以《集成曲譜》所收折子爲主，編纂了《崑曲曲牌與套式範例集》，但南曲聯套有其「彈性」的一面，廣泛出現在傳奇劇本中，具體表現在這些「慣用套」以外的曲牌選用與組合之中，尤其劇作中集曲的選用，更體現了劇作家所欲達到「新奇效果」的創作意圖。

許之衡以下，後代研究者大都贊同這種歸納所得的排場與曲套選用的結

〔註52〕許之衡：《曲律易知》（飲流齋刻本，1922 年），卷下 1～18 頁。。

〔註53〕如「歡樂類」中有「引、六犯清音、七犯玲瓏、醉歸花月渡、巫山十二峰」一套，謂「此套僅《空谷香》有之，用作收場，頗爲新穎，惟慢曲太多，不盡合宜，姑錄以備一格。」（卷下，第二葉）「悲哀類」中有「引、小桃紅（二）、下山虎（二）、山麻楷（二）、尾」一套，云「此套每曲二支，於律亦合，甚爲新穎，僅見之《秣陵春》。」（卷下，第四葉）「遊覽類」舉「引、南排歌、北寄生草、南排歌、北寄生草、南排歌、北寄生草、南排歌、北寄生草、尾」一套，云「此套甚新穎，於律亦合，僅見之《蕉帕記》。」（卷下，第六葉）。

〔註54〕如「歡樂類」舉「千秋歲、越恁好、紅繡鞋」一套，然云「《一捧雪》之〈代戮〉曾用之，然究亦屬罕見，普通仍用之喜劇也。」（卷下，第一葉）

〔註55〕按：李昌集認爲，南曲散套是「仿造北套形式的產物」，因此與劇套之不見「套數」是不同的，頁 87。

論，所做的分類與歸納亦大同小異〔註56〕，許子漢《明傳奇排場三要素發展歷程之研究》，在〈研究資料彙編・甲編・襲用關目〉中，更將明傳奇的「習用關目」歸納出六十種。許子漢認為，有三本以上傳奇運用該關目，即可視之為「襲用」，雖然未知以「三本」為標準是否具有代表性，在其所列部分襲用關目中，也歸納了常見的套式，並云：「各關目若有較常用之套式，會列出以供參考，但所用套式為何，並非同一關目之必要條件。〔註57〕」許子漢的歸納，較許之衡、王季烈等人更為詳盡，然而這個問題統計的愈「精確」、說的愈「確定」，就愈容易碰到「例外」，也因此，許子漢加上了但書，說明二者的關係是「選用」而非「絕對」，這就引發另一個問題的思考，從許之衡以降，透過「歸納」說明並統整二者關係，有愈趨詳細的傾向，然而若進一步問，這些運用歸納法所得到的結論即使有例外，確實也存在著一些不可忽略的「關係」，產生這些「關係」原因是什麼？或許就與明清傳奇創作時，曲牌的選用往往有透過模傲、沿襲前人慣用曲套有關，南曲確實也存在著因「襲用」而產生的「套式慣例」的說法，李漁《閑情偶寄》提到「止因詞曲一道，但有前書堪讀，並無成法可宗。〔註58〕」說明了填詞之道，與學習前人之作的關係。盧元駿《曲學》第五章〈酌套式〉中，述傳奇作法云：

> 所謂效法者，當擇傳奇散曲中的佳作，如《琵琶》、《幽閨》、《浣紗》
> 諸記，皆可效法。先將所填曲中情節，悲歡喜怒之異，辨析清楚；
> 然後則定用某宮某套……再將《南詞定律》，檢出所用各曲，依譜填

〔註56〕 王季烈：《螾廬曲談》卷二〈論作曲〉第四章〈論劇情與排場〉（聲集卷一，上海：上海商務印書館，1921 年 4 月），將曲情分為歡樂、遊覽、悲哀、幽怨、行動、訴情六門，並列宜於該列使用之套數。張敬，《明清傳奇導論》（臺北：華正書局，1986 年 10 月），頁140，論〈傳奇結構的程序〉第七點云「宮套都有一定的法式，在曲譜曲律裡面，記載甚詳。宮套就形式來說，有長有短；就聲律來說，有粗有細；就聲情來說，有歡有愁。總之，必須配合場面要表現的特質，以搭配宮套，否則一定聲情乖誤，靶場面上要表現的都給破壞了。」並於〈南曲聯套述例〉（收於《中國古典文學論文精選叢刊・戲劇類一》（臺北：幼獅文化事業公司，1984 年 11 月），頁 157～215），將慣用套式與排場的安排，分「快樂類」、「訴情類」、「苦情類」、「行動遊覽類」、「行動過場類」、「普通類」六種，並詳列各類慣用套。

〔註57〕 許子漢：《明傳奇排場三要素發展歷程之研究》（臺北：臺灣大學，1999 年 6 月），頁247

〔註58〕 〔清〕李漁：《閑情偶寄》，收於《李漁全集》（杭州：浙江古籍出版社，1991 年 8 月），頁 2。

寫。〔註59〕

這段文字的重點在於「效法」二字，強調創作前先辨析該折情境，「模倣」、「揣摩」名作在不同的戲劇情境中選用何種套式，再取格律譜一一填詞。以模倣常用套式爲套曲選用之法，明清曲論中雖未有明確的敘述，但這卻似乎是許多劇作家「心照不宣」的共識。

　　但是本文重點並不在此。「模倣」以外的「曲套創作」，往往是各家以統計方法所建立的「排場——套式」關係免不了的「意外」，而與所謂「慣用套」相比，「非慣用套」確實沒有規則可循，其形式千變萬化，除了只能如王守泰所說的「孤牌自套」外，似乎也看不出有什麼「規則」存在於套式結構中，張敬謂之「變套」，運用集曲產生「變套」效果是常見的方法，而「合律」或「不合律」，也就成爲歷代曲家判斷「非慣用套」是否合理可用的關鍵。

（二）關於集曲使用原因諸說與集曲「功能性」問題

　　把問題聚焦於「集曲」上，傳奇劇本創作時，劇作家在什麼情況下會選擇使用集曲？目前可見相關的說法都值得進一步思考。許之衡認爲，「蓋一部傳奇中，各折套數，例以不複用曲牌爲當行，此牌前套已用之，後者既不便複用，而另選他調，或不若此調相宜，則改用集曲已稍變其面目，求合於不複用曲牌之例耳。〔註60〕」許之衡認爲，集曲的使用是極小心的，如此小心翼翼的想法其來有自，除了沈璟對「競爲新聲」的批評所引起對集曲合律的考量外，《欽定曲譜》卷首〈諸家論說〉也提到對集曲的看法云：「知音者知能事，然未免有安有不安，不若只犯本宮爲便，一犯別宮，音調必稍有異，或亦有即犯本宮而不甚安者，宜審愼之。〔註61〕」因此集曲的使用，必須審愼考慮合調問題，這是許之衡認爲集曲應少用的原因。傳奇「不複用曲牌」故用集曲之說，在明代傳奇劇本的創作中並非事實，同部傳奇異折出現同樣的曲牌並非少見，以《六十種曲》所收傳奇爲例，如《彩毫記》第二十五、三十二、三十五齣都用了【四邊靜】；《玉鏡臺記》第十三、十九齣都用了【夜游朝】；《南西廂記》第三、九齣都用了【琥珀貓兒墜】；《紫釵記》第十六、

〔註59〕盧元駿：《曲學》（臺北：國立編譯館，1980年11月），頁357～358。

〔註60〕許之衡：《曲律易知》（飲流齋刻本，1922年），卷下23～24頁。

〔註61〕〔清〕《御定曲譜》，收於《景印文淵閣四庫全書》「集部四三五・詞曲類」，頁1496-406。

二十三齣都用了【畫眉序】;《還魂記》第十、二十二、二十九、五十三齣都用了【步步嬌】,可見因「不複用」才用集曲之說不盡合理,這同時也說明了劇作家使用集曲時,應有更多不同的考量值得思索。

這其中或有關於集曲使用的「功能性」考量。張敬認為,「變套之法有三:一是將套內前後曲牌,改變笛色;一是在各正曲間插用集曲,一是全部採用集曲。〔註62〕」並提到「集曲雜用在正曲之間,它是獨立的,猶如插唱小曲一樣,在這樣性質下,僅可配用於不同聲情之間而不影響前後正曲的一貫性或協調性。」從「變套」的角度,理解集曲之用,等於注意到了集曲與「曲套之變」的特殊使用功能,並非消極的替代,而是具有積極的、與情節變化相應的作用,與許之衡認為排場變化用「借宮」之法不同,許之衡則認為是換用不同宮調的曲牌,張敬此論,著重於改變笛色或插用集曲。此說認為集曲可隨意插用在不同聲情的曲牌之間,猶如「插唱小曲」,則是忽略了集曲仍是曲牌,各宮調曲牌的使用規則,同樣存在於集曲的使用之中,並不可隨意插用曲牌而導致聲律的混亂。

關於曲套的功能性問題,在本文第二節有詳細的討論,然而若與許之衡所說相互參照,對於集曲所欲產生「變」的功能,則可有初步的理解:即使許之衡認為集曲因應曲牌不複用的原則而使用,並不符合實際創作的現象,在同一部傳奇中,出現類似的套曲時,以集曲來改變套式的面貌,降低曲套多次出現的重複性,卻是一種偶然可見的作法,如屠隆《曇花記》,有三齣用了商調【二郎神】套,套式如下:

1. 第十八齣〈公子尋親〉:【金蕉葉】、【二郎神】、【前腔】、【囀林鶯】、【前腔】、【啄木公子】、【前腔】。
2. 第三十二齣〈閻君勘罪〉:【齊天樂】、【山坡羊】、【前腔】、【二郎神】、【集賢賓】、【黃鶯兒】、【啄木兒】、【三段子】、【啼鶯兒】、【御林鶯】。
3. 第五十一齣〈義僕遇主〉:【十二時】、【二郎神】、【前腔】、【囀林鶯】、【前腔】、【啄木鸝】、【前腔】、【金衣公子】、【前腔】。

乍看這三齣,套式頗有差異,然而細究各曲,可發現套曲主體皆由【二郎神】、【囀林鶯】、【啄木兒】、【黃鶯兒】四曲所構成,其中【啄木公子】、【啄木鸝】皆是犯【啄木兒】與【黃鶯兒】的集曲,而【金衣公子】是【黃鶯兒】的

〔註62〕張敬:〈南曲聯套述例〉(收於《中國古典文學論文精選叢刊‧戲劇類一》(臺北:幼獅文化事業公司,1984年11月),頁187。

又名，第三十二齣看似較爲複雜，但實際上仍是分別用商調【鶯啼序】與【簇御林】犯【黃鶯兒】的集曲，以使套曲產生變化。當然，在此仍看到不同折子曲牌的「複用」，然而本折的複用，運用了集曲使套曲有所變異，這說明了劇作者選用集曲，著眼於「曲套變化」，使同一本傳奇不出現重複的套曲形式。

　　透過以上概念的釐清，本文所關注的重點，並非「什麼樣的排場多用什麼套曲」，而是「常見慣用套以外，以集曲爲重點，觀察劇作家曲牌選用的考量」，「變」與「集曲之用」有何直接關係？針對這個問題，由於變套形式多樣複雜，不同作者選用集曲的理由亦不盡相同，本文不擬「歸納」創作中排場與集曲選用的「規律關係」，而是試圖透過劇本中集曲使用各種現況的梳理，探討在甚麼樣的情況下，劇作家會「選擇使用」集曲，而非使用一般過曲組成的套式。

二、功能性——曲套、排場與集曲的整體考量

　　傳奇作品中，沿用元代以來南戲慣用的排場與集曲套曲的例子，以雙調【錦堂月】、仙呂【甘州歌】與正宮【雁漁錦】、南呂【瑣窗郎】四套爲常見〔註63〕，根據許之衡的說法，這樣的集曲用法「實與過曲無異〔註64〕」，然而在傳奇作品中，偶爾出現的一些習用套曲的例外用法，例如雙調【錦堂月】一套，用於歡宴場景，一般疊用前腔，並與【醉翁子】、【僥僥令】聯套，作爲該折套曲主體，但一些例外用法，如李日華《南西廂》第二十八齣〈堂前巧辯〉，即俗云〈拷紅〉一折，套式爲：【謁金門】、【風入松】、【謁金門】、【桂枝香】、【前腔】、【月上桂花】、【前腔】、【臨江仙】、【錦堂月】、【前腔】、【僥僥令】、【尾聲】，從情節段落來看，至【月上桂花】前腔，爲崔母責問紅娘，【臨江仙】爲崔母將鶯鶯許配張生，擺下婚宴，與一般使用此套全場俱爲歡宴主體不同，此折婚宴僅是後半段起交代下文的情節之用，因此不用【醉翁子】，【僥僥令】也僅用一曲，以同唱帶過。這樣的作法，顯然是爲配合情節段落區分與需求，不僅改變原固定的套式結構，亦將此套與他曲聯用，作爲套曲整體的部分曲組片段。因此，即使是固定的套式，在不同的情節設定下，

〔註63〕此四套見於許之衡、王季烈、張敬、盧元駿觀於排場的論述之中（同前註）。另外，沈璟《增定南九宮曲譜》各宮調後所列〈尾聲總論〉，於〈仙呂、羽調尾聲總論〉述及【甘州歌】套雙調尾聲總論述及【錦堂月】套（臺北：學生書局，1984 年 8 月），頁 180、頁 721。此說亦可爲證。

〔註64〕許之衡：《曲律易知》（飲流齋刻本，1922 年），卷下 23～24 頁。

亦可有所改變，以配合排場的整體安排。

　　配合情節改變原已固定的套式，是曲套設計的常見作法，然而至少在沈璟編纂《增定南九宮曲譜》前後，曲牌與曲套的創作，有所謂追尋「新奇」的風氣，刻意改變、並避免運用慣用套，沈璟批評當時的創作現象云：「後進好事，競爲新奇，有借省犯而揉雜，乖越多矣。〔註65〕」這段文字雖可視爲沈璟對時下隨意拆解、組成集曲的批評，然涉及到曲套的曲牌組合，在沈璟其時確實也存在著「翻新曲套」的創作風氣，即如沈璟本人，對於曲套的運用就頗見巧思，如前節所引吳梅對沈璟《紅蕖記》曲牌選用的評價文字中，「聯篇新巧」的判定，在於曲牌聯套與慣用舊套的不同，有別出心裁的設計，從此例可以看到，即使情節未見特殊安排，在曲律合諧的前提下，捨棄曲牌的慣用之法，運用新作曲牌，或是將一般不聯用的曲牌聯用，是使曲套新奇變異的一種作法，在這當中，集曲的選用是常見的一種手法。萬曆以降至清初，是集曲大量創作的階段，新曲大量保留在以「備於今而略於古」爲收錄標準的沈自晉《南詞新譜》之中。運用集曲，改變慣用曲套的做法，本文分爲「引曲之用」、「多曲之用」、「半曲之用」、「變化之用」四種類型，以下分別討論。

（一）引曲之用──集曲可自成段落之特徵

　　在曲譜的曲牌分類中，「引子」作爲與「過曲」不同的類型，列於各宮調之首，一般爲人物上場所用。引子亦有集曲，明清傳奇中常見的有【女臨江】、【臨江梅】、【折腰一枝花】、【玉女步瑞雲】等，集曲引與一般引子在使用上並無不同，常見用法是前後所犯不同曲牌作爲不同人物上場所用，如《西樓記》第二齣所用【臨江梅】，【臨江仙】部分二句由李貞侯唱，【一剪梅】部分三句則由趙伯將唱。但亦有一人唱全曲者，如《義俠記》第二十七齣的兩支【臨江梅】，這種情況與一般引子並無不同，然明代作品多見引子僅唱半支的情況，集曲引的使用，可視爲這種現象的反映。

　　但傳奇人物上場，不唱引子直接唱過曲者亦非少見，俞爲民認爲這是以過曲代替引子，因爲是代替，這種「過曲必爲節奏舒緩、抒情性強的細曲。〔註66〕」。張敬則認爲「限於排場的原因，上場腳色，不限專用的散板引子，

〔註65〕〈南曲全譜題詞〉，收於《增定南九宮曲譜》（臺北：學生書局，1984 年 8 月）頁 4。

〔註66〕俞爲民：〈崑曲曲調的組合形式考述〉，收於《東南大學學報》（哲學社會科學

亦得用導引性的過曲作引場，但不得一人重複使用。〔註67〕」所謂「不得一人重複使用」，張敬舉《玉簪記・琴挑》潘必正與陳妙常二人間唱，從排場來看，所唱一、二曲【懶畫眉】作「引場」用，第三、四曲則需進入該折主要情節，否則便不合律。此折就排場的概念來看，潘必正與陳妙常輪唱四首【懶畫眉】直接起一情節段落，【琴曲】與【朝元歌】則是另一情節段落，【懶畫眉】一般均以疊腔成套，此說則強調了作爲「開場過曲」的條件，而所謂「導引性的過曲」，張敬並未明確界說，而實際使用上，以過曲開場，需具有「引場」性質，實際上也等於是一種進入主要情節前的段落劃分，如沈璟《紅蕖記》第十齣，以【步步嬌】，接用【忒忒令】、【沉醉東風】等本套套牌，雖等於開場便進入主要情節，然【步步嬌】爲鄭德麟上場，自言所見一絕色女子不知何去，故回自家船上慢慢尋訪，下場後旦上唱【忒忒令】。【步步嬌】一般用於套首〔註68〕，就曲牌特徵來看，此曲首四字（偶用首二字）作散板唱，與一般引子唱法同，此或爲張敬所認爲的「導引性」特徵。因此可見以一般過曲爲引，與使用引子的功能差異，主要在於省略人物上場的自報家門，透過該過曲的情境引導，使開場直接進入戲劇的主要情節。上述的兩個例子同時說明一個問題，《紅蕖記》第十齣用了【步步嬌】—【嘉慶子】全套曲牌共十四曲，除【步步嬌】唱罷鄭德麟下場外，其餘並無情節段落的區分，而〈琴挑〉所用【懶畫眉】與【朝元歌】分別是兩段疊腔自套的曲牌，二段套曲的連用，並透過管色的轉換，交代了情節段落的畫分，此與本節開始所討論的概念基本相同，而折子的開場便用集曲，與〈琴挑〉這個例子有很明確的關聯。

除上述幾種集曲引以外，集曲一般作過曲用，與一般過曲同樣可置於套首，然而劇作家何以選用集曲開場，是否有不同於一般過曲開場的考量，實是值得思考的問題。【月雲高】作爲開場曲是較爲常見的集曲開場曲牌，此曲的使用幾與一般過曲無異。【月雲高】犯【月兒高】與【渡江雲】，其中【渡江雲】本調已不傳，此曲屬仙呂宮集曲，一般用於全套曲牌首段，如鄭若庸《玉玦記》第三十一齣套式爲【月雲高】、【五方鬼】、【前腔】、【月雲高】、【一

版）第八卷第一期（南京：東南大學學報編輯部，2006年1月），頁95。

〔註67〕 張敬：〈南曲聯套述例〉（收於《中國古典文學論文精選叢刊・戲劇類一》（臺北：幼獅文化事業公司，1984年11月），頁176。

〔註68〕 王守泰：《崑曲曲牌與套數範例集・南套》（上）（上海：上海文藝出版社，1994年7月），頁644。

盆花】、【前腔】、【前腔】〔註69〕，本折演娟奴因老鴇殺害昚喜，病勢沉重，被昚喜鬼魂索命一事，所用兩次【月雲高】，首段為娟奴所唱，隨後昚喜與鬼使分上，唱【五方鬼】二曲，娟奴醒，唱【月雲高】，隨即見二鬼索命。本折排場可分為三個段落：娟奴上，感歎病中寂寞冷落，唱完【月雲高】後睡去為第一段落；【五方鬼】二曲分別為二鬼所上唱，為第二段落；娟奴甦醒唱【月雲高】為第三段落，透過這三個段落的劃分，可以清楚知道折子開頭使用集曲開場，除了直接進入主題的功能外，亦有自成一個曲組段落的獨立作用。《六十種曲》使用【月雲高】開場者，如《彩毫記》第十二齣、《錦箋記》第三十八齣、《紫簫記》第十四齣《紅拂記》第二十八齣、《青衫記》第十九齣等，少者單曲，多者用至四曲，其使用與【懶畫眉】形式大致相同，不同的地方在於，張敬所謂「不得一人重複使用」的原則，並不適用於集曲開場。集曲雖可如一般過曲的疊腔成套，亦可單一曲牌自成段落，不須如《紅葉記》之例，使用全套作為套中首曲引場，這與「集曲」在明人使用中，作為套之「變」而具有相反於「慣用套」的使用方式有關，此一概念，使得集曲在使用時，往往可以單一曲牌自成段落，與其他段落的套曲或集曲接連使用。

　　明清傳奇中，除了【月雲高】以外，被作為開場曲牌的集曲，可以分成兩種類型，其一是上場即唱集曲，如【傾杯玉芙蓉】、（《灌園記》第三十齣、《蕉帕記》第三十二齣）、【出隊滴溜子】（《西樓記》第二十三齣）、【醉翻袍】（《西樓記》第三十三齣）、【羅帶風】（即【羅江怨】，《蕉帕記》第三十四齣）。其中【傾杯玉芙蓉】二例皆為眾軍所唱同場曲；【出隊滴溜子】、【醉翻袍】、【羅帶風】皆為二人上場分段所唱，使用與引子分段所唱形式相同，直接把集曲作引子使用，是此例較特殊之處，這些集曲所以能置於套首，與其所犯曲牌偶用於套曲首曲有關，如【出隊子】於《碩園刪定牡丹亭》第二十五齣、《義俠記》第三十五齣、《金蓮記》第五齣、《玉鏡臺記》第十二齣等，均用於套首。強調曲牌應具有可擔「衝場」的功能，而曲牌的選用也必須有更仔細的斟酌。

　　其二則是念白交代情節後唱，這種做法實同於一般過曲，如【玉山頹】（《紅梨記》第九齣）、【榴花泣】（《彩毫記》第十齣）、【六犯宮詞】（《曇花記》第五十齣）、【鶯集林春】（《紫釵記》第九齣）、【羅江怨】（《紫簫記》第三十二齣）、【二犯江兒水】（《紅拂記》第十齣、《春蕪記》第二十八齣、《東

郭記》第十五齣）既與一般過曲用法同，在同樣的情況下，於套首加上引曲的其他例子亦屬可見，如【羅江怨】前用【薄倖】（如《懷香記》第六齣）、【金蕉葉】（《金蓮記》第二十一齣、《龍膏記》第十七齣）；【六犯宮詞】前用【滿江紅】（《玉合記》第二十二齣）、【好事近】（《南柯記》第二十七齣）等。這種應用法，實與一般過曲無異，然而其可以單曲自成段落的特徵，仍是與一般過曲有所不同的。

　　綜上所述，將集曲帶入引曲的做法，與一般過曲用作首曲的區別不大，唯一區別在於集曲匯集數曲，本身即可作爲一個小段落，因此從每折的情節分段與曲牌搭配來看，單一集曲即可作爲引場的小曲段，而與一般過曲多需連用數曲成套與較大的情節段落配合有所不同。

（二）多曲之用——集曲犯用多曲的容量優勢

　　有些集曲匯集的曲牌數量較多，具有較大的詞情與曲情容量，在一個曲牌中表現了情緒的變化，因此在使用上，經常作爲大段抒情或敘事之用。有些集曲這一特徵早已被創作者注意，成爲慣用的一種表現方式，如常用集曲【金絡索】，匯【金梧桐】、【東甌令】、【針線箱】、【解三醒】、【懶畫眉】、【寄生子】六曲爲一曲，共十三句二十七板，部分曲例作贈板唱，已是屬於容量較大的集曲，一般運用此曲，多爲疊腔自套，或與【東甌令】、【劉潑帽】有比較緊密的連用關係，常用以抒發角色細膩的情感變化，明清傳奇此曲使用甚多，且多作人物感嘆抒懷之用，此是一般慣用集曲，這種藉由集曲容量特徵，用以抒情、敘事的例子，需視其所犯曲牌性質與數量，而有使用使用形式的區別，如上述【金絡索】一例，雖屬容量較大的集曲，但就句數與板數而言，與一般較大型的細曲相較——如【山坡羊】，仍是差異不大，因此二者疊用數曲藉以抒情的用法並無不同，相同例子較常見者還有如【江頭金桂】、【羅江怨】、【山桃紅】、【四朝元】等，與一般過曲用法並無不同。

　　然而，集曲的「容量」可以擴大、延伸，目前可見最長的集曲，是元代南戲〔註70〕《孟月梅》的【三十腔】，據錢南揚《宋元戲文輯佚》所輯佚曲，《孟月梅》中該折所用曲套，是【三十腔】加上【尾聲】〔註71〕，雖無法得知【三十腔】前是否用有其他曲牌，這種犯用曲牌極多的集曲，就劇曲套式

〔註70〕首先爲此曲分段考訂的是徐于室、鈕少雅《南曲九宮正始》（臺北：學生書局，1984 年 8 月），頁。於牌名下標注出處爲「元傳奇」，
〔註71〕錢南揚：《宋元戲文輯佚》（北京：中華書局，2009 年 11 月），頁 88～92。

長度而言，一般只會在套首用引子，若插用大量他曲則曲套過於龐大而有違「搬演之道〔註72〕」，因此如《紅菱艷‧私託》雖用【十二紅】，全套卻用【十二紅】、【山坡羊】、【五更轉】、【園林好】、【玉交枝】、【玉山頹】、【五供養】、【好姐姐】、【玉山頹】、【鮑老催】、【川撥棹】、【僥僥令】、【尾聲】等十三曲組成；《節俠記‧寄衣》所用【九疑山】是犯九曲為一曲的大型集曲，全套由【金瓏璁】、【九疑山】、【尾聲】、【瑣窗寒】、【東甌令】、【三換頭】、【劉潑帽】等七曲所組成，這是一個大型集曲加上一個常用曲套，就閱讀與創作而言，自是酣暢淋漓，然而就舞台搬演來說，是否恰當就有待檢驗了。

　　曾永義認為大型集曲〔註73〕「本身具有套數之作用〔註74〕」，所舉《長生殿‧復召》所用之【十樣錦】，確實明顯可看出類似套數的特徵，包括多人演唱、在集用的各個曲牌中大量夾白，使得一首集曲割裂為數段，確實如同每個曲牌均有減省的套曲〔註75〕。然而並非大型集曲皆以此形式表現，大部分的大型集曲，是將各曲牌連貫演唱，作為一個較長的樂曲，也因此大型集曲與曲套最大的不同，在於大型集曲往往會犯用一般聯套關係較微薄弱的曲牌，並透過管色與訂譜使之成為完整的一曲。以《六十種曲》中《運甓記》第三十九齣的【十樣錦】為例，此曲雖是旦與小旦的輪唱，然曲中並未夾白，可視為一首未割裂的樂曲，此曲於《六十種曲》中標註所犯曲牌為南呂【繡帶兒】、【宜春令】、黃鐘【降黃龍】、正宮【醉太平】、南呂【浣溪紗】、黃鐘【啄木兒】、【鮑老催】、【上小樓】、【雙聲子】、商調【鶯啼序】。這些曲牌彼此間不能謂完全無關，如【繡帶兒】與【宜春令】經常有連用關係，並有二曲組成的集曲【繡帶宜春】，【降黃龍】與【醉太平】亦有同樣的關係，四曲分別構成的兩個曲組，亦可見連用（如《玉簪記》第十九齣‧〈詞媾〉，即折

〔註72〕 此語見王季烈評《紫釵記》〈釵圓〉一折排場，原文謂：「方合套數格式，歌者亦可勝任矣。此非輕議古人好為妄作，實於搬演之道，不得不如此耳。」

〔註73〕 集曲大小的分類標準，見施德玉：〈集曲體式初探〉，收入《戲曲學報》第二期（臺北：臺灣戲曲學院，2007 年 12 月），頁 127。該文認為集二至五曲為「小型集曲」、六至十曲為「中型集曲」、十一曲以上為「大型集曲」，然未說明如此區分之理由，本文認為，除了所集曲牌數量外，大型集曲須具有較大的音樂「發展性」及「變化性」，不能僅就集用曲牌的數量為唯一依據。

〔註74〕 曾永義：〈說排場〉，《詩歌與戲曲》（臺北：聯經出版社，1988 年），頁 385。

〔註75〕 〔清〕洪昇：《長生殿》收入《古本戲曲叢刊》五集四函，1986 年 5 月。又有學者以為，此曲之多重首尾，「可視為先由曲牌段落組成集曲，再連接五支曲相連成套。」，見林佳儀：《《納書楹曲譜》研究——以《四夢全譜》為核心》（國立政治大學九十七學年度博士論文），頁 137。

子戲〈偷詩〉），然而例子極少，這說明四曲的關聯並不緊密，至於其後所接黃鐘【啄木兒】一般與【三段子】、【歸朝歡】聯套，而與【鮑老催】、【上小樓】、【雙聲子】未見聯用關係，至於【鶯啼序】更不與黃鐘宮這三個曲牌連用，這些彼此關係並不密切、甚至不曾聯用的曲牌，卻能組爲大型集曲，其目的在於透過異宮調、關係較薄弱的曲牌在同曲的聯用，產生旋律、聲情的對比變化，使得一曲中能表現更豐富、跌宕的旋律。

上述例子雖無樂譜流傳，但從至今仍常演的《南西廂》第二十七齣【月下佳期】來看，音樂的變化相當豐富，雖是後人所訂樂譜，仍可看出大型集曲音樂所著重的起伏跌宕，見譜例 1-1〔註76〕。譜例中將各個反覆再現多次的腔型，以框線標之，讀者可由框線標示處，得知該腔所在之字位，以下爲使行文簡潔，字位、板位不再標示，詳見附譜。

在〈佳期〉的【十二紅】中，每個曲段皆以「六五　六五六六五」、「尺工　尺工尺尺工」（腔型一）的腔型再現多次，部分腔句後尚接「六五　五六工」（腔型二），構成特徵更明顯的樂句，這些例子在譜例中以框線標之，見於以下腔句：

1. 第一段【醉扶歸】：「川」字，爲「六五 六五六六五」與「六五 五六工」的複合腔型。

2. 第二段【惜黃花】：「堪」字，「六五 六五六六五」腔型。

3. 第三段【皂羅袍】：「推」字，「六五 六五六六五」腔型；「驚」，字低四度「尺工 尺工尺尺工」；「羞」字低八度「合四 合四合合四」，低音配合身段，凸顯崔鶯鶯嬌羞的一面。

4. 第四段【傍粧臺】：「女」字，「四 四乙四四 上」爲腔型一的小四度變化，此句「襄王神女會陽臺」暗指二人結合，透過音階變化，表達紅娘難以言說的嬌羞，又此一變化腔型的出現均在上聲字，與上聲字腔格有關。「臺」字腔末回到「尺工尺尺 工」腔型，以銜接黃鐘宮【耍鮑老】。

5. 第五段【耍鮑老】：「心」字「尺工 尺工尺尺 上」，心字陰平聲，次字「摘」（陽平）落在此腔句末音，故改「工」爲「上」，以配合文字聲調。「丹」字爲「六 五乙五五六」變化腔，此一變化乃因應次字「開」同爲陰平聲，二者皆落於「六」音，爲不使旋律過於平直，

〔註76〕此處引用譜例參考《集成曲譜・聲集》所收《西廂記・佳期》。

故將行腔上移一度，以增加旋律之變化。本段「柳」、「擺」、「採」皆爲上聲字，用「四 四乙四四 上」的變化腔型。

6. 第六段【羅帳裏坐】：「欹」字爲腔型一低八度的再現「合四 合四合合四」。「卻」字「尺工 尺工尺尺工 六」，末音收於上，符合去聲字腔格。

7. 第七段【江兒水】：「今」字、「娘」字、「兒」字皆用腔型一「六五 六五六六五」。

8. 第八段【玉嬌枝】：「只得咬」三字配入「上尺 上尺上上 四」，「咬」字上聲應低唱，故末音收於「四」。「衫」字用「尺工 尺工尺尺」腔型。

9. 第九段【山坡羊】：「覺」字用高八度腔型一與腔型二的複合腔，以高音表達對事跡敗露的恐懼。

10. 第十段【東甌令】：「成」字「四」低起後，回到「尺工 尺工尺尺」腔。

11. 第十一段【排歌】：「披」字用「六五 六五六六五」，「飛」字用變化腔型「上尺 上尺上上 四」，次字「災」雖是陰平，然此句後音樂小結接念白，故以「四」作結以爲收束。

12. 第十二段【太平歌】：首二字「看看」散板唱腔型一「尺工 尺工尺尺 上」。

　　此腔在第一、二段及第三段「推」字均爲「六五 六五六六五」腔型；然第三段【皂羅袍】的「驚」字，出現了低四度「尺工 尺工尺尺工」，至「羞」字更有低八度「合四 合四合合四」，以低音配合身段，凸顯紅娘口中崔鶯鶯的嬌羞。第四段【傍粧臺】「女」字的「四 四乙四四 上」又是一個變化，此句「襄王神女會陽臺」暗指二人結合，透過音階變化，表達紅娘的難以言說，又此一變化腔型的出現均在上聲字，與上聲字腔格有關，末句「臺」字腔末回到「尺工尺尺 工」腔型，以銜接黃鐘宮【耍鮑老】。第五段【耍鮑老】的「柳」、「擺」、「採」皆爲上聲字，用「四 四乙四四 上」的變化腔型。第六段【羅帳裏坐】的「欹」字爲腔型一低八度的再現「合四 合四合合四」。第七段【江兒水】的「今」字、「娘」字、「兒」字皆回到原腔。第八段【玉嬌枝】「只得咬」三字配入「上尺 上尺上上 四」，「咬」字上聲應低唱，故末音收於「四」。第九段【山坡羊】：「覺」字用高八度腔型一與腔型二的複

合腔，以高音表達對事跡敗露的恐懼。

從腔型的位移變化，即可看出此曲在第三段【皂羅袍】，配合詞情「嬌羞滿面」，旋律走向低沉迴轉，第四段【傍粧臺】、第五段【耍鮑老】則出現了轉調意味的幽微變化，體現此處詞情之曖昧羞赧，第六段【羅帳裏坐】回歸到第三段的低腔，第七段【江兒水】「今宵勾卻相思債、不管紅娘在門外」回到初始的「六」音位，至第八段【玉嬌枝】「只得咬定羅衫耐」難以啟齒的感情，又回到較低的「尺」音位，至第九段【山坡羊】擔心事跡敗露，提至本段最高的高音「上」音位，後三段主要表現回到現實，故以初始的「六」、「尺」音位為主。此曲特色腔型變化所表現的高低跌盪，增加了音樂的可聽性，是一種必然的需求，大型集曲匯集十餘首曲牌，一首曲子演唱的時間較長，若是平鋪直敘把曲子唱完，則難以吸引觀眾的注意力，配合詞情透過旋律起伏變化，能夠擴大音樂的表現力。

就作者選用的因素來看，大型集曲的音樂變化與曲牌容量的特徵，能夠用以鋪陳大段敘事或情感，而其特徵又在於一曲中即使表達同一類感情，卻因曲牌容量的擴大，曲詞書寫能夠更加細膩的剖析每段情感的細微變化，以上述《運甓記》的例子來看，所寫主要為思念之情，但二人所思不同，一為親情，一為愛情，交雜於一曲之中，而感情從思念到懸望、從追憶到覩物傷情，表現了思念過程的種種轉變。如此劇作者選用大型集曲，往往具有藉以揮灑、剖析深刻人物體會的目的。

（三）半曲之用——集曲犯用異曲的「曲牌之半」特徵利用

集曲犯二首以上曲牌，一曲中不同曲牌段落區分，往往是劇作者可利用的「空間」。透過犯用曲牌的曲段劃分，能夠在一曲之中，處理原本或需二曲才能解決的問題，或是運用此一特徵，刪削一個套曲中的曲牌，使音樂更為濃縮、緊湊，因此這層曲牌設計，往往並非見於慣用曲套，可見劇作者的各種巧思，某些使用較為成功的曲套，亦會引起後人學習，成為較流行的曲套形式。本文認為，半曲之用的特徵，主要體現為「合頭」、「前後各異的演唱者或情境」與「濃縮曲套」三種功能差異。

「合頭」是集曲常見的「半曲」作法。一般所用曲牌「合頭」，主要是在一曲疊用前腔、或同一曲套數曲連用時，藉以標示曲牌末段曲詞或唱腔完全相同，用來歌詠或強調該曲情緒或曲詞內容的特性，有時則與前段角色獨唱表達相異的情感形成對比，簡單的說，一曲前後二段情緒或相同、或相反，

這樣的對比關係，存在於前後曲合頭的曲牌之中，集曲因犯用異曲，直接將後段所犯曲牌作「合頭」，是傳奇作品中常見的現象。

慣用集曲的套曲【錦堂月】、【甘州歌】、【瑣窗郎】經常於曲末出現「合頭」，【錦堂月】用於【月上海棠】末三句、【甘州歌】位於後段所犯【排歌】、【瑣窗郎】則未於後段所犯【賀新郎】，這種合頭形式，前段所犯曲牌各有不同唱詞，合頭處則多唱同樣的文詞，因合頭往往是眾人所唱，旋律不會太過繁複，而透過同樣的文詞，演唱相同的音樂旋律，藉由相同旋律片段可營造出較明確的節奏感。集曲本身匯聚不同曲牌的作法，有助於合頭的運用，概言之，集曲末曲所犯或爲樂句較單純的曲牌，如【月上海棠】末三句「三◎五○四◎」句法、【甘州歌】末三句的「三◎三○六◎」句法、【賀新郎】末三句的「三◎七○六◎」句法〔註77〕，這種情況往往較容亦透過合頭的形式，使眾人演唱同樣的曲詞。

運用集曲而有「合頭」的曲牌，如《紅拂記》第三十四齣【二犯傍粧臺】、《雙珠記》第三十五齣【三段鮑老催】、四十二齣【雁來紅】、四十三齣【金索挂梧桐】、《玉玦記》第二十齣【二段鮑老催】、《碩園刪訂牡丹亭》第三齣【玉山頹】、第十二齣【金索挂梧桐】、《東郭記》第二十五齣【雁來紅】、《運甓記》第九齣【畫眉籠錦堂】、【錦堂觀畫眉】、《曇花記》第二十一齣【衰遍】、《琴心記》第二十六齣【刮鼓令犯】、《明珠記》第四十一齣【羅鼓令】等。這些曲牌本調，都不是常見運用合頭的曲牌，在傳奇作品所見的使用情況，多存在未見「合頭」作一般過曲使用的例子，可見將這些集曲所犯某一段落的曲牌作「合頭」，是劇作家所作的不同思考，運用集曲特性所作的安排。如《紅拂記》第三十四齣的【二犯傍粧臺】〔註78〕，在後段所犯【掉角兒】尾用合頭，首二段【傍粧臺】、【八聲甘州】分別寫紅拂與樂昌思念丈夫之情，後段合頭則強調二人「一般情況，幾回斷腸，只落得盈盈秋水淚汪汪。」所思有所不同，情感卻是一致，而集曲分段，正利於這種一曲之中情感表現有所差別的表現。

〔註77〕　本文板眼符號標示：「◎」表韻句；「○」表非韻句；「●」表句讀。以下茲不贅註。

〔註78〕　此曲分段，沈璟《增定南九宮曲譜》（臺北：學生書局，1984 年 8 月），頁 130，作【傍粧臺】、【八聲甘州】、【皂羅袍】、【傍粧臺】，《南曲九宮正始》（臺北：學生書局，1984 年 8 月）則認爲：「此所犯之【掉角兒】，時譜誣爲【皂羅袍】，豈不知【皂羅袍】之四字句倒必四句一聯，合止犯二句乎？」故認爲後二段所犯爲【掉角兒】。

再如《雙珠記》、《東郭記》均有【雁來紅】，於後段【紅娘子】（即【朱奴兒】）處用合頭，前例王楫、陳時策同獲舉薦，王楫唱前段【雁過沙】歎自身蟄伏已久，終得重用，陳時策唱前段【雁過沙】感此去沙場的蒼涼與壯志，【紅娘子】合頭同贊「時遭際，伊吾志，馳羨浮生誇拔萃。」後例王楫爲功名離家，首曲前段【雁過沙】妻妾唱贈金叮囑，後曲前段王楫贊二妻賢淑，合頭處同感「叮嚀語，三人共歔，淚珠兒怎留住。」透過這些例子，可知合頭之功能，往往有「總結」意味。當然一般過曲並非沒有合頭用法，只是集曲的曲牌分段，一則便於曲段劃分，二則犯用不同曲牌，視前後曲牌聲情的差異，在某些例子中可見有前後情感表現的轉變或相反，與一般過曲合頭運用往往承前段詞意的推展〔註79〕用法有所不同。

除了獨唱與同唱、個別與整體的想法區別表現在立用集曲分段所寫「合頭」的用法外，集曲於劇中亦可用來區分演唱者，如《紅梨記》第二齣〈詩要〉，趙汝州回贈詩句，讚嘆謝素秋之才，並表達傾慕之意，唱【傾杯序】，錢濟之言語捉弄，唱【朱奴兒犯】，此曲前四句【朱奴兒】，錢濟之唱，後三句雖未知所犯何調，然與【朱奴兒】第五句以下格律不合，確犯他牌末三句，改趙汝州唱。此處就套式而言，未必須作犯調，然刻意用一集曲，前後所犯異調由不同角色演唱，可見集曲於此有區分唱者的功能。

運用曲牌段落區分演唱者，是劇作家選用集曲的理由之一。但集曲匯集不同曲牌這一特徵，可在較短的篇幅中，呈現較多樣的音樂變化，則是集曲分段的又一優點。如《西樓記》第二齣〈覓緣〉，套式用【戀芳春】、【臨江梅】、【繡太平】、【三解醒】、【大節高】、【東甌蓮】、【尾聲】，演于叔夜、李貞侯、趙伯將等人同賞花燈，前二曲寫眾人賞燈景街景，是一較爲熱鬧的排場，此折曲譜存於《納書楹曲譜》卷二，參考此折曲譜與【繡帶兒】、【醉太平】的曲牌特徵，可知使用集曲的目的，在於透過音樂變化，表現熱鬧的排場，其中首段南呂宮【繡帶兒】首至四句、正宮【醉太平】六至十句，分析二曲腔句，分析【繡帶兒】前四句所出現的相對固定腔句，有以下幾種〔註80〕：

〔註79〕 如《曇花記》第二齣〈定興開讌〉有【梁州序】後五句、【節節高】後二句用合頭，前段與後段皆屬歡宴描述。

〔註80〕 本文整理、譯譜的譜例來源：洪惟助、黃思超製作，《崑曲重要曲譜曲牌資料庫》（臺北：國家出版社，2010‧06）。

　　第一種固定腔句，首見於第一句末三字，並於第九句再現，第二種固定腔句，第六、八句再現，第四種則於第五句再現。曲牌特徵的反覆再現，當然是曲牌個性的強調，然而透過集曲作法，把後段換各種不同腔句再現的部分，換成了【醉太平】的異曲腔句，二曲結音同樣收於「四」，然固定腔句已有所改變，尤其銜接處，【繡帶兒】第四句末音收於「四」音，而【醉太平】第六句固定起於「五」音，是八度跳進，在音樂上表現出極大的差異感，此處所用乃是爲了配合一曲之中所寫前後情境的變化：【繡帶兒】寫物景，有「遍紅樓挂採燒燈，銅芝金藕參差，星橋火樹縱橫。」之句；【醉太平】寫人景，有「堪驚，平康數里耀人明，更月上素暉相映，可誇遊興，看蒼筇竹馬，往來不定。」此曲文詞表現三人視線焦點的轉換，而透過集曲的運用，強調此轉換的差異對比。

　　本折特別值得提出的還有次曲【三解醒】，此曲犯南呂宮【三學士】首至四句、仙呂宮【解三酲】五至九句，爲一板一眼曲，較一板三眼曲主要旋律有所簡化，但仍保有該曲特徵。此曲情況較爲複雜，涉及二曲因曲牌特徵的相似性構成集曲，以及二曲個性的保留問題，故首先看《納書楹曲譜・補遺》卷二所收《西樓記・覓緣》折的【三解醒】原譜，再分別探討二個曲牌組合。因《納書楹曲譜》僅點頭、中眼，因本折僅留此譜一種，無法參照板式類型，然細察此曲工尺與板眼的標示，推測應屬一板一眼曲，此處譯作一板一眼，然僅能確定一板之中板與中眼，其餘工尺節奏長度依頭眼、中眼標示與崑曲演唱習慣推算。圈線處是兩個曲牌腔句極爲相似之處，從音樂效果來看，二曲起始句末段旋律的再現，有另起一曲之感。

《西樓記·覓緣》：【三解醒】

《納書楹曲譜》

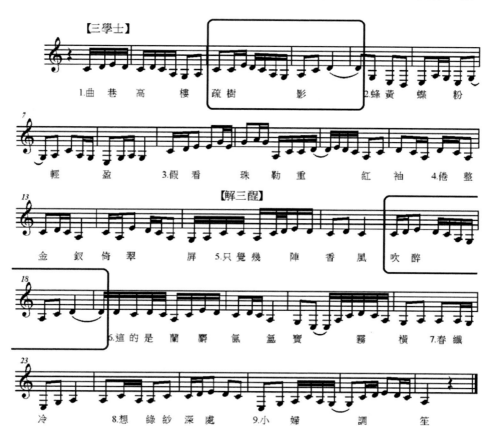

這原本在【三學士】與【解三醒】有類似腔句的出現，是二曲構成集曲的基礎，【三學士】首句後三字，其腔型骨幹音爲：

【三學士】首句起結音「尺」的腔句，此腔與【解三醒】第五句末三字類似，同樣參考【解三醒】有一板三眼與一板一眼的板式區別，然無論何種板式，腔句的特徵都很明確，腔句可擴大成爲以下兩種類型：

之所以謂「骨幹音」，在於各折所用此腔略有變化，但強拍與收音皆落於此一腔型，如一板三眼的《紫釵記・議婚》首支【三學士】，末三字腔型為：

這是變化較為複雜的腔型，除後一板「尺工尺」與「四上尺」因末字「花」陰平，與〈覓緣〉中「影」字上聲的差異導致腔句不同外，基本腔型與結音是類似的，這並非僅是因為唱詞四聲相同，導致腔句的類似，同樣四聲的文詞，在此處以「上」起音，亦有可能以其他工尺起音，並以不同節奏演唱，而有不同的面貌。【三學士】與【解三酲】因相似的旋律構成集曲，但組成集曲後，原【三學士】末二句皆收於「四」音，以作曲牌結束樂段，而【三解酲】則改末二句收於「四」的穩定終止結音為「尺」的不穩定結音，似有語意未盡之感，有重啓樂段之意。另外，此曲仍可看出本調旋律特徵的表現，如【解三酲】後段旋律的個性強烈，五至九句特徵明顯，尤其第七句的三字句明顯此曲作為【解三酲】的音樂特徵，這種二曲各自腔句特徵的表現，使聽者了解曲牌的轉換，而此曲文句內容的劃分，亦與集曲區分不同曲段吻合，雖同樣寫轉入曲徑風景，但前段是視覺摹寫，後段則是嗅覺摹寫，因此透過一曲中不同曲牌的交替使用，一則使腔句產生較大的變化，一則透過音樂旋律變化較為緊湊，加強全折的節奏感。至【大節高】、【東甌蓮】敘詩酒之興，逐漸轉入較文靜的排場，眾人散去，于叔夜獨歎孤寂收尾，後二曲全用南呂宮曲牌集曲。由此可見，集曲因不同曲牌的段落區分，得以濃縮音樂變化，使全折音樂產生較大的起伏，以因應排場的設計。

　　利用集曲省用曲牌以濃縮曲套的例子，或與李昌集所謂「不完全小令」〔註81〕的使用有關，《六十種曲》因減省曲牌而使用集曲者，如《紅梨記》

〔註81〕李昌集：《中國古代散曲史》（上海：華東師範大學出版社，1991年8月），頁84。

第四齣〈羈迹〉（折子戲名〈拘禁〉）套式【尾犯引】、【尾犯序】、【榴花泣】、【漁家傲】、【尾】，全套為中呂宮套曲，【尾犯序】一般雖是疊腔成套，然皆為中呂宮，屬本宮曲牌的聯套，而【榴花泣】用於此，是老鴇勸謝素秋接客之詞，有兩個原因，第一個在於於此選用集曲則可見作者的選擇，在於透過曲牌減省，一曲中二曲各用其半，以音樂變化強調較快的節奏性，其次則在於【石榴花】與【泣顏回】的聯用屬常用曲組，一般【石榴花】不單獨用於段落末尾處，通常位於套曲首段或中段，如折子戲中《雙紅記‧猜謎》、《一文錢‧濟貧》、等，然而與【泣顏回】連用，則可直接接用【尾聲】，如《十五貫‧審豁》、《蝴蝶夢‧劈棺》之例，這與【石榴花】的音樂結構中有關，本折例子中，老鴇所言可謂自成段落，因前段所唱【尾犯引】、【尾犯序】為謝素秋自述心事，後段【漁家傲】亦為謝素秋明志之語，唯【榴花泣】為老鴇勸素秋接客，詞情與前後曲牌俱有不同，因此用【榴花泣】，除二曲組成的曲牌音樂結構較【石榴花】單曲完整外，可自成段落亦是選用之因。類似的套式出現在《雙珠記》第二十二齣，此套【榴花泣】與【漁家傲】雖是同一角色連唱，然同樣作為「段落」的區別在於【榴花泣】一曲表達的是落難途中得遇親人、心下寬慰之感，故有「天教姑婦途次幸相將，窮愁暫忘。聽溪灣風轉傳漁唱，望天涯疊嶂層巒。」之句，而【漁家傲】則表現了二人孤苦無依的淒涼，有「當此際不覺恓惶，骨肉相看惆悵，兩眸暗淚悲凋喪。」雖然劇本中二曲接連，但二曲所表現的情感差異是很明顯的，也可以看出這種集曲分段概念，除了不同人物的演唱，也存在著因情感變化所體現的段落區分。

　　透過集曲使曲牌簡省組合為集曲，以濃縮曲套的作法，從明末以至清代有所謂「簡套〔註82〕」，是此種作法的擴大發展，然而在傳奇作品中，運用集曲分段以簡省曲牌同時做到曲套完整性要求的例子，結構並無規定，使用也相當自由，上述【榴花泣】的孤用自是一例，《南西廂》中第十七齣〈東閣邀賓〉，有紅娘所唱【五供玉枝花】、【玉嬌鶯兒】二曲，從組成曲牌【五供養】、【玉嬌枝】、【黃鶯兒】等曲來看，這顯然也是簡省曲套的用因，【五供養】與【玉嬌枝】連用關係非常密切，同為【園林好】一套套牌，且是前後連用的

〔註82〕關於「簡套」，王守泰《崑曲曲牌與套式範例集》頁818，謂之「集曲套」，本文謂之「簡套」，原因在於此套的用法，目的顯然在於同屬一套各曲藉集曲的形式省略部分腔句，以精簡套曲，同時也保留本套曲牌的連貫，為與犯【玉芙蓉】類的集曲套有別，故謂之「簡套」。

二曲，至於【玉嬌枝】與【黃鶯兒】，除了在《荊釵記‧投江》一折可見連用外，二曲組成的集曲【玉嬌鶯】亦被各譜收錄〔註83〕，此套之用與情節及角色演唱安排有關，引曲後紅娘唱【五供玉枝花】，取笑張生酸腐的文人之氣，並轉折進入對張生的言語交代。【玉交枝】一般與【五供養】連用的特性，使此處運用了集曲〔註84〕，避免此處曲詞所表達內容因使用二曲表現的過於雜沓，至於後曲所犯之商調【黃鶯兒】，則是因此段改換為張生所唱之故。透過濃縮曲套，精簡唱段而凸顯本折內容較重要的【解三醒】三曲，強調張生欲娶鶯鶯之願，是此處精簡曲牌的重要因素。在這樣的例子中，因曲牌一般使用習慣，導致原應使用較多曲牌，但因情節需求的份量小於曲牌容量而有用集曲以簡省曲詞數量的調整，是運用集曲特徵配合排場設計的重要手法。

　　因此可知，集曲因所犯曲牌，在一曲中表現出的曲牌段落區別，往往成為劇作者考量排場與曲牌運用可以靈活創作的空間。當然，成功的集曲，要點在於「過搭處無痕」〔註85〕，然而集曲畢竟因犯用不同曲牌，而於一曲之中出現了曲牌段落的劃分，並成為劇作家藉以發揮巧思的「空間」，這種特殊的運用之法，雖非集曲運用的常態，然劇作家基於這種條件於套曲中使用集曲，亦可視為「選擇」集曲的重要誘因。

（四）變幻之用──集曲與排場變化的考量

　　張敬所提到「變套之法」的集曲功能性，即在於強調排場之「變」與集曲在此「變中之用」的功能，其云：

> 在場面上，往往劇情發展不一，或由動轉靜，或由文轉武，同一臺面，同時變幻，我們適應此變幻於是用套亦須變化，但有時為客觀條件所限，不適用二套或三套曲牌來應付，而必須就一套曲牌以盡其用時，則祇有在變聲上用功夫。〔註86〕

　　張敬所言，往往指一折之中排場前後轉變的差異，所舉《琵琶記》第二十二齣〈琴訴荷池〉之例，強調該折「以集曲作主題曲，而以其他正牌小曲

〔註83〕除《南西廂》外，《四喜記》第33齣亦用此曲。

〔註84〕從現存曲譜觀察【玉交枝】的使用特性，除用於【園林好】一套的套牌外，【玉交枝】一般不孤用。

〔註85〕〔清〕張彝宣：《寒山曲譜》（收入《續修四庫全書》第1750冊，上海古籍出版社，2002年），頁496。

〔註86〕張敬：〈南曲聯套述例〉（收於《中國古典文學論文精選叢刊‧戲劇類一》（臺北：幼獅文化事業公司，1984年11月），頁186～187。

爲發展劇情之經緯」的套式設計，然而如《琵琶記》這樣的曲套設計，究屬「獨到」（張敬語）之作，一般於套式中穿插使用集曲有何功能目的，則是該文於此未及論述的。傳奇之中，在一個常用套中插用集曲，往往使該集曲於套中「鶴立雞群」，與前後該套曲套牌截然不同，然而何以在一個常用的、套式相當固定的集曲中，偶爾插用一支集曲，其功能性的考量往往超越了文學創作的考量，目的在於因排場需求，爲排場變化而於套式中插用集曲一首，透過集曲犯用他調的音樂的變化感，強化了排場變化的力度。這樣的例子出現在仙呂宮【步步嬌】──【嘉慶子】一套最爲常見，以下茲舉數例說明。

　　【玉山頹】爲【玉抱肚】犯【五供養】的集曲，除了前段所述的自套使用外，在楊珽《龍膏記》第十二齣插入【步步嬌】──【嘉慶子】套使用，套式爲：【金瓏璁】、【沈醉東風】、【忒忒令】、【尹令】、【品令】、【豆葉黃】、【玉交枝】、【玉山頹】、【川撥棹】、【尾聲】。【玉抱肚】、【五供養】皆爲此套常用曲牌，故【玉山頹】在此套曲之中並不影響套曲的完整性。但何以在這個固定套式中，插用集曲【玉山頹】於此，若從人物唱段的安排來看，則可見劇作者的特別設計，此折自【沉醉東風】至【尹令】，爲小姐元湘音與冰夷同至花園散心，同賞秋色，湘音自道愁情，冰夷開導之。【品令】以下則爲張無頗訴情、元湘音心有所感卻礙於禮法未能接受，【玉山頹】插入其中，正是冰夷慫恿二人謂：「這邂逅夙緣非淺，藕斷絲難斷，兩心堅」希望二人跳脫訴情之尷尬而出口，從整個曲套來看，此處小旦冰夷所唱，與前後諸曲情調有所不同，【玉山頹】多表現傷秋、感秋的情調，如元湘音唱【沉醉東風】的「蕩金颷秋色可憐，促商絃秋聲堪怨」、【品令】的「我香消翠殘。零落惜華年」、張無頗唱【尹令】的「雲漠漠秋空黯淡，聲切切寒蛩淒斷」【豆葉黃】的「我是個傷秋的宋玉，怎禁得鄰家搗月，秋砧暗傳。」即使如【忒忒令】、【玉交枝】多作寬慰之詞，全段情調仍是一致的傷感。而【玉山頹】一曲，則強調緣分的難得，有「看河洲睢鳥相求，更關關雙棲堪羨，若耶溪畔，這邂逅夙緣非淺。」表現出較爲積極的語調，【川撥棹】一曲二人輪唱，表現出不捨的情感。因此可見此處安排集曲的插用，試圖達到排場轉換的目的。【五供養犯】的使用亦屬此類，諸譜未考所犯何調，然因名爲【五供養犯】，且經過核對，首段爲【五供養】殆無疑義。此曲在傳奇中，僅見插入【步步嬌】──【嘉慶子】套使用者，未有自套或與其他曲牌聯套的情況，如《永團圓》第十七齣〈覓詬〉套式爲：【醉扶歸】、【步步嬌】、【皂羅袍】、

【園林好】、【五供養犯】、【江兒水】、【尾聲】，本折演江百川尋女，路遇蔡文英爭執一事，【醉扶歸】至【皂羅袍】爲江百川尋女，【園林好】爲蔡文英上場所唱曲，而【五供養犯】正好是江百川與蔡文英狹路相逢的爭執點起始，爲本折排場轉換的關鍵；《麒麟閣》第二本第一齣〈拜旗〉套式爲中【園林好】、【前腔】、【江兒水】是魏徵、徐茂公、秦叔寶等人拜旗所唱，【五供養犯】爲眾人齊唱，引入戲劇高潮【川撥棹】的程咬金拜旗成功、【前腔】眾人齊讚，而【五供養犯】同樣位於拜旗將成的轉折之處。

　　其他曲牌尚有如《還魂記》第五十三齣〈硬拷〉，此折是北雙調【新水令】南仙呂【步步嬌】套的南北合套，王守泰《範例集》謂此套套式爲北【新水令】、南【步步嬌】、北【折桂令】、南【江兒水】、北【雁兒落帶得勝令】、南【僥僥令】、北【收江南】、南【園林好】、北【沽美酒帶太平令】、【尾聲】〔註87〕。本折是套式完整北【新水令】南【步步嬌】合套，唯將【僥僥令】作【僥僥犯】集曲。此曲在《古本戲曲叢刊》所收北京圖書館藏明朱墨刊本《牡丹亭》作【僥僥令】〔註88〕，然句數、句式明顯與【僥僥令】不合，故【南詞定律】以此曲爲例，另列【綵衣舞】一曲，《九宮大成南北詞宮譜》承之，改例曲爲《月令承應》「一似紅孩爲粉孩」曲，並註云：

> 【綵衣舞】，舊譜未有是名，因《牡丹亭・硬拷》齣內「御筆親標第一紅」曲，按湯若士原本，作【僥僥令】，《南詞定律》改名【綵衣舞】，考其句法，甚不合【僥僥令】之體，故從《南詞定律》〔註89〕。

《南詞定律》之說不僅《九宮大成》承之，《納書楹牡丹亭全譜》、《吟香堂牡丹亭曲譜》亦作此曲爲【綵衣舞】，乃著眼於此曲與【僥僥令】格律的不合，然明末刊行《六十種曲》的《還魂記》與《碩園刪訂牡丹亭》，此曲則作【僥僥犯】，徐朔方註本從之〔註90〕。此折【步步嬌】、【江兒水】諸曲即使用襯甚多，至少句數、平仄仍屬合律，然【僥僥令】正格例式四句，此曲則作七句，若訂正字爲「親標第一紅，夢梅爲梁棟」，則與【僥僥令】首二句同，餘五句

〔註87〕王守泰：《崑曲曲牌與套式範例集・南套》（上海：上海文藝出版社，1994 年 7 月），頁 639。

〔註88〕〔明〕湯顯祖，《牡丹亭》（收入《古本戲曲叢刊》初集第九函，上海：上海商務印書館，1954 年），卷四第 44 頁。

〔註89〕〔清〕周祥鈺主編：《九宮大成南北詞宮譜》（臺北：學生書局，1987 年）頁 513～514。

〔註90〕徐朔方註：《牡丹亭》（臺北：里仁書局，1986 年 4 月），頁 251。

全然不同，顯然是犯用他曲，萬曆以後一般視集曲為「新聲〔註91〕」，若就湯顯祖原作的曲牌標名，此「新聲」或是以【僥僥令】為基礎的新作犯調，無論名之為【僥僥犯】或【綵衣舞】，均須注意到這層關係。而此處所用集曲，仍是與排場相應「轉折」變化的安排。本折套式中，【風入松慢】、【唐多令】為引子，分別為柳夢梅、杜寶上場所唱，而【新水令】、【步步嬌】、【折桂令】、【江兒水】、【雁兒落】數曲，乃杜寶拷問、柳夢梅回應的段落，【雁兒落】後有大段白口與表演，是杜寶下令責打柳夢梅、郭跎引官差至，尋訪新科狀元，於此情節出現轉折，然杜寶不信，【僥僥犯】一曲苗舜賓唱，證實柳夢梅狀元身分之曲。此後所唱【收江南】、【園林好】、【沽美酒】、【北尾】諸曲，已與前段杜寶拷打完全相反，為柳夢梅與眾人因確認新科狀元之身分，理直氣壯反質杜寶。

全折前後相反的排場設計，【僥僥犯】正位於轉換的關鍵之處，此種在固定套式中，透過集曲的插用，強調排場變化瞬間的功能，雖非常用手法，但於此選擇集曲則可見音樂的變化有強化戲劇情境轉變的功能。

本文統整萬曆至清初所收劇本的集曲使用，試圖論證集曲在劇作者排場設計下，扮演著什麼樣的功能。可以發現，集曲因為「匯集不同曲牌」這一特徵，使集曲有「半曲之用」、「多曲之用」與「變幻之用」三種不同的功能模式，「多曲之用」強調了大型集曲匯集十餘曲以上的特徵，除了可藉由大段唱詞鋪寫、敘述事件與人物感情，其濃縮「套曲」為「一曲」，甚至把原本不具有聯套關係的曲牌合為集曲，以表現起伏跌宕更為清楚的音樂性；「半曲之用」著重於集曲本身可切割為兩個以上的曲牌片段，利於對演唱者、唱詞內容的切割安排；「變幻之用」則側重集曲於排場變化關鍵中，因音樂旋律於一曲中的驟變，使排場變化更為清楚，轉變力道更為強勁。

許之衡《曲律易知》認為套曲以一般過曲組成為正宗，集曲以不用為是，若是偶用一二集曲「究是小疵」〔註92〕，對傳奇中集曲的使用有如此的看法，可謂與明代以來集曲的創作與使用態度一脈相承，畢竟自沈璟編纂《增定南九宮曲譜》糾正時人妄作集曲以來，集曲常因不合律的創作，引起熟悉曲律

〔註91〕 沈自晉《南詞新譜》，其凡例有「採新聲」一條，云：「人文日靈，變化何極，感情觸物，而歌詠益多，所採新聲，幾愈出愈奇。然一曲，每從各曲相湊而成。」

〔註92〕 許之衡：《曲律易知》（飲流齋刻本，1922年），卷下 23～24 頁。

曲家的不滿。王季烈《螾廬曲談》卷二〈論作曲〉第二章〈論宮調及曲牌〉
云：「集曲可不拘成格，苟能深明宮調音律之規例，不妨自我創作新集曲，故
傳奇之作者愈多，則集曲之名稱亦愈繁，惟初學填詞者，魯莽從事，易致謬
誤，仍以沿用前人所定之曲牌爲宜。〔註93〕」從古至今不知律的文人遠較知
律的文人多，不知律而妄作，不如不作，於是有了此種貶低集曲創作使用的
論調。然而實際從作品及排場觀念來看，集曲的使用，確實有其功能性考量，
而這層功能性考量，促使我們對集曲的存在與使用，應有不同的反思。

第三節　集曲組合的條件規律

即使對於集曲本調選用之條件、組合規則與形式及命名原則，至今已有
諸多論述，然諸說皆未能說明所據爲何，本文對集曲組成規律的各種定論，
重新反思，並試圖提出不同的看法。

例如：一般皆認爲，集曲之本調，須選用「管色相同宮調」之曲牌，但
首先從反向思考：「管色相同宮調」之曲牌一詞，包含的宮調與曲牌數量相當
可觀，即使集曲本調的選用有創作的自由，據此實難以說明「管色相同宮調」
中，何以某些曲牌有緊密的集用關係，某些則否；再者，對於宮調與管色的
關係，洪惟助教授根據折子戲工尺譜七種的實例統計，認爲管色與實際演唱
音域的高低難易有關〔註94〕，可見「宮調」與「管色」之間，並無直接的限
定關係，難以認爲「管色相同宮調」是選曲條件。直接以實例檢視此說亦不
可全信，如常用集曲【金絡索】所犯六曲，依序是屬商調【金梧桐】；南呂宮
【東甌令】、【針線箱】；仙呂宮【解三酲】；南呂宮【懶畫眉】；商調【寄生子】。
此中共犯三種宮調，若根據吳梅說法〔註95〕，商調所用管色爲上字調、六字
調；南呂宮所用管色爲上字調、凡字調、六字調；仙呂宮則用尺字調、小工
調、凡字調。即使商調與南呂所用管色接近，仙呂差異較大，則可知管色作
爲集曲選用曲牌之說未可盡信。

既然音域、管色皆不能作爲集曲曲牌選用的理由，又「異宮犯調」諸說

〔註93〕 王季烈：《螾廬曲談》卷二〈論作曲〉第二章〈論宮調及曲牌〉，收入《集成
　　　　曲譜》（上海：商務印書館石印線裝本，1925 年）聲集卷二第 14 葉。
〔註94〕 洪惟助，《崑曲宮調與曲牌》（臺北：國家出版社，2010 年 6 月），頁 67～90。
〔註95〕 吳梅，《顧曲塵談》，收入《吳梅戲曲論文集》（北京：中國戲劇出版社，1983
　　　　年 6 月），頁 8。

存在著與現況相異的區別，則集曲的曲牌組成有無條件規律，若有，條件規律爲何？本節提出的觀點，從「集曲之用」切入，提出集用曲牌之「近關係」與「遠關係」，探討集用曲牌的選擇，與其用法實有關聯。所謂「近關係」，即指以套用關係較密切的曲牌組成集曲，而所謂「遠關係」者，則是各宮調常見套與孤牌或其他常見套之集曲。此種關係的差異，除了集曲本身音樂連接的問題外，尚影響到該曲如何運用於套式之中，因「近關係」集用曲牌的集曲，較傾向於與同屬套牌的一般過曲或集曲組套，而「遠關係」組成的集曲，則傾向於孤用的性質。進而觀察曲牌之組合，重視異曲之間「結音」與「板眼銜接」，前者涉及異曲組合樂句終止的一致性，後者則涉及異曲銜接本調句板的保留與變化。

一、諸說檢討

民國以來，對集曲組合之條件，幾乎已有定論。最主要的看法之一，是關於「同管色宮調作爲限定條件」的說法。此說清代張彝宣《寒山堂新定九宮十三攝南曲譜・凡例》述及集曲組成條件云：「犯調祇是將同一宮調，或同一管色之宮調中，二調以上，以至若干調，各摘數句，合成一曲便是。〔註96〕」認爲「同一宮調」，或「同一管色之宮調」的曲牌，是集曲本調之所以能組成的基本條件，此說頗爲後代學者認同。吳梅《曲學通論》將焦點著眼於「管色」，認爲集曲爲「曲中之犯」，與「詞中之犯」大異，云：「曲家所云犯調，竟是割裂詞句，於結聲起調，毫無關係，獨宮調中須取管色相同者用之。〔註97〕」提出管色相同的宮調，是曲牌能夠組成集曲的條件。武俊達《崑曲唱腔研究》認爲集曲的組成基礎云：

> 集曲的組合雖然不拘成例，但是也有一定的制約，首先是宮調方面
> 的制約，集曲一般須是本宮調範圍內的各曲牌集其句段而成，傳統
> 叫做「犯本宮」；也可以集笛子同調但不同宮的曲牌某些句段而成，
> 傳統叫「同笛色可犯」；如正宮和中呂都可同定小工調或尺字調，黃
> 鐘與南呂可同定凡字調；這些宮調間所屬曲牌，即可相借集曲，但
> 是首尾曲牌則必須是同宮的；至於集合十數曲的詞句組成的集曲則

〔註96〕〔清〕張彝宣，《寒山堂新定九宮十三攝南曲譜》（收於《續修四庫全書》1750
　　　　冊，上海古籍出版社，2002年），頁636。
〔註97〕吳梅，《曲學通論》，收入《吳梅戲曲論文集》（北京：中國戲劇出版社，1983
　　　　年6月），頁292。

不在此限。〔註98〕

此説同樣提到「同一宮調」或「同管色之宮調」可組成集曲，至於「首尾曲牌必須是同宮」，則並非集曲之硬性規定。除此以外，武俊達尙認爲集曲摘句時，原曲牌的「保留因素」云：「一是結音，兩句都保留了原曲句和讀的結音；二是曲式、字位大體保留；三是旋律主要骨幹音也都予以保留。〔註99〕」所謂「保留因素」，指的是本調摘句，與他曲組成集曲後，本調曲牌的三項特徵，仍保留在新組成的集曲之中，其中提到結音在曲牌作爲集曲使用時仍保留的要素，可見在集曲組成時，異曲結音的組合能否在同一曲牌中達到一致性，這關係到調式與調性的問題，成爲曲牌組成集曲考量的又一因素。

汪經昌《曲學例釋》所言「集曲之律有四」，亦包含宮調與笛色〔註100〕。王守泰於《崑曲格律》則進一步提出集曲的四個條件：「分析傳統集曲，作者認爲從樂調的實質上來看組織集曲應當合乎這樣四個條件，就是：（1）各原始曲牌笛色相同；（2）；各原始曲牌音域接近；（3）各原始曲牌板眼速度相同；（4）各原始曲牌結音有共同性。只要能滿足這四個條件就能集成全部工尺譜貫串圓順的曲牌。〔註101〕」除了宮調、笛色、結音，此處還提出「音域」與「板眼速度」的共同性。所謂板眼速度，從詞面上來理解，應指板式的相同（如一板三眼、一板一眼），認爲板式相同是集曲組成條件，此説不僅有待商榷，也忽略了集曲的組合尙有板眼銜接的考量〔註102〕。至於音域之説，更需進一步考證。此處所提到的「原始曲牌音域接近」是集曲組合的條件，並非王守泰首先提出，楊蔭瀏《中國古代音樂史稿》提出宮調分類的作用，在於：

依高低音域之不同，把許多適於在同一調中歌唱的曲調，作爲一類，放在一起；其作用只在便於利用現成舊曲改創新曲者，可以從

〔註98〕武俊達，《崑曲唱腔研究》（北京：人民音樂出版社，1987 年），頁 43。

〔註99〕武俊達，《崑曲唱腔研究》（北京：人民音樂出版社，1987 年），頁 236。

〔註100〕汪經昌，《曲學例釋》（臺北：中華書局，1971 年 10 月），頁 61。其餘三者：一、句法佈置必須與本調相符；二、集曲例採慢曲，宮調歸屬依首曲宮調；三、集曲只許正調中選集曲調，不得採集曲牌調相連綴。此三者涉及選調及組合後的規範，與此處所言集曲選用曲牌之限制規範不同，故於註解補充。

〔註101〕王守泰，《崑曲格律》（南京：江蘇人民出版社，1982 年），頁 177。

〔註102〕如某曲牌末句結束於中眼，作爲集曲的另一曲牌便不能以頭板開始的某句銜接。沈璟《增定南九宮曲譜》考訂集曲時，提出類似的概念，見《增定南九宮曲譜》南呂過曲【羅江怨】的考訂，〔明〕沈璟：《增定南九宮曲譜》（臺北：學生書局，1984 年 8 月），頁 405。

同一類中，揀取若干曲，把它們聯接起來，在用同一個調歌唱之時，

不致在各曲音域的高低之間，產生矛盾而已。〔註103〕

與王守泰特指「各別曲牌的音域」不同，楊蔭瀏此說中「利用現成舊曲改創新曲」，很明顯是指集曲而言，認爲集曲的組合創作，與宮調之限制音域高低有關，由於宮調的分類即音域的分類，因此集用曲牌時，必須考量到選擇音域相近的宮調。楊蔭瀏此處並未進一步說明並舉例，然音域之說，施於各別曲牌尚未能完全成立，更何況以一宮調所轄全部曲牌作爲音域與集用關係的論述，此點將於下文具體分析。

綜上所述，提到集曲組成的條件，最明顯的共識在於「管色」，其他包括「音域」與「板眼速度相同」亦見提及。至於晚近俞爲民〈犯調考論〉〔註104〕對於集曲組合之規律，提出了不同的條件論說。俞爲民〈犯調考論〉全文論及四種主題：溯源、集曲組合的規律、集曲曲調組合形式、集曲的命名原則，文中認爲組成集曲的曲牌，應包含以下條件：一、聲情相同或相近；二、可以相犯的宮調，有較爲固定的前後關係，如黃鐘不可居於商調之前；三、需注意前後曲過搭之處平仄、句式、節奏等格律的協調。其中，引用「黃鐘不可居商調之前」的說法，本文第二章第二節論沈璟《增定南九宮曲譜》時，分別舉《九宮大成》黃鐘犯商調與商調犯黃鐘之集曲數量比例進行論證，在實際創作時，宮調的限制有時並不具有如此的影響。又頁211認爲集曲匯集曲牌應注意「聲情的相同或相近」，故集曲以犯本宮爲佳，同時也認爲相近聲情的宮調可相犯組合，因此南呂、仙呂、商調可相犯，可看出此處肯定了宮調聲情說，然頁226言「以宮調來對曲調進行分類的方法，不能眞實細緻地反映具體曲調的聲情」，卻又認爲宮調與聲情的關係並不很密切。如此，文中以聲情相同或相近作爲集曲規律的立論基礎爲何？又文中所謂聲情的「相近」究竟爲何？以文中所舉的例子來看，如對照《唱論》對聲情的敘述，南呂「悽愴怨慕」、仙呂「清新綿邈」、商調「感嘆傷悲」，謂其「相近」或只是一個主觀看法，多有學者論證聲情說之不可信〔註105〕，如此，聲情如何成爲集曲組合要件之一，或許有重新討論之必要。以下分別就「音域」、「板眼速度」與

〔註103〕楊蔭瀏，《中國古代音樂史稿》（北京：人民音樂出版社，2003年9月一版八刷），頁583。

〔註104〕俞爲民，〈犯調考論〉，收錄於《南大戲劇論叢（四）》（北京：中華書局，2008年12月），頁209～227。

〔註105〕參見洪惟助：〈宮調的聲情〉，《崑曲宮調與曲牌》（臺北：國家出版社，2010年6月），頁91～108。

「管色」三個集曲組成條件之共識論述。

（一）音域與曲牌集用

所謂「音域」，指的是樂器或人聲唱奏，從最低音到最高音的範圍。「音域」這一概念，在西方樂理中一般不用來指稱某一「樂曲」最高音與最低音的範圍，而是樂器（包括人聲）的高低限度，原因在於西樂樂器（或聲樂）各有一定的音域範圍，作曲者在針對某一樂器（或聲樂）所作之樂曲，一般會符合該樂器之音域，如為小提琴作曲，常用音域限制在：

至於西方聲樂，常用的四聲部區分：女高音、女低音、男高音、男低音，各有適用音域：〔註106〕

偶有超越，僅為炫技或表現演唱者條件的特例，一般仍會集中於各聲部音域，以便於演唱者所唱。

曲牌音樂亦然。宮調之分類與音域之關聯，歸根究柢，或許仍只是人聲音域之限制，與曲牌音域之差異無直接關係，《南詞定律》是現今所見最早附有工尺的曲譜，與乾嘉以後諸譜相較，較接近明清之際曲牌實況，由於引子未附工尺、犯調又涉及異宮調的組合，故此處就《南詞定律》所收各宮調過曲共 547 體，檢視每一宮調所轄曲牌中，所用之最高工尺與最低工尺，定出

〔註106〕島岡讓著，張邦彥譯：《和聲——理論與實習》（臺北：全音樂譜出版社，2001年 9 月），頁 18。

各宮調音域如下譜所示〔註107〕：

由五綜譜可以看到的，宮調並非音域之區別，人聲音域之限制，使得各曲牌音域基本限制在低音「工」至高音「工」之間，大約跨兩個八度，由此亦難以看出宮調爲音域高低之分類結果，故宮調作爲音域之區分，從而成爲集曲選用曲牌之條件，僅就論述基礎來看並不成立。

（二）板眼速度與曲牌集用

以板眼速度之相同爲集曲選用曲牌條件的說法，爲王守泰所提出。此前《寒山曲譜》「犯調總論」所提到集曲所犯本調的考量，必須兼及「腔之粗細、調之抑揚、拍之徐疾」，涉及板眼速度的考量，然「拍之徐疾」並未能解釋爲「板眼速度相同」，而應理解爲不同曲牌銜接時，板眼速度的一致性與流暢感，例如，前一小節是極爲舒緩的一板三眼帶贈板，下一小節馬上轉爲一板一眼這種節奏較快的板式，就全曲的板眼銜接而言，不僅不順暢，亦難以美聽。這是異曲銜接所考量的「拍之徐疾」。然而將「板眼速度相同」作爲限定條件，則不符合目前所見的實際情況。依此說法，則一板三眼的曲牌，不能與一板一眼的曲牌組成集曲，或帶贈板的曲牌，不能與不帶贈板的曲牌組成集曲，在現存的集曲中，這樣的限制是不存在的。以下茲舉二例說明：

1. 商調【金絡索】本調板式各異與集曲板式的統一

商調【金絡索】是常用集曲，所犯曲牌有【金梧桐】、【懶畫眉】、【東甌令】、【針線箱】、【解三酲】、【寄生子】。查此六曲〔註108〕，並配合《崑曲辭

〔註107〕《南詞定律》。此處所舉，僅就工尺而言，「上」譯爲五線譜下加一線的 C 音，而不就管色（調性）而論，因每一曲牌在不同折子所用管色皆有差異，對實際音高仍有影響。

〔註108〕以下所查，由於須就工尺譜參酌曲牌的實際板式，故運用洪惟助、黃思超製作，《崑曲重要曲譜曲牌資料庫》DVD，臺北：國家出版社，2010 年 6 月。

典》附錄十一〈曲牌示例〉的板式標注，可見以下板式差異：

1. 【金梧桐】僅見 1 次，見《集成曲譜》聲集，板式為一板三眼帶贈板〔註 109〕。

2. 【懶畫眉】共見 116 次，板式常用為一板三眼帶贈板〔註 110〕，亦有一板三眼曲，如《六也曲譜》所收《漁家樂・賜針》、《西樓記・樓會》。

3. 【東甌令】共見 31 次，所用板式較複雜，有散板曲（如《六也曲譜》所收《金印記・尋夫》）、一板三眼曲（如《集成曲譜》所收《眉山秀・衡文》），然以一板一眼為常用〔註 111〕，如《集成曲譜》所收《浣紗記・後誘》、《崑曲大全》所收《占花魁・贖身》、《一捧雪・賣畫》等。

4. 【針線箱】僅見 5 次，主要是《牡丹亭・遇母》一折，板式為一板三眼帶增板，另有《集成曲譜》所收《邯鄲夢・外補》，用一板三眼。

5. 【解三酲】共見 100 次，常用板式是一板三眼與一板一眼〔註 112〕。

6. 【寄生子】諸譜未見使用。

　　【金絡索】所犯各牌，所用板式各有偏重：如【懶畫眉】多用一板三眼帶贈板、【東甌令】多用一板一眼，明確可知的是各曲「板眼速度」並不完全相同。就集曲【金絡索】而言，「板眼速度」一事，並非摘句組成前限定的曲牌條件，而是組成一曲後演唱的統一，現可見【金絡索】工尺譜共 28 種，皆統一為一板三眼帶贈板唱，而不管本調板式的各異。可見「板眼速度」並非組成條件，而與管色的統一相同，是新曲定譜後演唱的統一。

　　2. 【羽衣二疊】因應戲劇情境的改變

　　【羽衣二疊】是洪昇《長生殿》所創之集曲，共犯用【畫眉序】、【皂羅袍】、【醉太平】、【白練序】、【應時明近】、【雙赤子】、【畫眉兒】、【拗芝麻】、

因同折在異譜中可能有板式的差別，故此處所列數字皆含重複折子。
〔註 109〕洪惟助主編：《崑曲辭典》附錄十一・〈曲牌示例〉（宜蘭：國立傳統藝術中心，2002 年 5 月），頁 1484～1485。注：「凡字調。羽調式。贈板曲」
〔註 110〕《崑曲辭典》附錄十一・〈曲牌示例〉，注「六字調，贈板曲」，頁 1393～1394。
〔註 111〕《崑曲辭典》附錄十一・〈曲牌示例〉，注「凡字調或六字調，羽調式，一板三眼或一板一眼曲」，頁 1408。
〔註 112〕《崑曲辭典》附錄十一・〈曲牌示例〉，注「六字調或凡字調，羽調式，一板三眼曲」，頁 1346～1347。

【小桃紅】、【花藥欄】、【怕春歸】、【古輪臺】等十二曲。【畫眉序】共見 76
次，一板一眼、一板三眼與一板三眼帶贈板皆有〔註 113〕。【皂羅袍】共見 42
次，一板一眼與一板三眼曲皆有〔註 114〕。【醉太平】共見 23 次，一板一眼與
一板三眼皆有，甚至有有板無眼的曲子，如《集成曲譜》玉集所收《千金記・
虞探》〔註 115〕。【白練序】共見 12 次，所見除《集成曲譜》聲集《紫釵記・
俠評》用一板三眼外，其餘皆一板三眼帶贈板〔註 116〕。【雙赤子】共見 2 次，
出自《長生殿・偷曲》，爲一板三眼曲〔註 117〕。【拗芝麻】共見 2 次，爲一板
一眼曲〔註 118〕。【小桃紅】共見 66 次，一板一眼、一板三眼與一板三眼帶贈
板皆有〔註 119〕。【古輪臺】共見 59 次，一板一眼與一板三眼皆有〔註 120〕。故
可知各曲所用板眼速度皆不同。此曲爲大型集曲，曲中板式隨情境變化而改
變。初唱一板三眼帶贈板，寫貴妃出場之飄逸，【應時明近】改一板三眼，爲
貴妃初舞，節奏較慢，【白練序】是舞蹈的轉折，唱「乍迴身側度無方」，速
度加快，改爲一板一眼。此處全曲的板式變化，是因應組合後的此曲所用情
境變化而有改變，即使原曲板式之各有不同，組成一曲後，板式的變化則可
以有更有整體性的設計。

　　從上述兩個曲子可知，集曲組合曲牌時，所考慮的「板眼速度相同」，是
一個較大範圍的板眼相似性，要點有二：（1）、大致將一板三眼及加贈的曲牌
作爲一類，速度較慢，而一板一眼這種速度較快的是一類，在集用二曲或三
曲這種較短小的集曲中，仍會傾向選用板式相近的曲牌；（2）、與一般過曲相

〔註 113〕　《崑曲辭典》附錄十一・〈曲牌示例〉，注「凡字調。宮調式。贈板曲」，頁
　　　　　　1415～1416。

〔註 114〕　《崑曲辭典》附錄十一・〈曲牌示例〉，注「小工調。羽調式。一板三眼曲」，
　　　　　　頁 1352～1353。

〔註 115〕　《崑曲辭典》附錄十一・〈曲牌示例〉，注「凡字調。羽調式。贈板曲」，頁
　　　　　　1468～1469。

〔註 116〕　《崑曲辭典》附錄十一・〈曲牌示例〉，注「凡字調。羽調式。贈板曲」，頁
　　　　　　1467。

〔註 117〕　《崑曲辭典》附錄十一・〈曲牌示例〉，注「六字調。商調式。一板三眼曲」，
　　　　　　頁 1453。

〔註 118〕　《崑曲辭典》附錄十一・〈曲牌示例〉，注「六字調。羽調式。一板一眼曲」，
　　　　　　頁 1454。

〔註 119〕　《崑曲辭典》附錄十一・〈曲牌示例〉，注「小工調。羽調式。一板三眼曲」，
　　　　　　頁 1464～1465。

〔註 120〕　《崑曲辭典》附錄十一・〈曲牌示例〉，注「小工調。徵調式。一板三眼曲或
　　　　　　一板一眼曲」，頁 1432～1433。

同，一曲之中板式可換，特別是大型集曲，一曲之中板式變化是普遍現象，除了上述【羽衣二疊】之例，如常見的〈佳期〉，從散唱到一板三眼帶贈板，再轉一板三眼與散板，最後回到一板三眼，然板式變化是有順序的，從一板三眼加贈轉一板三眼、再到一板一眼或散板，是一種慣用的板式變化現象，不可隨意改變。這都說明了並非「板眼速度」相同而能組成集曲，而是組成集曲後，針對全曲作板式的統一與變化安排。

（三）宮調／管色限制與曲牌集用

集曲須選用同管色宮調之曲牌，是論述集曲組成條件之定論。此說的基礎，在於宮調與管色具有密切的依存關係，然而此一依存關係，如本節引言所述是未必存在的。這個問題本不擬再論，然管色之相同往往成為後人論析集曲本調之依據，因此二者實不存在如此關係，故偶見略顯牽強的論述〔註121〕，本文於此試圖從實例進一步論述：一般所引用的「宮調／管色」的說法，與現存集曲中是否有所不同，依照這些說法，在各曲譜中，是否未曾出現「管色不同之宮調」所轄曲牌以組成的集曲的例子？

首先必須對吳梅、陳栩與王季烈等諸家所提出的宮調與管色關係進行論述，究竟有哪些宮調所用管色是完全不同的？首先從吳梅所列來看，各宮調與管色的關係以下表列之：

	上字調	尺字調	小工調	凡字調	六字調	正工調	乙字調
大石調		◎	◎				
小石調		◎	◎				
中呂宮		◎	◎				
仙呂宮		◎	◎	◎			
正宮		◎	◎				
道宮		◎	◎				
般涉調		◎	◎				
商調	◎				◎		

〔註121〕如林佳儀，〈《納書楹曲譜》之集曲作法初探〉，收於《臺灣音樂研究》第六期（臺北：中華民國（臺灣）民族音樂學會，2008年4月），頁117。該處論述【金絡索】所集曲牌含商調、南呂、仙呂三個宮調，然而就吳梅的說法，商調與仙呂實不用相同管色，何以能夠就「宮調與笛色」而言「原本的笛色有小工調、凡字調、六字調，但組合為集曲，均統一為凡字調。」足見此處因無法將此一現象類比一般所言「宮調與笛色」的關係，而有論述不足之憾。

	上字調	尺字調	小工調	凡字調	六字調	正工調	乙字調
越調	◎		◎		◎		
黃鐘宮				◎	◎		
南呂宮	◎			◎	◎		
雙調						◎	◎

根據此表，若管色是集曲組成曲牌選用的條件，則可知不可組成集曲的宮調有（假設只要用有同一管色即算「管色相同之宮調」）：

1. 商調與大石、小石、中呂、仙呂、正宮、道宮、般涉調、雙調。
2. 黃鐘宮與大石、小石、中呂、正宮、道宮、般涉調、雙調。
3. 南呂宮與大石、小石、中呂、正宮、道宮、般涉調、雙調。
4. 雙調與所有宮調均不可組成集曲。

陳栩〈學曲例言〉所列與吳梅大致相同〔註122〕，少數略有不同，表列如下：

	上字調	尺字調	小工調	凡字調	六字調	正工調	乙字調
大石調		◎	◎				
小石調		◎	◎				
中呂宮		◎	◎				
仙呂宮		◎	◎	◎			
正宮		◎	◎				
道宮		◎	◎				
般涉調		◎	◎				
商調	◎				◎		
越調	◎				◎		
黃鐘宮				◎	◎		
南呂宮	◎			◎	◎		
雙調						◎	◎

據此表，則不可組成集曲的宮調有：

1. 商調與大石、小石、中呂、仙呂、正宮、道宮、般涉調、雙調。
2. 越調與大石、小石、中呂、仙呂、正宮、道宮、般涉調、雙調。

〔註122〕天虛我生（陳栩），〈學曲例言〉（上海：著易堂書局，民國9年），收於《過雲閣曲譜》，頁1〜2。

3. 黃鐘宮與大石、小石、中呂、正宮、道宮、般渉調、雙調。

4. 南呂宮與大石、小石、中呂、正宮、道宮、般渉調、雙調。

5. 雙調與所有宮調均不可組成集曲。

王季烈所舉宮調與管色的關係表列如下：〔註123〕

	上字調	尺字調	小工調	凡字調	六字調	正工調	乙字調
大石調		◎	◎				
小石調		◎	◎				
中呂宮		◎	◎		◎		
仙呂宮		◎	◎			◎	
正宮	◎	◎	◎				
道宮		◎	◎				
般渉調		◎	◎				
商調		◎	◎	◎	◎		
越調			◎	◎	◎		
黃鐘宮				◎	◎	◎	
南呂宮		◎	◎	◎			
雙調						◎	◎

據此表，不可組成集曲的宮調有：

1. 黃鐘宮與大石、小石、正宮、道宮、般渉調。

2. 雙調與大石、小石、中呂、正宮、道宮、般渉調、商調、越調、南呂。。

對照此三説，關於「管色相同之宮調」的曲牌是組成集曲的條件，已頗見差異，若再對照集曲的實際運用，則更可見宮調、管色與集曲所犯曲牌的選用，並未如此一定論般的密切相關。以雙調曲牌爲例。依此三家所言，則雙調所用管色正工調與乙字調，與所有宮調差異甚遠，除王季烈認爲仙呂與黃鐘亦用正工調，或可與雙調曲牌組成集曲外，其餘宮調曲牌皆不能與雙調組合。然而有一特殊宮調「仙呂入雙調」，此一宮調的內涵與產生眾説紛紜〔註124〕，如周維培《曲譜研究》所認爲仙呂入雙調所轄曲牌「多爲雙調與

〔註123〕 王季烈，《螾廬曲談》卷二〈論作曲〉，收入《集成曲譜》聲集卷一（上海：商務印書館，1921 年 4 月），頁 13～14。

〔註124〕 仙呂入雙調相關討論，見洪惟助〈仙呂入雙調考辨〉一文，收入《崑曲宮調與曲牌》（臺北：國家出版社，2010 年 6 月），頁 59～65。

仙呂所犯後出現的新調〔註125〕」，則仙呂與雙調本因管色並不相同，不具備組成集曲的條件，二宮調卻又經常組成集曲，成爲「仙呂入雙調」一類，可見此二說存在著值得商榷的矛盾。本文以未收「仙呂入雙調」的曲譜中，收曲最眾的《南詞定律》所收雙調犯調中，與他宮曲牌所組成的集曲，即可發現以管色相同之宮調爲集曲曲牌選用的說法，並不符合集曲實際存在的現況：〔註126〕

1. 與黃鐘宮等組成的集曲：【畫錦畫眉】〔註127〕、【九華燈】〔註128〕、【僥僥鮑老】、【六宮花】、【九曲河】（含正宮）、【撥神仗】、【雙棹入江泛金風】〔註129〕、【金三段】。

2. 與商調組成的集曲：【錦堂集賢賓】、【五羊供月】、【玉嬌鶯】、【玉肚鶯】、【玉供鶯】、【金蓼朝元歌】。

3. 與仙呂宮等組成的集曲：【步扶歸】、【步月兒】、【玉桂枝】、【姐姐寄封書】、【江頭金桂】、【風雲會四朝元】〔註130〕、【南枝金桂】。

4. 與中呂宮組成的集曲：【金雲令】。

5. 與南呂宮組成的集曲：【園林柳】、【玉嬌娘】、【金風曲】、【金江風】、【朝金羅鼓令】、【南江風】。

6. 與正宮等組成的集曲：【五月紅樓送玉人】（含越調）〔註131〕、【玉雁子】。

從《南詞定律》所收的這些例子，可知「同管色之宮調」並非集曲的組

〔註125〕周維培，《曲譜研究》（南京：江蘇古籍出版社，1997年），頁271。

〔註126〕此處就《南詞定律》討論，原因有三：一、《南詞定律》所收集曲，爲此前曲譜中最多者；二、吳梅、陳栩所論，皆未涉及仙呂入雙調，吳梅《南北詞簡譜》亦未見此宮調；三、《增定南九宮曲譜》、《南詞新譜》、《南曲九宮正始》皆有「仙呂入雙調」一類，一者對此類曲牌之宮調歸屬，於後代無此調之曲譜往往有所出入，再者「仙呂入雙調」含一般過曲與集曲，此中往往有作爲本宮之集曲，較無法得知其他曲譜中被歸入雙調的集曲所犯不同宮調的情況。

〔註127〕以下所引，皆出自《南詞定律》，1752冊，頁565～646，所犯曲牌之宮調歸屬，悉依本譜，茲不贅註。

〔註128〕此曲所犯九調：【園林好】、【江兒水】、【玉嬌枝】、【五供養】、【好姐姐】、【忒忒令】、【鮑老催】、【川撥棹】、【桃紅菊】，當中僅【鮑老催】爲黃鐘宮，其餘均屬雙調。

〔註129〕此曲所犯【刮地風】、【雙聲疊韻】、【滴滴金】皆屬黃鐘宮。

〔註130〕此曲所犯【桂枝香】屬仙呂宮，【駐雲飛】屬中呂宮，【一江風】屬南呂宮。

〔註131〕此曲所犯【紅娘子】、【人月圓】屬正宮，【雁過南樓】、【江頭送別】屬越調。

合條件，因爲即使從宮調與管色關係的各種論述中過濾，管色相異宮調之曲牌，亦可組成集曲，有些甚至是極爲常用的集曲。如此，管色對集曲作用的理解，則須從集曲組成的結果反向理解，亦即因演唱時必然不會在一曲之中轉換管色〔註132〕，故即使是管色不同宮調的異曲摘句組合，演唱時仍須統一爲相同的管色，從這個觀點來看，管色對集曲的作用，應理解爲組成後全折演唱的統一，而非曲牌組成前的限制。

二、集曲所犯本調之條件與規律

就現存集曲來看，既然音域與板眼速度的一致性，皆非集曲本調的條件限制，在集用曲牌的選擇有其創作自由的前提以外，是否還具有影響創作者選擇曲牌的因素？是本文此處所欲探討的問題。

（一）本調之「近關係」與「遠關係」

本文認爲，集曲所犯本調，有犯本宮與借宮之別，組套關係較密切的曲牌，組成集曲的機率較高，由此觀之，即使是本宮曲牌，亦有未見組爲集曲的情況，例如《南詞定律》所列 105 支、《南詞新譜》所列 62 支商調集曲中，除了大型集曲【清商十二音】與【黃鶯逐山羊】二曲外，商調【山坡羊】不與商調【二郎神】一套曲牌組成集曲〔註133〕。這是個值得注意的現象，一般認爲，集曲以犯本宮爲妥，如《九宮譜定論說》認爲犯不同宮調的曲牌：「未免有安有不安，不若只犯本宮爲便，一犯別宮，音調必稍有異。」然即使認爲「犯本宮爲便」，《九宮譜定論說》又云「或亦有即犯本宮而不甚安者，宜深愼之。」則「犯本宮」與「犯別宮」，作爲集曲所犯曲牌選用的說法，仍略顯籠統，畢竟即使是本宮曲牌，在本調犯用的過程中仍有區別。本文因此將各集曲所集之曲牌，分爲「近關係」與「遠關係」，即以本宮曲牌聯套關係的密切與否作區分，「近關係」指的是常用以聯套的曲牌所組成的集曲，「遠關係」則指聯套關係疏遠的曲牌。不同宮調的曲牌有時存在著較爲密切的聯套關係，本文於此將之視爲「近關係」的曲牌，例如：黃鐘宮的【啄木

〔註132〕崑曲一折之中管色轉換的相關論述，見洪惟助，〈管色及其運用〉，收於《崑曲宮調與曲牌》（臺北：國家出版社，2010 年 6 月），頁 67～90。

〔註133〕商調【二郎神】套，據王守泰《崑曲曲牌與套式範例集》所列，以【二郎神】、【集賢賓】、【囀林鶯】爲首牌，【鶯啼序】、【黃鶯兒】、【簇御林】、【琥珀貓兒墜】爲附牌。頁 1310～1371。

兒】，除了與本宮【三段子】、【歸朝歡】的聯套外，也頗見與商調【黃鶯兒】組套，例如《八義記・觀畫》、《琵琶記・廊會》等，而此二曲組成的集曲【啄木鸝】屬常用集曲，經常在套曲中孤用，或用於商調【二郎神】套中。

曲牌的聯套關係，《崑曲曲牌與套式範例集，南套》所整理之各宮套式爲準，主要參酌《集成曲譜》，如此則《範例集》所列之套式，基於曲牌聯套實際運用，故視爲「習用套式」，則可謂使用習慣（包含該套的唱演）的反應，而非僅爲劇本數量之統計，故此處論聯套關係，以《範例集》所列各宮套式爲基準，若集曲所犯爲習用熟套之曲牌，則視爲「近關係」，若所犯爲本宮或異宮未見聯套關係之曲牌，則視爲「遠關係」。以正宮【普天樂】一套爲例，若將《南詞新譜》所收正宮集曲 48 曲，與王守泰所列正宮【普天樂】套比對〔註134〕，則屬「近關係」之集曲，共計 11 曲〔註135〕（不含又一體），與本宮【錦纏道】一套組成的集曲共 7 曲〔註136〕，其餘 30 曲則是與本宮其他孤牌、或其他宮調之曲牌組成的集曲。從數字來看，本套內組成集曲，僅占 23%，其餘的 77%r 均非與本套曲牌所組成的集曲，這一現象，與正宮曲牌本身套式結構較不嚴謹有關〔註137〕，因本身套式較爲自由，故組成集曲時，本套曲牌的關係也較不密切，特別是與中呂宮【剔銀燈】、【泣顏回】二牌組成的集曲可謂相當常見。若舉一套式較爲嚴謹的套曲與集曲關係爲例，則可見套式的嚴謹與否，對集曲本調選用有直接的影響。如仙呂入雙調【步步嬌】一套，王守泰整理本套套牌十個〔註138〕，在《南詞新譜》所收 79 支仙呂入雙調集曲

〔註134〕王守泰所列正宮【普天樂】套曲牌有：【普天樂】、【雁過聲】、【傾杯序】、【玉芙蓉】、【小桃紅】，並參考吳梅《南北詞簡譜》所提出之套式，於【普天樂】前加上【刷子序】及【朱奴插芙蓉】二曲。見《崑曲曲牌與套式範例集・南套》下，頁 1178～1179。

〔註135〕此 11 曲爲：【刷子帶芙蓉】、【刷子帶天樂】、【朱奴插芙蓉】、【普天帶芙蓉】、【芙蓉紅】、【天樂雁】、【雁聲傾】、【雁聲樂】、【傾杯玉】、【小桃帶芙蓉】、【傾杯賞芙蓉】。

〔註136〕此 7 曲爲：【朱奴帶錦纏】、【普天紅】、【錦芙蓉】、【錦樂纏】、【錦纏樂】、【刷子錦】、【錦天樂】。

〔註137〕《範例集》頁 1178，云：「由於這個套式（即【普天樂】套）組織鬆散，各簡套中抽去的曲牌，無規律約束，有時還有異套曲牌甚至跨宮曲牌插入套內，但屬於這個套式的幾個曲牌，排列次序是有條不紊的。」

〔註138〕王守泰所列仙呂入雙調【步步嬌】套曲牌有：【步步嬌】、【園林好】、【忒忒令】、【沉醉東風】、【江兒水】、【五供養】、【玉交枝】、【好姐姐】、【玉胞肚】、【川撥棹】。見《崑曲曲牌與套式範例集・南套》上，頁 637～643。

中（不含又一體），屬「近關係」之集曲共 23 曲〔註 139〕，佔 32%，已近全數的三分之一，這個數字已算相當多，因爲就王守泰所列，仙呂入雙調套式共四種：【步步嬌】套、【嘉慶子】套、【惜奴嬌】套與【風入松】套，各套間曲牌的關係都相當密切，而其中【步步嬌】套與【嘉慶子】套經常有混用的關係，但僅是就【步步嬌】一套 10 支曲牌拆解組合成的集曲，就佔全部集曲近三分之一，可見本身聯套關係的密切，與集曲本調的選用有密切關係。

「近關係」與「遠關係」的提出，是考量集曲本調各曲關係的衡量標準，前文所謂「犯本宮爲便」、「犯本宮亦不甚安」與「音調必稍有異」、「宜深愼之」四語，說明了集曲無論是犯本宮或是犯別宮，考量的原則必須是「音調之異同」，其中「音調」一詞，解釋的空間相當大，但無論如何，既屬經常聯用的同套曲牌，則各曲的「音調」應具有較高的同質性，亦有組成集曲的方便之處。由此衍伸觀察，這種本身經常套用之曲牌，在組成集曲的過程中，往往也會有較明顯的套用關係，此待本文第五章一併論之。

（二）板眼銜接

即使對「板眼速度相同」一詞不可完全解釋爲板式相同才可連接，對集曲而言，板眼一事最重要的是曲牌銜接時前曲末字與後曲首字的板位組合。板之於南曲的重要性，明代以來曲論已多有述及。吳梅《曲學通論》，論句法與下板關係云：

> 一調有一調句法，當視板式爲衡。如七字句，有宜上四下三者，有宜上三下四者。此間分別，都在板式。蓋上四下三句法，如「錦瑟無端五十弦」，其板在「無」字、「五」字、「弦」字上，讀之如一句詩。若「五十弦錦瑟年華」，則板在「十」字、「錦」字、「年」字，而於「華」字下用一截板，見得此句已完。故做者當知句法，句法一誤，無從下板矣。

由此可知點板與句法是相關的，每個句子因句法而存在的板位，銜接成一個完整的曲牌時，共同構成該曲牌的字、板關係特徵，換言之，點板的目的，在於分清句法，使語句文意與音樂的配合能夠順暢。

〔註 139〕此 23 曲爲：【姐姐帶撥棹】、【姐姐棹僥僥】、【步步入江水】、【江水遠園林】、【園林見姐姐】、【園林見姐姐】、【姐姐插嬌枝】、【嬌枝連撥棹】、【步入園林】、【東風江水】、【園林沉醉】、【園林醉海棠】、【江水撥棹】、【五枝供】、【二犯五供養】、【五玉枝】、【玉枝供】、【撥棹供養】、【玉肚交】、【玉山供】、【雙玉肚】、【玉供鶯】、【撥棹入江水】。

當然，曲牌文樂關係確實是相當密切，如上述吳梅所言點板之「文體」影響「樂體」的情況，普遍存在於現存格律譜曲牌的點板上。然而細究各曲，仍不應否認有因曲牌音樂的須要，影響文句點板的情況。例如，吳梅所認爲上四下三的七字句，點板應於三、五、七字上，然查《南詞新譜》，點板尚有以下兩種差異：

【勝葫蘆】第一句：特奉皇恩賜結婚
　　　　　　　　　▲　　└　▲

【粉孩兒】第四句：只因國難識大臣
　　　　　　　　▲　▲　　▲　▲

這兩種點板類型在《南詞新譜》中並非孤例。又上三下四的七字句，吳梅認爲應點板於二、四、六字上，然而查《南詞新譜》，點板類型的差異更多：

【甘州八犯】第二句：休論著蓋世　豪傑
　　　　　　　　　　▲　　│　▲

【甘州八犯】第四句：要學那專諸刺客
　　　　　　　　　　　▲　　▲▲

【剔銀燈】　末　句：母子命存亡未知
　　　　　　　　　　▲　　▲　▲▲

【纏枝花】　第六句：敢把我如同兒戲
　　　　　　　　　　▲　　▲　　▲

以上數例亦非孤例，本文認爲，多種例外的存在，說明了可將吳梅所論，視爲一個句法與點板的「原則」，從上述幾種點板差異的例子來看，確實也與吳梅所言並不完全相悖，但不可忽略的差異仍然存在，這說明了即使是句法相同，曲牌的文樂關係並不能單純理解爲「文體影響樂體」，因爲各曲不同的音樂框架，影響曲中句子點板，是普遍存在於曲牌文樂關係的交互影響。

關於上述句法與點板的關係，另一個清楚可見的問題是如洛地所認爲「曲中韻處，必爲板位」〔註140〕，此說幾乎已是曲牌文樂關係的共識，其邏輯推論在於：由於「韻以句曲，板以句樂」，而曲唱是「以文化樂」，亦即文、樂具有相當密切的關係，因此「句曲」——文句之段落，與「句樂」——樂句之段落，在文樂關係密切的原則下，二者必然是吻合的，文中所舉諸多例子，確實可見韻句與板位的吻合。然而如果將吳梅所舉三四句法的七字句，與此

─────────────────

〔註140〕洛地，《詞樂曲唱》（北京：人民音樂出版社，2001 年 3 月），頁 79～81。

説相互映證，則可以發現一個明顯的矛盾：即三四句法的七字句，因句法關係，第七字末字不點板，然第七字往往爲韻處，因此造成韻處未點板的情況，同樣是《南詞新譜》，第七字韻字未點板的情況如：

【朱奴兒】第一句：是則是公文限緊
　　　　　　　　　▲　　▲　▲

【朱奴兒】第二句：承尊命怎敢不允
　　　　　　　　　▲　　▲　▲

【普天樂】第三句：兄安在妾是何如
　　　　　　　　　▲　　▲　▲

這三個例子都是三四句法的七字句，第七字都是韻字，但點板均位於第六字上，則可見洛地所言「板以句樂」在實例上可發現的明顯問題在於：樂句終止、韻字、板位並不存在著必然的一致性。即使文樂關係的密切，是曲牌曲唱的特徵，文句之段落（韻處）作爲樂句之段落，並非必爲下板處，有不少曲牌的韻處與板位並不是完全吻合，這個原則的打破，與論述集曲組成時板位的銜接有密切關係。例如：黃鐘宮【絳都春序】，查《增定南九宮曲譜》〔註141〕、《南詞新譜》〔註142〕與《南詞定律》〔註143〕例曲點板全同，《九宮正始》〔註144〕則錄《瓦窯記》「朔風剪水」爲例曲，點板亦同於諸譜，茲錄《增定南九宮曲譜》等所列《西廂記》例曲如下：〔註145〕

團圓皎皎◎見冰輪晃然●初離海嶠◎仔細思量○怎不教人長不老◎
　｜　　　　▲　　▲｜▲　　　　▲　　　　▲　▲　▲

月過十五光明少◎忍負我青春年少◎滿懷心事○一春怨恨有誰知道◎
　▲　　」▲　　▲　▲　▲　▲▲▲▲　　▲　▲　　　▲

從此例【絳都春序】的板位來看，如洛地所言「韻字」與「板位」吻合者，有第二句「嶠」字、第四句「老」字、第五句「少」字與第八句「道」字，然而第六句「少」字亦是韻句，點板卻落於「年」字，可見「韻字」與

〔註141〕（明）沈璟：《增定南九宮曲譜》（臺北：學生書局，1984年8月），頁455。

〔註142〕〔明〕沈自晉：《南詞新譜》（臺北：學生書局，1984年），頁527。

〔註143〕〔清〕呂士雄等編：《南詞定律》，收於《續修四庫全書》1751冊（上海：上海古籍出版社，2002年），頁147。

〔註144〕〔清〕徐于室、鈕少雅，《九宮正始》（臺北：學生書局，1984年8月），頁88～89

〔註145〕本文引文中點板，以「▲」爲頭板、「｜」表截板、「」」表腰板，特此説明。

「板位」有時並非位於一處。再如正宮【滿江紅尾】，見《南詞定律》所舉《拜月亭》「大喊一聲過」爲例曲〔註146〕：

大喊一聲過◎諕得我獐狂鼠竄○那裡失了哥哥◎
　▲　　　▲　　　▲　　▲　　　▲　　▲

哥哥怎生撇下了我◎此身無處安存●無門可躲◎
　▲　　　▲　　　▲　　　▲　｜　▲

　　第三句倒數第二個「哥」字下板，此字亦非韻字，卻位於板上。故可見樂句終止、韻字、板位三者並非絕對一致，在某些例子中，板下於韻字之前仍是頗爲常見的現象。此說與集曲的關係，在於如何解釋不同曲牌句／板的銜接。

　　首先舉一個引用洛地此說解釋集曲銜接的例子。林佳儀論《四夢全譜》的「宛轉相就」之法時，解釋【金絡索】首二段【金梧桐】與【東甌令】之組合，引用了洛地此說，認爲：

　　　　一般而言，曲牌之間或集曲摘句之間的連接，都在當板的韻字上結
　　　　束，故從『板後』或是『眼上』過渡到下一曲，但此處【金梧桐】
　　　　集句在『眼上』結束，【東甌令】集句則從『板上』起，這固然是沿
　　　　用原有的板眼，並且銜接得宜，但也反映【金梧桐】第五句並非完
　　　　整的結束，故不在板上收尾。〔註147〕

　　結論確實無誤，不同的曲牌，在集爲一曲的板眼組合上，仍須以本調之板眼爲準，此處【金絡索】所集之【金梧桐】首至五句，第五句本非韻句，若就洛地之說，非韻句本無硬性規定必於板上，故【金梧桐】第五句止於「眼上」與【東甌令】起於「板上」，是本調之板眼在集曲銜接之後的保留因素，「並非完整的結束」一語，不僅指此句非韻句，從語意上來看，【金梧桐】第五、六句是上下句關係，語意的完整見於第六句（韻句），故此處所論，與洛地之說無關。然而，可見的集曲組合中，本調點板未於韻字上，在集曲銜接之時，仍會保留本調板位之特徵，故此說中「一般而言」的「從『板後』或是『眼上』過渡到下一曲」一說，總而言之，既然肯定前句末字止於板上，

〔註146〕〔清〕呂士雄等編：《南詞定律》，收於《續修四庫全書》1751 冊（上海：上海古籍出版社，2002 年），頁 336～337。
〔註147〕林佳儀，《《納書楹曲譜研究》──以《四夢全譜》爲核心》（國立政治大學97 學年度博士論文），頁 128～129。

則後句起於「板後」各拍（就此處所論，所指應是中眼），是理所當然的推論。然而在集曲組合上，可發現許多例外。

可以把「並非從『板後』或『眼上』過渡到下一曲」的例子分成兩種情況來看。第一種情況是，如前所舉【絳都春序】與黃鐘宮【疏影】組成的集曲【絳都春影】，組成爲【絳都春序】首至六句與【疏影】六至七句，其中【絳都春序】第六句韻句，下板在「年字」，末字韻字「少」未下板，而【疏影】第六句下板於第二字，故形成的板眼組合爲：〔註148〕

　　　【絳都春序】見漁父披蓑歸去◎【疏影】鼻中○
　　　　　　　　▲　▲　▲　　　　　　　▲

由於各格譜僅點板，未能得知更詳細的字句板眼關係，但可看見此處的組合，已非「板後」或「眼上」一詞所能籠統解釋，更精確的說，由於前曲並非收於板上，而後曲末字又下板，可知「去」字與「鼻」字的「收」與「起」有很大的討論空間，但從字與板眼的關係來看，因「去」字屬韻字，又是前曲收煞，「鼻」字應不會起於中眼以前。但無論如何，因保留本調之字位與板眼關係，與該說所言與韻字下板的銜接是不同的。相同的例子，尙有黃鐘宮【玉絳畫眉序】中所犯【玉漏遲序】與【絳都春序】的銜接處〔註149〕、仙呂宮【梅花郎】所犯【臘梅花】與【賀新郎】的銜接處等。〔註150〕

第二種情況則是，本調韻字即使收於板上，後句於板後起，但由於銜接的曲牌起於板上，故延長前曲韻字唱滿一板，以配合後曲起板，這樣的作法，等於同時符合前後二曲的板眼要求。例如【六奏清音】一曲，見於《南詞新譜》，其中有【八聲甘州】與【皂羅袍】的銜接，曲文板位如下〔註151〕：

　　　【八聲甘州】雲夢將軍死未央◎【皂羅袍】兩疏機見
　　　　　　　▲　▲　▲　　　　　　▲

〔註148〕此曲考訂原委，見《南詞新譜》【絳都春影】云：「原作【絳都春】換頭，今改定。此曲坊本或題作【絳都春】，或題作【疏影】，當是二調合成。及查『鼻中』以下，全不似【絳都春】，而與【疏影】正合，特改定之。馮註予正疑末二句文理句獨與滿懷心事云云，句法絕不同，今始釋其疑耳。馮錄《白兔記》前調，予則仍存換頭。」（頁528～529）《九宮正始》、《寒山曲譜》作【絳都春犯】，《南詞定律》作【絳都春影】，例曲、考訂、點板皆同。

〔註149〕見《增定南九宮曲譜》頁483、《南詞定律》1751冊頁232。《南詞新譜》作【漏春眉】，頁563～564。

〔註150〕《南詞定律》1751冊頁619、《寒山曲譜》小石調犯調。

〔註151〕《南詞定律》1752冊頁355、

前曲末字與後曲首字皆位於板上，然【八聲甘州】原曲此句（第六句）與次句（第七句）的板位關係並非如此，同樣以《南詞定律》所舉例曲為例：

【八聲甘州】雲水相逢分外清◎寫情
　　　　　　▲　　▲　　▲　　　▲

同樣是《南詞定律》所舉例曲，【皂羅袍】第七句曲文板位如下：

【皂羅袍】芳心自斂◎
　　　　　▲　　▲

銜接的是【八聲甘州】第六句與【皂羅袍】第七句，由板位關係可知，【八聲甘州】第七句末字的一板（一個小節），包括第八句首字，至第八句次字才屬下一板，然而在組成【六奏清音】與【皂羅袍】第七句銜接時，由於【皂羅袍】首字下板，為符合本調之字板關係，將【八聲甘州】末字長度延長為一整板（一整個小節），改變了前曲末字的腔句長度，卻能夠符合二曲本調的字板關係。同樣的例子，如【二犯山坡羊】後段【五更轉】第九句與【山坡羊】第九句的銜接，【五更轉】第九句末字一板，含括第十句前兩字，然【山坡羊】第九句首字即下板，故延長第九句末字唱一整板，以銜接【山坡羊】的首字下板。〔註152〕

故可知，就曲文與板眼的關係而言，本調之板位，是集曲組成必定存在的保留要素，從上述兩種例子中，可知板位的銜接，除前句末字韻處下板、後句首字未下板，故可起於「板後」或「眼上」的情形外，尚有前句末字韻處未下板、銜接後句首字下板；以及前句末字韻處下板、銜接後句首字亦下板兩種不同的情況，這三類情況各有不同的處理原則，共同點則在於本調板位的保留。換言之，創作者在選擇本調的組合時，須考量前後曲板位的銜接是否能穩當，例如：當前句末板並非位於末字、後句首板亦非位於首字時，這樣的間隔若使得二曲的銜接，在一板中得安排過於繁多的曲文，導致字位過於密集的情況，如此二曲或許就較不適合組成集曲。故可知，本調組成的條件，與板眼銜接順暢與否，具有相當密切的關聯。

（三）結音的一致性

從樂理意義來看，「結音」關係到樂曲全曲調式與調性的一致性。王光祈

〔註152〕【二犯山坡羊】例曲，見《南詞新譜》頁654～655、《南詞定律》1753冊頁126～127。二者皆舉梅映蟾散曲「慘昏昏虹橋星漢」為例曲，點板亦同。

《中國音樂史》探討蔡元定「起調畢曲」之說，舉同以「黃鐘」爲主音的五調：黃鐘宮（黃鐘爲宮的宮調式）、無射商（以無射爲宮的商調式）、夷則角（以夷則爲宮的角調式）、仲呂徵（以仲呂爲宮的徵調式）、夾鐘羽（以夾鐘爲宮的羽調式），說明以「黃鐘」起調（主音）、結於「黃鐘」（畢曲）的五種不同調式〔註153〕，將這五調配合十二律完整排列，更可知其中調式之差異：

	黃鐘	大呂	太簇	夾鐘	姑洗	仲呂	蕤賓	林鐘	夷則	南呂	無射	應鐘
黃鐘宮	宮		商		角		變徵	徵		羽		變宮
無射商	商		角		變徵	徵		羽		變宮	宮	
夷則角	角		變徵	徵		羽		變宮	宮		商	
仲呂徵	徵		羽		變宮	宮		商		角		變徵
夾鐘羽	羽		變宮	宮		商		角		變徵	徵	

「調式」指的是一個八度音階各音之間全音與半音的位置關係，從這個表中可以看出，「宮調式」以「宮」爲主音，黃鐘宮之主音落於黃鐘；「商調式」以「商」爲主音，無射商以無射爲「宮」，主音「商」則落於黃鐘，其餘各調可依此類推。蔡元定所謂「起調畢曲」的說法，所指即是以主音爲「起」音與「畢」音，這與西樂談終止式時，所謂「完全終止」有類似之處〔註154〕。然正如西樂之終止式有各種不同形式，「結音」有時亦未必止於主音，沈括《夢溪筆談》卷六云：「諸調殺聲，不能盡歸本律，故有偏殺、側殺、寄殺、元殺之類。〔註155〕」可見樂理意義上的宮調結聲，可視樂曲的不同而有所改變，但無論如何，「本律」可視爲各宮調之基本結音，其他各種結音形式，則可視爲樂曲變化之因應，無論變化爲何，作爲「完全終止」類型之基本結音，仍是不變的。

同樣就樂理意義來看，結音與犯調有關。關於宮調之犯，有兩種說法被提出討論，其一是以張炎《詞源》所舉結聲不同即爲犯調的各種情況〔註156〕，能夠互犯之宮調，其基本結音應是相同的。其二則是「結聲不同，不能相犯」的說法，如《白石道人歌曲》卷四中也提到「凡曲言犯者，謂之宮犯商、商

〔註153〕王光祈，《中國音樂史》（臺北：臺灣中華書局，1970年臺三版）。
〔註154〕參見島岡讓著、張邦彥譯：《和聲──理論與實習》（臺北：全音樂譜出版社，2001年9月），頁40～41。
〔註155〕（宋）・沈括：《夢溪筆談》卷64（北京：中華書局，1985年），頁72。
〔註156〕張炎著、蔡楨疏證：《詞源疏證》（臺北：學海出版社，1988年1月），頁56～61。

犯宮之類。如道調宮上字住，雙調亦上字住，所住字同，故道調曲中犯雙調，或於雙調曲中犯道調，其他準此。〔註157〕」蔡楨《詞源疏證》云：「十二宮特可犯商角羽，而住字不同，則不能相犯。〔註158〕」住字指的是結音，此二說已見學者討論，從樂理來看，此二者並不衝突，分別指主音同與不同的兩種轉調方式。根據錢仁康所言，即使調式不同，相同的結音，即等於同主音的轉調，是爲了「保持宮調在變化中的統一」〔註159〕，能夠使不同宮調的樂曲產生較明顯的一致性，換言之，不同宮調之犯調，對於結音一致性的要求，乃是爲了使不同樂曲的組合能夠更具整體性，強調其「異中有同」的特別，畢竟一首樂曲仍須具有前後一致的連貫性，特別是犯調本身已組合不同宮調的性質，若片面的強調不同宮調之「異」，則於聽者耳中仍是不同的樂曲，並不符合犯調創作連貫異曲使之成爲一首完整樂曲的本意。

　　回到曲牌集曲。從樂理討論的結音，對於明代以後的宮調與曲牌而言，已不具意義。一則樂理上所言結音，雖指某宮調主音而言，但其背後所包含的是一個完整的調式系統，如前文所列表格所示。但在現存的曲牌音樂中，以「管色」統攝一個音階的七個音，不同管色所存在的是調性、而非調式的區別，不同宮調所用音階（即音階中全音與半音的排列）皆屬相同，故上述宮調樂理意義之結音推算規律，並不適用於崑曲之宮調；二則從現存最早附有工尺的《南詞定律》所收每首曲牌的最末音來看，不同宮調之結音，並不存在明顯的區別。例如：在黃鐘宮過曲〔註160〕每曲末句所見結音，有「四」、「上」、「尺」三種；正宮過曲有「四」、「五」二種；道宮過曲有「四」、「尺」二種；仙呂過曲有「四」、「上」、「尺」三種；大石過曲有「四」、「尺」二種；中呂過曲有「四」、「上」、「五」、「六」四種；小石過曲有「四」、「尺」二種；南呂過曲有「四」、「上」二種；雙調過曲有「四」、「上」、「尺」、「工」四種；商調過曲有「四」、「上」二種；羽調過曲有「四」、「上」二種；越調過曲有「四」、「上」二種。從這個統計來看，一則同一宮調結音就有所不同，二則不同宮調又有相似的結音，這種現象說明了因宮調本身之樂理意義並不存

〔註157〕（宋）‧姜夔：《白石道人歌曲》（臺北：臺灣商務印書館，1986年）。
〔註158〕張炎著、蔡楨疏證：《詞源疏證》（臺北：學海出版社，1988年1月），頁55。
〔註159〕錢仁康：〈說犯〉，收於《錢仁康音樂文選》（上海：上海音樂出版社，1997年）。洛地：〈犯〉，《中國音樂》（季刊）2005年第4期，頁17～22。
〔註160〕因《南詞定律》引子未附工尺，犯調又涉及不同宮調之曲牌，爲求準確，僅以過曲爲例說明。

在，故無法看出不同宮調在結音上的具體區別。

　　即使宮調的結音存在很大的共同性，但從個別曲牌來看，結音仍是存在於個別曲牌的音樂特性。以商調過曲【山坡羊】爲例，此曲《南詞定律》以《牡丹亭・驚夢》「沒亂裡春情難遣」爲例曲，共十一句，每句皆韻〔註161〕，《南詞定律》所載正格各韻字工尺爲：遣（四）、怨（四）、娟（四）、眷（四）、緣（四）、遠（四）、腆（四）、轉（尺）、延（四）、煎（四）、天（四），僅轉字末音「尺」，然而就此字工尺「合工合四上尺」與今日唱法對照，此句樂句應止於「合工合四」，「四」音佔二拍，後接「上尺」二音乃爲過度至次字「工」所唱的鋪墊，故結音仍須視爲「四」。在此例中【山坡羊】之結音有很強的穩定性，每個韻字都落於四，然而在其他【山坡羊】的例子中，第三句收於「上」、第六句收於「工」、第十句收於「尺」則是常見的情況，除了《南詞定律》所收變格《雙紅記》「皎團圓」一曲外，《琵琶記・吃糠》「亂荒荒」一曲也是相同的情況。故可知【山坡羊】此曲以「四」作爲基本結音，樂句未完的結音則收於「上」、「尺」、「工」三音上，這是【山坡羊】全曲配合韻句的結音特徵。原本應作爲宮調特徵的結音，視爲各別曲牌韻句與曲末的特徵，是集曲本調之所以能夠組合的重要特徵。

　　「結音」對集曲產生的結果，是與韻句配合，對於集曲全曲的段落有較強烈的一致性。鄭西村論韻句與煞聲的關係言二者配合的效果，云：「歌詞的正韻韻腳和曲調煞聲相結合，給整個律腔結構帶來穩定性和各個段落的停頓性，是『韻』所起功能作用的主要方面。〔註162〕」所謂的「穩定性」與「停頓性」，從西樂和聲學的概念來理解，便是「完全終止」所體現的樂句結束感。主音音樂的終止式分爲完全終止、假終止、半終止與變格終止四種類型，其中完全終止與變格終止的合弦關係分別是由Ⅴ、Ⅳ合弦回到Ⅰ合弦，故較能體現樂句終止之感，類似於標點符號的「。」；而假終止與半終止則是由其他合弦分別結束於Ⅳ、Ⅴ和絃，較有樂句未完全停頓之感，類似於標點符號的「，」〔註163〕。雖然西樂的終止式與結音並不能完全畫上等號，但由此理解結音之「穩定性」與「停頓性」，是可以作合理的解釋，亦

〔註161〕句韻標示亦參考吳梅《南北詞簡譜》（臺北：學海出版社，1997年5月），頁598～599。

〔註162〕鄭西村：《崑曲音樂與塡詞》乙稿（臺北：學海出版社，2000年），頁437。

〔註163〕參見島岡讓著、張邦彥譯：《和聲──理論與實習》（臺北：全音樂譜出版社，2001年9月），頁40～41。

即當不同曲牌在的結音性質相同，即韻句可在同樣的工尺上產生「穩定性」與「停頓性」，則組成集曲就能夠表現出不同曲牌組成一首曲牌的同一感。以下各舉一例說明：

1. 商調【二犯山坡羊】：結音腔句爲「尺上四」組合的共同性

【二犯山坡羊】的組成爲【山坡羊】、【金梧桐】、【五更轉】、【山坡羊】，其中【五更轉】屬南呂宮，其餘均屬商調。此處舉《南詞定律》工尺譜說明，由於《南詞定律》僅點板，又未見其他工尺譜可供參照，故未能譯譜，此處以將各句末板曲文、工尺，與《南詞定律》所錄本調各句末板曲文、工尺，製表比對如下〔註164〕：

句　數	牌名	末板（本調）曲文	工　尺	本　調　工　尺
第 1 句	山坡羊	星漢（斜掛）	工尺上尺工　尺上四	尺工尺上尺工　六尺上四
第 2 句		荻岸（高架）	尺工尺上尺　上工尺上四	工尺上尺工　六尺上四
第 3 句		塔尖（太虛）	尺工尺　上尺上	上五六工尺　上尺上
第 4 句		燦（下）	尺上四	上尺上四
第 5 句	金梧桐	刪（官）	工六尺尺上	工尺上
第 6 句		晚（勢）	工合四	尺上四
第 7 句		初開（何如）	六五六　工尺上	工六工　尺工
第 8 句		蔓（輩）	尺上四	尺上四
第 9 句		畫棟飛（病又深）	六上　五六　工六工	六上　五六　工
第 10 句	五更轉	旦（磨）	尺上四	尺上四
第 11 句		著（應）	四上	尺上
第 12 句		來（聞）	四上	四上
第 13 句		盼（過）	尺上四	尺上四
第 14 句		爛（磨）	五六工尺工尺上	六五六工尺工尺上
第 15 句	山坡羊	間（他）	上尺上四	上尺上四
第 16 句		乾（嗟）	四上四上尺	四上四上尺
第 17 句		間（他）	尺工尺上尺上四	尺工尺上尺上四
第 18 句		寒（牙）	合四	合四

從這個表格的比對可以發現，本調末板的工尺，尤其是結音特徵，在組成集曲後大致都有完整的保留。而各曲除了主要結音落於「四」外，還有一

〔註164〕【二犯山坡羊】，見 1753 冊，頁 126～127；【山坡羊】，見 1753 冊，頁 52～53；【金梧桐】，見 1753 冊，頁 62～63；【五更轉】，見 1752 冊，頁 298～299。

個更重要的特徵是「尺上四」腔句的反復出現，構成此曲重要的結音段落。
當然，某些句子並未在「四」音結束，這是很合理的現象，例如第 3 句收於
「上尺上」音，本調相同，這是一個樂句的上句，在前兩句皆屬完整結音形
式的情況下，第 3 句樂句帶有語意未完之感，銜接到第 4 句作結，是音樂上
增加轉折變化的元素，同樣的情況在第 11～13 句，第 11 與 12 句皆非韻句，
曲文簡短，樂句亦收於未結的「上」音，反復兩次有強調語句／樂句未完的
效果，至第 13 句才收於「尺上四」腔。從這個例子可知，共同的結音特徵，
使不同曲牌在銜接後，能夠以同樣的樂句結音，達到韻句的「穩定性」與「停
頓性」，從而此這個由不同曲牌組成的集曲更具有整體感。

2. 結音不同的嘗試組合：商調【山坡羊】與黃鐘【賞宮花】

由於目前可見使用與收於《南詞定律》、《九宮大成》等工尺譜的集曲，
皆能符合異曲結音性質的一致性，無法以相反的例證說明當結音性質差異甚
大時，組成集曲的前後二曲會產生何種牴觸。故此處嘗試以不同結音性質的
曲牌銜接，試圖說明結音的不同對集曲有何重要影響。商調與黃鐘是經常聯
用的宮調，《十三調南曲音節譜》、《南詞新譜》更有「商黃調」一類宮調，為
商調與黃鐘組成的集曲，可見此二宮調關係之密切，故此處選擇以商調【山
坡羊】與黃鐘【賞宮花】的嘗試組合作為例子說明，依原曲節音特徵保留於
集曲之中的原則，以下同樣舉每句末板或末二字工尺，工尺則依據《南詞定
律》所列本調為準：

第 1 句		尺工尺上尺工　六尺上四
第 2 句	山坡羊	工尺上尺工　六尺上四
第 3 句		上五六工尺　上尺上
第 4 句	.	上尺上四
第 4 句		尺上 尺上 工
第 5 句	賞宮花	工尺 上
第 6 句		工尺 上尺 四上

所有格律譜皆未見【山坡羊】與【賞宮花】組成集曲的例子〔註165〕，在
這個例子將【山坡羊】首至四句與【賞宮花】四至末句組合，可以明顯看出
此二曲組合的問題，【山坡羊】與【賞宮花】結音差異甚遠，在【山坡羊】中，

〔註165〕【賞宮花】，見《南詞定律》1751 冊，頁 150。

以「尺上四」作爲終止的性格相當明顯，而【賞宮花】則結於「上」音，前後二曲判然二分，全然未見整體感。這個例子是集曲組或結音不統一的反證，用以說明結音的一致對集曲組合的重要性。由此可知，無論是宋代具有樂理意義之犯調，或是摘句組合的集曲，皆強調「住聲相同」或「結音相同」的目的，在於「犯調」最終仍須使聽者感覺是一首完整的曲子，而非任意湊搭、將兩首樂曲接連著唱奏而已，此一對於集曲整體性的要求，從清代以來屢被提出，如《寒山曲譜》中「犯調總論」所云：「須過搭處無痕，高低合頭，音不覺換而暗移，聲不覺轉而自變，不費人力，暗得天巧。〔註166〕」這樣的要求，也成爲集曲本調之組合，必須審慎考量的重點。

本節重新檢視關於集曲規律與本調組合條件的諸說，前人所認爲集曲組合須考慮「音域一致」、「管色相同之宮調」與「板眼速度一致」的說法，未能提出所論依據，從目前可見的集曲現況來看，這些說法均有不合理之處。本節直接就集曲所分析組合條件與規律，認爲在「選用曲牌的創作自由」以外，集曲所用本調之「板眼銜接」與「結音特徵」的一致，是創作者選擇本調組合時，必須考量的重點

〔註166〕〔清〕張彜宣，《寒山曲譜》（收入《續修四庫全書》第 1750 冊，上海古籍出版社，2002 年），頁 496。

第二章　明代兩部曲譜的集曲收錄

第一節　概述——萬曆至康熙曲譜集曲收錄及
　　　　　其「集曲觀」的闡釋

　　「曲牌」的格律譜，主要編纂的時期，集中在明萬曆到清乾隆年間〔註1〕，這段時間的格律譜，不僅數量多，編纂者的個人觀點也極爲鮮明，影響了收錄的曲牌與格律考訂。格律譜講究格律與唱腔的「正確」，爲崑曲曲律訂下標準，其中集曲的收錄，包括本調的考訂，以及曲牌集用的說明，乃是爲了建立集曲創作與演唱的規範，從而可見曲譜編纂者的編纂觀點，也同時反映了曲律的演化。由於當時，集曲是一種創新的曲牌作法，曲譜編纂者往往視集曲爲曲牌創作的亂象，提出集曲不可濫用的說法，但現實狀況是集曲大量被創作，愈到清代的曲譜，所收的新曲牌，往往是大量集曲。如果把曲譜所收的集曲，與傳奇原作互相參照，更可發現兩種特殊現象：一、實際運用與曲譜所訂定格不同時有差異，如張四維《雙烈記》第十折〈勉承〉的【二犯江兒水】，與沈璟《增定南九宮曲譜》所收定格多有不同〔註2〕；二、不同曲譜

〔註1〕周維培，《曲譜研究》（南京：江蘇古籍出版社，1999年9月），頁80。
〔註2〕《雙烈記》第十折〈勉承〉之【二犯江兒水】曲文如下：「慵臨青鏡，這幾時慵臨青鏡，妝奩塵暗生，嘆粉消瓊玉，胭悴紅英，鳳頭金誰去整，蟬翼恨凋零，春山畫未成，非是傷春，不爲風情，也只厭鶯花常咽哽，飛花蕩萍，我是飛花蕩萍，家慶室慶，常自想家慶室慶，那明月中弄瓊蕭雙鳳飛。」（見《六十種曲》本）《增定南九宮曲譜》所收【二犯江兒水】例曲爲：「圍屏來靠，和衣剛睡倒，風聲嘹亮，雨打芭蕉，儘教他窗外敲，懶把寶燈挑，慵將香篆燒，捱過今宵，盼到明朝，悽涼算來何日了，心兒裡焦，青春年少，

對同一集曲的考訂不同，如同樣是《西廂記・佳期》【十二紅】，《南詞定律》認爲其組成爲：【醉扶歸】、【惜黃花】、【皀羅袍】、【傍粧臺】、【耍鮑老】、【羅帳裏坐】、【江兒水】、【玉嬌枝】、【山坡羊】、【東甌令】、【排歌】、【太平歌】；《九宮正始》則認爲是：【醉扶歸】、【醉公子】、【解紅序】、【紅林檎】、【賽紅娘】、【醉娘子】、【紅衫兒】、【小桃紅】、【滿江紅】、【紅葉兒】、【紅繡鞋】、【紅芍藥】，更有某譜認爲是集曲，但他譜認爲不是者，如《舊編南九宮譜》、《增定南九宮曲譜》、《九宮正始》所收【二犯六么令】，均以《拜月亭》「娘生父養」爲例曲，《九宮正始》更考此曲首二句爲【六么令】，第三句爲【玉抱肚】，末三句爲【玉交枝】，然《九宮大成南北詞宮譜》則認爲：「但拜月亭離鸞之【尹令】、【品令】、【么令】同套，俱係正調，並無集曲。〔註3〕」可見同一例曲，各譜除了考訂不同，是否爲集曲也存在判定的差異。

以上所述涉及曲譜編纂與集曲收錄、與觀念的不同，有著不同的考訂結果，本文謂之「集曲觀」，這一詞語的提出，旨在探討曲譜的編纂如何看待「集曲」這樣的現象，如要具體解釋何謂「集曲觀」，舉一個簡單而明確的例子，也就是如明末清初集曲大量出現，所引起文人的批評與討論，這些討論直接反映了發言者看待集曲的態度，也可說是他們的「集曲觀」。然而關於「集曲觀」這個名詞，其實可以有更深刻的思考，尤其對一個「曲譜編纂者」而言，情況可能更爲複雜，因爲曲譜的編纂通常有「制定標準／規範」的目的，從明中葉以降，集曲紛亂且快速、大量產生，是否該收入曲譜？收多少？如何爲這種新體式制定「標準」？實是曲譜編纂者所必須面對的問題。而從曲譜的收錄及分析集曲結構的文字，更可發現這些曲譜編纂者面對集曲時，所想更爲深入，包括認爲集曲僅是「截錄詞句／腔句」的文字遊戲？或者是音樂上「創新曲調」的手法？集曲與所集原曲的關係爲何（原曲格律或原曲音樂）？其創作重點與限制是什麼？集曲如何入套？對這種種相關問題的看法，都是曲譜編纂者的「集曲觀」的反映。討論何謂「集曲觀」，線索多而複雜，有時甚至可能是曲譜編纂者無意間所做的判斷與決定。筆者認爲，可以由曲牌及討論文字所透漏的以下五個線索切入觀察：其一、集曲與原曲牌關係的討論；其二、對「該集曲在當時如何被使用」的看法；其三、關於集曲如何入套的討論；其四、集曲優劣的評論；其五、對「集曲存在」

撇得奴，有上梢沒下梢。」
〔註3〕〔清〕周祥鈺等編，《九宮大成南北詞宮譜》（台北：學生書局，1987 年），頁523。

的看法。

　　沈璟《增定南九宮曲譜》成書的萬曆年間，正好處於集曲數量與運用發展的初期，即使從該譜所見，集曲的數量與後世曲譜相較並不算多，但不管曲譜的編纂及劇作的實踐，都顯示沈璟正視集曲大量出現的現象，並欲對此提出規範化的標準。至順治年間成書的兩部曲譜：《南詞新譜》與《南曲九宮正始》從取材到集曲的考訂，都是不同觀點的呈現，前者著重於新作材料，後者則上溯源流，從元代至明初南戲追索集曲的原貌。而成書於康熙年間的《南詞定律》，除了作爲官譜，具有總結集曲創作的意味外，注意到時人創作習慣，將之反應於曲譜，同時考量曲牌的具體演唱，對集曲所犯本調有不同的考訂。這些是曲譜因不同的編纂觀點，反映在集曲收錄與考訂的差異，以下分別就收錄與選材、考訂方法與集曲入套等相關問題，討論各家集曲觀的差異。

一、收錄與取材

　　廣義的「曲譜」一詞，包含明中葉以來各種類型的選集與格律譜，這些曲譜都是因應不同的目的產生的〔註4〕。文字格律譜一類，就王季烈《螾廬曲談》所述，其特點與編纂目的在於「釐正句讀，分別正襯，附點板式，示作家以準繩者，謂之曲譜；分別四聲陰陽，腔格高低，旁點工尺板眼，使度曲家奉爲圭臬者，謂之宮譜。〔註5〕」其中「準繩」與「圭臬」二語，說明了格律譜的編纂，主要目的在於建立規範，並作爲填詞唱曲的工具書。《增定南九宮曲譜》的編纂，尤其是針對「後進好事，競爲新奇，有借省犯而採雜，乖越多矣」之弊〔註6〕，這顯然與當時人爲了新奇，妄爲集曲所產生的錯誤現象有關。沈璟爲了建立規範，收錄了當時所見的大量集曲，並詳爲考覈，釐定

〔註4〕 關於曲譜的流變與類型的研究，以周維培《曲譜研究》最爲詳盡（參閱前註）。許莉莉，〈論元明以來曲譜的轉型〉，收於《南大戲劇論叢·肆》（北京：中華書局，2008·12），頁299～309；俞爲民：〈戲曲工尺譜的沿革與流變〉，收於《戲曲研究》第59輯（北京：中國戲劇出版社，2002年9月），頁231～266；俞爲民，〈明代選本型曲譜考述〉，發表於2009年戲曲國際學術研討會，2009年11月6日，國家圖書館。以上均認爲「曲譜」一詞包含明代以來的格律譜與選本等不同類型的曲學著作。

〔註5〕 王季烈，《螾廬曲談》卷三〈論宮譜〉，收入《集成曲譜》玉集，卷一（上海：上海商務印書館，1921·04）。

〔註6〕 〈南曲全譜題詞〉，收於〔明〕沈璟：《增定南九宮曲譜》（台北：學生書局，1984年8月），頁4。

每曲所用本調及其格律。如果以現存在沈璟之前、或約與沈璟同時的傳奇作品中集曲使用情況，與《增定南九宮曲譜》收錄的集曲做比對，可發現只要出現在劇本，沈璟曲譜幾乎都收錄了〔註7〕，且劇曲中使用的集曲種類較少，《增定南九宮曲譜》更收有大量劇曲未用、而使用於散曲的集曲。如此收錄態度，顯示了沈璟正視集曲大量創作與運用的情況，同時也影響後代曲譜以集曲作爲新增曲調的主要來源、收錄大量集曲，更可視爲當時曲壇創作現象的整理與反應。

這種收錄觀點影響沈自晉《南詞新譜》的集曲收錄甚大，本文第二章第三節論述《南詞新譜》的集曲收錄，提出沈自晉自述其曲牌收錄有「備於今」的特色，就是這種觀點的體現，所謂的「備於今」，即是以當時通行、合於曲律的集曲爲收錄條件，就所收集曲來源數量分析，沈自晉較沈璟新增的集曲共有 274 曲，其中，出自劇曲的其例曲來源出自沈璟同時或以後劇作者，共161 曲，數量最多的是范文若劇作共 76 曲，包括《生死夫妻》2 曲、《花眉旦》2 曲、《花筵賺》3 曲、《金明池》7 曲、《勘皮靴》13 曲、《夢花酣》37 曲、《雌雄旦》2 曲、《鴛鴦棒》8 曲、《歡喜冤家》2 曲，其中《花眉旦》、《金明池》、《勘皮靴》皆是未刻稿，收於譜中保留了極少數此劇曲牌，是一般人認爲《南詞新譜》所具有的文獻價值〔註8〕，其他較多的尚有沈自晉自作《耆英會》5曲、《望湖亭》6 曲、《翠屏山》2 曲；馮夢龍改本《風流夢》1 曲、《新灌園記》4 曲、《萬事足》4 曲；明末清初李玉《一捧雪》及《永團圓》各收錄 2 曲，從這些新收集曲的來源，除了可發現從萬曆到此譜編纂的順治年間集曲創作的盛行外，對於新作如何運用集曲、不同時代集曲體式的變化差異，均是值得研究的課題。若就其收曲例曲來源與種類，沈自晉《南詞新譜》所收 274曲 302 體集曲體式中，出自劇曲的有 184 例，約佔 61%，散曲則有 118 例，佔 39%。劇唱與清唱的區別，在魏良輔時就已提出，有「清唱謂之『冷唱』，不比戲曲。戲曲借鑼鼓之勢，有躲閃省力，知者辯之。〔註9〕」唱法有清唱、劇唱之分，曲牌的使用方法亦同，《南詞新譜》所收集曲源自散曲、散套有其

〔註7〕 筆者依郭英德《明清傳奇綜錄》的分期與排序，翻撿約與沈璟同時，及早於沈璟傳奇作品五十九種的集曲使用，除沈璟《義俠記》第 13 齣【山桃帶芙蓉】、鄭若庸《玉玦記》第 22 齣【御林鶯】、屠隆《曇花記》第 21 齣及 52 齣【黃龍袞犯】未收於《增定南九宮曲譜》以外，其餘皆有收錄。

〔註8〕 周維培：《曲譜研究》（南京：江蘇古籍出版社，1999 年 9 月），頁 140～143。

〔註9〕 〔明〕魏良輔，《南詞引正》，收於錢南揚，《漢上宧文存》（北京：中華書局，2009 年 11 月），頁 85。

半，這與日後所編的《南詞定律》所收集曲，將大量原例曲收自散曲的集曲改爲劇曲，是對於曲牌收錄來源概念的不同。

《南詞定律》卷首序言提到其編纂有「文人」與「梨園」並重的觀念〔註10〕，「文人」觀點著重字理詞句的通暢深刻，「梨園」觀點則側重入樂演唱的合律美聽，藉由此一觀點的闡釋，試圖達到文曲雙美的目的。而「梨園」觀點的具體影響，除了本譜作爲「宮調─曲牌」譜中，首部附有工尺的曲譜，並對《九宮大成南北詞宮譜》的編纂影響甚鉅外〔註11〕，此譜所錄集曲 572曲中，前譜已收，然所收例曲出自散曲，而爲此譜改爲劇曲者，共 49 曲，見本文附錄四〈《南詞定律》例曲改前譜散曲爲劇曲者〉。將散曲改爲劇曲的例曲改變，提供了兩種不同的思考方向：一、《南詞定律》較他譜所強調「梨園」參與編纂的作法，於此例曲的改訂中，顯示了實際演唱對集曲收錄與考訂的影響；二、《南詞定律》所改之劇曲出處，以清初之作品爲多，顯示了劇曲中集曲的運用，隨著時代不同有更靈活多樣的趨勢。

相較於《南詞新譜》以「備於今」的觀點收錄大量集曲，《南曲九宮正始》則採取「上溯」的方法，把曲牌採錄來源的材料，鎖定在明初以前創作的南戲作品中，並廣泛收集大量舊本南戲，考核《舊編南九宮譜》與《增定南九宮曲譜》，從中搜集曲牌原貌，找尋所錄集曲的源頭，並從宋元舊本中，增補未見於沈璟曲譜集曲。徐于室、鈕少雅的觀點，與沈自晉評馮夢龍的「詳於古」相同，而馮夢龍的觀點正受徐于室等人的影響，由此可見，「今」與「古」成爲兩種不同的收錄概念，反映在清初編纂的曲譜上。沈自晉所收的大量萬曆以後新作劇本與散曲的集曲，並不爲《九宮正始》所收，故《九宮正始》所收集曲數量，遠較《南詞新譜》少，然而因爲大量舊本南戲的收集，使得《南曲九宮正始》收錄許多未見於二沈譜中所收的集曲，二沈譜中未能考訂的集曲，也因舊本南戲中所得早期曲牌體式而得以解決。因此本文認爲，兩種相異的收錄觀點，對於當代集曲研究正是一種互補，除了所不同的文獻價值外，《九宮正始》所反映的早期集曲運用面貌，並揭示了集曲所保留本調的不同演變；《南詞新譜》反映了明末至清初集曲創作的興盛，都是二譜不容磨滅的價值。

〔註10〕 〔清〕呂士雄等編：《南詞定律》，收於《續修四庫全書》1751 冊（上海：上海古籍出版社，2002 年），頁 172。

〔註11〕 吳志武，〈《南詞定律》與《九宮大成》的比較研究──《九宮大成》曲文、曲樂來源考之一〉，收於《交響──西安音樂學院學報》第 26 卷第 4 期（西安：西安音樂學院學報編輯部，2007 年 12 月），頁 31～37。

二、集曲考訂方法

曲譜的作用，在於提供創作的「標準」〔註12〕，對集曲而言，正確考訂本調，所影響的不只是創作，尚有規範或指導演唱的目的〔註13〕。曲譜中往往用「查」、「查註」、「查證」等詞，說明對該考訂結果的「作法」，可見將集曲與一般過曲比對，是「查考」本調的「正常程序」。然而若進一步問，「比對」的「對象」是曲牌的哪些「要素」——句法、平仄四聲、板位等，或取材本調來源爲何，則各譜集曲的考訂各有其依據，所採取的方法不盡相同。從沈璟《增定南九宮曲譜》、《南詞新譜》、《南曲九宮正始》及《南詞定律》中，可以發現曲譜考訂的參照，可分爲詞格、板位、腔句特徵三種不同的標準，詞格與板位可視爲一般考訂的基本條件，然本調的改變，導致犯用該本調較早期格式的集曲，因曲譜編纂者未見曲牌本調早期的不同形式，使得該集曲本調無可考，這種現象常見於沈璟與沈自晉的曲譜中，由此可見，即使是參考詞格與板位，尚須考慮不同時代曲牌創作的改變。至於腔句問題，則往往是文人作爲曲譜編纂者難以克服的困難。沈璟在曲學上的成就無庸置疑，從其集曲考訂的說明文字中，亦可知除了句格與板位的吻合外，有些曲牌也提到了因實際演唱的問題，影響其對集曲的考訂，如雙調【孝順兒】、正宮【刷子帶芙蓉】的曲牌說明〔註14〕，即可見時人演唱對沈璟考訂該曲的影響。然而這尚屬詞格、板位差異甚大，所導致的考訂差異，在《南詞定律》中，參考腔句特徵—包括特色腔、曲牌結音等，對詞格、板位相同的曲牌所作的判斷，則顯示了《南詞定律》所參考的「梨園」觀點，對其曲牌考訂有著深刻的影響。

沈璟編纂曲譜所欲矯正的「省犯而揉雜」，建立區分「正確」與「揉雜」的曲律標準，從譜中的曲牌說明，可知其重點就在於集曲與本調的關係，在沈璟的曲牌說明中所提到的，包括有創作時格律的錯誤、刊刻的錯誤、以及傳唱過程中所產生的錯誤等，這些錯誤都是與本調相較所產生的。沈璟判斷集曲依據有三：一、曲牌名；二、格律，包含字數、句法、平仄等皆要相同；

〔註12〕 王季烈：《螾廬曲談》卷三〈論譜曲〉，收入《集成曲譜》玉集，卷一（上海：上海商務印書館，1921‧04）。

〔註13〕 此說參見俞爲民：〈戲曲工尺譜的沿革與流變〉，《戲曲研究》第59輯（北京：中國戲劇出版社，2002年9月），頁231～266。

〔註14〕 （明）沈璟：《增定南九宮曲譜》（台北：學生書局，1984年8月），頁192、頁636。

三、板位一致。尤其注意到板位的一致，顯示了沈璟絕非僅把集曲作為文人
自娛的文字遊戲來看待，而是注意到集結曲牌時節奏的整一性。然而必須要
注意的是：沈璟論集曲，如此重視集曲與本調的關係，除了平仄的考訂完全
以本調為準，板位必須與本調吻合，甚至集曲名稱也必須能夠辨識本調。這
似乎說明了沈璟並未視集曲為「新創」曲調，而是過曲的拆解與重組，集合
舊有曲調片段所成的新曲牌。也正因為如此，可發現兩個在《增定南九宮曲
譜》出現的問題。

　　第一個問題為沈璟判斷集曲的侷限。沈璟考訂本調所依據的，主要是其
譜中所收錄的過曲，但曲牌是變動的，傳唱過程會產生變異，本調會產生變
此，也會產生各式「又一體」。沈璟雖已注意到「又一體」的存在，卻只著眼
於譜中所收例曲之格律，忽略曲壇上實際運用對集曲格式改變的影響。以【刷
子帶芙蓉】為例，沈璟於說明中謂首句不似【刷子序】，然編纂於清初的《九
宮正始》有這麼一段敘述：「首句效上調（按：即「金殿鎖鴛鴦」曲）句法，
時譜疑犯他調，非。〔註15〕」此處所引《樂府群珠》【刷子序】首句為「金殿
鎖鴛鴦」，與《增定南九宮曲譜》【刷子帶芙蓉】首句「雲雨阻巫峽」格律非
常相似，板位亦相同。《樂府群珠》據盧前考為明代刊本〔註16〕，可見在明末，
【刷子序】首句除了沈璟所列的兩種四字起格式外，尚有五字起格式。只是
《樂府群珠》年代僅能確定是明末，因此，除了可能是沈璟忽略首句五字的
格律，亦有可能是此集曲影響【刷子序】首句五字格律的產生，然而無論如
何，集曲所犯的曲牌，未必會是該曲牌的正體，多種「又一體」的變化極有
可能反映在集曲上，在這方面，《增定南九宮曲譜》特別強調以本調為準的「規
範」，實造成沈璟考訂集曲本調的困難。也因此，沈璟多有因格律板式不合，
未能考訂集曲所犯本調而存疑的情況，此將於本文第三節詳述。這樣的例子，
雖可視為沈璟謹慎的表現，但也可看出沈璟過於拘泥本調的字句格律，忽略
可能為了腔句的美聽或曲牌串連的和諧，略為改變本調格律以遷就新曲的現
象。

　　第二個問題在於，在文字格律上，沈璟既視集曲為過曲句子的拆解與重
組，音樂方面，是否也認為集曲只是不同曲牌腔句〔註17〕的組合？此關係到

〔註15〕　〔清〕徐于室、鈕少雅，《九宮正始》（台北：學生書局，1984 年 8 月），頁 150。
〔註16〕　〔明〕無名氏，《樂府群珠》（台北：世界書局，1968 年 11 月），頁 1～2，盧
　　　　　前〈樂府群珠序〉。
〔註17〕　關於「腔句」一詞，本文引用洛地《詞樂曲唱》之定義，見本文緒論註 34。

曲譜編纂者認為集曲是「集句」或是「創作」。這個問題，從沈璟判斷平仄的正誤即可得知。由於沈璟重視文字格律與音樂相協，如前節討論平仄時提到的【五供養犯】：「此曲『此際』二字，俱用仄聲，方是【五供養】本調。若如前一曲『丈夫非無淚』，『夫』字平聲唱，不順矣。」此例提到「夫」字用平聲的「不順」，亦即此字的腔句若以平聲字演唱，會造成字音與音樂旋律相捩，為使音樂聽起來與本調相同，平仄的正確性就非常重要了，由此可知，沈璟認為集曲除格律需與本調相符，「腔句」亦需以本調為準。再如【瑣窗郎】注云：「亦是後人訛以傳訛，不知【瑣窗郎】之出於【瑣窗寒】耳，必求歸一之腔，乃妙，今人唱彼則極其慢，唱此則甚粗疏，亦非也，【瑣窗寒】亦何必細腔，即至于昨字上，或可無板，此則不必拘也。」這段敘述值得注意的地方，在於沈璟所提到俗唱時「粗唱」與「細唱」的區分，是時人唱【瑣窗郎】與【瑣窗寒】的不同之處，由此可見一般過曲的【瑣窗寒】，與犯調【瑣窗郎】的【瑣窗寒】，實際演唱時樣貌不同。雖未反對俗唱，但沈璟仍認為這樣的區別不需要存在，原因就在於其認為【瑣窗寒】未必只能「細唱」。在這個例子中，一般過曲與集曲犯用的曲牌，俗唱習慣的區分，自可代表過曲被集曲化用時產生變異的現象，而沈璟則認為集曲化用過曲音樂腔句，未必有所區別，與本調腔句唱法相同即可。這個例子亦可約略看出，沈璟認為腔句的演唱需以本調為準，在集曲俗唱中，集曲所犯曲牌與一般過曲有所區分，是不正確的。由此可知，沈璟視集曲為不同曲牌腔句的組合，特別是演唱時仍需以本調為準，與其欲建立「規範」的概念有直接的關聯。

　　《南詞新譜》與《增定南九宮曲譜》所用的考訂方法極為類似，本文認為，這種考訂方法，在於從集曲的文詞出發，比對字格、句法、板位等特徵，在判定集曲所犯本調後，藉以訂正時人所唱的錯誤。這兩部曲譜中，沈自晉《南詞新譜》得馮夢龍意見甚多，而馮夢龍則從徐于室處得見部分舊本南戲，這些成果表現在沈自晉解決了部分沈璟未能考訂的曲牌。《南曲九宮正始》於舊本南戲中得知曲牌本調的不同格式，因此對舊譜多有不同看法，如常見集曲【九迴腸】，所犯【解三醒】、【三學士】、【急三槍】，然徐、鈕二人從元刊《琵琶記》得知常見【風入松】與【急三槍】的連用，實應作【犯袞】，即【風入松】犯【黃龍袞】的集曲，因此重考【九迴腸】，改訂為【六花袞風前】，舊本南戲對徐、鈕二人的集曲考訂影響甚遠。而《南詞定律》則得益於梨園諸家在音樂上的考訂，對於格式相同的詞句，能夠從音樂上判斷其所犯究竟

為何調，如其對於【四犯黃鶯兒】所犯【四季花】或【錦添花】的考訂，可知二曲結音的不同，影響其考訂結果，考訂過程頗為複雜，於本文第三章第三節論述。

至於《南詞定律》的考訂方法，則與此前曲譜有所不同。由於《南詞定律》附有工尺，透過這些工尺譜與後代曲譜的比對，可以得知《南詞定律》反映了當時曲牌的實際演唱，而其集曲考訂，則在於「唱腔」與本調的比對，以相同的腔句，作為考訂結果的依據。也因此，集曲的考訂結果，並非視為「指導時人演唱」的功能，而是反映了當時曲唱的原貌。

在《增定南九宮曲譜》、《南曲九宮正始》、《南詞新譜》、《南詞定律》四譜考訂不同的曲牌的比較中，則凸顯出各譜因考訂方法差異導致的不同結果。此處以【甘州八犯】為例，說明考訂觀點與方法的不同，如何影響考訂結果。此曲四譜中，《增定南九宮曲譜》與《南詞新譜》皆未能考，沈璟註云：「全不似【八聲甘州】，不知所犯何調。〔註18〕」說明了從格律與板位來判斷，此曲未見與【八聲甘州】相同或相似之處，故而未能考訂，《南詞新譜》從之，亦未能考訂此曲。然《南曲九宮正始》分別從明散套「憑夷弄巧」、明傳奇《凍蘇秦》、元傳奇《晨巡檢》、元傳奇《蔡伯喈》與元散套「如癡如醉」（此處「傳奇」皆為南戲），得知此曲各段不同於時人所用各曲本調的句格來源，考首二句為【八聲甘州】、第三句為【解三酲】、第四句為【一盆花】、第五、六句為【四邊靜】、末二句為【八聲甘州】〔註19〕，中間所犯三曲牌名數字總合正好為「八」，故有「八犯」之名。根據舊本南戲，搜尋比對句格的考訂方法，是《南曲九宮正始》得以解決許多二沈未考集曲、方法上的突破關鍵。然而僅從句格，有時卻可能忽略音樂的組合連貫性的問題，例如此處《九宮正始》所考的【四邊靜】為粗曲，乾唱為多，一般而言，並不適合與其他宮調「細曲」組成集曲。也因此，無論是《南詞新譜》或《南詞定律》，除了《南詞定律》所收《如是觀》的【四邊芙蓉】，創作時明確指出所犯為【四邊靜】外，皆未見犯用【四邊靜】的集曲，這樣的結果，顯然是考慮到音樂組合的合理性問題。

《南詞定律》對【甘州八犯】的重新考訂為：【八聲甘州】首句、【泣顏回】二句、【風入松】三句、【鶯踏花】三句、【沉醉東風】五句、【美中美】

〔註18〕 （明）沈璟：《增定南九宮曲譜》（台北：學生書局，1984年8月），頁160。

〔註19〕 〔清〕徐于室、鈕少雅，《南曲九宮正始》（台北：學生書局，1984年8月），頁339～340。

五句、【上馬踢】七句、【喜還京】末句〔註20〕，除了句式外，尚可發現《南詞定律》所訂各曲結音的一致性，從後代曲譜所收的這些本調來看〔註21〕，【八聲甘州】首句收於「五」；【泣顏回】、【風入松】、【桃紅菊】、【沉醉東風】收於「尺」、【上馬踢】收於「上」，皆與該曲牌音樂實際所唱吻合，句格、結音形式的相同。另外，《南詞定律》的考訂，也涉及了正襯判定的不同，「蹈襲著豫讓前轍」一句，《南曲九宮正始》定「蹈襲著」為襯，《南詞定律》則定為正字，故可知《南詞定律》藉由實際演唱，從音樂上考慮集曲的考訂，而與他譜的考訂結果有所不同。

哪一個考訂是正確的結果，是另一個不同的思考方向，而參酌不同材料、運用不同方法所得的考訂結果差異，則是在探討曲譜的集曲收錄與考訂時，不可忽略的一環。

三、集曲與聯套

集曲入套一直是清代以來曲家十分重視的問題。一般曲家對集曲的使用及入套小心翼翼，認為只可偶一用之，不可多用，甚至亦認為不可將集曲作為套曲主要部份〔註22〕。然而在萬曆以前，各家曲論對集曲的論述極少，集曲入套的情況也相對單純。

沈璟的集曲論述，集中在曲律的考訂，尚未注意到集曲入套的相關問題。然而部分曲牌說明可隱約看到沈璟對集曲集結成套的看法。【安樂神犯】說明謂：「或將【一封書】、【皂羅袍】、【勝葫蘆】各帶【排歌】，並此調共四曲為一套，亦甚相協。〔註23〕」在仙呂宮的套式中，【一封書】、【皂羅袍】、【勝葫蘆】本無聯套關係，然而各帶【排歌】即可聯為一套，可見沈璟提出的「相協」二字頗值得思考。即使學者均注意到曲牌之「套」的存在，但對於套曲

〔註20〕〔清〕呂士雄等編：《南詞定律》，收於《續修四庫全書》1751 冊（上海：上海古籍出版社，2002 年），頁 600～601。

〔註21〕此處曲譜檢索，參考洪惟助、黃思超製作，《崑曲重要曲譜曲牌資料庫》，臺北：國家出版社，2010‧06。比對方式為搜尋各曲牌後，逐一核對檢索結果各曲該句結音是否與《南詞定律》所訂相同，其中【美中美】、【喜還京】未見曲牌工尺，未能核定。

〔註22〕如許之衡《曲律易知》（飲流齋刻本，1922 年）卷下二十四頁，謂：「一折中每支曲牌均是正曲，而參雜一二支集曲於內，則尚屬可行，然完是小疵。若一折中各曲牌全是集曲，而參雜一支正曲於內，則決不可也。」

〔註23〕〔明〕沈璟：《增定南九宮曲譜》（台北：學生書局，1984 年 8 月）頁 147。

如何成套、同一套曲的曲牌何以有如此緊密的關係，至今尚未有明確的研究成果。而對於集曲入套的探討，現所見著作多從形式著眼，少注意到集曲入套時，曲牌間音樂關聯的討論〔註24〕，沈璟此處的敘述，涉及集曲聯套曲牌間音樂關聯的問題，值得注意。

　　從音樂形式來看，【安樂神】與【一封書】、【皂羅袍】、【勝葫蘆】各帶【排歌】而聯爲「相協」的一套，關鍵在於【排歌】的作用，【排歌】固定出現在每曲之後，使得四支曲牌出現了一個共同旋律，藉由共同旋律削弱曲牌間的差異感，此四曲得以構成完整的曲組。沈璟本人亦運用了這樣的套式寫作散套，《太霞新奏》載沈璟「因緣簿冷」套曲，此套曲爲沈璟集雜劇名而成的遊戲之作，其套式爲：【八聲甘州】、【八聲甘州】、【不是路】、【解三酲】、【皂羅袍犯】、【解三酲】、【勝葫蘆犯】、【解三酲】、【安樂神犯】、【尾聲】，套末說明云：「此集雜劇名，較易組織，然長套如此渾成，亦不易得。〔註25〕」可見這樣的長套，在音樂上亦甚連貫，從套式看確實如此，除【皂羅袍】、【勝葫蘆】、【安樂神】各犯【排歌】外，亦綴【解三酲】於其間，乍看雖是重複，卻增加了套曲音樂的整一性，使得曲牌之間更爲連貫。這樣的套曲形式，《南詞新譜》亦載犯【望吾鄉】者，即【望吾鄉】全曲，後接【傍妝臺】、【解三酲】、【掉角兒】各帶【望吾鄉】三句〔註26〕，以上多爲散曲使用。明末以降的傳奇作品，以類似的形式聯套者亦有之，如以【玉芙蓉】爲共同旋律的套曲，如《清忠譜》第二十折〈魂遇〉用【紅衲襖】、【傾杯賞芙蓉】、【刷子帶芙蓉】、【錦芙蓉】、【普天插芙蓉】、【朱奴戴芙蓉】套式，即【傾杯序】、【刷子序】、【錦纏道】、【普天樂】、【朱奴兒】均帶【玉芙蓉】尾；以【朱奴兒】爲共同旋律的套曲，如李玉《一捧雪》第八折〈獻僞〉用【朱奴插芙蓉】、【朱奴剔銀燈】、【朱奴帶錦纏】套式，即【朱奴兒】分別帶【玉芙蓉】、【剔銀燈】、【錦纏道】。這些運用集曲的形式、以某一曲牌爲共同旋律所構成的套曲，王守泰

〔註24〕　如武俊達，《崑曲唱腔研究》（北京：人民音樂出版社，1993年），頁245～246論「變套」時提及集曲入套；王守泰《崑曲曲牌與套式範例集・南套》（上海：上海文藝出版社，1994年7月）對集曲討論較多，見頁606、頁551、頁479、頁405、頁1313；許子漢《明傳奇排場三要素發展歷程之研究》（台北：台灣大學，1999年6月），頁218～223，論述明傳奇集曲入套之形式，頁626～635則列舉集曲聯套之套式及運用該集曲聯套的作品。

〔註25〕　〔明〕馮夢龍：《太霞新奏》（台北・學生書局，1987年），頁53～60。

〔註26〕　〔明〕沈自晉：《南詞新譜》（台北・學生書局，1984年），頁154～155。

謂之「集曲套」〔註27〕。從沈璟曲譜的收錄及其創作實踐來看，集曲套的形式，早在明代萬曆年間就已出現，而沈璟此處所提出的，正涉及了集曲入套現象的描述，尤其所注意到集曲入套時套曲的完整性，在當時曲論中是相當值得注意的現象。

曲譜以「曲牌」為單位，亦有述及套曲的概念，然而，關於集曲入套的討論則是幾乎付之闕如，《南曲九宮正始》、《南詞定律》皆未對這一問題提出看法，《南詞新譜》亦未作具體說明，然而其譜中直接收錄了四個完整的集曲散套：

1. 南呂宮：【香滿繡窗】、【瑣窗針線】、【宜春懶繡】、【秋夜金風】。
2. 南呂宮：【太師解繡帶】、【學士醉江風】、【花落五更寒】、【潑帽入金甌】。
3. 商調：【字字啼春色】、【囀調泣榴紅】、【雙梧秋夜雨】、【雪簇望鄉臺】。
4. 商黃調：【二郎試畫眉】、【集賢觀黃龍】、【啼鶯捎啄木】、【貓兒戲獅子】、【御林轉出隊】

《南詞新譜》集曲的收錄體例，一般收於所犯首曲之後，然而這四套卻是以「聯套順序」被收於譜中，是相當特別的例子。可以試想，《南詞新譜》如此收錄，或許是帶有「閱讀賞析」的目的，將數個曲牌作為完整的套曲來「讀」，較具有閱讀上的文學審美感受，然而若就曲譜有「指導創作」的功能來看，則此處是告訴曲譜使用者：依照這樣的套式創作是合律可學的〔註28〕，從這個角度來看，這四個由集曲組成的套曲，其所以被認為「合律」的理由，就更值得深入討論。

在沈璟所舉套曲「相諧」的例子中，集曲套曲是透過不同曲牌的犯用同曲達到音樂的一致性，而《南詞新譜》所舉的這四個例子，則主要是同宮、同套曲牌的前後犯用，而達到「合律」的要求。第一、二例為南呂宮孤牌與套曲的不同組合，王守泰《崑曲曲牌與套式範例集》提出南呂宮【宜春令】套的套式特徵，在於「套式結構鬆垮」，將這樣的套曲現象分成了兩種不同的曲組觀察：一、【太師引】與【三學士】；二、【東甌令】、【三換頭】、【劉潑帽】、【秋夜月】、【金蓮子】〔註29〕。因套式關係本不嚴密，南呂宮曲牌組成的套

〔註27〕 王守泰：《崑曲曲牌與套式範例集・南套上》（上海：上海文藝出版社，1994年7月），頁47、頁604。
〔註28〕 譜中若是不可學、聊備一格的曲牌，均於說明文字提出。
〔註29〕 王守泰，《崑曲曲牌與套式範例集・南套上》（上海：上海文藝出版社，1994

曲，多有上述套牌與孤牌混用的情況。觀察上述第一例的曲牌組成：

1. 【香滿繡窗】：【香徧滿】、【繡帶兒】、【瑣窗寒】
2. 【瑣窗針線】；【瑣窗寒】、【針線箱】
3. 【宜春懶繡】；【宜春令】、【懶畫眉】、【繡帶兒】
4. 【秋夜金風】：【秋夜月】、【金蓮子】、【一江風】

這些曲牌皆屬南呂宮，然大部分並不屬南呂套牌，而是孤牌的組合，除末曲外，第一、二曲同用【瑣窗寒】，第一、三曲同用【繡帶兒】，末曲【秋夜金風】則用南呂【宜春令】套牌末段同宮曲牌的犯用，本較異宮曲牌犯用的「安全」〔註30〕，又透過同曲的錯綜使用，使音樂的組合更具一致性；第二例的曲牌組成如下：

1. 【太師解繡帶】：【太師引】、【解三醒】、【繡帶兒】
2. 【學士醉江風】：【三學士】、【醉太平】、【一江風】
3. 【花落五更寒】：【奈子花】、【瑣窗寒】、
4. 【潑帽入金甌】：【劉潑帽】、【金蓮子】、【東甌令】

除首曲中段犯仙呂【解三醒】，亦可見是南呂套牌與孤牌的混用，末曲全用套牌，第一、二曲首段亦用南呂套牌，其餘則是偶見聯用的數種孤牌。上述二例是同宮曲牌的聯用，而南呂宮本身套曲形式就較爲鬆散，這種集曲組成的套曲較無出律的疑慮。第三例情況較爲複雜，每曲皆犯用其他宮調的曲牌：

1. 【字字啼春色】：【字字錦】、【鶯啼序】、【絳都春】、
2. 【囀調泣榴紅】；【囀林鶯】、【泣顏回】、【石榴花】、【水紅花】
3. 【雙梧秋夜雨】：【金梧桐】、【秋夜月】、【夜雨打梧桐】
4. 【雪簇望鄉臺】：【雪獅子】、【簇御林】、【望吾鄉】、【傍粧臺】

首曲犯黃鐘【絳都春】，次曲犯中呂【泣顏回】與【石榴花】，第三曲犯南呂【秋夜月】及仙呂入雙調【夜雨打梧桐】，第四曲則犯仙呂【望吾鄉】與【傍桩臺】，每曲皆犯用不同宮調曲牌，乍看頗爲混亂，實際上各曲皆透過商調【集賢賓】套曲的固定套牌貫串，如第一組【鶯啼序】，第二組【囀林鶯】，第三組【金梧桐】，第四組【簇御林】，且第二、四組犯用的異宮曲牌，本身

年7月），頁47、頁842。

〔註30〕 〔清〕《欽定曲譜》收於《景印文淵閣四庫全書》「集部四三五‧詞曲類」，頁1496-406。卷首〈諸家論說〉也提到對集曲的看法云：「知音者知能事，然未免有安有不安，不若只犯本宮爲便，一犯別宮，音調必稍有異，或亦有即犯本宮而不甚安者，宜審慎之。」

亦可組成集曲，且是常見使用【榴花泣】與【粧臺望鄉】，故本套所犯各曲關係亦是相當密切。第四例則是把商調【二郎神】與黃鐘【畫眉序】套牌，以錯綜的方式組成集曲聯套。

由此可知，二譜對於集曲組套「合律」的看法，在於強調集曲所組成的套曲曲牌間，必須具有音樂上的關聯性，而此音樂上的關聯性則與其本調聯套時套用關係相當密切，這種「套曲形式」與「集曲套用」之間所存在密切的關聯性，直接影響集曲入套的使用方式。

四、曲牌說明文字所反映的集曲現象與曲譜功能

從目前所能見到的折子戲曲譜，所能看到的集曲是一種「定譜」的演唱方式，與一般曲牌相同，每個折子的每支曲牌都有其定譜，透過同一曲牌在不同折子以及不同曲譜的比對中，可見到曲家訂譜過程對於每一曲牌特色腔的掌握，以及依字行腔的情況下文字四聲與腔格的搭配情況，然後可以推知因爲曲牌特色腔、依字行腔與該折該曲情緒等原因的交互影響，產生了曲譜中所記錄的「定譜」〔註31〕。但今日可見折子戲工尺譜，最早是乾隆年間的《吟香堂曲譜》與《納書楹曲譜》，正處於「乾嘉傳統」的「崑曲定型階段」〔註32〕初期，不同折子的每個曲牌腔句如何，亦逐漸成爲「定型」，即使曲牌仍存在自身特色，《牡丹亭·驚夢》的【山坡羊】與《琵琶記·吃糠》、《漁家樂·藏舟》的【山坡羊】，在後代所見曲譜中，亦各自有其不可易動腔句差異：不照著這麼唱，就不是《牡丹亭·驚夢》的【山坡羊】，其餘二者亦然。但在此之前，甚至在明末，崑曲曲牌的演唱是如此嗎？因爲演唱沒有錄音，最早只能靠「不完整」（僅標駐工尺與點板，未標中、末眼）的《南詞定律》工尺譜一窺較清康熙年間的崑曲的演唱概況，而集曲在明末以至清初如何被演唱，則因譜例的缺乏，難以建構實際的演唱面目，從曲譜的說明文字中，大概可以勾勒出萬曆至康熙年間，集曲實際演唱的方法及概略樣貌。

〔註31〕對於訂譜的相關說法，可參見洪惟助：〈從北【喜遷鶯】初探主腔說及崑曲定譜〉，收入《名家論崑曲·下》（臺北：國家書版社，2010 年 1 月），頁 595～1010。顧兆琳：〈崑曲曲調的展開手法·上、中、下〉，《戲曲藝術》1990 年第四期、1991 年第一期、1991 年第二期（北京：中國戲曲學院，1990 年、1991 年），頁 77～81、頁 101～104、頁 98～101。

〔註32〕陸萼庭：《崑劇演出史稿修訂本》（臺北：國家出版社，2002 年 12 月），頁 261～265。

（一）曲牌定名直接影響演唱

刊刻本曲牌定名，直接影響對該曲牌的演唱，如《增定南九宮曲譜》中【孝順兒】註云：「向因坊本刻作【孝順歌】，人皆悷其腔以湊之，殊覺苦澀，今見近刻本改作【孝順兒】，乃暢然矣。〔註33〕」可見在當時，沈璟見時人因牌名標註【孝順歌】，將該曲後句共五句二十四板，扭作三句十板唱，可以想見同樣的字數原應唱二十四板，緊縮到剩下十板，字位過於緊密而有「苦澀」之病，這是時人未審字句與曲牌板數、腔句的不同，硬湊而唱之的結果。此處所提到「悷其腔以湊之」的現象，所指顯然不只是縮板演唱，而是將原應以【江兒水】第四至八句演唱的腔句，改作【孝順歌】末三句的腔句旋律。可見時人集曲演唱，依坊本所標曲牌名稱唱之，可能產生的錯誤，進而透露出當時曲牌在演唱時，並無每曲定譜的作法與概念，否則如傳唱已久的《琵琶記》，何以因曲牌誤刻導致演唱的錯誤？【刷子帶芙蓉】亦是因首段雖作【刷子序】，然與時作【刷子序】首句不合，張彝宣《寒山曲譜》註云：「黛眉句少一平聲字，故唱者點板皆誤，今作者必正之。〔註34〕」可見時人唱【刷子帶芙蓉】，將少字的首句直接套入【刷子序】正格唱，因而有點板錯誤的問題。因此，當時演唱集曲，從牌名判斷所唱應用何調，直接將新詞套入該曲牌腔句演唱，也因此，當出現句式不同的情況，往往容易產生如上述二例一樣的錯誤。

曲牌定名直接影響演唱的情況，在《增定南九宮曲譜》的【玉山供】可發現另一種不同的錯誤現象，其註云：「供或作頹，非也。此調本【玉抱肚】、【五供養】合成，故名【玉山供】。自《香囊記》妄刻作【玉山頹】，使後人不惟不知【玉山供】之來歷，且不知【五供養】末後一句只當用七個字，凡見【五供養】後有用七字句者，反以為犯【玉山頹】矣。今唱《香囊記》者，又將中間四個字的一句只點兩板，竟併【五供養】舊腔而失之，尤可恨可慨也，急改之。〔註35〕」在這個例子中，因曲牌名稱的誤刻，導致的不只是硬套曲牌的誤唱，還影響了本調的原貌。

也因此，沈璟以降的曲譜編纂者，對於集曲曲名的準確性要求，必須達到「曲名與犯調內容一致」，否則將會導致集曲的誤唱。這類對於曲名的訂正

〔註33〕〔明〕沈璟：《增定南九宮曲譜》（台北：學生書局，1984年8月）頁4。

〔註34〕〔清〕張彝宣，《寒山曲譜》（收入《續修四庫全書》第1750冊，上海古籍出版社，2002年），頁543。

〔註35〕〔明〕沈璟：《增定南九宮曲譜》（台北：學生書局，1984年8月），頁712。

在曲譜中經常可見,如《南詞新譜》中【五更香】註云:「原名【五更轉犯】。前半是【五更轉】本調,後本原未查明,今從馮作【香柳娘】末段,將下邊『顯現』二字作襯,亦可,但嫌『現』字不協韻耳。〔註36〕」沈璟《增定南九宮曲譜》【五更轉犯】註云:「前半是【五更轉】本調,後不知犯何調,俟再查明。〔註37〕」因不知後段所犯合調而未註,沈自晉從馮夢龍所考,訂此曲後段犯【香遍滿】,故曲名改為【五更香】。

再如《南詞定律》的【好事近】註云:「此曲舊譜及坊本皆為【好事近】,不知何所取也,又名【顏子樂】者,似為有理。如鈕譜之為【泣刷天燈】,則燈字無據矣。〔註38〕」【好事近】是犯【泣顏回】、【刷子序】、【普天樂】的集曲,此曲在當時似已存在固定唱法,與一般過曲無異,因此各譜均註此名,然此名不知與犯調內容有何關聯,沈璟僅提出此曲名稱與【泣顏回】有混用的現象,將此格直接訂名【好事近】,而不與【泣顏回】混淆〔註39〕,《南詞新譜》從此說。然《南曲九宮正始》因其所犯曲牌定名【泣刷天燈】,多出「燈」字則未可考,故《南詞定律》於此曲名稱雖仍註【好事近】,以符合當時使用習慣,但從其說明文字則知其傾向使用名實相符的【顏子樂】。

又如常見的【金井水紅花】一曲,《南曲九宮正始》與《南詞新譜》皆改不同名稱。《南曲九宮正始》【金羅紅葉兒】註云:「又名【金井梧桐花皂羅】,俗作【金井水紅花】。此調俗名【金井水紅花】,『井』字無謂,後時譜改作【梧翏金梧】,遺卻【江兒水】。〔註40〕」《南詞新譜》則作【梧蓼金羅】,註云「俗作【金井水紅花】,今改定。〔註41〕」這樣的名稱修改,都基於符合曲名與犯調內容的吻合。如果從當時未有定譜,因此「曲名刊刻」直接影響「集曲演唱」的現象來理解,則可知集曲的更名、訂名過程,直接影響該曲演唱面貌,也因此,定名不僅取其美聽與配合所犯牌名,而是有直接指導演唱的功能作用。

〔註36〕 〔清〕沈自晉:《南詞新譜》(台北:學生書局,1984 年 8 月),頁 477。

〔註37〕 〔明〕沈璟:《增定南九宮曲譜》(台北:學生書局,1984 年 8 月),頁 415。

〔註38〕 〔清〕呂士雄等編:《南詞定律》,收於《續修四庫全書》1752 冊(上海:上海古籍出版社,2002 年),頁 134。

〔註39〕 〔明〕沈璟:《增定南九宮曲譜》(台北:學生書局,1984 年 8 月),頁 274。

〔註40〕 〔清〕徐于室、鈕少雅:《九宮正始》(台北:學生書局,1984 年 8 月),頁 978～980。

〔註41〕 〔清〕沈自晉:《南詞新譜》(台北:學生書局,1984 年 8 月),頁 659～660。

（二）曲譜考訂對集曲演唱的影響

俞爲民〈戲曲工尺譜的沿革與流變〉〔註 42〕說明曲譜形式演變的內在原因，雖未具體說明當時編纂的格律譜指導演唱的方法與功能，但從集曲考訂影響演唱，則可發現曲譜對曲牌的定名、考訂，即使未附工尺譜，亦可產生直接的影響。《南曲九宮正始》中【羅鼓令】註云：「按此調之總題及犯調據元譜及古本《蔡伯喈》皆如是者何？今時譜以其前十句併扭作八句，強擬作【刮鼓令】全調致爾，襯字多繁，唱法拗紛，且又以末一句擬犯爲【豹子令】，益謬矣。原犯之四調不惟宮調皆可相同，亦且腔板和協。〔註 43〕」這是曲譜因考訂錯誤，導致演唱錯誤的反證。此例《南詞新譜》從馮夢龍之說，將首段十句訂爲犯用【刮鼓令】的八句，因而唱曲時出現過多襯字的現象，襯字不能佔正字板位〔註44〕，使得該曲的演唱出現了錯誤。此處《南曲九宮正始》對《南詞新譜》的訂正，說明了曲譜的集曲考訂，對曲牌的演唱有直接的影響，這是曲譜考訂影響演唱的實例。

當然，曲譜雖無法作出完整考訂，對時人唱法提出質疑，亦可由此可得知曲譜的考訂觀點，如《南曲九宮正始》的【一秤金】註云：「按此調必是十六調合成者，故名【一秤金】也，但前五句分明是【桂枝香】，以後俱未知何調，今人皆以訛傳訛，唱之點板亦皆不周，難信也。」此曲於張大復《寒山曲譜》收錄並考訂所犯曲牌〔註 45〕，然而與《南詞定律》的考訂略有不同。在這個例子中，《南曲九宮正始》未能考訂所犯曲牌，自謂「未知何調」，然譜中全曲皆點板，時人誤唱的混亂被記錄於此，包括唱法與點板都有問題，《南曲九宮正始》雖無法考訂，僅能對唱法存疑，但由通行唱法的質疑，亦可看出曲樂上的不同考量。

曲譜尚有訂正演唱的作用，《南詞新譜》中【掉角望鄉】註云：「此曲【掉角兒】中一段又是一體，存之可也，不可學。陳大聲〈一任他〉一曲與此同調，今人唱後段，不似【望吾鄉】，非也。〔註 46〕」這段文字重點在於

〔註42〕 俞爲民：〈戲曲工尺譜的沿革與流變〉，收於《戲曲研究》第 59 輯（北京：中國戲劇出版社，2002 年 9 月），頁 231～266。

〔註43〕 〔清〕徐于室、鈕少雅，《九宮正始》（台北：學生書局，1984 年 8 月），頁 999～1000。

〔註44〕 〔清〕沈自晉：《南詞新譜》（台北：學生書局，1984 年 8 月），頁 447～449。

〔註45〕 〔清〕張彝宣：《寒山曲譜》（收入《續修四庫全書》第 1750 冊，上海古籍出版社，2002 年），頁 632～633。

〔註46〕 〔清〕沈自晉：《南詞新譜》（台北：學生書局，1984 年 8 月），頁 184。

末句「不似【望吾鄉】」的演唱錯誤，顯然當時演唱此曲時，與本調【望吾鄉】的腔句旋律有所差異，故《南詞新譜》特別提出這樣的現象，訂正時人的唱法問題。而唱曲咬字則是崑曲曲唱最重要的部分，明代以來諸多曲論對「度曲」口法有詳盡的論述，而這在格律譜中，則從具體的例子說明各別曲牌的不同情況，如《南詞新譜》中【錦纏樂】註云：「葭本作完，音完。今俗師不識，既多唱作葭，而完字音與下韻不協，姑從俗作葭，然文義亦通。〔註47〕」此例涉及到字音正確與文義正誤的觀念，時人演唱不識字音，導致字音誤唱與不能協韻的錯誤，然此處僅作到提出訂正，以期曲譜使用者能知道正確的唱字爲何，至於收曲仍從俗字。

第二節　最早可見集曲收錄的曲譜
——《十三調南曲音節譜》與蔣孝《舊編南九宮譜》

　　本論文討論的主題，雖是萬曆到康熙年間曲譜的集曲收錄，然成書於萬曆二十五年前後的沈璟《增定南九宮曲譜》，乃是增補蔣孝《舊編南九宮譜》而成，在討論沈璟曲譜前，有必要先對《舊編南九宮譜》集曲收錄與考訂的概念近行梳理，由此更可凸顯沈璟曲譜集曲收錄與考訂之進展與特殊性。《舊編南九宮譜》爲嘉靖年間，蔣孝據陳氏、白氏之《九宮》與《十三調》二譜爲基礎編纂的曲譜，陳、白二譜今日未見，故蔣孝《舊編南九宮譜》成爲今日可見最早收錄、並有考訂文字之曲譜。以下分別論述《十三調南曲音節譜》與《舊編南九宮譜》集曲收錄的情況。

一、《十三調南曲音節譜》所錄集曲相關說法

　　目前可見的南曲譜中，首先收錄集曲的是蔣孝《舊編南九宮譜》，此譜前附的《十三調南曲音節譜》〔註48〕，所列宮調及曲牌名目，已可見部分集曲牌名的收錄與說明，此譜所作雖早在金元時期〔註49〕，因附於嘉靖年間成書

〔註47〕〔清〕沈自晉：《南詞新譜》（台北：學生書局，1984 年 8 月），頁 241～242。
〔註48〕《十三調南曲音節譜》，收於《舊編南九宮譜》（台北：學生書局，1984 年 8 月），頁 35～63。以下所引皆出於此版本。
〔註49〕青木正兒《中國近世戲曲史》（台灣商務印書館，1965 年，頁 545～549）認爲其著作年代應在元中葉或稍前之時期。周維培《曲譜研究》（江蘇古籍出版社，1997 年，頁 97～98，）認爲「應在詞樂向曲樂過度的中介階段，大略相當於《董西廂》問世的金章宗（即宋光宗）之前的一段時間裡。」

的《舊編南九宮曲譜》，故於此論之，以明早期曲譜所錄集曲的概念與情況。

　　《十三調南曲音節譜》中所錄集曲牌名者極爲稀少，所列的牌名中，可推知爲集曲者〔註50〕，僅「小石調近詞」之【四犯江兒水】、「雙調近詞」之【孝南歌】〔註51〕、【二犯江兒水】、【花犯撲燈蛾】〔註52〕等四例，所收集曲牌名之所以極少，與《十三調南曲音節譜》收錄牌名的原則有關。《十三調南曲音節譜》可見與集曲相關的標註，除上述四例外，卷首「仙呂」與所列仙呂牌名之間，列有各調均同的「六攝十一則」〔註53〕：賺犯、攤破、二犯、三犯、四犯、五犯、六犯、七犯、賺、道和、傍拍，並註云：「右已上十一則係六攝，每調皆有因。」對於此說，歷來解釋有兩種：一、二犯至七犯爲「六攝」，其餘五種云「有因」，此說見《南曲九宮正始》〔註54〕；二、青木正兒《中國近世戲曲史》將二犯至七犯統稱爲一攝，與其餘五種共歸爲「六攝」〔註55〕。本文討論傾向上述第二種說法，即將二犯至七犯視爲一類，與賺犯、攤破、賺、道和、傍拍共可分爲六種不同的手法，用以改變曲牌原貌之型態。故可知在《十三調南曲音節譜》中，「犯」被視爲一種改變曲牌原貌「作法」的意義，被列於宮調名稱之下〔註56〕，唯「高平調」後註云：

　　　　與諸調皆可出入。其調曲名皆就引各調曲名合錄，不再錄出。其六攝十一則皆與諸調同，用賺以取引曲，爲血脈而用也，其過割搭頭圓混自有妙處，試觀「畫眉入遠夢回」、「風繞圍屏」二套可見。〔註57〕

　　可見《十三調南曲音節譜》未錄高平調牌名的原因，在於高平調所轄諸曲牌名，皆由各宮調牌名組合而成，與此譜商黃調因「合犯」未錄牌名的情

〔註50〕由於此譜並未舉用例曲，此處所謂「推知」，乃以後譜所列爲集曲之牌名爲推測標準。
〔註51〕前揭注，頁59。此牌名下注云：「比【鎖南枝】句字少不同，音調則一。」
〔註52〕前揭注，頁61。此牌名下注云：「即【海棠枝上撲燈蛾】。」
〔註53〕（明）蔣孝：《舊編南九宮譜》（台北：學生書局，1984年8月），頁35。
〔註54〕《南曲九宮正始》云：「六攝者，疑二犯至七犯共六項也。云有因者，如中呂【賺犯】因【太平令】；如正宮【攤破】因【雁過聲】；如仙呂【道和】因【排歌】；如中呂【傍拍】因【荼蘼香】也，不知是否。」
〔註55〕青木正兒《中國近世戲曲史》（台灣商務印書館，1965年）云：「似以二犯至七犯統視爲一攝，其他每則各爲一攝，而算成七攝者。
〔註56〕《十三調南曲音節譜》各宮調名稱之次欄下，均有「六攝十一則見前仙呂調下」之註。
〔註57〕（明）蔣孝：《舊編南九宮譜》（台北：學生書局，1984年8月），頁54。

況相同。基於這樣的原則，可以推測《十三調南曲音節譜》譜中未收集曲牌名的原因，在於即使在當時已有摘取不同曲牌句子組成新曲的現象，這些實質上不同曲牌組合的新曲，從牌名來看，仍屬不同曲牌牌名的組合，對《音節譜》而言，這樣的「犯」側重的是本調的存在，換言之，就《音節譜》的編纂理念來看，集曲並不具有獨立性格，以致於譜中視集曲純爲本調的組合，只要明白本調，便可以此作爲唱奏集曲的材料，故譜中所收牌名基本上僅是一般過曲，極少數須要說明的情況，才錄有集曲牌名。

　　然而就《音節譜》所收材料，可知集曲在當時已有相當數量的存在，這可以從譜中所錄純爲集曲構成的宮調「商黃調」爲證，然上述的高平調引文中有「引各調曲名合入」一語，值得進一步討論。初步思索這段文字，雖推測高平一調所轄曲牌，調名或皆由他調「引入」，亦即高平調之曲牌皆與他調之牌名相同，故省略未錄，然而從《音節譜》目錄標示的體例來看，同一曲牌見於不同宮調，牌名下皆會清楚標示「亦在某宮（調）」或「與某宮（調）不同」，例如南呂宮所收【解三酲】牌名，下註云「亦在道宮仙呂」〔註58〕，同一牌名互見於道宮與仙呂，分別註云「亦在仙呂南呂」〔註59〕、「亦在南呂道宮」〔註60〕，這種同一牌名見於不同宮調的現象，在譜中是清楚標明的，也因此，若有牌名亦見於高平調，從體例來看應會有相同的標註，然而細觀目錄，除仙呂【喜還京】一曲下註「與高平雙調出入」，亦即此牌可與高平及雙調曲牌組套外，其餘皆未見有「亦在高平」等字樣，可見高平調引文之「引入」二字，或許並非牌名的互見，而應側重於同一句引文中「合入」的現象，此語或與商黃調中「合犯」意義相似，指的是不同曲牌的摘句組合，然而未見實際曲牌，僅能存疑。

　　至於「商黃調」一調，應屬集曲的指稱無誤〔註61〕，引文中「各半隻或各一隻合成者」，說明商黃調所收除了商調與黃鐘組成的集曲，亦有兩首完整曲子組合成新曲的情況，然無論所指爲何，此調與譜中其他宮調爲樂理上的俗調名稱不同，而是強調商調與黃鐘共同組成這一特徵，可見在《音節譜》編纂的當時，集曲的存在已有相當規模的數量，能夠另起一類，成爲與其他

〔註58〕（明）蔣孝：《舊編南九宮譜》（台北：學生書局，1984 年 8 月），頁 54。
〔註59〕（明）蔣孝：《舊編南九宮譜》（台北：學生書局，1984 年 8 月），頁 50。
〔註60〕前揭注，頁 36。
〔註61〕「商黃調」說明謂：「此係合犯，乃商調黃鐘各半隻或各一隻合成者皆是也，但不許黃鐘居商調之前，由無前高後低之理，古人無此式也。」前揭注，頁 42。

宮調平行的歸類劃分。

二、蔣孝《舊編南九宮譜》集曲收錄與考訂

　　《十三調南曲音節譜》雖然是宋元時期集曲的存在已見規模的證據，譜中強調集曲爲其本調組合的附屬品，是一種曲牌組合的作法，而非作爲單一曲牌的存在，因此並未列集曲牌名於目錄之中，同時也因目前可見《音節譜》僅是附於《舊編南九宮譜》卷首的曲牌名目，未見任何例曲的收錄與考訂，本文也僅能推知《音節譜》看待集曲的態度，未能作進一步的論述。目前可見收錄集曲並有初步考訂的曲譜，是成書於嘉靖年間蔣孝的《舊編南九宮譜》。《舊編南九宮譜》共收錄曲牌 485 曲，所收錄的集曲 65 曲〔註62〕，是目前可見最早有明確收錄集曲名稱、考訂及說明的曲譜。

　　《舊編南九宮譜》的編纂理念，源於時人南曲創作的錯誤難歌，卷首〈南小令宮調譜序〉云：

　　　　南人善爲艷詞，如花底黃鸝等曲，皆與古昔媲美，然宗尚源流，不
　　　　如北詞之盛，故人各以耳目所見，妄爲述作，遂使宮徵乖誤，不能
　　　　比諸管弦，而諧聲依咏之義遠矣。〔註63〕

　　徐渭《南詞敘錄》所作時間同爲嘉靖年間，而稍晚於《舊編南九宮譜》，其謂南曲爲「本無宮調，亦罕節奏」廣爲研究者引述，藉以說明早期南曲缺少曲律規範的現象。〈南小令宮調譜序〉則說明了這種現象的原因，在於南曲不如北曲的「宗尚源流」，其中「各以耳目所見」，所指蓋爲傳唱與創作的過程，缺少曲律依據，因此就所聽所見，隨意創作，而有「不能比諸管弦」、「諧聲依咏之義遠矣」的亂象，於是因應南曲曲律的混亂，而有曲譜的製作，以求制定南曲創作的規範，是《舊編南九宮譜》編纂的重要原因。既然如此，此譜建立規範曲牌創作的意圖，是很清楚的一個功能指標，這個概念與日後沈璟因應萬曆以後曲律的混亂，增補《舊編南九宮譜》而成的《增定南九宮

〔註62〕此數字爲筆者統計得知，判斷依據爲：1. 例曲有清楚集曲標註者；2. 曲牌說明文字有集曲相關說明者，如註明謀幾句爲某曲、前中後分別爲某曲者；3. 雖未有集曲相關說明及標註，經查閱他譜實爲集曲者，如越調【二犯排歌】、仙呂入雙調【四朝元】、【二犯江兒水】等；4. 未有集曲相關標示及說明，諸譜亦未收，然從曲牌名判斷應爲集曲，且實際比對例曲曲詞，確爲集曲者，如商調【梧桐半折芙蓉花】、中呂【泣榴花】等。

〔註63〕（明）蔣孝：《舊編南九宮譜》，收入《善本戲曲叢刊》第三輯（台北：學生書局，1984 年 8 月），頁 2。

曲譜》相同。然而從編纂的體例來看，《舊編》曲牌雖皆錄有例曲，然未如後代曲譜，爲例曲標示斷句、襯字、點板、平仄標示、甚至閉口韻等標示，可見此譜並未如後代沈璟諸家編纂曲譜，在作爲塡詞工具書以外，尚帶有明確的「曲唱指導」概念。周維培認爲《舊編南九宮譜》體例的簡略，乃因其仍屬「雛型性質的文字譜」〔註64〕，從現存明清曲譜的體例來看，由簡至繁、由粗略至詳備，確實可見是一個大略發展的走向，然而本文認爲，曲譜的體例，除了與編纂者學思背景有關外，也與其功能性需求密切相關。沈璟作爲萬曆年間曲學宗師，其譜中所反映的，不僅是曲律規範的確立，同時還具有指導演唱的意圖。而蔣譜所作，針對的是「各以耳目所見，妄爲述作」的現象，較爲側重的是曲牌本身寫作的規範，透過規範的確立，使得唱詞能夠依照曲牌音樂特徵而能「諧聲依咏」，如此編纂概念的提出，可以作爲探討《舊編南九宮譜》處理所收集曲，其態度與考訂方法的切入點。

《舊編南九宮譜》收錄曲牌的原則，在於「其調與譜合，及樂府所載南小令者。〔註65〕」從譜中的標註，明確可知的例曲來源有二：一、難以考訂出處的散曲作品，譜中的僅標「散曲」，未標作者或出處；二、戲文作品：《舊編南九宮譜》例曲來源的戲文作品共三十一種〔註66〕，從劇目標名，可知所據爲南戲較早的版本，如標《蔡伯喈》而非《琵琶記》、標《呂蒙正》而非《彩樓記》等，從所收曲牌，亦可知所據版本的差異，如後譜中收錄的【風入松】與【急三槍】二曲，元刊本《琵琶記》作【風入松】與【犯袞】〔註67〕，作【風入松】與【急三槍】的說明，首見於沈璟《增定南九宮曲譜》所收【風入松】一曲，牌名後所注，顯示了沈璟反映時人刊本的現況〔註68〕，譜中考訂集曲【九回腸】，就引入【急三槍】作爲集曲末段〔註69〕。然而《舊譜》並

〔註64〕 周維培：《曲譜研究》（南京：江蘇古籍出版社，1999年9月），頁100。
〔註65〕 見〈南小令宮譜序〉，前揭注。
〔註66〕 此三十一種計有：《拜月亭》、《蔡伯喈》、《王祥》、《殺狗》、《江流》（又有《陳光蕊》例曲一種）、《陳巡檢》（又有《梅嶺》例曲一種）、《荊釵》、《西廂記》、《王煥》、《呂蒙正》（又有《彩樓記》例曲一種）、《玩江樓》、《劉盼盼》、《東牆記》、《唐伯亨》、《百花亭》、《劉智遠》、《錦香亭》、《劉孝女》、《韓壽偷香》、《貫雲華》、《冤家債主》、《樂昌公主》、《教子》、《生死夫妻》、《寶妝亭》、《詐妮子》、《蘇秦》、《千家錦》、《鴛鴦燈》、《錦機亭》、《孟姜女》。
〔註67〕 錢南揚，《元本琵琶記校注　南柯夢校注》（北京：中華書局，2009年11月），頁213～215。
〔註68〕 注云：「細查舊曲，凡【風入松】或一曲、或二曲，其後必帶二段，今人謂之【急三槍】未知是否，未敢遽題其名也。」頁692。
〔註69〕 頁90～91。

未將【風入松】後所帶二段訂爲【急三槍】，而是於「別本附入僊呂入雙調」中收錄【風入松犯】一曲，例曲舉自《王祥》，分段僅以「○」隔開前後曲，且未見任何說明文字，這顯示了《舊編南九宮譜》所根據的劇本版本較早，尚未被明代刊本所作的更動所影響。

前文所提到蔣譜與沈譜針對曲譜功能的不同，而具有體例上的區別，在面對集曲考訂時，二者不同的態度有更明顯的體現。由於具有指導演唱的功能需求，沈璟《增定南九宮曲譜》的集曲考訂相當重視本調的考證，因本調的正確考訂，直接影響集曲如何演唱，此於本章第三節詳細論之。《舊編南九宮譜》並不具備這樣的功能需求，基本上仍是把集曲視爲與一般過曲相同的「曲牌」，因此其中集曲的考訂體例相當不統一，甚至有確爲集曲卻未標註出來的現象。

另一個重要特徵在於，沈璟《增定南九宮曲譜》有意識的增補蔣譜以降、時人新作的集曲，故譜中所錄曲牌數量大量增加，且增加的主要都是這段時間新作的集曲，另外，亦有前人所作、蔣譜遺漏的集曲，亦收於譜中〔註70〕。而蔣譜收錄似乎並未有意識的把集曲作爲錄曲材料，試圖全面且完整將前人所作的集曲收於譜中，僅是收錄當時比較常用的曲牌，爲其訂正錯誤，並訂定創作規範。這顯示了《舊編南九宮譜》本身傾向實際創作的實用取向，而非如後譜是著意收全可見曲牌的特徵。

《舊編南九宮譜》是目前可見的曲譜中，對集曲有「初步考訂」的曲譜，就全譜集曲的收錄來看，《舊編南九宮譜》考訂集曲的體例有以下幾種：

（一）標註所犯各牌：此類集曲標註於譜中最多，如中呂【雁過燈】註云：「前【雁過沙】，後【漁家燈】。」〔註71〕仙呂入雙調【玉山供】註云：「【玉胞肚】頭，【五供養】尾。」〔註72〕等皆屬此例。這類標註用以說明組合曲牌數量較少的集曲。犯四曲以上集曲，則於牌名下一一標註所犯曲牌，如【金絡索】牌名下註：「【金梧桐】、【東甌令】、【針線箱】、【解三醒】、【懶畫眉】、【寄生草】。」〔註73〕這種標註形式，部分例子會進一步在例曲中以「○」斷

〔註70〕這種現象明確可知者，例如收錄《荊釵記》例曲的仙呂【二犯傍粧臺】、收錄《寶粧亭》例曲的正宮【沙雁揀南枝】、收錄《白兔記》例曲的正宮【錦纏樂】、中呂【駐馬摘金桃】、南呂【五更轉犯】、收錄《拜月亭》例曲的黃鐘【玉絳畫眉序】、收錄《劉盼盼》例曲的越調【憶花兒】等。

〔註71〕（明）蔣孝：《舊編南九宮譜》（台北：學生書局，1984年8月），頁100

〔註72〕（明）蔣孝：《舊編南九宮譜》（台北：學生書局，1984年8月），頁229

〔註73〕（明）蔣孝：《舊編南九宮譜》（台北：學生書局，1984年8月），頁188、189。

開所犯各句屬何曲牌，有些則否。

（二）以「轉調入」標註所犯次調：如【淘金令犯】牌名下註云：「轉調入【一江風】。」〔註74〕這樣的標註於譜中僅見此例，雖未能作爲一種「類型」，但所標「轉調入」三字，特別指稱異宮曲牌之犯：此例【淘金令】屬仙呂入雙調，【一江風】則屬南呂宮，前後宮調轉換，而以「轉調入」三字強調，是此種標示的重要特徵。

（三）直接說明曲牌本身集曲組成：如【朝元歌過】牌名下註云：「【江兒水】起，中入【朝天歌】，後入本腔。」〔註75〕此曲同樣未於例曲中斷開所犯各調，從說明文字來看，【朝元歌過】是以【江兒水】起調，收於【江兒水】，中間插入【朝天歌】數句而成。此曲並未見於後代諸譜，而從說明文字來看，應是【江兒水】中所插入的【朝天歌】一調，故譜中以【朝元歌過】爲曲名。直接說明犯調之過程，原因或在於此曲牌明雖強調爲【朝元歌過】，但前後二調皆爲【江兒水】，亦欲說明犯調之主體，以及強調【朝天歌】作爲「經過」【江兒水】的插用曲牌，故特別說明之。

（四）標註不清，未能考訂清楚，僅知犯有別調者：例如南呂【折腰一枝花】註云：「中三句轉調，故曰【折腰一枝花】。」〔註76〕因中段轉入他調而有此名，至於所轉何調，蔣譜並未考證，此曲《新譜》沿沈璟所註，云：「中二句轉調，故名『折腰』，中三句不知犯何調，未能查註。」至《九宮正始》始查證所犯四調爲【一枝花】、【戀芳春】、【惜春慢】、【一枝花】。可見未能考訂清楚所犯曲牌的情況，《舊編南九宮譜》並未試圖說明或查考，僅將該曲例曲錄於譜上，並簡略說明之。

以上論述《舊編南九宮譜》集曲標註、說明的情況。蔣孝雖未有意識廣泛收錄集曲，僅是就可見或常用集曲收錄之，但這些具體成果，作爲理解早期曲譜編纂者如何理解並看待集曲的態度，是相當重要的材料。《舊編南九宮譜》雖視常用集曲視爲一般過曲的存在，但與《十三調南曲音節譜》僅重本調的情況相較，集曲組合不同曲牌以成一調的特徵，已爲蔣孝所注意，因此錄集曲於譜中，並作簡要分段說明，可視爲集曲獨立性開始逐漸爲曲譜編纂者注意，然而眞正有意識收集並考訂集曲，仍要到萬曆年間集曲大量產生、

〔註74〕（明）蔣孝：《舊編南九宮譜》（台北：學生書局，1984年8月），頁215

〔註75〕（明）蔣孝：《舊編南九宮譜》（台北：學生書局，1984年8月），頁228

〔註76〕（明）蔣孝：《舊編南九宮譜》（台北：學生書局，1984年8月），頁148

有意建立集曲創作規範的沈璟《增定南九宮曲譜》。

三、蔣孝《舊編南九宮譜》集曲收錄之檢討

　　由於蔣孝編輯曲譜的觀念，使得此譜雖已收有集曲，並有初步的考訂說明，然集曲收錄體式及內容卻是不統一的，這與蔣孝混淆集曲常與一般過曲的情況有關。經過詳細比對，這樣的混亂，在《舊編南九宮譜》集曲收錄中，可見於以下四條線索：

　　（一）集曲判定的遺漏：將集曲作爲一般過曲，未標示其爲集曲。如仙呂入雙調過曲【四朝元】引《琵琶記》「春闈催赴，同心帶綰初」爲例曲，此曲實爲集曲，後代曲譜（如《增定南九宮曲譜》）名之爲【風雲會四朝元】，犯【五馬江兒水】、【桂枝香】、【柳搖金】、【駐雲飛】、【一江風】、【朝元令】等六調，然此曲在《舊編南九宮譜》未有任何集曲標示。南呂引子【臨江梅】爲犯【臨江仙】、【一翦梅】之集曲，《舊編南九宮譜》也未作標註。再如「仙呂入雙調過曲」【二犯江兒水】及「中呂過曲」【泣榴花】，皆未於曲牌名或例曲有任何集曲相關標示。同樣的，對於無法考訂、或並未考訂的集曲，蔣譜往往未加著墨，如商調【四犯黃鶯兒】，從牌名來看確屬集曲，然說明與斷句付之闕如，此曲沈璟僅能判定首六句爲【黃鶯兒】，其餘四句未能考訂〔註77〕，直至《南曲九宮正始》對「四犯」二字有不同的理解，才解決了未能考訂的問題，見本文第三章第三節的論述。

　　（二）集曲名稱尚未確定：如曲牌名加註「犯」字者，實爲集曲，但譜中有簡單的集曲標示，如仙呂過曲【一封書犯】曲牌名下註「俱有和聲，皆【排歌】尾」，在《增定南九宮曲譜》此曲被重新定名爲【一封歌】；【勝葫蘆犯】曲牌名下註「本曲止五句，中三句乃【望吾鄉】也」，這些曲牌目前僅標一「犯」表達其爲集曲，後代曲譜則依集曲命名原則重新定名。

　　（三）集曲標註不甚明確：《舊編南九宮譜》雖不乏標註清楚的集曲（如正宮引子【破齊陣】牌名下註「前二句破陣子，後六句齊天樂」），然大部分集曲即使有相關標示，也未清楚註明某幾句屬何曲牌，如別本附入仙呂過曲【醉羅袍】，僅於曲牌名下註：「醉扶歸頭，皀羅袍中，袖天香尾」，至於哪幾句分屬哪一個曲牌則未有詳細區分。又如前段所舉【金絡索】的例子，雖於

〔註77〕沈璟：《增定南九宮曲譜》云：「此調前六句，分明皆黃鶯兒也，後面止有三句，卻云四犯，殊不可曉，姑仍舊名。」（頁589）。

牌名下詳註所犯各牌,卻未能如次曲【鶯集御林春】,在牌名下註所犯各調的同時,例曲中以「○」斷開各個犯曲段落,相連的兩個曲子、相似的標註,例曲中分段的詳略差異明顯,則可見此譜集曲的標示往往有不甚明確的現象。

(四)集曲標註體式不一:《舊編南九宮譜》收錄集曲的體式不一,可見有三種情況:其一、曲牌名下註「犯某調」或「某幾句是某調」者,如仙呂過曲【樂安神犯】曲牌名下註「本曲止七句,中三句是【望吾鄉】也」;其二、將該集曲所集曲牌之牌名列於曲牌名之下,如正宮過曲【雁書錦】牌名下標「雁過聲、二犯漁家傲、二犯漁家燈、喜漁燈、錦纏道」;其三、曲牌名下未有標註,但例曲以「○」斷開所集曲牌,如仙呂入雙調過曲【風入松犯】,僅於例曲中將分屬不同曲牌的句子斷開,所犯何調則未有說明。

由這些集曲收錄的體式不一,可知在《舊編南九宮譜》中,雖然注意到這類曲牌的新體式,然編纂者僅收錄當時作品所用曲牌,因此雖收有集曲,但收錄多與過曲混雜,也尚未針對集曲作詳細的考訂工作。

綜上所述,如果把《十三調南曲音節譜》到《舊編南九宮譜》視爲兩種不同收錄概念的發展歷程,則可知因《十三調南曲音節譜》認爲集曲重要的部分仍在本調,而《舊編南九宮譜》的集曲則較具有獨立性質。此外,《舊編南九宮譜》亦反映了集曲創作初期名稱未定、體例不一的現象,作爲較早收錄集曲的曲譜,其中反映的集曲演變,值得重視。

第三節　沈璟《增訂南九宮曲譜》集曲收錄及其考訂觀點

沈璟《增定南九宮曲譜》爲增補蔣孝《舊編南九宮譜》之作。雖屬增補,在集曲的收錄與觀點上,沈譜較蔣譜有很大跨度的進展,特別是在強調「本調」這一考訂觀點的提出,以及集曲的收錄體例,均爲後代諸譜開創範例。以下論述沈璟《增定南九宮曲譜》集曲收錄概況,及其考訂觀點的提出。

一、沈璟《增定南九宮曲譜》的集曲收錄

沈璟《增定南九宮曲譜》共收集曲 189 首,雖依宮調將集曲散入過曲之列,但其體式的開創與確立,已可見此譜與《舊編南九宮譜》收錄集曲的態度不同。《增定南九宮曲譜》的集曲來源,除了襲自《舊編南九宮譜》已收的

65 首集曲外，主要新增當時傳奇及散曲作品所創作使用者共 124 曲。這些集曲，大部份於曲牌名下標注「新增」二字，少數例外於下段討論。各宮調所收集曲數量及概況表列如下：

宮　調	集曲數量	新增集曲數	犯三調	犯四調	犯五調以上	標註新增數
不知宮調及犯各調	10	10	1	1	8	0
仙呂	29	18	6	3	0	21
正宮	16	9	2	0	0	3
中呂	10	4	2	0	0	3
南呂	37	19	4	1	4	17
黃鐘	13	13	1	0	0	11
越調	7	5	2	0	0	2
商調	28	21	8	3	1	21
雙調	6	2	1	0	0	3
仙呂入雙調	33	23	4	2	1	19

　　由此表可發現，《增定南九宮曲譜》不僅集曲的收錄較《舊編南九宮譜》增加許多，犯多曲之集曲亦多有新增，《舊編南九宮譜》僅南呂【五樣錦】（犯五調）、【八寶粧】（犯八調）、商調【金絡索】（犯六調）爲犯超過三調的集曲，《增定南九宮曲譜》則收錄了 24 首犯四調以上的集曲，這顯示了在沈璟當時，集曲創作的傾向變化。

　　《增定南九宮曲譜》既是在蔣孝《舊編南九宮譜》的基礎上增補而來，所增曲調，據《曲譜研究》所述有二類：〔註78〕

　　1.　《音節譜》內仍有生命力之曲牌，附歸《九宮譜》每調之後，共 62 章。

　　2.　從大量曲作中搜集《舊編南九宮譜》失載曲牌，此類往往標註「新增」，來源包括「蔣譜失載宋元舊曲」與「後代曲家所製新調，即『集曲』牌名」。

　　「集曲」是《增定南九宮曲譜》新增曲牌的重要來源，然而譜中所標註的「新增」二字，實存在體例不一的情況。周維培《曲譜研究》認爲，《增定南九宮曲譜》較《舊編南九宮譜》增補之曲牌，往往於曲牌名下標註「新增」

〔註78〕周維培：《曲譜研究》（南京：江蘇古籍出版社，1999 年 9 月），頁 117～118。

二字。本文經過實際比對，發現《增定南九宮譜》所標「新增」之曲，未必爲《舊編》所無，而未標「新增」之曲，也未必爲《舊編》所有。如僅單純就集曲部分論之，可發現《增定南九宮曲譜》對於「新增」的標註有其特殊的例外。

曲牌名下標註「新增」者，確實大部分爲《舊編南九宮譜》未收、《增定南九宮曲譜》新增之曲牌，如仙呂過曲【天香滿羅袖】、南呂過曲【二犯五更轉】、越調過曲【憶鶯兒】、商調過曲【二賢賓】等。這些新增曲牌的主要來源爲宋元舊曲（如《琵琶記》、《荊釵記》等）及時人所作傳奇散曲。然而，亦有《舊編南九宮譜》已收，卻仍標註「新增」二字者，這樣的例子通常是《舊編南九宮譜》未歸類爲集曲的集曲。《增定南九宮曲譜》於這些曲牌所收例曲相同，然而依所集曲牌重訂其名，並將之歸入集曲者。如《舊編南九宮譜》「別本附入仙呂過曲」所收【解三酲犯】一曲，未有任何集曲標示，沈璟重訂其名爲【解酲望鄉】，曲牌名下標註「新增」，並考此例曲爲散曲，前六句爲【解三酲】，後三句爲【望吾鄉】。相同的例子如《舊編南九宮譜》所收之仙呂過曲【掉角兒犯】，《增定南九宮譜》重訂其名爲【掉角望鄉】，亦標新增，此種例少，然有一種相似的例子，即《舊編南九宮譜》所收仙呂過曲【一封書犯】，此曲於曲牌名下說明：「俱有和聲，皆排歌尾」已有關於集曲的說明，《增定南九宮曲譜》重新訂名爲【一封歌】，雖使用不同例曲，然二曲格式完全相同，《增定南九宮曲譜》亦標「新增」。另有完全不知何以標註「新增」者，如中呂過曲【雁過燈】，曲牌名、例曲、所集曲牌的標示均相同，不同者唯《增定南九宮曲譜》多了對所集曲牌考訂的說明，此曲亦標新增。

《增定南九宮曲譜》未標「新增」之曲牌，除沿襲《舊編南九宮譜》的曲牌：如南呂過曲【五樣錦】、越調過曲【霜蕉葉】外，尚有兩種情況值得注意：其一、重新考訂曲牌名及所集曲牌者未標，如《舊編南九宮譜》「別本附入中呂過曲」之【馬蹄兒】，《增定南九宮曲譜》因所集曲牌爲【駐馬聽】及【石榴花】，將之重新訂名爲【馬蹄花】；正宮引子【破齊陣】，二譜所用例曲相同，然《舊編南九宮譜》考前二句爲【破陣子】，後六句爲【齊天樂】，《增定南九宮譜》卻認爲前二句【破陣子】、中三句【齊天樂】、後三句爲【破陣子】尾。越調過曲【山桃紅】，二譜所用例曲相同，然【舊編南九宮譜】考此曲爲「下山虎頭，小桃紅尾」，《增定南九宮譜》則謂「下山虎頭，小桃紅中，下山虎尾」，這些舊譜已收但重新考訂者，未標新增實屬常態；其二、

《舊編南九宮譜》未收，《增定南九宮曲譜》新增此曲卻未標「新增」之曲
牌：如仙呂過曲【醉羅歌】、正宮過曲【刷子帶芙蓉】、黃鐘過曲【啄木叫畫
眉】等，這些新的集曲均未見於《舊編南九宮譜》，然《增定南九宮曲譜》
收錄後，僅於曲譜目錄標註「新增」二字，牌名下則未標註「新增」，與一
般體例不同。

　　應標「新增」卻未標，與不應標註卻標「新增」，關係到沈璟編纂的體
例，何以真正新增的曲牌卻未標「新增」？而舊譜已收的曲牌卻標註了「新
增」？若究其本調曲牌，似可看出《增定南九宮曲譜》所收集曲標註「新增」
二字除了實為新增加的曲牌外，尚有第二種規律的存在，即與集曲所犯本調
在《增定南九宮曲譜》是否為新增曲牌有關。如上述【雁過燈】的例子，此
曲所集的兩個曲牌：【雁過沙】與【漁家燈】，均未收入《舊編南九宮譜》，《增
定南九宮曲譜》收錄後均標註「新增」二字，因此，即使【雁過燈】這個集
曲在《舊編南九宮譜》已有收錄，因其所集曲牌屬新增，沈璟亦於此集曲牌
名下標註「新增」；而上述的【醉羅歌】、【刷子帶芙蓉】、【啄木叫畫眉】舊
譜未收，為《增定南九宮曲譜》新增的集曲，因其所集曲牌【醉扶歸】、【皂
羅袍】、【排歌】、【刷子序】、【玉芙蓉】、【啄木兒】、【畫眉序】等諸曲均為舊
譜已收，故未於牌名下標註「新增」二字。然而這樣的情況或許也只是沈璟
標註的遺漏，因多有同樣情況但標註「新增」的例子。筆者未敢妄下定論，
只是對何以產生這樣的特例提出初步的推論。

　　收錄集曲的態度上，《增定南九宮曲譜》較《舊編南九宮譜》有長足的進
步。集曲的排列及收錄方式，與該譜及當時看待集曲的態度密切相關，從明
中葉《舊編南九宮譜》至乾隆年間的《九宮大成南北詞宮譜》，集曲從標誌不
清至獨立成為一種分類，反映了集曲數量的大量增加，使得曲譜編纂者逐漸
正視集曲不同於一般過曲的特徵。《舊編南九宮譜》集曲收錄體例不一的情
況，說明了蔣孝在編纂時，即使反映當時創作的情況收錄集曲，並能夠明確
指出集曲為何物，然並未有意識的區分「正曲」與「集曲」之別，這在當時
是很常見的現象，如《南音三籟‧凡例》提到：「曲又易誤於犯調，蓋古來舊
曲有犯他調者，或易其名（如玉山供錦庭樂之類），或止於本名下增一犯字，
相延之久，認為本調者多矣，度曲者懵然不知，按字句而填之，唱曲者習熟
既久，返執此以改彼，其弊亦煩〔註79〕」。《南音三籟》的編纂時間約與《增

〔註79〕〔明〕凌濛初：《南音三籟》（台北：學生書局，1987 年），頁 11。

定南九宮曲譜》相當，而在《舊編南九宮譜》之後，這裡所描述的，正是明末未能釐清集曲與一般正曲的區別，所導致曲牌使用混亂的情況，《舊編南九宮譜》的集曲收錄也正式這種混亂的反映。沈璟正視了集曲存在與集曲正曲混淆的情況，因而在編纂《增定南九宮曲譜》時，特爲集曲開創了收錄的體例，以明集曲與正曲之別。

《增定南九宮曲譜》對於集曲收錄最大的創新，在於確立後代曲譜集曲收錄的體例，及其對所集曲牌的分析討論。

沈璟著錄集曲的體式相當規範，一般情況下，一個集曲的收錄有以下幾個重要部份：

1. 曲牌名及牌名下的標註：包括是否爲新增曲牌，部分曲牌並對牌名有簡要說明，如該集曲犯不同宮調之曲牌，也於曲牌名下註明「犯某宮調」，如【七犯玲瓏】牌名下註「犯商調仙呂」。

2. 例曲中所集曲牌的標示：例曲行文以括弧註明其下句子屬何曲牌，明確標示每一集曲的曲牌集用情況，這是《增定南九宮曲譜》的重要開創。然而對《舊編南九宮譜》所註有不同意見、卻無法確定用何曲牌時，於例曲後的文字作說明，例曲中只以「○」斷開曲牌各段，不標註曲牌名稱，如【三換頭】、【八寶粧】、【雁過燈】等均爲此例。

3. 正襯的標示：《舊編南九宮譜》全譜未標正襯，《增定南九宮曲譜》每一曲均有清楚標示。正襯的明確區分，影響到集曲所用曲牌的判定，此點於本文第二節說明之。

4. 例曲後的文字說明：對於該集曲所集曲牌做進一步的分析及討論，並對該曲及時人所用實際情況有簡要的評論。

5. 宮調歸屬：《增定南九宮曲譜》提出了對《舊編南九宮譜》集曲宮調歸屬有疑義的情況。一般認爲，集曲的宮調歸屬應以該集曲首曲所用曲牌的宮調爲準，然《舊編南九宮譜》所收集曲的宮調歸屬並未依此原則，原因有待考證。

此點可看出「集曲」作爲創新曲調的方法，在萬曆《增定南九宮曲譜》成書前後已受到重視，不少傳奇作家使用集曲的情況增加，其格律逐漸產生混亂的狀況。沈璟對於集曲的標註，顯然是想利用這樣的方法，使集曲的使用規範化、避免時人集曲創作混用雜揉的現象。

二、《增定南九宮曲譜》的考訂觀點與集曲相關論述

　　《增定南九宮曲譜》除了較《舊編南九宮譜》收錄更多集曲外，集曲的說明文字更是沈譜的重要特色。這些說明文字，可說是沈璟集曲收錄所開創的重要體例，其中觀點也影響了後代曲譜考訂集曲的方式與態度。沈璟集曲的說明文字內容有四個重點：對集曲所用曲牌的考訂、平仄的正誤、用韻與宮調的討論以及俗唱的訂正。除了反映沈璟的曲學觀，更可作為當時曲牌創作與曲壇現象的紀錄。以下分別就此四點論述。

（一）集曲所用曲牌的考訂

　　沈璟對集曲所用曲牌的考訂是很謹慎的，如此謹慎的態度體現在未能確定集用曲牌的存疑，包括對《舊編南九宮譜》說法的重新考訂，以及對新增集曲的解釋說明。然而，卻也因為這樣的謹慎，使得《增定南九宮曲譜》集曲的考訂有所侷限。

　　沈璟重新訂正《舊編南九宮譜》集曲說明的情況相當多，如南呂過曲【三換頭】：「舊譜註云：前二句是【五韻美】，中四句是【臘梅花】，後四句是【梧葉兒】。今按前三句後二句俱近似矣，但中四句不似，而『閃殺』二句，亦不似【梧葉兒】，姑缺疑可也。〔註80〕」《舊編南九宮譜》此曲的說明僅標註所集曲調「五韻美、臘梅花、梧葉兒」，選《蔡伯喈》「只為名韁利鎖」為例曲〔註81〕。《增定南九宮曲譜》亦選此曲為例曲，然而沈璟認為「中四句」與「閃殺二句」與《舊編南九宮譜》所述不同，故存疑。此曲首二句「名韁利鎖，將人催挫」與越調過曲【五韻美】又一體「意兒裏想，眼兒裏望」字數句式相同，板位亦相同，然平仄標註略有不同，故云「近似」；中四句「鸞拘鳳束，甚日到家，也休怨他。這其間只是我不合來長安看花」雖標為【臘梅花】，然與仙呂過曲【臘梅花】格律差異甚多；「閃殺爹娘也，淚珠空暗墮」亦與商調過曲【梧葉兒】例曲不同，故沈璟存疑，未敢妄下結論〔註82〕。再

〔註80〕〔明〕沈璟：《增定南九宮曲譜》（台北：學生書局，1984年8月），頁407。

〔註81〕〔明〕蔣孝：《舊編南九宮譜》（台北：學生書局，1984年8月），頁140。

〔註82〕此曲沈自晉《南詞新譜》重新考訂，認為：「今細以【蠟梅花】對之，則『鸞拘鳳束，甚日到家』與『孩兒出去，在今日中』對，『前後這期間』兩句，正與『但願得魚化龍』對，『長安看花』及『且都拋捨』又與『青雲得路』對，上不合來下、那壁廂只作襯字，惟『我也休怨他』及『此事明知牽掛』二句，與『爹爹媽媽來相送』稍異，則柬嘉他曲，于調中增減一二字者，每有之耳。即【五韻美】首二句，亦有二體，此與《拜月亭》『意兒裡想，眼兒裡望』體

如南呂過曲【八寶粧】犯八調，沈璟重新考證後，認爲：「舊譜註云：羅江怨、梧桐樹、香羅帶、五更轉、東甌令、懶畫眉、皂羅袍、梁州序、細查各調，多不相協」，因而對此曲集用的曲牌存疑。細究各曲，此處所謂「不協」，初步看來，所指爲格律上的不吻合，如首段「黃昏悶轉添，撇下殘針線，數點歸鴉，惹起芳心亂」，舊譜註【羅江怨】，然【羅江怨】首四句爲「懨懨病漸濃，誰來和哄。春思夏感秋又冬，滿懷心事」，二者格律顯然是不同的，沈璟認爲此四句似【梧桐樹】：「腌臢小賤奴，怎不思量取，我是東人，你是咱奴婢」，初看亦是從句式相同來判斷。【八寶粧】未點板，未能從板位安排比較其異同，但由上述二例可發現，沈璟依據「格律」與「板位」，判斷集曲所用的本調。

既以「格律」與「板位」判斷本調，在本調無可考的情況下，沈璟的特殊作法便值得注意。《舊編南九宮譜》所收集曲，其本調已亡佚，然此曲格律與另一曲牌近似，沈璟直接將此曲改訂爲格律與板位近似的曲牌。南呂過曲【羅江怨】：「舊譜謂末後三句是【怨別離】，但【怨別離】本調無可考，而此三句與【一江風】後三句分毫不差，只以【一江風】唱之爲是。〔註83〕」以末三句相同的【一江風】取代在當時已無可考的【怨別離】，影響到《南詞新譜》直接將此曲標註犯【一江風】〔註84〕。特別值得注意的是，沈璟「只以【一江風】唱之爲是」這句話。【怨別離】不見於《舊編南九宮譜》、《增定南九宮曲譜》、《南詞新譜》以及《九宮正始》，然收於《南詞定律》「南呂宮過曲」〔註85〕與《九宮大成南北詞宮譜》「大石調過曲」〔註86〕，《九宮大成南北詞宮譜》說明云：「【怨別離】一闋，諸譜皆收，獨蔣沈二譜不載。因曲中有怨別離句，故取以爲名。《南詞定律》收在南呂宮，審其聲調，應歸大石調爲是。」此處不論宮調歸屬問題。沈璟認爲【羅江怨】末三句原犯【怨別離】，但因無法考訂【怨別離】本調，故改以相似的【一江風】來演唱。如果與目

同（案：即【五韻美】可入雙調之又一體）。【梧葉兒】後四句，《荊釵》『無由洗恨，無由遠恥，事到臨危，拼死在黃泉做鬼』，此以『閃殺爹娘，淚珠暗墮』作正文，而以我字也字空字作襯，正爾相對。」見《南詞新譜》（台北：學生書局，1984年8月）頁458。

〔註83〕〔明〕沈璟：《增定南九宮曲譜》（台北：學生書局，1984年8月），頁405。

〔註84〕〔清〕沈自晉：《南詞新譜》（台北：學生書局，1984年8月），頁454～456。

〔註85〕〔清〕呂士雄等編：《南詞定律》，收於《續修四庫全書》1751、1752冊（上海：上海古籍出版社，2002年），頁330～331。

〔註86〕《九宮大成南北詞宮譜》（台北：學生書局，1987年），頁1893。

前可見的工尺譜比較，更可看出沈璟判斷的依據，即「格律」與「板位」，與腔句旋律並無直接關聯。

　　《增定南九宮曲譜》所收【羅江怨】末三句：「恩多也是空，情多也是空，都做了南柯夢」，爲「五・五・六乙」句法格式。《九宮大成》【怨別離】舉散曲「仰屋長吁」爲例，末三句：「有雁書難寄，無翅體難飛，怨別離、何時會」，句法與此大致相同，然平仄多有出入；《九宮大成》【一江風】共收五體，第五體舉散曲「俏冤家」爲例，末三句：「若還到俺家，燒香供養他，説幾句知心話」，句法相同〔註87〕。【怨別離】與【一江風】的差異，僅是【怨別離】於末句加一句讀，句法、韻位則完全相同。二者平仄差異甚大，然【一江風】平仄卻與【羅江怨】近似，故王守泰認爲：「或以末句與【怨別離】板位平仄均不合，遂以爲統犯【一江風】，因而又有【羅江風】之名。〔註88〕」【怨別離】的平仄確實與【羅江怨】不合，但板位則未必如王守泰所言。從現存附有工尺的樂譜比較〔註89〕，三曲音樂旋律差異甚大，無法看出有何類似的腔句。然若細究板位安排，【羅江怨】與【怨別離】、【一江風】則是大致相同：

　　　【羅江怨】：恩多也是空◎情多也是空◎都做了南柯夢◎
　　　　　　　　　▲　　　　▲　▲　　　　▲　　　　▲　▲

　　　【怨別離】：有雁書難寄◎無翅體難飛◎怨別離何時會◎
　　　　　　　　　▲　　　　▲　▲　　　　▲　　　▲　▲

　　　【一江風】：若還到俺家◎燒香供養他◎説幾句知心話◎
　　　　　　　　　▲　　　　▲　▲　△　▲　　　▲　▲　▲

〔註87〕《九宮大成南北詞宮譜》所收【一江風】正體舉《九九大慶》「嘯煙霞」爲例，末三句「功成得上昇，功成得上昇，相將朝帝廷，還喜是時明盛」；「又一體」第一種舉《牡丹亭》「老書堂」曲爲例，末三句「恩官在那廂，恩官在那廂，夫人在那廂，女書生書來上」；「又一體」第二種舉《勸善金科》「整烏雲」曲爲例，末三句「私心暗喜欣，私心暗喜欣，柔腸閒忖論，大家緣他人分」；「又一體」第三種舉《荊釵記》「繡房中」曲爲例，末三句「忙梳早整容，忙梳早整容，惟勤針指功，窗外花影日移動」；「又一體」第四種舉《節孝記》「聽因依」曲爲例，末三句「姓名未問之，他言亦有兒，髮鬢其年紀」，倒數第三句均需疊句，僅又一體第五種句法相同且未疊句，與【羅江怨】例曲相似。見《九宮大成南北詞宮譜》頁3769～3774。

〔註88〕王守泰・《崑曲曲牌與套式範例集・南套》（上海：上海文藝出版社，1994年7月），頁405。

〔註89〕【怨別離】一曲，《南詞定律》頁330～331、《九宮大成南北詞宮譜》頁1891～1893均收錄且附工尺，可與【一江風】做音樂上的比對。

　　三曲末三句板位主要差別在後二句，【怨別離】倒數第二句「體」字多點一板，【一江風】除「供」字點一腰板外，最末句「幾」字尙點一板，除了這些差別，其餘板位俱都相同，特別是首句與前曲銜接，板位的相同更爲重要。點板的重要性，《樂府傳聲》有云：「板之設，所以節字句，排腔調，齊人聲也。〔註90〕」換言之，點板與音樂旋律的安排有密切關係，板位設定了曲牌音樂的基本框架，而集曲在組合曲牌時，這個基本框架也關係到曲牌文句與樂句是否能緊密結合，尤其是曲牌與曲牌的銜接處，前曲曲牌末字與後曲曲牌首字，板位須銜接嚴密。因此，在這個例子中，沈璟以【一江風】板位的相近，尤其首句板位完全相同，取代亡佚的【怨別離】，也影響了後代曲譜對此集曲的解釋。

　　沈璟判斷集曲所用曲牌時，音樂已亡佚的曲牌，亦不妨用格律、板位相近的曲牌腔句取代。然而這樣的取代，沈璟很明確的指出必須「格律」及「板位」完全相同，句式相同但平仄或板位不同者，沈璟仍提出質疑。如【香歸羅袖】，此曲中三句《舊編南九宮譜》標示爲【皀羅袍】，經核對似【皀羅袍】八至末句，例曲詞爲「欲圖一覺，捱他寒更，陽臺爭奈夢難成」，沈璟標格律爲「（作平）平（作平）去，平平平平，平平平去去平平」，觀【皀羅袍】例曲「驚心樓上，噹噹曉鐘，無端畫角聲三弄」，格律標爲「平平平去，平平上平，平平去入平平去」〔註91〕，二者雖字數句法相同，然格律差異甚大，故沈璟認爲「中段三句亦不似【皀羅袍】，闕疑可也。」再如【刷子帶芙蓉】註云：「細考之，黛眉句亦當作【玉芙蓉】，但點板當在『懶』字頭及『畫』字下。〔註92〕」此曲《舊編南九宮譜》未收，沈璟未標新增，與本文第一節推論相符。此曲俗唱板位的安排未有記載，然沈璟於此提出，顯然當時俗唱板位已有錯置，因此例曲參照【玉芙蓉】末二句重新點板，並於書眉標註俗唱之誤。

　　以上是對蔣譜所收集曲的重新考訂。新增集曲的部份，沈璟詳考其所犯曲調，無法判斷者亦是採取存疑的態度，如「不知宮調及犯各調者」所收【四換頭】一曲，舉《荊釵記》之曲爲例，其書眉說明：「所犯四調，但知前四句

〔註90〕　清・徐大椿，《樂府傳聲》（收錄於《中國古典戲曲論著集成・七》，北京：中國戲劇出版社，1959年），頁181～182。

〔註91〕　〔明〕沈璟：《增定南九宮曲譜》（台北：學生書局，1984年8月）。【香歸羅袖】見頁147～148、【皀羅袍】見頁121。

〔註92〕　〔明〕沈璟：《增定南九宮曲譜》（台北：學生書局，1984年8月），頁193。

似爲【一封書】，其餘未敢妄訂。〔註93〕」再如仙呂過曲【甘州八犯】說明云：
「新增。此調雖有甘州二字，全不似八聲甘州，不知所犯何調，又按此記多
有不可解者，辜存之。〔註94〕」本曲選用例曲爲《寶劍記》第十一出〔註95〕，
全曲曲文如下：

> 說不得平生氣節，休論著蓋世豪傑，軍門擅入心無怯，要學那專諸
> 刺客，蹈襲著豫讓前轍，冤家路窄，合當漏泄，在誰行巧語周折

《九宮正始》、《九宮大成南北詞宮譜》均未收此曲；沈自晉《南詞新譜》收
錄此曲，但未將此曲作爲集曲，也未作任何相關說明；《南詞定律》收錄此
曲，訂此曲所犯各曲爲：【八聲甘州】首句、【泣顏回】二句、【風入松】三
句、【鶯踏花】三句、【沉醉東風】五句、【美中美】五句、【上馬踢】七句、
【喜還京】末，並註云「此曲所犯之【鶯踏花】即【桃紅菊】」〔註96〕，
吳梅《南北詞簡譜》承此說〔註97〕，同時認爲：「按此曲未免夾雜，犯調中
實不可法。一句一調，無曲不可勉強湊集矣。」所謂「夾雜」，係指此集曲
每句均犯不同曲調。若從集曲名來看，此曲與【八聲甘州】應有直接關係，
沈璟經過考訂卻謂「全不似八聲甘州」，與吳梅的解釋有出入，原因在於二
者對首句襯字的判定有關。《增定南九宮曲譜》收有四式【八聲甘州】，分別
有四字起格及其換頭、五字起格及其換頭〔註98〕。無論是四字起格、五字
起格或者換頭格，均與【甘州八犯】例曲首句七字有異。沈璟《增定南九宮
曲譜》襯字是以小字清楚標示的，此曲首句前三字於譜中並未標爲襯字，可
見沈璟因認爲此曲首句七字，與【八聲甘州】不符，《南詞定律》與《南北
詞簡譜》則因【八聲甘州】首句格式，將前三字訂爲襯字，若就格律來看，
首句後四字與【八聲甘州】四字起格格律相同，故將前三字定爲襯字似無不
妥，沈璟因襯字的判斷，未能判定此曲所犯曲牌。

　　面對考訂本調有疑義的情況，沈璟往往用「似」、「近似」、「不似」或「相
協」等詞，作爲集曲所用曲牌與原曲對比的「判斷詞」，而其判斷標準據上

〔註93〕〔明〕沈璟：《增定南九宮曲譜》（台北：學生書局，1984年8月），頁58。
〔註94〕〔明〕沈璟：《增定南九宮曲譜》（台北：學生書局，1984年8月），頁160。
〔註95〕《寶劍記》第十一出，《古本戲曲叢刊》初集六函。「休論著」原作作「休論
　　　　那」；「專諸」原作作「專朱」；「週折」原作作「周折」。
〔註96〕〔清〕呂士雄等編，《南詞定律》，（《續修四庫全書》1751、1752冊，上海：
　　　　上海古籍出版社，2002年），頁600。
〔註97〕吳梅：《南北詞簡譜》（台北：學海出版社，1997年5月），頁356。
〔註98〕吳梅：《南北詞簡譜》（台北：學海出版社，1997年5月），頁332～333。

述的比對分析，乃是曲牌句式與板位的相似度，由此可知，沈璟考訂集曲所用曲牌，有兩個重要的參照標準：格律相同及板位相同，只要這兩項吻合，便可作初步的判定，故只用較爲保留的態度用「似」或「近似」一詞，然而這樣的「相似度」僅可解讀爲沈璟個人的判斷，因此後代多有重新修訂沈璟判定的例子。從這裡可以看到一個訊息：無論是早期如《琵琶記》、《拜月亭》，或是接近沈璟其時的作品，集曲的創作與《舊編南九宮譜》的收錄同樣反映著與正曲混淆、未規範化的共同指向。

（二）平仄四聲的討論

沈璟對於平仄四聲的討論，主要觀點在於聲調與音樂旋律是否能搭配合宜，沈璟對平仄格律的過度計較曾被批評，然而此點本爲歷代曲家所重視，字音與旋律相捩，不僅歌者扣喉捩嗓，更使聽者不知本字，是曲牌的創作與訂譜首要避免的。然而，曲牌腔句並非一成不變，作爲曲牌特色腔之處，平仄當須講究以配合曲腔，非特色腔之處，腔句可隨字聲改定，四聲未必需要嚴格規定。因此沈璟的論述，有時也有過於崇古、忽略當時創作風氣之弊。如果單以集曲格律的判定來看，沈璟此處的說明，顯示其重視本調與集用摘句的關係，認爲作爲集曲摘句使用時，仍需依據本調，不可妄作。

以商調過曲【貓兒墜玉枝】爲例，其註云：「新增。損字改平聲，乃協」〔註99〕此調爲【貓兒墜】犯【玉交枝】，沈璟所指「損」字，爲【玉交枝】末三句，《增定南九宮曲譜》收【玉交枝】以《琵琶記》「別離休歎」爲例曲，末三句「北堂萱草時光短，又不知何日再圓，又不知何日再圓」，與【貓兒墜玉枝】末三句「只落背地長吁氣，瘦損呵情人那裡，瘦損呵黃花怎比」相較，顯然沈璟是將此集曲【玉交枝】的部份與原曲相較而有此一說，「不」字旁標「作平」，「損」字旁標「上」，可見沈璟認爲此字應作平聲。如以音樂旋律來看，【貓兒墜玉枝】未有曲譜保留，可參照【玉交枝】。【玉交枝】是常用曲牌，明清之際創作使用頗多，集成曲譜有二十三折戲，共使用此曲三十三次〔註100〕，單就此字平仄而言，王守泰認爲此字平仄不拘〔註101〕，

〔註99〕〔明〕沈璟：《增定南九宮曲譜》（台北：學生書局，1984年8月），頁598
〔註100〕王守泰，《崑曲曲牌與套式範例集‧南套》（上海：上海文藝出版社，1994年7月），頁693～694。謂《集成曲譜》使用此曲的折子有22折，遺漏《雙冠誥‧借貸》一折，故總共應爲23折。
〔註101〕王守泰，《崑曲曲牌與套式範例集‧南套》（上海：上海文藝出版社，1994年7月），頁696。

當時的創作大部分使用平聲字者，如《牡丹亭‧尋夢》用「方、答」、《占花魁‧湖樓》用「青、琶」、《醉菩提‧佛圓》用「間」、《浣紗記‧離國》用「不」（此處作平）；亦有使用仄聲字的例子，如《連環記‧拜月》用「用、賤」等，如與樂譜比較，〈拜月〉此字雖用仄聲，然為一板一眼曲，於此字處加一豁腔，對全句主要旋律影響不大。沈璟此說，顯然是以古為準，實際創作則未必硬性規定用平聲。

　　當然，上述關於平仄的說明，還包括了字聲與音樂旋律的結合是否美聽，這就關係到沈璟創作觀的問題。從上面例子同時可以得知，當時的實際創作所反映的現實面，不同於沈璟強調集曲所用曲牌格律需依循本調、此本調格律需以前輩名家所作為準的想法，可見當時的創作，實際考量的是語音及音樂是否符合，而非字斟句酌考量平仄四聲。然而，沈璟以文字與音樂的「協」為重點的想法，可謂將曲律推向精緻化、規範化的發展。

　　沈璟論平仄，還涉及時人所作與前輩名家用字之正誤。如仙呂入雙調過曲【五供養犯】註云：「此曲『此際』二字，俱用仄聲，方是【五供養】本調。若如前一曲『丈夫非無淚』，『夫』字平聲唱，不順矣。因《琵琶記》用夫字平聲，後人遂用平平平仄仄句法，如《浣紗》之『忠良應阻隔』，《明珠》之『便教肢體碎』皆然，殊誤。後學竟不思《琵琶》止借用一夫字，而非無二字俱用平聲，未嘗全拗也。是以作詞者不可不嚴，否則無用譜為矣，即如江兒水二曲『六十日夫妻恩情斷』一句，最得體而人皆不學，至於『眼巴巴望得關山遠』一句，乃落調敗筆，而後人競學之，故識曲聽其真，人所難也。〔註102〕」此處所謂的「此際」二字，正是【五供養】第七句首二字，沈璟認為此二字全唱平聲不順的原因，在於第三字因腔型之故必用平聲，若連用三個平聲字，不僅較不美聽，亦會造成字音與腔句的衝突，如上述「忠良應阻隔」句，出自《浣紗記‧離國》，《集成曲譜》收有此折，前三字工尺為「上四上」，「良」字陽平，在此腔句中聽來甚似上聲，此即沈璟所謂的「拗」〔註103〕，如欲顧及字音，腔句又嫌平直無變化，故沈璟認為此二

〔註102〕〔明〕沈璟：《增定南九宮曲譜》（台北：學生書局，1984年8月），頁706
〔註103〕吳梅，《曲學通論》（收入王衛民主編：《吳梅戲曲論文集》，北京：中國戲劇出版社，1983年6月），頁269。第四章〈平仄〉提到：「曲有宜於平者，而平有陰陽，有宜於仄者，而仄有上、去、入。乖其法曰拗嗓。」可見此處沈璟用「拗」字，不僅指其違反平仄規範，亦有不合平仄會造成演唱的問題。

字俱用平聲是「不順」的〔註104〕。

以上雖涉及沈璟的曲學觀，單就「集曲」來看，沈璟對集曲平仄四聲的詳細考訂，說明其相當重視集曲所集用的曲牌與原曲的關係。筆者認爲這樣的觀念，涉及到將集曲視爲「曲調創新之法」或者僅是「詞句／腔句的集結」，而這個問題，影響到如何理解明末至清初集曲的大量湧現。關於此點，本文第三節將有較完整的討論。

（三）關於「用韻」與「宮調」的討論

南戲至傳奇成型早期〔註105〕，劇本用韻多有混雜的現象，此現象在當時多有詳細的描述與批評〔註106〕。沈璟對於用韻是相當講究，沈寵綏認爲：「近來知用韻者漸多，則沈伯英之力不可誣也。〔註107〕」沈璟所尊韻書爲《中原音韻》，沈寵綏《度曲須知》謂：

> 又聞之詞隱生曰：國家《洪武正韻》，惟進御者規其結構，絕不爲塡
> 詞而作。至詞曲之於中州韻，猶方圓之必資規矩，雖甚明巧，誠莫
> 可叛焉。是詞隱所遵惟周韻，而正韻則其所不樂步趨者也。〔註108〕

南曲是否應宗《中原音韻》，是一個值得商榷的說法，因《中原音韻》並

〔註104〕關於連用平聲字的討論，沈寵綏《度曲須知》（收於《中國古典戲曲論著集成‧五》，北京：中國戲劇出版社，1959 年），頁 200，亦有提及。云：「若夫平聲自應平唱，不忌連腔，但腔連而轉得重濁，且即隨腔音之高低，而肖上去二聲之字，故出字後，轉腔時，須要唱得純細，亦或唱斷而後起腔，斯得之矣。」指的是平聲字雖可連用，但演唱時隨旋律起伏，或使字音聽似上去聲，因此演唱行腔須特別注意，以保持字音的正確。由此可知，平聲字的連用，必須在演唱時更加注意旋律與字音的關係，沈璟此處提出的，也正是相同的情況。

〔註105〕此處傳奇分期，參閱郭英德《明清傳奇綜錄》（石家莊：河北教育出版社，1997年）。

〔註106〕〔明〕徐復祚《曲論》，收於《中國古典戲曲論著集成‧四》（北京：中國戲劇出版社，1959 年）。《曲論》云：「至其自序《題紅》則曰『周德清《中原音韻》，元人用之甚嚴，自《拜月》、《伯喈》始決其藩。傳中惟齊微之於支思，先天之於寒山、桓歡，沿襲已久，聊復通用；庚青之於眞文，廉纖之於先天間借一二字偶用；他韻不敢混用一字。至北調諸曲，不敢借用，以北體更嚴，存古典刑也。』夫《琵琶》出韻，是誠有之，《拜月》何嘗出韻？且二傳佳處不學，獨學其出韻，此何說也？」除了說明《琵琶記》出韻的情況，亦點出時人妄學《琵琶記》用韻不嚴之弊。

〔註107〕《譚曲雜劄》，收於《南音三籟》卷首（台北：學生書局，1987 年），頁 31～32。

〔註108〕〔明〕沈寵綏《度曲須知》，收於《中國古典戲曲論著集成‧五》（北京：中國戲劇出版社，1959 年），頁 235。

無入聲，不符合南曲語音的情況，然沈璟這種主張，顯然是重視《中原音韻》韻部規範的嚴謹，甚至有將南曲往官話規範靠攏的傾向。以下討論沈璟所言用韻之「雜」所標韻部，皆參考《中原音韻》〔註109〕。

　　《增定南九宮曲譜》多有評論例曲用韻情況者，如南呂過曲【梁州新郎】下評：「如此佳詞，惜用韻太雜耳。〔註110〕」仙呂過曲【香歸羅袖】註云：「此曲用韻太雜，不足法也〔註111〕。」正宮過曲【雁來紅】與仙呂入雙調過曲【五供養犯】均註云：「用韻雜。〔註112〕」此處所謂的「雜」，與當時韻部的混淆有關。王驥德提到當時韻部旁入的情況：

> 獨南曲類多旁入他韻，如「支思」之於「齊微」、「魚模」；「魚模」之於「家麻」、「歌戈」、「車遮」；「真文」之於「庚青」、「侵尋」、或又之於「寒山」、「桓歡」、「先天」；「寒山」之於「桓歡」、「先天」、「監咸」、「廉纖」；或又甚而「東鐘」之於「庚青」，混無分別，不啻亂麻，令曲之道盡亡，而識者每為掩口。北劇每折只用一韻，南戲更韻，已非古法，至每韻復出入數韻而恬不知怪，抑何窘也。〔註113〕

沈璟此處所舉「用韻雜」的例子，正是這種韻部的混淆。譜中所舉的曲例，如【五供養犯】韻腳字：憐（先天）、全（先天）、顯（先天）、環（寒山）、然（先天）、管（桓歡）、限（寒山）、彈（寒山）、斷（桓歡）；【梁州新郎】韻腳字：院（先天）、斷（桓歡）、泉（先天）、展（先天）、閒（寒山）、眠（先天）、勸（先天）、宴（先天）、見（先天），此二曲韻腳出入「寒山」、「桓歡」、「先天」三韻部；【香歸羅袖】韻腳字：冷（庚青）、燼（真文）、昏（真文）、景（庚青）、枕（侵尋）、更（庚青）、成（庚青）、令（庚青）、心（侵尋）、甚（侵尋）、人（真文）出入「真文」、「庚青」、「侵尋」三韻部；【雁來紅】韻腳字：時（支思）、知（齊微）、貴（齊微）、子（支思）、期（齊微）、棄（齊微）、迷（齊微）、位（齊微）出入「支思」、「齊微」二韻部。沈璟一

〔註109〕沈璟論韻部有《南詞韻選》一書，韻部依《中原音韻》為準，故此處所標韻部依《中原音韻》。〔明〕沈璟著，鄭騫點校，《紅蕖記傳奇・南詞韻選十七卷》（台北：北海出版社，1971年）。

〔註110〕〔明〕沈璟：《增定南九宮曲譜》（台北：學生書局，1984年8月），頁364。

〔註111〕〔明〕沈璟：《增定南九宮曲譜》（台北：學生書局，1984年8月），頁147。

〔註112〕〔明〕沈璟：《增定南九宮曲譜》（台北：學生書局，1984年8月），頁231。

〔註113〕〔明〕王驥德《曲律・論韻第七》，收於《中國古典戲曲論著集成・四》（北京：中國戲劇出版社，1959年），頁110～111。

方面收錄這些曲子作爲例曲,一方面也提醒創作者不可學此用韻混雜的現象。

關於集曲的宮調歸屬,沈璟基本上認爲,應以所集曲牌首曲宮調爲準,南呂過曲【八寶粧】云:「起四句似【梧桐樹】,當入商調,姑仍舊。」此曲首四句原標爲南呂【羅江怨】,故收於南曲殆無疑義,只是沈璟懷疑首四句似商調【梧桐樹】,故提出於此。因此,集曲以所集曲牌首曲作爲宮調歸屬的準則,在《增定南九宮曲譜》中已明確提出。只是,沈譜中亦反有集曲未依此標準歸屬宮調,如【三換頭】雖列入南呂過曲,然所犯曲牌分屬越調〔註114〕、仙呂、商調,如依沈璟自述集曲宮調歸入原則,此曲應依【五韻美】歸入越調爲是,且全曲未集用南呂宮曲牌,收入南呂過曲,僅是依循《舊編南九宮譜》未加修改之故。另外一種未依首曲入宮調的情況是,如首曲未能確定爲哪個曲牌,沈璟將此曲收入此集曲第二支確定曲牌的宮調。如【雁過燈】收入中呂過曲,爲集【雁過沙】及【漁家燈】而成的集曲,此曲在《舊編南九宮譜》屬正宮,沈璟改入中呂,然《增定南九宮曲譜》中【雁過沙】歸入正宮,此曲卻收入中呂宮,乃因沈璟認爲此曲前段不似【雁過沙】,後半段則確定爲【漁家燈】,【漁家燈】屬中呂宮,故沈璟將此曲改入中呂。

除了宮調的歸屬問題,沈璟亦提到不同宮調曲牌犯調的情況。沈璟譜中所收集曲,不同宮調曲牌的犯調不少,除了涉及到宮調歸屬的問題以外,沈璟並未對此有特別的說明。然而,黃鐘過曲【啄木鸝】有這樣的註解:「又可入商調,新增。舊註云:『黃鐘不可居商調之前,恐前高後低也。』此調正犯此病,雖起於高則誠,愼不可學。〔註115〕」《舊編南九宮譜》未收此曲,所謂「黃鐘不可居商調之前」的說法,引用自《舊編南九宮譜》前附的《十三調南曲音節譜》〔註116〕。《十三調南曲音節譜》提到的「商黃調」一種,未有列舉曲牌名,僅有如以上引述的一段說明,可見所謂「商黃調」,並非「正式」

〔註114〕 【五韻美】一曲雖收入越調過曲,《增定南九宮曲譜》於「名同而音律不同者附列於後(各調可通用者不再列)」,列舉「越調過曲五韻美(在九宮)、雙調過曲五韻美(在九宮)」,於「雙調過曲」未收【五韻美】,越調【五韻美】則收有又一體二種,其中「意兒裡想」一曲牌名下注:「可入雙調」。見《增定南九宮曲譜》頁47、頁506～507。

〔註115〕 〔明〕沈璟:《增定南九宮曲譜》(台北:學生書局,1984年8月),頁469。

〔註116〕 《十三調南曲音節譜》,收於《舊編南九宮譜》(台北:學生書局,1984年8月),頁42。云:「此係合犯,乃商調黃鐘各半隻、或各一隻合成者皆是也,但不許黃鐘居商調之前,由無前高後低之理,古人無此式也。」

的宮調名，而是此類所收曲牌由商調與黃鐘相犯而成，故有此稱。此說亦被王驥德引用，其《曲律・論過搭第二十二》述及此譜說明的宮調出入情況，亦引用「商黃調以商調、黃鐘二調合成〔註117〕」。《南詞新譜》卷二十將「商黃調過曲」十四曲獨立分出，所收皆為犯商調與黃鐘之集曲，並有註云：「按十三調中有商黃調，乃商調黃鐘二調合成。方諸樂府中特標之，予茲另列已備其一體，及查墨憨齋亦然，因參訂其曲之合調者錄入，然必先商而後黃，乃不犯前高後低之病。〔註118〕」可見馮夢龍《墨憨齋詞譜》亦將此調單獨列出。然這些著作皆強調商調不可在前，恐犯前高後低之病的問題。商調與黃鐘宮相犯的集曲甚多，在《九宮大成南北詞宮譜》所收的九十七個商調集曲中，犯黃鐘的集曲共有十九個〔註119〕；四十四個黃鐘宮集曲中，犯商調的集曲有五個〔註120〕。前者商調在前，後者黃鐘在前。雖然前者數量較高，以比例來看，後者五曲亦不算低，且【啄木鸝】算是常用集曲，在現存折子戲的曲譜中，《集成曲譜》所收《琵琶記・廊會》、《焚香記・勾證》、《永團圓・逼離》、《與眾曲譜》所收《琵琶記・廊會》均收此曲，且附工尺可供查考。相比之下，商調在前的集曲，僅【集鶯花】收於《繪圖精選崑曲大全》的《天緣合・喬扮》與《呆中福・洞房》、【貓兒出隊】收於《集成曲譜》的《紅梨記・詠梨》，其餘均未見於折子戲曲譜，可見在實際使用上，黃鐘在商調之前並無不可、甚至傳唱還頗為流行的。那麼此處沈璟的引用有何意義呢？

　　筆者假設了幾種可能：一、有學者認為，管色相同是集曲便於結合的因

〔註117〕明・王驥德：《曲律》（收於《中國古典戲曲論著集成・四》，（北京：中國戲劇出版社，1959年），頁128。

〔註118〕〔明〕沈自晉，《南詞新譜》，頁709。

〔註119〕分別是：【攤破簇御林】（簇御林、啄木兒）、【御林花木集】（簇御林、啄木兒、四季花、集賢賓）、【御林出隊】（簇御林、出隊子）、【御林啄木】（簇御林、啄木兒）、【林間三巧音】（簇御林、啄木兒、畫眉序、黃鶯兒）、【二郎試畫眉】（二郎神、畫眉序）、【聚十八】、【集鶯花】（集賢賓、黃鶯兒、賞宮花）、【集賢降黃龍】（集賢賓、降黃龍）、【集賢聽畫眉】（集賢賓、畫眉序）、【鶯啼春色】（鶯啼序、絳都春序）、【啼鶯喚啄木】（鶯啼序、啄木兒）、【鶯啄花】（黃鶯兒、啄木兒、皂羅袍）、【黃鶯學畫眉】（黃鶯兒、畫眉序）、【公子簪花】（黃鶯兒、賞宮花）、【貓兒出隊】（琥珀貓兒墜、出隊子）、【貓兒趕畫眉】（琥珀貓兒墜、畫眉序）、【貓兒戲獅子】（琥珀貓兒墜、獅子序）、【貓兒出隊】（琥珀貓兒墜、出隊子、琥珀貓兒墜）。

〔註120〕分別是：【滴鶯兒】（滴溜子、黃鶯兒）、【滴溜皂鶯歌】（滴溜子、皂羅袍、黃鶯兒、排歌）、【出隊貓兒】（出隊子、琥珀貓兒墜）、【啄木鸝】（啄木兒、黃鶯兒）、【啄木賓】（啄木兒、集賢賓）。

素，若管色不同，亦可藉由統一管色達到所集曲牌的初步結合〔註121〕，此說基本認定宮調與管色的關聯。吳梅《顧曲麈談》認爲黃鐘宮用凡字調或六字調，商調用六字調〔註122〕，王季烈《螾廬曲談》謂黃鐘宮亦用凡字調或六字調，商調則用小工調、凡字調與六字調，二說略有不同，但並無明顯的高低區別〔註123〕，筆者亦曾就各折子戲曲譜進行宮調與管色的統計，發現此二宮調用凡字調與六字調皆較多〔註124〕，黃鐘即使用正工調者亦不少，但仍以小工、凡字、六字爲主，這兩個宮調在管色方面，未見明顯的高低區別，因此所謂黃鐘在商調之前「前高後低」的說法，並非指管色的銜接；二、武俊達謂集曲摘句與原曲牌的「保留因素」：「一是結音，兩句都保留了原曲句和讀的結音；二是曲式、字位大體保留；三是旋律主要骨幹音也都予以保留。」〔註125〕而結音的不同，會造成集曲集用曲牌的問題。楊蔭瀏統計曲譜中保留北雜劇折子曲牌的結音，其中商調多落在「五、四」，黃鐘同樣多落在「五、四」，然落在「上」者亦不少〔註126〕。至於南曲，筆者初步統計《九宮大成南北詞宮譜》所收黃鐘與商調正曲，黃鐘結音大部分落於「四」，亦有結於「上」和「尺」者，商調結音亦大部分落於「四」和「上」，結音的相同，或許說明了何以這兩個宮調結合的集曲多，但並未有黃鐘高於商調的情況；三、從宮調的樂理意義來解釋，商調爲「夷則商」，以夷則爲宮的商調式，黃鐘宮爲「無射宮」以無射爲宮的宮調式，黃鐘的主音無射較商調

〔註121〕 林佳儀，《《納書楹曲譜》研究──以《四夢全譜》爲核心》，國立政治大學博士論文，2009 年 7 月，頁 125～128。

〔註122〕 吳梅：《顧曲麈談》，（台灣商務印書館，1966 年臺一版），頁 8。

〔註123〕 王季烈：《螾廬曲談》卷二〈論作曲〉，收入《集成曲譜》聲集，卷一（上海：上海商務印書館，1921・04）。

〔註124〕 筆者檢索崑曲曲譜種：《過雲閣曲譜》、《六也曲譜》、《集成曲譜》、《繪圖精選崑曲大全》、《與眾曲譜》、《粟廬曲譜》、《振飛曲譜》各折管色標示（《納書楹曲譜》（正、續、外、補遺、四夢）眉批偶注管色，但標注不全，恐影響統計結果，故暫不採入；《繪圖精選崑曲大全》僅 47 折標註管色，此 47 折列入統計），其中商調用六字調者高達 330 次，用凡字調則有 88 次，偶有使用尺字調（55 次）及小工調（77 次）者；黃鐘宮用小工調（134 次）、凡字調（137 次）、六字調（159 次）較多，亦有用正工調者（119 次）。發表於 2006 年俗文學研討會，洪惟助、黃思超〈崑曲宮調與管色的關係〉，中央研究院歷史語言研究所主辦，2006 年 12 月 8 日。

〔註125〕 武俊達，《崑曲唱腔研究》（北京：人民音樂出版社，1987 年），頁 236。

〔註126〕 楊蔭瀏，《中國古代音樂史稿》（北京：人民音樂書版社，2003 年 9 月一版八刷），頁 582。

的主音夷則高一度，未知所指是否爲此，然而研究者一般認爲明中葉以降南北曲的宮調已不具有樂理上的意義〔註127〕，且當時的實際創作中，並未意識到商調與黃鐘的先後問題，因此多有黃鐘在商調之前的情況。筆者認爲，《增定南九宮曲譜》承繼《舊編南九宮譜》而來，由於《舊編南九宮譜》前附《十三調南曲音節譜》商黃調有這樣的說法，沈璟在黃鐘集曲【啄木鸝】特別引用標註，並因「黃鐘不可居商調之前」，認爲此曲可改入商調。然而在明末，「宮調」已無樂理上的意義，《十三調南曲音節譜》編纂於宮調尚有樂理意義的元中葉以前，沈璟僅是引用舊說，並不符合當時曲壇的現實情況。

（四）俗唱與誤刻的訂正

　　沈璟對集曲俗唱之訂正，與其重視曲律規範有相當密切的關聯。正如前文所提到，沈璟相當重視集曲所用曲牌與本調的關係，因此反對各種違反本調的情況，包括在俗唱中，產生不同與本調、甚至導致本調的混亂，也是沈璟嚴正批評的。如【刷子帶芙蓉】註云：「一名【汲煞尾】。此調後二句雖帶【玉芙蓉】，然第一句不似【刷子序】，恐又犯他調者。今人則又將『黛眉』句唱差矣。自此曲盛行，而世人遂不知【刷子序】本調，惡鄭聲之亂，雅樂有以哉。〔註128〕」所謂「惡鄭聲之亂」，係指俗唱流傳，反導致本調不明，可見在當時【刷子帶芙蓉】傳唱甚廣，使人不知此曲原犯的【刷子序】本調。

　　除了傳唱導致的本調不明，亦有因刊刻錯誤導致的誤唱，如雙調過曲【孝順兒】註云：「新增。向因坊本刻作【孝順歌】，人皆捩其腔以湊之，殊覺苦澀，今見近刻本改作【孝順兒】，乃暢然矣。」〔註129〕【孝順兒】與【孝順歌】是確實存在且差異甚大的兩個曲牌，前者是犯【江兒水】的集曲，後者則是一般過曲。二者差別在於第七句起，【孝順兒】犯【江兒水】四至八總

〔註127〕如楊蔭瀏《中國古代音樂史稿》（北京：人民音樂出版社，1981 年第一版，1990 年第三次印刷）頁 582～585。認爲「在調性上，既不代表有定而單一的調，也不代表有定而單一的調式：在表達上也並不限制某一宮調中的某些曲調，專做表達某類感情內容之用。它們只是依高低音域之不同，把許多適於在同一調中歌唱的曲調，作爲一類，放在一起。」武俊達：《崑曲唱腔研究》（北京：人民音樂出版社，1987），頁 76～79，認爲「古代把曲牌按照宮調來分類，原應以曲牌旋律的調式結構和曲牌旋律所用樂音的音區高低及音域的寬窄爲準，可是目前情況來看，並不是或並不完全是這樣。」同樣否定了南北曲宮調的樂理意義。

〔註128〕〔明〕沈璟：《增定南九宮曲譜》（台北：學生書局，1984 年 8 月），頁 192。

〔註129〕〔明〕沈璟：《增定南九宮曲譜》（台北：學生書局，1984 年 8 月），頁 636。

共五句二十四板，【孝順歌】僅三句十板，差別很大，舊刻本將【孝順兒】誤刻爲【孝順歌】，導致時人把【孝順兒】後五句原屬【江兒水】的腔句，硬套入【孝順歌】後三句，產生「掫其腔以湊之，殊覺苦澀」的情況。再如仙呂入雙調過曲【玉山供】：「『供』或作『頹』，非也。此調本【玉抱肚】、【五供養】合成，故名【玉山供】。自《香囊記》妄刻作【玉山頹】，使後人不惟不知【玉山供】之來歷，且不知【五供養】末後一句只當用七個字，凡見【五供養】後有用七字句者，反以爲犯【玉山頹】矣。今唱《香囊記》者，又將中間四個字的一句只點兩板，竟併【五供養】舊腔而失之，尤可恨可慨也，急改之。」〔註130〕這個例子除了誤刻，同樣也存在俗唱錯誤導致的本調不明。這段敘述中可以看到，《香囊記》誤刻【玉山供】爲【玉山頹】，造成因曲牌名之誤而無法分辨此曲犯【五供養】，同時也提出時人因此反誤解【五供養】本調。另外，四字句只點兩板，指的是此集曲第五句犯【五供養】第五句處，此句若依本調，應點三板，唱《香囊記》只點二版，沈璟認爲腔板的減少使得原【五供養】腔句特徵盡失，無法辨識。

從上面的敘述可知，沈璟對俗唱的訂正，主要是基於集曲的創作演唱與本調產生偏差。然而曲牌本處於可變動的狀態，尤其在明末沈璟曲譜編纂前後的這段時期，正是崑曲曲律尚在建立階段，不只集曲是變動中的，正曲也常有不同的體式產生，即曲牌「又一體」的存在。這種「又一體」正是南曲曲牌可變動的說明。俗唱所導致集曲的改變，可視爲集曲尚存在著生命力、未成爲文人文字遊戲的一種表徵。然而對沈璟來說，曲譜編纂的目的在於建立「規範」，這種不同於本調的偏差，與正待建立的「規範」牴觸，而這也正是沈璟極欲訂正的情況。

〔註130〕〔明〕沈璟：《增定南九宮曲譜》（台北：學生書局，1984 年 8 月），頁712。

第三章 「詳於古」與「備於今」
——順治年間兩種收錄觀點的曲譜

第一節 兩種觀點的提出與馮夢龍《詞譜》殘本集曲收錄

　　沈璟《增定南九宮曲譜》的編纂，正處於集曲大量創用的初期，沈璟編纂曲譜，所欲規正的創作亂象，正是因大量創作集曲，導致曲律的混亂。從沈璟曲譜的說明文字可以發現，當時集曲的創用，在存在著兩種不同的現象：其一、符合曲律的創作；其二、恣意妄爲違反曲律者，這樣兩種創作現象，從萬曆以至清代順治年間，一直都是並存的，即使沈璟試圖將集曲的創作規範化，透過本調的追索考證，訂定了集曲所犯曲牌必須以本調爲準的規範，意欲匡正曲律〔註1〕。不諳曲律的作家，在創作散曲與劇本時，集曲往往也成爲其自逞才華的工具，忽略了曲律規範或實際演唱的要求，以致於萬曆至康熙集曲數量增加迅速，僅是從曲譜收錄的數量來看，從萬曆年間沈璟所收集曲 189 首，順治年間成書的沈自晉《南詞新譜》收錄集曲共 438 首，再到康熙末年《南詞定律》收錄 572 首集曲（皆不含又一體），萬曆到康熙這段時間，顯然可視爲集曲創作的高峰期，在曲譜收曲數量上有相當明顯的反映。然而

〔註1〕 參見俞爲民，〈沈璟對崑曲曲體的律化〉，《東南大學學報（哲學社會科學版）》第十卷第六期（南京：東南大學學報（哲學社會科學版）編輯部，2008 年 11 月），頁 110～115。

值得提出的是，即使曲譜多以「合律」爲標準，收錄時人創作的大量集曲，同一時間也有曲譜編纂者持不同觀點，以追溯「古體正格」爲收曲理念，目的除了今昔對照、彰明曲律之變化外，在集曲的考訂方面，更可視爲集曲考方法的突破，解決不少難以考訂的集曲問題。以下論述兩種觀點的差異，並論述成書較早的馮夢龍《墨憨齋詞譜》殘本集曲收錄的情況，及其對《南詞新譜》集曲考訂的影響。

一、觀點的提出

明末到清初、大約是天啓到順治這段時間，出現了兩種不同的曲譜收曲觀點，觀點的揭示，首見於沈自晉〈重訂南詞全譜凡例續記〉，云：

> 大抵馮則詳於古而忽於今，予則備於今而略於古。考古者謂不如是
> 則法不備，無以盡其旨而析其疑；從今者謂不如是則調不傳，無以
> 通其變而廣其教。兩人意不相若，實相濟以有成也。〔註2〕

沈自晉所本「備於今」的觀點，大量收錄合於曲律的通行時曲，著重曲譜「調傳」與「通變」的功能，換言之，是著重保留曲牌今日之面貌，以達到流通傳唱、適應聽者的目的；至於文中所謂馮夢龍「詳於古」的主張，則是強調「法備」與「析疑」，「法」即曲牌「原本」的體式規範，能夠追溯曲牌原貌、訂定格律之正誤，並藉以解決後代曲牌無法解決的困難，是這種編纂觀念的重要價值。二者雖有古今之別，導致所收曲牌與論點的差異，但從沈自晉的敘述來看，觀點不同的兩種曲譜，實是互補，而非對立的。

明清之際，因應這兩種編纂觀念，曲譜的編纂出現不同的取向，一是沈自晉以「備於今」的觀點編纂的《南詞新譜》，以時調新曲增補沈璟《增定南九宮曲譜》，保留大量當時未刊刻的散曲及傳奇作品；一則是對《南詞新譜》影響甚鉅的馮夢龍《墨憨齋詞譜》以及徐于室、鈕少雅的《南曲九宮正始》，以「遵古」的觀念處理元代至明初作品，以之爲曲譜編纂的材料，並訂正時人創作及曲譜的錯誤。就集曲的收錄來看，態度的不同，除了收錄的曲牌略有不同，也產生了考訂的的差異，同一集曲，因所依據的版本及本調正格的不同，對襯字、句數也有不同的判斷，從而影響集曲的考訂。

《南詞新譜》大量收錄沈璟《增定南九宮曲譜》以降傳奇、散曲中新創的曲牌，這些曲牌大部分是集曲。兩種不同的概念，使得曲牌收錄考訂的差

〔註2〕〔明〕沈自晉：《南詞新譜》（台北：學生書局，1984年），頁42～43。

異。大體言之，《南詞新譜》除了曲譜本身建立曲律規範的目的外，還具有蒐羅新創曲牌、反映明末清初曲壇現況的作用。至於沈自晉文中談到的馮夢龍《墨憨齋詞譜》，今已不傳，錢南揚〈馮夢龍墨憨齋詞譜輯佚〉〔註 3〕從《南詞新譜》、《太霞新奏》等著作中整理馮夢龍曲譜佚曲，這些曲牌例曲的出處，多有出自早期南戲作品，周維培因此認爲所謂的「詳於古」，即是這種「蒐錄舊本古曲爲正格」的想法〔註 4〕。

　　當代學者對《詞譜》、《正始》這種「遵古」的做法，多持以肯定的態度，認爲《正始》不僅態度嚴謹，仔細考訂曲源，且能注意到時曲之變〔註 5〕，尤其《正始》依據宋元南戲曲文，訂正沈璟一派曲譜的做法，受到研究者的重視，也由此重新檢視了沈璟及沈自晉曲譜中，未考舊本、收錄今樂所致考訂失當的問題，然而貶低了《新譜》一派、收錄時曲曲譜的價值者亦有之，如錢南揚〈馮夢龍墨憨齋詞譜輯佚〉云：

> 沈氏（自晉）偏要略古，實在不知沈璟譜錯誤在何處，所以在他的〈凡例〉中，一則曰「尊舊式」，再則曰「稟先程」，三則曰「重原詞」，表現得十分保守；偏要備今，於是收羅了沈氏一門，及親戚、朋友三四十人的作品加入沈璟譜，這些大多是無名小卒，所做難免無誤。如沈璟譜卷四引《張協狀元》【醉太平】「明日恁的」一曲，憑空把它分成兩支，目爲【小醉太平】，然曲牌名未改，到了沈自晉手裡，就悍然把它改爲【小醉太平】了。所謂『小』者，是說它不過【醉太平】的支流餘裔，一變再變者。殊不知《張協》乃戲文初期作品，不說是【醉太平】的祖調，而反以小目之，豈非本末倒置？尤可笑者，沈自晉在其下面又收了他從弟自繼的一支【太平小醉】，就是說【醉太平】犯【小醉太平】，簡直是夢囈。〔註 6〕

〔註 3〕　錢南揚：〈馮夢龍墨憨齋詞譜輯佚〉，收入《漢上宦文存》（北京：中華書局，2009 年 11 月），頁 28～57。

〔註 4〕　周維培：《曲譜研究》（南京：江蘇古籍出版社，1999 年 9 月），頁 132。

〔註 5〕　如俞爲民：〈南曲譜的沿革與流變〉，《曲體研究》（北京：中華書局，2005 年 6 月），頁 361～368。再如曹文姬：〈《南曲九宮正始》對正、變體格式的認識〉，《中華戲曲》（北京：文化藝術出版社，2002 年），頁 242～258，此文比對了曲牌在劇作實際使用的流變，以及曲譜觀點所產生收錄的差異，從而論證《正始》以舊本爲正格、時作爲變格的判定方式。

〔註 6〕　錢南揚：〈馮夢龍墨憨齋詞譜輯佚〉，《漢上宦文存》（北京：中華書局，2009 年 11 月），頁 29。

　　認爲《正始》的編纂態度嚴謹，以此批評《新譜》是錯錄，以後代研究者的角度來看，曲譜的收錄畢竟有其觀點差異，客觀而言，此差異不涉及是非對錯，因此如引文所述【醉太平】之例，實可以不同層面切入觀察，明清之際曲牌用法已有所改變，曲牌的縮減並非少見，《新譜》由時人之用呈現格式的差異，《正始》則透過元譜的考訂告訴時人舊的規律該是如何，二者觀點不同，也體現出不同的實用價值，而這也是本文意欲探討的重要問題。

二、《墨憨齋詞譜》「詳古」觀點與集曲的收錄考訂

　　《墨憨齋詞譜》今已不傳，然可由錢南揚〈馮夢龍墨憨齋詞譜輯佚〉得知其部份樣貌。錢南揚所集，乃是從《南詞新譜》中，整理提及馮夢龍意見者，爲列曲的綱目，並參酌《太霞新奏》爲旁證。雖不能反映《墨憨齋詞譜》原貌，卻可藉以一窺馮夢龍收曲與考訂觀點。

　　沈自晉稱馮夢龍爲「詳於古而忽於今」、「豈獨酣沉於古，而未遑論寄興於今耶？抑何輕置名流也。〔註7〕」以古曲爲例、未顧時人之作，是沈自晉對《墨憨齋詞譜》的批評，這種編纂曲譜態度，與《新譜》是完全相反的。周維培認爲此本之「詳古」，在於例曲多引自舊本南戲〔註8〕，細核〈馮夢龍墨憨齋詞譜輯佚〉，此譜所輯的曲牌，由於從徐于室、鈕少雅，獲得的部分古本，直接反映在曲譜編纂上，例曲出自舊本南戲者不少，但與徐于室、鈕少雅編纂《正始》更爲「精選」的觀點相較，整體架構——如宮調系統，仍沿襲自沈璟一派〔註9〕，而與《正始》區分「九宮」與「十三調」強調復古的宮調系統不同〔註10〕，所見殘稿亦偶有選自明中葉以後作品者〔註11〕。由此可見，

〔註7〕 沈自晉：〈重定南詞全譜凡例續紀〉，〔明〕沈自晉：《南詞新譜》（台北：學生書局，1984年），頁42～43。

〔註8〕 周維培：《曲譜研究》（南京：江蘇古籍出版社，1999年9月），頁132～133。

〔註9〕 除「商黃調」一種，爲馮夢龍根據《十三調南曲音節譜》補列於商調之後，餘者皆同。「商黃調」的補列，對沈自晉《南詞新譜》增列「商黃調」一種有所影響，《新譜》於「商黃調過曲」下註云：「按十三調中，有商黃調，乃商調、黃鐘二調合成，方諸樂府中特標之，予茲另列以備一格，及查墨憨齋稿亦然，因參訂其曲之合調者錄入。」

〔註10〕 或謂「九宮」與「十三調」分譜，以傳爲唐代古譜《骷髏格》及元人《九宮十三調詞譜》兩書爲基礎，見周維培《曲譜研究》（南京：江蘇古籍出版社，1999年9月），頁155。

〔註11〕 沈自晉〈重定南詞全譜凡例續紀〉云《墨憨齋詞譜》所錄例曲出處：「自荊劉拜殺，迄元劇古曲若干，無不旁引而曲證。及所收新傳奇，止於手筆《萬事

即使被稱爲「詳於古而忽於今」，此譜並未如《正始》全以舊本南戲爲收錄材料，也並不完全持「以古爲準」的觀點，否定時人作品的收錄價值，而是偶有收錄時作，並運用可見的古本材料，修正沈璟曲譜明顯的錯誤觀點或存疑的曲牌問題，藉此對集曲有不同的考訂。

對於沈璟曲譜中未能考訂的集曲，馮夢龍往往從舊本南戲中，獲得解決問題的關鍵。首先舉商調【水紅花犯】爲例，此曲《增定南九宮曲譜》以梁辰魚散曲爲例曲，註云「不知犯何調，再考之。〔註12〕」《新譜》因襲此說，然於頁眉註：「馮以首三句註作【梧葉兒】，云與《牧羊記》句法同。」雖於例曲中未採用馮夢龍所考，仍將此說錄於書中以備參考，《增定》、《新譜》所收【梧葉兒】例曲出自《荊釵記》，首三句爲「三〇三〇六〇」句法，與【水紅花犯】首三句「六〇六〇六〇」句法相差甚遠，馮夢龍因見舊本《牧羊記》（即南戲《蘇武》〔註13〕）之【梧葉兒】首三句句法相同，故考首段所犯爲《牧羊記》之【梧葉兒】。此曲《正始》名【葉兒紅】，例曲同，考訂首段【梧葉兒】出自《蘇武》，可見舊本南戲《蘇武》之【梧葉兒】此格與二沈譜中《荊釵記》一格有所不同，即使這樣的考訂未爲《新譜》所接受，馮夢龍因見舊本得之考訂沈璟未考之集曲，確實是一種方法的突破。

再如【二犯五更轉】，此曲《增定》註云：「前五句似犯【香徧滿】，末後二句似犯【賀新郎】後六個字，此二調余自查出，未敢明註也。〔註14〕」沈璟於此未敢確定，故於例曲中除中段【五更轉】明確可標，其餘二調僅以「〇」斷開，未標明所犯曲牌，《新譜》引用〈墨憨齋詞譜〉，註此曲馮譜作【香繞五更】，前、後二段俱犯【香徧滿】，並註云：「原註前五句似犯【香徧滿】，後二句似犯【賀新郎】，而《琵琶》考註，以『憑』字平聲，與『幾

足》，並袁作《眞珠衫》、李作《永團圓》幾曲而已，餘無論諸家種種新裁，即玉茗、博山傳奇、方諸樂府，竟一詞未及。」然觀錢南揚〈馮夢龍墨憨齋詞譜輯佚〉所確切列出馮譜收錄之例曲，出自明代以後諸作者並不僅上述三種，如姚茂良《雙忠記》之【香轉雲】、李開先《寶劍記》之【甘州八犯】、王驥德《題紅記》之【石榴兩紅燈】、梁辰魚散曲【水紅花犯】、沈璟《十孝記》之【金風曲】又一體等諸曲，從錢南揚引文判斷，例曲均出自明代以後諸作曲牌，故可見不僅上述三作，明代以後作品亦偶有錄於譜中。

〔註12〕〔明〕沈璟：《增定南九宮曲譜》（台北：學生書局，1984年8月），頁568。
〔註13〕劉念茲：《南戲新證》（北京：中華書局，1986年11月），頁66。考《蘇武》爲「宋元南戲劇目」，註云：「《南詞敘錄》著錄，存。」
〔註14〕〔明〕沈璟：《增定南九宮曲譜》（台北：學生書局，1984年8月），頁416。

人見』句法欠協，今查馮註，以『漫自苦』二句，正與《琵琶記》『也只爲槽糠婦』二句相對，則末二句亦係【香徧滿】無疑，從之。〔註15〕」《增定》【賀新郎】例曲出自《分鏡記》，末六字「歡宴也，慶重午」，與【二犯五更轉】的「漫自苦，憑誰告」，「慶」與「憑」字平仄不同，至於以散曲爲例的【香徧滿】末三字「空自省」平仄俱合，而二曲差異板位略有差異，【賀新郎】於前句「也」字點板，同字位【香徧滿】未點板，若僅就此處例曲的平仄來看，犯【香徧滿】顯然是更爲貼切的，然沈璟之說，顯然有板位的考量，因【二犯五更轉】於「苦」字點一板，與【賀新郎】即使某字平仄不同，板位卻相同，馮夢龍〈墨憨齋詞譜〉於此二調並不以《分鏡記》或散曲爲例，直接以《琵琶記》曲牌爲例曲，說明其依據來源的差異，且由平仄直接判斷，將此曲末段定爲犯【香徧滿】，此種依循元譜的犯調判斷，與《正始》所考相同，也直接影響沈自晉《新譜》對此曲的考訂。

　　另有與《增定》考訂不同者，以馮譜【漁家傲犯】爲例，此曲《增定》名爲【漁家傲】，非集曲，正格以《荊釵記》爲例曲，並列又一體二種，分別以《李勉》、《拜月亭》爲例曲；《新譜》【漁家傲】則以《拜月亭》之曲爲正格、《李勉》爲變格，並將《荊釵記》一曲改爲【漁家傲犯】，註「新改定，犯正宮」，云「原本云『知他是怎』，作【漁家傲】正格，今從馮稿去「他」字，作犯【雁過聲】，因《荊釵記》次曲云：這情由有甚的難詳審，不投下佳音回計音，亦是七字二句，其爲犯調亦明矣。〔註16〕」《增定》考【漁家傲】正格的《荊釵記》例曲，爲「四●四○七○」句式，然板位與變格二種不同：

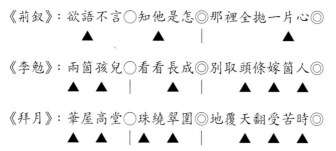

後二曲差異，僅在第二句首字有無點板，其餘板位均同，而即使考《荊釵》一曲句式相同，板位卻相差甚遠，故沈璟自謂「【漁家傲】一調最難查訂，

〔註15〕　〔清〕沈自晉：《南詞新譜》（台北：學生書局，1984年8月），頁477～478。
〔註16〕　〔清〕沈自晉：《南詞新譜》（台北：學生書局，1984年8月），頁336～337。

今始得之。〔註17〕」稱此曲難考，推測沈璟見諸作中此曲均標【漁家傲】而體格有所不同，尤其末三句不僅板位差異甚大，平仄四聲亦有別，雖將這種情況視為正、變格之別，然云「難查訂」，可見即使如此判定，仍於心不安。後譜於此皆有不同考訂，馮夢龍改此曲為【漁家傲犯】，將「知他是怎」的「他」字定為襯字，變「四●四〇」二句為「四三」的七字一句，訂為【雁過聲】末二句，《新譜》依馮夢龍之說改此例曲為【漁家傲犯】，並列《臥冰記》例曲為又一體。馮夢龍如此考訂的原因，應是受舊本《王十朋》的影響，《正始》於【漁家雁】曲後註云：「詞隱先生所見諸本未必是善本也，……古本《荊釵記》不曰《荊釵》，直云《王十朋》，且此皆音折之全套詞調，皆與今時本大不相同……更且又以『欲言』句改作『欲語不言，知他是怎』，強合時本《拜月亭》之『華屋高堂，珠繞翠圍』，豈知古本《拜月亭》此二句何嘗是兩四字句法。〔註18〕」沈璟以明代刊本為準、未見古本於末二句斷句與句式，因而產生誤解，而馮夢龍對此重作的考訂，與《正始》所見相同，因此對【漁家傲犯】所作的修改，實因得見舊本南戲之故，且觀【雁過聲】末二句點板與上述【漁家傲】末段相差甚遠，而沈璟即使以《荊釵記》為【漁家傲】正格，所點的板位卻與【雁過聲】相近，尤其「欲語不言知是怎」一句，板位完全相同，此處與【雁過聲】存在的相似性，則從另一側面說明了「點板」與「曲牌定式」地密切關聯。透過上述的比較，可知馮夢龍在考訂集曲時，往往透過早期版本修正時譜之誤，這種考訂方法，與《正始》是相同的。

從錢南揚輯錄的《詞譜》殘本，可以看出所謂的「詳古」，並非只是引用舊本南戲為例曲，就集曲而言，運用舊曲材料，解決曲牌考訂的問題，對《南詞新譜》的集曲考訂有很大的影響，這樣的做法，可以在《正始》中看到更完整且深入的發揮，馮夢龍依據舊本南戲所重新考訂的曲牌，與《正始》的考訂結果類似，是相當值得重視的一點。

三、馮夢龍《詞譜》對沈自晉《南詞新譜》集曲考訂的影響

即使觀點不同，沈自晉《南詞新譜》仍受到馮夢龍的影響。《南詞新譜》集曲的說明文字，引述馮夢龍觀點、或參照《詞譜》新收或刪曲的例子共有

〔註17〕 〔明〕沈璟：《增定南九宮曲譜》（台北：學生書局，1984年8月），頁296～298。

〔註18〕 〔清〕徐于室、鈕少雅：《南曲九宮正始》（台北：學生書局，1984年8月），頁448。

36 條〔註 19〕，以《南詞新譜》極爲重視沈璟、不敢妄加改動的前提，譜中參酌馮夢龍意見更改例曲、重訂例曲正襯、甚至刪曲的情況皆有之，足見馮譜對沈自晉《南詞新譜》的編纂有相當顯著的影響。

馮夢龍的意見，對於沈自晉考訂沈璟未解的集曲，往往有很大的助益，特別是針對沈璟未解之集曲，因沈自晉參酌馮夢龍依據古本格律的考訂意見，解決部分沈璟曲譜中「未查」、「未明」的情況，是馮夢龍對沈自晉最大的影響。《南詞新譜》直接引用馮夢龍意見者，例如商調【鶯花皀】，註云：「原註中段未查，今從馮稿註明改板。」〔註 20〕原註所指即沈璟的說明文字，沈璟原只考訂首、末段所犯曲牌，譜中僅於「悄難憑○未分明」分段〔註 21〕，沈自晉參酌馮夢龍意見，除了考訂出中段所犯二調外，亦改訂中二段沈璟原點之板位，使其符合考訂結果。

除了解決未解的集曲問題，沈自晉尚參酌馮夢龍意見，訂正沈璟考訂不完全正確的現象。如仙呂入雙調【二犯江兒水】，注云：「今按此曲『捱過今宵』三句，原不似【柳搖金】，而末段亦不似【五馬江兒水】，乃從馮改明，庶幾合調耳。」〔註 22〕《增定南九宮曲譜》中沈璟對【二犯江兒水】的說明文字頗值得推敲，因爲除了犯曲首段爲肯定句外，其餘皆用「似」作判斷詞〔註 23〕，可見沈璟亦未能完全確定本調爲何，沈自晉參酌馮夢龍的意見，反思沈璟的考訂結果，將此曲訂正爲犯【五馬江兒水】、【金字令】與【朝天歌】，可見沈自晉在尊重沈璟原譜的原則下，仍一一思考、訂正沈璟考訂的正誤。

解決沈璟未解之集曲問題，有時還涉及曲名的更動，如南呂【五更香】註云：「原名【五更轉犯】。前半是【五更轉】本調，後本原未查明，今從馮作【香柳娘】末段，將下邊「顯現」二字作襯，亦可，但嫌「現」字不協韻耳。」〔註 24〕可見依循馮夢龍的集曲考訂，仍有字句略有不合的情況，故以改訂正襯以就新調，並改曲名爲【五更香】。再如正宮【普天樂犯】註云：

　　新查註，犯中呂，亦名【樂顏回】。後四句原本未查，今從馮云犯【泣

〔註 19〕 此數字爲筆者一一檢索《南詞新譜》集曲說明文字統計，凡說明文字引述如
　　　　「馮云」、「馮補」……等字樣者，皆是受馮夢龍觀點之影響，對增補沈璟曲
　　　　譜所作的補充。
〔註 20〕 〔清〕沈自晉：《南詞新譜》（台北：學生書局，1984 年 8 月），頁 686～687。
〔註 21〕 〔清〕沈自晉：《南詞新譜》（台北：學生書局，1984 年 8 月），頁 590～591。
〔註 22〕 〔清〕沈自晉：《南詞新譜》（台北：學生書局，1984 年 8 月），頁 767～768。
〔註 23〕 〔清〕沈自晉：《南詞新譜》（台北：學生書局，1984 年 8 月），頁 648。
〔註 24〕 〔清〕沈自晉：《南詞新譜》（台北：學生書局，1984 年 8 月），頁 477。

顏回】無疑，但鵬字上缺一字，乃文人失手點簡耳。予謂廊字改仄
聲乃協，第五句及末句俱少一字。〔註25〕

沈璟原僅知首段所犯爲【普天樂】，未知末四句爲何，例曲中亦僅以「○」
分段〔註26〕，沈自晉從馮夢龍意見，考訂後四句所犯爲【泣顏回】，並注意
到第六句「鵬程萬里終須到」尚缺一字，此句爲【泣顏回】第六句，二沈皆
舉散曲「東野翠煙消」爲例曲，原句應爲「問東君肯與春多少」〔註27〕，集
曲中僅爲七字句，沈自晉認爲乃是作者遺漏，並指出若依據這樣的考訂，則
第五句與末句均少一字的問題。從這個現象來看，即使解決沈璟未解之集曲
問題，譜中例曲未換導致與考訂結果仍有不合的情況，是值得深思的。這樣
的現象，說明了一種可能性：作【普天樂犯】時，曲牌面貌仍是與沈璟所訂
相同，故未改譜中例曲，而此與一般創作的格律有所差異，故產生考訂與創
作不合的情況。在【普天樂犯】這個例子中，明傳奇可見的格式有以下幾種：
〔註28〕

例如張鳳翼《灌園記》第 30 齣〈合后迎婚〉所用【普天樂犯】：

改新妝●輕衫換◎聽鳴鶯●和清管◎赴漁軒●赴漁軒●暫別慈顏◎
計歸寧須詠葛◎宮人魚貫◎樊姬入楚須達善◎看飛瓊巳伴驂鸞◎嘆
臨歧執手盤桓◎

再如許自昌《節俠記》第 9 齣〈送別〉所用【普天樂犯】：

柳絲垂、牽愁緒◎馬聲驕、嘶長路◎頌黃臺●反正乘與◎賦離騷放
逐湘纍◎飄零何處◎一生忠膽能爲祟◎鳳朝陽孤鶩齊飛◎只恨鷹隼
張威◎

張鳳翼《祝髮記》第 25 齣：

響金鐃、催前哨◎奏胡笳、清商調◎凱歌齊●山谷傳樂◎靖狼煙蟻
穴蜂巢◎誇齊威趙◎中原計日都清掃◎算并吞混一何難◎定有歌舞
蕭韶◎

西湖主人《靈犀錦》第 30 齣〈砥節〉：

辭賊壘、忙歸候◎三分話、難全剖◎剛烈性●一死寧休◎豈肯做逐
浪浮鷗◎退居左右◎共誅弒逆立魏後◎大丈夫順逆當衡◎好教竹帛

〔註25〕〔清〕沈自晉：《南詞新譜》（台北：學生書局，1984 年 8 月），頁 232～233。
〔註26〕〔清〕沈自晉：《南詞新譜》（台北：學生書局，1984 年 8 月），頁 201。
〔註27〕〔清〕沈自晉：《南詞新譜》（台北：學生書局，1984 年 8 月），頁 273～274。
〔註28〕以下傳奇引文，均出自《古本戲曲叢刊》，詳見參考書目。

名裒◎

馬佶人《荷花蕩》第3齣：

恨塡胸、霜侵鬢◎燈窗苦、都歷盡◎到頭來●端老儒巾◎至死怨氣

難伸◎帝心垂憫◎逍遙不受輪迴涸◎蒙宣召即便趨承◎趁仙風早到

彤庭◎

沈自晉文中第五句即【普天樂】第五句，末句即【泣顏回】末句，此二
句皆應是「三四」句法的七字句，但從【普天樂犯】的創作習慣來看，以上
所舉各例，在第五句的部分，《節俠》、《祝髮》、《靈犀錦》皆作此式，而《灌
園》、《荷花蕩》仍作六字句，句式各有不同；至於末句，《灌園》、《荷花蕩》
作此式，其餘三例則作「二二二」句法的六字句，至於沈自晉文中提到「文
人失手點簡」的第七句，則皆作「二二三」的七字句，全與【泣顏回】八字
該句不同。由此可知，【普天樂犯】一般習作的格律形式，即使沈自晉能夠參
酌馮夢龍意見，提出根據考訂而有缺漏字的情況，卻與一般創作並不完全吻
合。這顯示了對集曲而言，上述【五更香】引文中所謂的「合調」，與格律規
範中存在著可供騰挪的空間，即使考訂確立本調，並由此訂定每句格律句法
的正格，創作與演唱習慣仍保留於實際創作之中，而在不致對本調腔句有過
於不合的情況下，實際創作仍可見有所增減的情況。

偶有因考訂結果的不同，馮夢龍對例曲正襯、字音有所改訂，以求符合
本調格律。例如前段引用的【五更香】，在判定後段所犯爲【香柳娘】後，亦
將「顯現」二字由正改襯，這樣的改訂結果爲沈自晉所接受，反映在《南詞
新譜》上。當然，沈自晉對馮夢龍的意見也並非照單全收，例如正宮【刷子
帶芙蓉】註云：

按此曲「黛眉懶畫」四字，馮猶龍欲將「眉」字當一襯字，作三字
一句，而仍作【刷子序】本腔，然與「歎古今」三字句法亦未合。
不若從先詞隱原作【玉芙蓉】腔板爲妥。若云：此套下三曲，皆止
帶一句【玉芙蓉】，何獨首曲多此一句？愚意下曲，如【山漁燈】
內「愛風流俊雅」、【普天樂】內「奈心事轉加」、【朱奴兒】內「托
香腮悶加」，亦皆可作【玉芙蓉】，但前人成法既然，不必輕改耳。

〔註29〕

此曲《南詞新譜》、《九宮正始》因觀點的不同，而有不同的考訂結果，

〔註29〕　〔清〕沈自晉：《南詞新譜》（台北：學生書局，1984年8月），頁222～223。

在本文第二、三節分別論《南詞新譜》、《九宮正始》時一併討論。此處重點在於，即使馮夢龍爲求符合本調改訂正襯，說法是否合理，仍是沈自晉考量的重點。此處所謂「黛眉懶畫」一句，疑似犯用【玉芙蓉】第八句，然與【玉芙蓉】本調第八句「怨不沾寸錄」不同〔註30〕，故馮夢龍將此句改爲三字句，以求合【刷子序】第九句的三字句，沈自晉此處所謂的「句法未合」，應不只是指文字上的句法，尚有馮夢龍將「眉」字定襯作爲【刷子序】第九句後，板位仍有不合的情況。因此不從馮改，仍從沈璟將此句定爲【玉芙蓉】。

　　本節討論明清之際曲譜觀點的差異，並討論年代較早的馮夢龍《墨憨齋詞譜》殘本，說明其「詳於古」觀點如何影響集曲的考訂。同時論述馮夢龍對沈自晉《南詞新譜》考訂的影響。沈自晉認爲二種觀點可以互補的情況，體現於譜中，主要便是參酌馮夢龍之意見所作的集曲補充與訂正。本文認爲，觀點的差異，並不是優劣的區別，在《南詞新譜》與《南曲九宮正始》中，即使各有側重，仍不免互相取法，畢竟「詳古精選」對曲牌原貌的挖掘梳理，與「收錄新曲」著重曲牌流行的原貌，二者的參照，正可凸顯曲牌的歷程變化，對於當時的唱演創作與今日的研究都是不可或缺的。

第二節　「備於今」的做法與價值
——沈自晉《南詞新譜》集曲增訂論析

　　沈自晉，字伯明、長康，號西來，晚署鞠通生。《南詞新譜》成書於順治年間，其編纂理念在於廣收時曲，以明曲牌通行創作演唱之現況。當代針對《南詞新譜》的專題研究，多於敘述明清兩代曲譜流變時兼而提及，甚至有未及論述此譜者，如俞爲民《曲體研究》有〈南曲譜的沿革與流變〉一文，在論述蔣孝、沈璟曲譜之後，接著論述《九宮正始》與《九宮大成》，認爲此二譜在南曲譜中「成就最高，從不同的角度，集南曲譜之大成，繼沈（璟）譜以後，把南曲譜的編纂發展到了一個新的高度。〔註31〕」忽略了《南詞新譜》增補沈璟曲譜所反映時曲之貢獻。周維培《曲譜研究》所論最爲詳細，提出《南詞新譜》對沈璟曲譜的增補集其歷史價值，並概略考索《南詞新譜》卷首〈古今入譜詞曲傳劇總目〉所列之曲牌來源，〔註32〕。本文詳考《南詞

〔註30〕〔清〕沈頲：《增定南九宮曲譜》（台北：學生書局，1984 年 8 月），頁 190。
〔註31〕俞爲民：《曲體研究》（北京：中華書局，2005 年 6 月），頁 361。
〔註32〕周維培：《曲譜研究》（南京：江蘇古集出版社，1999 年 9 月），頁 133～142。

新譜》的集曲收錄，比較此譜對《增定南九宮曲譜》的增補及修訂，試圖從實際的例證，探討《南詞新譜》中曲牌收錄的具體情況，以及其中所反映曲律的演變。

一、《南詞新譜》的集曲新增

《南詞新譜》原名《廣輯詞隱先生增定南九宮曲譜南九宮十三調詞譜》，其編纂的出發點，在於補充沈璟《增定南九宮曲譜》以降曲牌的大量創作，亦即在《增定南九宮曲譜》的基礎上，增輯大量的新曲牌。《南詞新譜》收錄的集曲共 438 種（不含又一體），較沈璟《增定南九宮曲譜》增加了 274 首集曲，含又一體共 302 種體式，反映了萬曆到順治年間集曲大量創作的現象。沈自晉收曲以「備於今」爲原則，但並非所有新創集曲均收錄其中，〈重訂南詞全譜凡例〉有「採新聲」一項三條，說明了沈自晉收錄「新聲」（即集曲）的重要原則，引述重點如下：

1. 廣泛收錄：〈凡例〉云：「凡有新聲，已採取什九，其他傷文采而爲學究、假本色而爲張打油，誠如伯良氏所譏，亦或時有，特取其調不強入、音不拗嗓，可存已備一體者，悉參覽而酌收之。〔註33〕」可見沈自晉站在「求其全」的角度，除非過分不合律，其餘均收入譜中。

2. 過濾準則：〈凡例〉云：「先生定譜以來，又經四十餘載，而新詞日繁矣。捆管從事，安得不肆情搜討哉。然恐一涉濫觴，便成躍冶，寢失先進遺矩，則棄置非苟也。夫是以取捨各求其當，而寬嚴適得其中。〔註34〕」雖抱持「求其全」的原則，然曲譜的編纂即爲規範的確立，爲避免違背前人準則、破壞曲譜規範的可信度，對集曲的收錄仍有所取捨。

即使仍有取捨，《南詞新譜》收錄集曲的標準仍是盡可能求全、反映當時創作全貌，這個收錄概念與沈璟亦欲建立曲律「標準」略有不同，已是有意識完整蒐集當時使用的曲牌全貌。最直接的影響當然是集曲收錄的數量，周維培統整沈自晉的增補主要有三項貢獻：〔註35〕

1. 在沈璟原譜的基礎上，增輯了大量新調新曲。

〔註33〕〔明〕沈自晉：《南詞新譜》（台北：學生書局，1984 年），頁 34。
〔註34〕〔明〕沈自晉：《南詞新譜》（台北：學生書局，1984 年），頁 33。
〔註35〕周維培：《曲譜研究》（南京：江蘇古籍出版社，1999 年 9 月），頁 136～139。

2. 改換沈璟原譜之例曲，以「先輩名詞」、「諸家種種新裁」充之。

3. 對原譜式的格律標註輯分析文字，參酌增註。

然而仔細比對二譜，《南詞新譜》對於《增定南九宮曲譜》不只是「增補」、「考訂」，「刪節」也是沈自晉重訂曲譜的重要手法，如果把這個《南詞新譜》對《增定南九宮曲譜》的增補改定聚焦在集曲的收錄上，可發現沈自晉不同的思考，以及馮夢龍對沈自晉的影響。就體例而言，《南詞新譜》於曲牌名下，以「新入」、「新換」（更換例曲）、「新填板」（原未點板，新點板者）、「新查定（註明）」（原未標註所犯曲牌，新查定後補標入者）、「新移入」（從其他宮調移至本宮調者）、「馮換（補）」（根據馮夢龍之說改定者）等補註，說明對沈璟《增定南九宮曲譜》所作的增、訂工作，後四種將於本文第二節論之，本節僅先就「新入」一詞，觀察沈自晉曲牌的增補。

「新入」一詞，在《南詞新譜》中有三種含意：一、新增曲牌，在《南詞新譜》中，曲牌名下標註「新入」者，除【玉樓春】、【阮郎歸】、【喬八分】、【憶秦娥】又一體四曲外，其餘皆爲集曲，故可知萬曆至順治年間集曲創作之風的興盛；二、新增「又一體」，含一般過曲與集曲；三、即使並非新增曲牌或又一體，改列新體爲正格的曲牌，亦標「新入」二字，如【黃龍醉太平】《增定南九宮曲譜》已收，以散曲爲例曲，《南詞新譜》收後標新入，改【秣陵春】爲例曲，有所改換：以《增定南九宮曲譜》之體爲又一體，新列正格。

關於《南詞新譜》新增曲牌以時調新曲爲主要來源，當代學者頗有不同的見解，如周維培認爲「這類在崑劇傳奇中湧現的創格新聲，豐富了南曲曲調系統，反映了劇作家與伶工演員爲擴大崑腔音樂和藝術表現力所做的可貴探索。〔註36〕」俞爲民則認爲以坊本或時曲爲例未能反映曲律的正確性，因爲「明初以來戲曲及坊間刻本往往不『眞』，這是因爲明初以來的戲曲作家多爲文人學士，脫離舞台實際，於曲律不甚精通，所作也往往逾規越矩。而且書坊射利，粗製濫刻，也多走舛誤。〔註37〕」《南詞新譜》以時作新調爲主要收錄來源的做法，除了保留未刻及失傳作品的曲文，具有極高的文獻價值外，從其例曲的改換、曲牌補註，也可看出萬曆至順治間曲律的演變，是相當珍貴的文獻資料。周維培已對例曲來源進行統計分類，認爲出自萬曆以後作品

〔註36〕 周維培：《曲譜研究》（南京：江蘇古籍出版社，1999 年 9 月），頁 136。
〔註37〕 周維培：《曲譜研究》（南京：江蘇古籍出版社，1999 年 9 月），頁 362。

的比例，遠高於宋元戲文及明初傳奇，然探討新增曲牌來源的比例結構，並與《增定南九宮曲譜》比較，則可發現劇曲與散曲的收錄比例，在《南詞新譜》新增的 274 曲 302 體集曲體式中，出自劇曲的有 184 例，約佔 61%，散曲則有 118 例，佔 39%，《增定南九宮曲譜》所收 189 首集曲，出自劇曲者有 126 例，約佔 66%，散曲 63 例，約佔 33%。可看到劇曲所佔比例略為減低，究其原因，在於劇曲與散曲集曲運用有不同的形式需求，劇曲必須於場上唱演，集曲運用的限制較多，然在集曲發展的過程中，有所謂「不完全小令」〔註38〕的運用，有縮減曲牌組合集曲的現象，同時集曲運用須與排場結合，故有較多使用與創作限制，而散曲以清唱或案頭欣賞為主，集曲成為文人創作的體裁，故新創有增加的趨勢，而散曲聯套通常只需顧及音樂形式的完整，無須考慮演唱時間或套曲形式長短的問題。因此就創作而言劇曲與散曲的消長，有其創作方法的內在因素，然而集曲數量的成長則是共同的現象。

　　排序是新增集曲收錄的重要問題，沈自晉增補了大量曲牌，如何排序，涉及的是對於集曲歸類與運用的概念。《南詞新譜》新增曲牌的排序，依循兩種概念：首曲與套曲。

　　「首曲」的概念，即以集曲所犯首曲為主的排列模式，這樣的體例雖在《增定南九宮曲譜》就已出現，然《南詞新譜》新增集曲數量極多，體現出不同的存在意義。以仙呂宮為例，可區分出幾組曲牌主曲的排序：

1. 【勝葫蘆】－【葫蘆歌】、【光葫蘆】。
2. 【月兒高】－【二犯月兒高】、【月雲高】、【月照山】、【月上五更】。
3. 【望吾鄉】－【望鄉歌】。
4. 【長拍】、【短拍】－【長短嵌丫牙】、【短拍帶長音】。
5. 【醉扶歸】、【皂羅袍】－【皂袍罩黃鶯】、【醉羅袍】、【醉羅歌】、【全醉半羅歌】、【醉花雲】、【醉歸花月渡】、【醉歸花月紅】、【醉花月紅轉】、【羅袍帶封書】、【羅袍歌】。
6. 【傍粧臺】－【粧臺望鄉】、【二犯傍粧臺】。
7. 【八聲甘州】－【甘州解酲】、【甘州歌】。
8. 【桂枝香】－【二犯桂枝香】、【羅袍滿桂香】、【桂子著羅袍】、【香歸羅袖】、【桂花羅袍歌】、【桂香轉紅月】。

─────────────

〔註38〕李昌集，《中國古代散曲史》（上海：華東師範大學出版社，1991 年 8 月），頁84。

9. 【一封書】－【一封歌】、【一封羅】、【書寄甘州】、【一封鶯】。

10. 【解三酲】－【解酲帶甘州】、【解酲歌】、【解袍歌】、【解酲望鄉】、【解封書】、【解酲姐姐】、【解酲樂】、【解酲甌】、【解落索】。

11. 【掉角兒序】－【掉角望鄉】。

仙呂宮可劃分出以上十一種「主曲」類型，這樣的排列一方面依循《增定南九宮曲譜》的順序，一方面則顯示了該集曲的主曲特徵。實際上，名之爲「主曲」，乃因這樣的排列形式並不完全以首曲爲主，如同樣在仙呂宮，【甘州八犯】與【粧臺解羅袍】何以被排列在最後，而非列於【八聲甘州】與【傍粧臺】後？高嘉穗〈南曲集曲結構探微—以《新訂九宮大成南北詞宮譜》的商調集曲爲例〉提出了「曲牌群」的概念，並解釋所謂「曲牌群」：「如以西方音樂的做曲概念輔助觀察這些作爲首曲的曲牌，這十三支（按：即該文所舉之商調集曲首牌）爲首曲牌在新的集曲曲牌音樂中，應具有類似『主題呈示』的功能。〔註39〕」本文贊同此說，然就曲式學來看，「主題」成立的基礎，在於將這些材料，透過反覆、擴展、對比的處理來完成樂曲的主體〔註40〕，而此處的首曲雖呈現樂曲初始的音樂性格，但隨後犯用其他曲牌，則程度不一的轉移或淡化首曲音樂的特徵，關於此一問題，將另闢專文論述。然而透過「曲牌群」的概念，有強調入套使用時該曲特徵的目的，如以【掉角望鄉】爲例，此曲可見入套使用的例子，在於與【傍妝臺】、【解三酲】二曲各帶【望吾鄉】以成套，在這樣的套式中，【望吾鄉】以固定腔句，強調套曲中曲牌的共性，而【傍妝臺】、【解三酲】、【掉角兒】則強調了套曲中音樂變化的成分，故【掉角望鄉】一曲列於【掉角兒】下，用以強調此曲的首曲特徵。

另一種概念則是「套曲」，《南詞新譜》往往傾向將由集曲組成的散套排列一起，譜中計有以下幾種：

1. 南呂宮：【香滿繡窗】、【瑣窗針線】、【宜春懶繡】、【秋夜金風】。
2. 南呂宮：【太師解繡帶】、【學士醉江風】、【花落五更寒】、【潑帽入金甌】。

〔註39〕 高嘉穗，〈南曲集曲結構探微——以《新訂九宮大成南北詞宮譜》的商調集曲爲例〉，《臺灣音樂研究》第六期（台北：中華民國〈台灣〉民族音樂學會，2008 年 4 月），頁 135。

〔註40〕 劉志明，《曲式學》（台北：全音樂譜出版社，1989 年 10 月），頁 1～19。

3. 商調：【字字啼春色】、【囀調泣榴紅】、【雙梧秋夜雨】、【雪簇望鄉臺】。

4. 商黃調：【二郎試畫眉】、【集賢觀黃龍】、【啼鶯捎啄木】、【貓兒戲獅子】、【御林轉出隊】

參照這兩種排序原則，可看出《南詞新譜》新增曲牌的排序，除了沿襲沈璟《增定南九宮曲譜》，更側重於「套」的概念，一方面以套曲爲單位收入集曲，一方面則又強調集曲套用時，有其曲牌特徵必須注意。

二、《南詞新譜》對沈璟既收集曲的處理

《南詞新譜》新增 274 首集曲，其餘皆沿襲《增定南九宮曲譜》的收錄成果，〈重訂南詞全譜凡例續記〉雖有「稟先程」〔註41〕、「重原詞」〔註42〕等編纂原則，這些沿襲收錄的曲牌，尚有 56 曲有所增補刪削，已將近《增定南九宮曲譜》所收集曲數量的三分之一〔註43〕。從這些增補刪削的說明中，可以看出一些曲律、創作風氣轉變的現象，特別是針對同一集曲有多種變化之情況，如所犯各曲句數之不同，列爲該曲之「又一體」，以及爲求清楚正確，對既有牌名與說明文字之變更、甚至刪去曲牌，都可見沈自晉集曲收錄之觀點，以下分三點論述。

（一）補充既有集曲之變格

《南詞新譜》曲牌的收錄以「備於今」爲原則，如果說新增集曲是集曲新創的具體成果，那麼明清之際曲牌音樂形式的多樣化，則可以從《南詞新譜》中收錄大量的「又一體」獲得例證。「又一體」是曲譜編纂時，體例收錄的重要特徵。曲牌「又一體」的出現，標誌著音樂形式的多樣化，以及曲牌使用的變化。沈璟《增定南九宮曲譜》所收集曲，絕大多數保留在《南詞新譜》之中，然而創作過程中體式略有變化，故保留原曲以外，《南詞新譜》以

〔註41〕〈凡例〉「稟先程」條云：「先詞隱三尺既懸，吾輩尋常足守，倘一字一句輕易動搖，將變亂兒無底止。作聰明以紊舊章，予則何敢，偶或一二疎略，尤在善爲調濟，勿自矜窺豹，而任意吹毛也。」

〔註42〕〈凡例〉「重原詞」條云：「蓋譜以律重，不以詞誇，況舊所錄詞，自是渾金璞玉，古色闇然，知音者當不必以彼易此。」

〔註43〕關於《增定南九宮曲譜》所收集曲論述，參見黃思超：〈論沈璟《增定南九宮曲譜》的集曲收錄及其集曲觀〉，收入《戲曲學報》第六期（台北：國立台灣戲曲學院，2009 年 12 月），頁 63～100。

「又一體」的大量收錄，反映明清之際曲牌創作的現象，以下列舉《南詞新譜》所增集曲「又一體」的體式共 26 曲種 32 格，並說明之（以曲牌首字筆畫排列）：

1. 【一封歌】：《南詞新譜》增「又一體」一種，例曲出自《鴛鴦棒》，《增定南九宮曲譜》原列二體，前段皆犯【一封書】全調，差異在後段【排歌】，正格犯末三句，又一體犯末六句；《南詞新譜》所增又一體，【排歌】犯末六句，然【一封書】僅犯首至六句。

2. 【二鶯兒】：《南詞新譜》增「又一體」一種，例曲出自《一合相》。《增定南九宮曲譜》列正格爲【二郎神】換頭格首至四句、【黃鶯兒】三至五句、【二郎神】末三句，《南詞新譜》列「又一體」犯【二郎神】換頭格首至六句、【黃鶯兒】三至五句、【二郎神】末三句。

3. 【大節高】：《南詞新譜》增「又一體」一種，以《花筵賺》爲例曲，二體差異在首段【大勝樂】，正格犯首至三句，又一體犯首至四句，【節節高】同。

4. 【玉枝帶六么】：即《增定南九宮曲譜》【五枝帶六么】，《南詞新譜》增「又一體」一種，例曲出自《夢花酣》。正格犯【玉交枝】首二句、【六么令】三至末句，又一體犯【玉交枝】首至三句、【六么令】四至末句。

5. 【水金令】：即《增定南九宮曲譜》《金水令》，正格同，《南詞新譜》增「又一體」一種，例曲出自陸無從《存孤記》。正格犯【五馬江兒水】首至五句、【金字令】十至末句，又一體犯【五馬江兒水】首至十句、【柳搖金】末四句。

6. 【朱奴插芙蓉】：新增「又一體」一種，以《翠屏山》爲例曲。前段【朱奴兒】正格犯首至六句，又一體犯首至三句；後段【玉芙蓉】，正格犯末二句，又一體犯三至末句。

7. 【山羊轉五更】：正格同，《南詞新譜》將《增定南九宮曲譜》「又一體」例曲《雙忠記》改《秣陵春》（犯【山坡羊】首至四、【五更轉】五至十句、【山坡羊】末四句），並增王伯良、徐深明二種「又一體」。正格犯【山坡羊】首至七句、【五更轉】四至末句，所增又一體第一種犯【山坡羊】首至四句、【五更轉】四至末句（王伯良格）；第二種犯【山坡羊】首至八句、【五更轉】末二句（徐深明格）。

8. 【沉醉海棠】:《南詞新譜》增「又一體」一種,以〈王伯良作夜宿妓館〉爲例曲,犯【沉醉東風】首至四、【月上海棠】末四句。

9. 【皂袍罩黃鶯】:《南詞新譜》增「又一體」一種,以《望湖亭》爲例曲。正格犯【皂羅袍】首至四、【黃鶯兒】末三句;又一體犯【皂羅袍】首至八句、【黃鶯兒】末四句

10. 【金風曲】:《南詞新譜》增「又一體」二種,以《金明池》爲例曲。正格犯【金字令】首至四句、【一江風】三至末句,又一體第一種犯【金字令】首至六句、【一江風】四至末句,新增的又一體犯【金字令】首至六句、【一江風】五至末句。

11. 【桂花徧南枝】:《南詞新譜》增「又一體」二種,以〈沈建芳感懷岩桂堂〉爲例曲。正格犯【桂枝香】首至四句、【鎖南枝】三至末句,又一體第一種犯【桂枝香】首至六句、【鎖南枝】四至末句,新增的又一體犯【桂枝香】首至七句、【鎖南枝】四至末句。

12. 【啄木鸝】:《南詞新譜》增「又一體」,以沈子勻作爲例曲。正格犯【啄木兒】首至六、【黃鶯兒】末三句;又一體犯【啄木兒】全、【黃鶯兒】末句,又沈自晉考【啄木兒】第五句,原應爲六字句,【啄木兒】例曲及【啄木鸝】正格雖作六字句而增一襯字,又一體則用正字,改爲七字句,板位俱同。

13. 【淘金令】:《南詞新譜》增「又一體」二種,以《嬌紅記》、《青衫記》爲例曲。正格犯【金字令】首至六句、【五馬江兒水】八至末句;又一體第一種犯【金字令】全、【五馬江兒水】十一至末句,第二種犯【金字令】首至五句、【五馬江兒水】五至七句、【朝元令】九至十句、【柳搖金】末三句。

14. 【集鶯花】:《南詞新譜》增「又一體」一種,以《一合相》爲例曲。正格犯【集賢賓】首二句、【黃鶯兒】三至六句、【賞宮花】末二句;又一體犯【集賢賓】首至六句、【黃鶯兒】四至六句、【賞宮花】末二句。

15. 【黃龍醉太平】:《南詞新譜》改《增定南九宮曲譜》所列正格爲又一體,並舉《林陵春》「小楷精工」爲正格。新正格體爲【降黃龍】首至四句、【醉太平】五至末句。

16. 【黃鶯穿皂袍】:《南詞新譜》增「又一體」一種,以《南柯夢》爲

例曲。正格犯【黃鶯兒】首至六、【皂羅袍】末五句；又一體犯【黃鶯兒】首至六句、【皂羅袍】末五句、【黃鶯兒】末二句。

17. 【黃鶯學畫眉】：《南詞新譜》增「又一體」一種，以《邯鄲夢》為例曲。正格犯【黃鶯兒】首至六句、【畫眉序】末二句；又一體犯【黃鶯兒】首至三句、【畫眉序】末四句。

18. 【傾杯賞芙蓉】：《南詞新譜》增「又一體」一種，例曲出自《金明池》，正格犯【傾杯序】首至五句、【玉芙蓉】四至末句，又一體犯【傾杯序】換頭格首至六句、【玉芙蓉】四至末句；另有【傾杯玉】一曲，牌名下註「即傾杯賞芙蓉又一體」，例曲出自《夢花酣》，犯【傾杯序】首至十句、【玉芙蓉】末四句。

19. 【園林沉醉】：《南詞新譜》增「又一體」二種，例曲分別出自《翠屏山》、《紅梨花》。正格犯【園林好】首至三句、【沉醉東風】三至末句，又一體第一種犯【園林好】首至三句、【沉醉東風】四至末句；第二種犯【園林好】首至四句、【沉醉東風】四至末句。

20. 【解醒帶甘州】：《南詞新譜》增「又一體」一種，例曲出自《鸚鵡裘》。均犯【解三醒】首至六句、【八聲甘州】末二句，差異在於又一體犯【解三醒】換頭格。

21. 【榴花泣】：《南詞新譜》增「又一體」一種，以《四節記》為例曲，並註云：「新入。此與折梅逢使曲同。起調處不點板亦可。第二句上少一字，舊亦有此體。」正格犯【石榴花】首至四句、【泣顏回】五至末句；又一體犯【石榴花】首至三句、【泣顏回】四至末句。

22. 【潑帽落東甌】：《南詞新譜》增「又一體」一種，例曲出自《白玉樓》。正格犯【劉潑帽】首至三句、【東甌令】，又一體犯【劉潑帽】首至三句、【東甌令】六至末句。

23. 【醉宜春】：《南詞新譜》增「又一體」一種，例曲出自《勘皮靴》。正格犯【醉太平】首至七句、【宜春令】六至末句，又一體犯【醉太平】首至八句、【宜春令】五至末句。

24. 【醉僥僥】：《南詞新譜》增「又一體」一種，以〈沈非病作旅情〉為例曲。正格犯【醉公子】換頭格首至五句、【僥僥令】末二句，又一體犯【醉公子】換頭格首至七、【僥僥令】全。

25. 【貓兒呼出隊】：原名【貓兒出隊】，《南詞新譜》更名，並增「又

一體」一種，例曲出自《夢花酣》。正格犯【貓兒墜】首至四句、【出隊子】末三句，又一體犯【貓兒墜】首至三句、【出隊子】三至四句、【貓兒墜】末句。

26.【羅鼓令】：《南詞新譜》增「又一體」一種，根據馮夢龍補，例曲出自《萬事足》。正格雖云犯【刮鼓令】全、【皂羅袍】六至末句、【包子令】，然註云：「墨憨謂此句即【刮鼓令】末句，非【包子令】也，此論亦是，但【刮鼓令】既用全曲在前，帶【皂羅袍】半曲，而又入本調末一句作尾，恐未必然耳，知音者再商之。」又一體犯【刮鼓令】首至五句、【皂羅袍】六至末句、【刮鼓令】末二句

集曲「正格」與「又一體」的區別，相較於一般過曲略有不同，一般有兩種情況，一在於犯用同樣曲牌的不同句數，一則在於犯用的曲牌略有不同。比較此處集曲又一體與正格，屬於犯用曲牌不同句數者，在上述所列 26 曲 32 格中，共有 27 格，然而這些例子尚涉及板位的變化，板位變化關係到音樂腔句的問題。以【醉宜春】爲例，【醉宜春】犯【醉太平】與【宜春令】，《增定南九宮曲譜》所列正格與又一體的差別，在於正格爲【醉太平】首至六句、【宜春令】六至末句，又一體爲【醉太平】首至五句、【宜春令】五至末句，然《南詞新譜》所訂有所不同。《南詞新譜》正格以沈璟散曲爲例曲，犯【醉太平】首至八句、【宜春令】六至末句，又一體以《勘皮靴》曲牌爲例曲，犯【醉太平】首至九句、【宜春令】五至末句。【醉太平】在《南詞新譜》中收入正宮過曲，註「又入南呂」，收三種格式，【醉宜春】使用的是換頭格，首六句句式爲「二、四、五、四、四、六」，吳梅《南北詞簡譜》考第三句應爲四字句〔註44〕，《南詞新譜》所收此例曲，認爲第三句「論安貧樂道」的「論」字正字，此句爲五字句，姑從之。正格【醉太平】爲：

知麼，閒身未老，爲傷離怨別，無奈卿何。
▲　　　▲　｜　　▲　　　▲　　｜　　▲

珠流　淚顆，塡得滿愁海　情河。
▲　｜　▲　｜　　　▲　　｜　　▲

差訛，誰言水盡欲飛鵝。
▲　　▲　　▲　　└　▲

又一體【醉太平】爲：

〔註44〕吳梅：《南北詞簡譜》（台北：學海出版社，1997 年 5 月），頁 283。

孤獨，衰年得女，鎮看承一似，捧璧擎珠。
　▲　　　▲　　｜　　▲　　　▲｜　▲

光輝　父母，只圖一世　賢淑。
▲｜　▲｜　　▲　　　｜　　▲

遽除，今朝歷數至當初，那一件不羞宗祖。
　▲　▲　　　└　　　　▲　　▲　　▲

　　又一體因集用至第九句，影響第八句板位變化，本調及正格第八句末字均點板，又一體「初」字少一板，多犯用一句，故減少一板，等於少了一個小節，使得第八句與第九句銜接的字位較密。又一體不僅【醉太平】多用一句，【宜春令】亦然，首先看正格【宜春令】部分：

管成就鴛鴦則箇，好待枝頭連理，那時　結果
　▲　　▲　　▲　　｜　　▲▲　　　　▲　　｜　▲

又一體【宜春令】部分：

能得有幾箇成仙，怎笑得復歸潭府，見今同來到此，聽伊　張主。
▲　▲　▲　　　　▲　　｜　　　▲　　　　▲▲　　　　▲　　｜　▲

　　此處即使又一體多犯第五句，板位仍與本調相同。從這個例子，可以發現又一體與本調主要差別雖仍在犯用句數的不同，音樂處理也有所變化。

　　屬於集用曲牌不同者共 5 例，可舉譜中【水金令】為例。【水金令】即《增定南九宮曲譜》之【金水令】。此曲正格以《彩樓記》為例曲，二譜分段同，然《增定南九宮曲譜》未能考訂後段所犯曲牌，僅云：「此曲後半似【淘金令】又不甚諧。〔註45〕」因此未於例曲中標明後段所犯曲牌，《南詞新譜》因對【金字令】與【淘金令】二曲本有不同的考訂〔註46〕，故考【水金令】實為犯【五馬江兒水】與【金字令】之集曲。此曲《南詞新譜》增「又一體」一種，例曲出自陸無從《存孤記》，牌名下註：「新入，此犯【柳搖金】，

〔註45〕　〔明〕沈璟，《增定南九宮曲譜》（台北：學生書局，1984 年 8 月），頁 656～657。

〔註46〕　【金字令】，《增定南九宮曲譜》所收名【攤破金字令】，認為是首段犯【淘金令】的集曲，註云：「此調前半已明，但後五句竟不知何調，愧不能考訂。」（頁 654～655）《南詞新譜》則認為此曲非集曲，在【金字令】牌名下雖註「或有攤破二字」，然曲末後註云：「馮云此【金字令】正調也，原本謂前九句【淘金令】後五句未詳，不知【淘金令】乃此調犯【五馬江兒水】耳。既作正調，不必註犯，且攤破二字，亦不必拘，如【攤破月兒高】、【攤破地錦花】，亦皆正調也。」

與前曲（按：即後段犯【金字令】之正格）不同。」把後段所犯【金字令】改爲【淘金令】，細觀二曲前段末句與後段首二句板位的銜接：

（正格）【五馬江兒水】共伊家諧鳳偶。
　　　　　　　　　　▲　　　　　▲

（又體）【五馬江兒水】時來自發枯樹花。
　　　　　　　　　　▲　　　　　▲

【金字令】娘子志誠，兩意相投，共你雙雙廝守。
　　　　　▲　　　▲　　▲　　▲　　　▲　　▲

【柳搖金】結交在早，未遇爲佳。
　　　　　▲　　▲　　▲　　▲

犯調二曲的音樂銜接處，腔板組合的穩貼，是沈自晉認爲集曲組合的重要關鍵。在這個例子中，雖考訂「又一體」所犯句式有所不同，然前段末句最後一字，二格均點板，後段首二句的字數、句式、板位又完全相同，可見此此曲二種格式，音樂的銜接有很高的同質性，這是【五馬江兒水】與【金字令】或【淘金令】組合集曲的重要特徵，即使如此曲正格犯【五馬江兒水】首至五句，又一體則犯首至十句，或其他首犯【五馬江兒水】次犯【金字令】的集曲、如《南詞新譜》所收【江頭金桂】、【二犯江兒水】，這個特徵都保留在曲牌銜接之處。

實際上，犯用不同曲牌，即是不同的集曲，《南詞新譜》未獨立列出，有些乃是因所犯曲牌名稱的近似：如上述【水金令】，次曲所犯，無論是【金字令】或【淘金令】，牌名均有「金」、「令」字，名爲【水金令】是合理的，故沈自晉並未分列二曲，從沈自晉對另一個曲牌的考訂可以得到旁證。【香歸羅袖】一曲，在《增定南九宮曲譜》中列出二格，正格犯【桂枝香】、【皂羅袍】、【袖天香】，又一體則犯【桂枝香】、【皂羅袍】、【桂枝香】，已犯不同曲牌，在《增定南九宮曲譜》中因同名而未分列，沈自晉注意到這樣的情況，因此在《南詞新譜》中，將未犯【袖天香】的「又一體」更名【桂子著羅袍】，分列於【香歸羅袖】之前，並增列「又一體」一種。曲牌本身有所謂「同實異名」與「同名異實」的現象，如果把這個現像放在集曲之中，觀察集曲「同名異實」或「同實異名」的情況，則可發現這種現象又涉及到集曲的命名問題，萬曆以降屬於「新聲」的集曲，常因不同的創作者或曲譜編纂者，而有不同的命名，這樣的現象，在不同系統的曲譜有更多的差異。「又一體」的增

加，顯示了集曲創作過程中靈活可變的因素，王季烈《螾廬曲談》卷二〈論作曲〉第二章〈論宮調及曲牌〉云：「集曲可不拘成格，苟能深明宮調音律之規例，不妨自我創作新集曲，故傳奇之作者愈多，則集曲之名稱亦愈繁，惟初學填詞者，魯莽從事，易致謬誤，仍以沿用前人所定之曲牌爲宜。〔註47〕」從沈璟對集曲「定格」的判訂，到《南詞新譜》又一體的增補，可發現即使又一體大量增加，如字句格式、板位形式及曲牌銜接等基本原則仍保留在這些新增體式之中。這種曲牌的靈活多變，是沈璟收錄大量時調新曲所展現的重要面貌。

（二）刪曲或刪去「又一體」

《南詞新譜》〈凡例〉有「愼更刪」一條云：

> 是集既仍舊貫，何以復有改削，不知原本亦有曲同而並載，及調冗而多訛者，可刪也。亦有律拗而尚存，及韻雜而難法者，可更也。此亦百中之二三，亦必明註其說，而刪且更之，不一擅改而頓忘其舊。

《南詞新譜》的刪曲是很嚴謹小心的，即使曲律多有不合，仍收錄曲牌，以更換例曲的方式處理。若要刪曲，原則有以下數點：一、《增定南九宮曲譜》中重複收錄的曲牌，刪去其一；二、「調冗」且「多訛」。後者頗值得思考，什麼「調冗」？又什麼情況是「多訛」，是沈自晉未作說明的。僅就集曲來看，《南詞新譜》刪去《增定南九宮曲譜》已有的曲牌（含刪去又一體）有以下三種，具體如下：

1.【八寶粧】

此曲位於《增定南九宮曲譜》南呂過曲【針線箱】後、【九疑山】前，除了此曲尚有【滿園春】一曲爲《南詞新譜》所刪，《南詞新譜》於【針線箱】頁眉處說明刪除理由：

> 原載【滿園春】一曲，韻雜不佳又無板，刪之。又【八寶粧】一曲，各調難查，腔板莫考，恐作者強效之，亦不錄。〔註48〕

韻雜及無板，是南呂【滿園春】被刪除的原因，《增定南九宮曲譜》所收此曲並未點板，同一宮調中，有【古針線箱】一曲，以《殺狗記》爲例曲者，情

〔註47〕王季烈，《螾廬曲談》卷二〈論作曲〉第二章〈論宮調及曲牌〉，收入《集成曲譜》（上海：商務印書館石印線裝本，1925年）聲集卷二第14葉。

〔註48〕〔明〕沈自晉：《南詞新譜》（台北：學生書局，1984年），頁486。

況相同，除了未點板，並有韻雜的問題，然《南詞新譜》爲此曲點板，【滿園春】則被刪去，兩相對照，這兩個曲牌的例曲，筆者以爲涉及到傳唱的問題，是否成爲二者被刪與否的關鍵，值得思索。初步推測，《殺狗記》作爲早期南戲的重要作品，沈自晉有足夠的資料爲之點板，相同的例子如南呂宮【石竹花】出自《殺狗記》、南呂宮【纏枝花】出自《江流兒》、越調【山麻楷】出自《盜紅綃》等，均是《增定南九宮曲譜》未點板，《南詞新譜》補點，至於出自散曲的南呂【滿園春】，則或因無法演唱，僅存曲文，無法爲之點板，故此處所謂「無板」與【八寶粧】之「腔板莫考」，是同樣的情況。【八寶粧】例曲與【滿園春】同樣出自散曲，沈璟不僅未點板，亦未考訂此曲所犯各調，並指出《舊編南九宮譜》所考犯調的錯誤，因此沈自晉因「各調難查」、「腔板莫考」刪去此曲。綜合這兩個原因，可發現沈自晉雖以「備於今」的原則收錄時調新曲，但曲譜本身「建立規範」的作用，也是收曲／刪曲的考量重點，以【八寶粧】爲例，沈自晉因無法考訂所犯各調，亦無法爲此曲點板，實際上就等於無法爲此曲定出曲律規範，既然如此，爲免傳唱、模擬創作的過程出現混亂謬誤的現象，沈自晉將其刪節不錄。目前可見首先考訂此曲所犯各調、並爲之點板的曲譜，是徐于室、鈕少雅的《南曲九宮正始》〔註49〕，其後《欽定曲譜》沿襲《增定南九宮曲譜》，雖收錄此曲，然未考所犯各調，亦未點板（《欽定曲譜》全書皆未點板），註云「此曲失板」〔註50〕。《南詞定律》、《九宮大成南北詞宮譜》均收此曲〔註51〕，所考犯調與《九宮正始》不同，吳梅《南北詞簡譜》除第三曲改【馬鞍兒】爲【高陽臺】，其餘均依《南詞定律》所註標明犯調〔註52〕。各書雖未言明判斷依據，然由對比沈自晉刪去此曲的態度，可看出《南詞新譜》在「稟先程」〔註53〕與「參增註」〔註54〕之間的取捨與斟酌。

〔註49〕 〔清〕徐于室、鈕少雅，《南曲九宮正始》（台北：學生書局，1984 年 8 月），頁 597～598。

〔註50〕 卷八，562～563。

〔註51〕 〔清〕呂正雄，《南詞定律》（收於《續修四庫全書》1752 冊，上海：上海古籍出版社，2002 年），頁 153。〔清〕周祥鈺等編，《九宮大成南北詞宮譜》（台北：學生書局，1987 年），頁 4805。

〔註52〕 吳梅：《南北詞簡譜》（台北：學海出版社，1997 年 5 月），頁 622。

〔註53〕 〈凡例〉「稟先程」條云：「先詞隱三尺既懸，吾輩尋常足守，倘一字一句輕易動搖，將變亂兒無底止。作聰明以紊舊章，予則何敢，偶或一二疏略，尤在善爲調濟，勿自矜窺豹，而任意吹毛也。」

〔註54〕 〈凡例〉「參增註」條云：「各曲，初有未及細考而今始查出者，或出於自己見，或參諸友生，須確有成說，乃敢註明。然必以先生原註爲準，而以己見

2.【真珠馬】

此曲位於《增定南九宮曲譜》雙調引子，在【眞珠簾】後、【花心動】前，沈璟雖收錄此曲，然註云：「【眞珠簾】第二句既不相似，而【風兒馬】三句，亦不相類，孤據舊譜載之耳。〔註55〕」沈璟收此曲的原因，只是因爲《舊編南九宮譜》收錄此曲，因此即使所犯二調均有出入，仍然收於譜中。而《南詞新譜》刪去此曲，【眞珠簾】頁眉上註：「原【眞珠馬】一曲與原調多不相似，從馮刪。」這是所謂「多訛」的情況，此曲所犯前段【眞珠簾】句式如下：

> 簫聲喚起瑤臺月，獨倚欄杆情慘切，此恨與誰説

【眞珠簾】一曲，《增定南九宮曲譜》以《臥冰記》爲例曲，《南詞新譜》則以沈璟改本《牡丹亭》爲例曲，首三句引述如下：

> 閒庭晝永慵挑繡，停針久，倦聽得蟬聲高柳。

> 河東柳氏簪纓裔，名門最，論星宿連張帶鬼。

後段【風馬兒】爲：

> 那更黃昏時節，花飛也，點點似離人淚

此曲二譜均以《綵樓記》曲子爲例曲，末三句爲：

> 拈針線，空房寂寞，衾冷夜無眠。

從這個比較可以看出【眞珠馬】所犯前後二調句式、字數完全不同，且由於這幾首引子爲散板曲，僅於每句下一截板，從板位亦無法看出二曲的相似之處，故沈自晉從馮夢龍之說，將此曲刪去。綜合【八寶粧】與【眞珠馬】的情況，以集曲而言，所謂的「多訛」，實際上包含幾種情況：一、相較於所犯本調，差異甚遠，又無法重新考訂所犯曲牌者，即爲錯誤的情況，如此具備刪除的條件；二、無法考訂本調，也無法爲該曲定板，這樣的情況下等於無法爲該曲定腔，收入曲譜恐造成對創作者的誤導，如此也具備刪除的條件。然而，在《南詞新譜》中，仍多有存在著未能考訂本調的集曲，如【二犯香羅帶】，《增定南九宮曲譜》於「隨波逐浪魂魄遠」、「誰想半路輕捐」下以「○」分段，《南詞新譜》與此相同，沈自晉與馮夢龍均未能考所犯曲牌，卻仍收入譜中，這樣的情況與板位確定有關，【二犯香羅帶】即使未能考訂

附及，不敢毅然去其所疑，而竟從予之所信也。」
〔註55〕〔明〕沈璟，《增定南九宮曲譜》（台北：學生書局，1984年8月），頁614。
　　　　次調應爲【風馬兒】，此爲沈璟筆誤所致。

所犯曲排，點板卻是明確的，這表示該曲基本音樂框架的確定，與上述兩種
情況有所不同，故可知曲牌的刪除與否，在《南詞新譜》中有更具體的條件
設定。

3. 【金犯令】

此曲收於《增定南九宮曲譜》仙呂入雙調過曲【二犯江兒水】後，【月上
海棠】前，以《林招得》傳奇爲例曲。《南詞新譜》刪之，於【夜雨打梧桐】
末尾頁眉說明刪除理由：

> 原又【金犯令】一曲，與此調同，故不錄。〔註56〕

此說不知何故，《增定南九宮曲譜》考【金犯令】爲：

> 【四塊金】一心告天，願我無疾恙。一心告天，願我無災障。【五馬
> 江兒水】暗想花陰，遇著才郎，身貧家窘，贈與資裝，誰知到今成
> 禍殃。【攤破金字令】虔誠拜三光，虔誠祝上蒼，表我眞心，訴我哀
> 腸，瞻星望月一柱香。

《南詞新譜》【夜雨打梧桐】則爲：

> 【梧葉兒】梧桐樹，一葉秋，寂寞幾時休。【水紅花】轉添愁，黃昏
> 時候。【五馬江兒水】萬木凋零將盡，恨鎖眉頭。娘行漫將珠淚流。
> 【桂枝香】歎奴家命薄，天還知否。和天也瘦，恨悠悠，悄一似湘
> 江水，涓涓不斷流。

觀句數、句式、板位、所犯曲牌均完全不同，何以謂【金犯令】同於【夜
雨打梧桐】？雖疑其標註位置錯誤，然此曲亦與次曲【水金令】二格完全不
同，何以有這樣的說法，仍待進一步考證。

因爲即使沈自晉認爲舊譜曲牌重複收錄應刪去，在《南詞新譜》中卻仍出
現同實異名的集曲重複收錄，如南呂宮【奈子大】與【奈子樂】二曲，同爲犯
【奈子花】首至四句與【大勝樂】末三句，二曲均收的原因，僅在於《南詞新
譜》將王驥德所作集曲散套全套五曲【宜春引】、【針線窗】、【奈子樂】、【秋夜
令】、【浣溪蓮】均收入，故有異名而同實的集曲收入未刪，這個現象在《南詞
新譜》出現多次，除了可看出沈自晉在編纂曲譜、建立曲律規範的過程中，透
露出文人的審美趣味，也可以發現明末以至清初這段時間，集曲新創廣泛出現
於散、劇曲中，而散曲較劇曲運用了更多變的集曲聯套型式。〔註57〕

〔註56〕〔明〕沈自晉：《南詞新譜》（台北：學生書局，1984 年），頁 770。
〔註57〕關於集曲聯套型式的問題，參見黃思超：〈集曲入套初探〉，發表於 2010 兩岸

（三）更名、補充註解及重新考訂

《南詞新譜》所收集曲重新命名、補充註解或重新考訂者，共有二十八例〔註58〕，這二十八例尚可更細分出三種不同的現象：

1. 更改曲名

從表面上看，《南詞新譜》將所收集曲更改曲名，通常是因為重新考訂所犯曲牌，根據考訂結果，對集曲重新命名，然而這其間仍有更多須要作進一步的辯證。重訂集曲牌名而更名者，如【五更香】一曲，此曲在《增定南九宮曲譜》中因未能查定後半所犯曲牌，故名【五更轉犯】，《南詞新譜》更名【五更香】，註：「原名【五更轉犯】。前半是【五更轉】本調，後本原未查明，今從馮作【香柳娘】末段，將下邊顯現二字作襯，亦可，但嫌現字不協韻耳。」因從馮夢龍所考後段犯【香柳娘】，改曲名為【五更香】。然而，並非相同的情況都會改名，如【二犯五更轉】，《增定南九宮曲譜》僅標註中段犯【五供養】，註云：「前五句似犯【香徧滿】，末後二句似犯【賀新郎】後六個字，此二調余自查出，未敢明註也。」《南詞新譜》參考馮夢龍之說，標註前後俱犯【香徧滿】，並註云：

> 墨憨名【香遶五更】。原註前五句似犯【香徧滿】，後二句似犯【賀新郎】，而《琵琶考》註，以『憑』字平聲與幾人見句法欠協，今查馮註，以『漫字苦』二句正與《琵琶記》『也只為糟糠婦』二句相對，則末二句亦係【香徧滿】無疑，從之。

此曲馮夢龍因考訂前五句犯【香徧滿】、後二句犯【賀新郎】，更名為【香遶五更】，沈自晉雖然贊同並引用馮夢龍的考訂，然仍循《增定南九宮曲譜》曲牌原名，未作修改。另外，有例曲、考訂皆同，《南詞新譜》改名者，如《增定南九宮曲譜》【畫眉序海棠】一曲，目錄作【畫眉上海棠】，沈自晉統一改為【畫眉上海棠】；《增定南九宮曲譜》錄【滴溜神仗】二體，《南詞新譜》例曲考訂皆同，改名【滴溜兒】；《增定南九宮曲譜》有【玉絳畫眉序】

八校師生崑曲學術研討會，2010 年 5 月 27～29。

〔註58〕 此二十八例為：【五更香】、【江水撥棹】、【二犯五更轉】、【七賢過關】、【二犯江兒水】、【二犯孝順歌】、【二犯香羅帶】、【三段催】、【三換頭】、【三換頭】、【六犯清音】、【四犯黃鶯兒】、【好事近】、【折腰一枝花】、【刷子帶芙蓉】、【金字令】、【金絡索】、【香歸羅袖】、【掉角望鄉】、【梧桐樹犯】、【普天帶芙蓉】、【番馬舞秋風】、【瑣窗郎】、【漏春眉】、【畫眉上海棠】、【滴溜神仗】、【學士解酲】、【霜蕉葉】。

一曲，《南詞新譜》例曲考訂皆同，取【玉漏遲序】、【絳都春序】、【畫眉序】三曲各一字，改名【漏春眉】。

更改曲名涉及到的另一個問題是刊刻版本，即使重新考訂所犯曲牌，是否該依循原始版本的牌名，或更改牌名建立新的標準，是兩種不同的思考模式。以上述【五更轉犯】爲例，此曲除沈璟名【五更轉犯】，《南詞新譜》、《九宮正始》、《南詞定律》、《九宮大成南北詞宮譜》皆名【五更香】，俱註名犯【五更轉】與【香遍滿】。此曲見於汲古閣刊本《白兔記》第九出〔註59〕，名【五更轉犯】而非【五更香】，顯然沈璟《增定南九宮曲譜》雖未能考訂後段犯調，牌名確有所依據，而後人諸譜則站在「重新建立規範」的立場，既考後段犯【香徧滿】，日後使用此曲，即可於牌名上標註，以使歌者明白應以何調演唱，二者以不同概念爲集曲定名，並無正誤之別。

2. 補充註解文字與改換例曲

《南詞新譜》曲牌引註文字，多沿襲自《增定南九宮曲譜》，或於原註下補充說明。然即使沈自晉並未對曲牌有新的分段或考證，卻仍補充註解文字，這些註解文字反映了沈自晉查閱、編纂的討論過程，尤其是與馮夢龍的討論，以及採納馮夢龍的意見，在補充的說明文字中，可以清楚看到沈自晉《南詞新譜》所受到馮夢龍的影響。《南詞新譜》所收集曲註解文字的補充，有以下幾例：

（1）【四犯黃鶯兒】：循《增定南九宮曲譜》舊說，補充云：「近來諸說紛紛，總未的確。」

（2）【刷子帶芙蓉】：《南詞新譜》新增說明：「按此曲『黛眉懶畫』四字，馮猶龍欲將『眉』字當一襯字，作三字一句，而仍作【刷子序】本腔，然與『歡古今』三字句法亦未合。不若從先詞隱原作【玉芙蓉】腔板爲妥。若云：此套下三曲，皆止帶一句【玉芙蓉】，何獨首曲多此一句？愚意下曲，如【山漁燈】內『愛風流俊雅』、【普天樂】內『奈心事轉加』、【朱奴兒】內『托香腮悶加』，亦皆可作【玉芙蓉】，但前人成法既然，不必輒改耳。（眉批）亞字本去聲，今多唱作上聲，非也。細考之，黛眉句，亦當作【玉芙蓉】，點板當在懶字頭及畫字下，黛字畫字二板不用。」

〔註59〕〔明〕汲古閣本《白兔記》，《古本戲曲叢刊》初集二函（上海：商務印書館，1954年）。

（3）【好事近】：《南詞新譜》補充說明：「馮謂縣泣而樂，正宜名【好事近】也。按此曲從《太霞新奏》，名【顏子樂】亦可。」

（4）【金絡索】：《南詞新譜》新增說明：「馮以『相將半載』一句，連下句作【針線箱】，以『傷情處』二句，改作【索兒序】，謂原註三字作【解三醒】，七字句作【懶畫眉】，及查與《牧羊記》【索兒序】後二句正協，且曲名有索字，無疑也。予不輕改，仍從舊式，其索兒序一調，另增入以備考。」

（5）【掉角望鄉】：《南詞新譜》補充說明：「此曲【掉角兒】中一段又是一體，存之可也，不可學。陳大聲一任他一曲與此同調，今人唱後段，不似望吾鄉，非也。」

（6）【梧桐樹犯】：《南詞新譜》補充說明：「馮只將如何二字作襯，點板教字上，而得字無板。」

（7）【梧蓼弄金風】：《南詞新譜》補充說明：「犯仙呂入雙調。馮云末句本該六字，今將不覺二襯字，改作正書，詳【柳搖金】註中。」

（8）【普天帶芙蓉】：《南詞新譜》補充說明：「馮云首三句最協，是正格。」

集曲補充說明中，提到的問題涉及兩個層面。第一個層面是襯字判定的問題。襯字判定關係到集曲曲牌的判別，不同曲譜對於集曲所犯曲牌的考訂不同，往往也是因為襯字的判定有別，如仙呂【十二紅】在《九宮正始》與《南詞定律》的判定差異〔註60〕。而沈璟未能考訂的集曲，往往也因為襯字的判讀而得到解決。以上所舉例子，有本調考訂即與《增定南九宮曲譜》不同者，如【梧蓼弄金風】所犯【柳搖金】，《增定南九宮曲譜》例曲同，末句「和你」訂為襯字，沈自晉參考《詞林辯體》、周獻王及馮夢龍諸說，認為此曲煞句應為六字句，故將【柳搖金】末句「和你」改為正字，【梧蓼弄金風】犯【柳搖金】末句也改為六字句。涉及襯字判斷而導致考訂不同者，如

〔註60〕《九宮正始》考【十二紅】犯以下各調：【醉扶歸】、【醉公子】（按：《九宮大成》謂即【醉翁子】又名）、黃鐘【解紅序】、仙呂【紅林檎】、【賽紅娘】、越調【醉娘子】、南呂【紅衫兒】、越調【小桃紅】、正宮【滿江紅】、大石調【紅葉兒】、中呂【紅繡鞋】、南呂【紅芍藥】。《南詞定律》考訂則為：仙呂【醉扶歸】、【惜黃花】五句、【皂羅袍】合至八、【傍粧臺】末、黃鐘【耍鮑老】九至十二、越調【羅帳裏坐】首至四、仙呂【江兒水】四至五、【玉嬌枝】五至合、商調【山坡羊】七句、南呂【東甌令】五句、羽調【排歌】合至末、黃鐘【太平歌】六至末。

【刷子帶芙蓉】中「黛眉懶畫」一句，時人唱該曲的錯誤，沈璟早已提出「今人則又將『黛眉』句唱差矣〔註61〕」，所謂的唱差，應與馮夢龍想法相同，馮夢龍因該套後三曲【山漁燈】、【普天樂】、【朱奴兒】各帶【玉芙蓉】末一句，獨【刷子帶芙蓉】多犯一句，故將此句「眉」字改爲襯字。核對《南詞新譜》【刷子序】各體（《增訂》同），如將「黛眉」句等同於又一體第九句「歎古今」，沈自晉所謂的「句法未合」，即因平仄強判「眉」字爲襯，不僅造成句意理解的困難，末字原格「今」爲陰平，改「畫」字爲去聲，有誤，故沈自晉從沈璟之說，判此句屬【玉芙蓉】，然即使犯【玉芙蓉】，此句應爲五字句，何以在【刷子帶芙蓉】中訂爲四字句，而與其餘三曲改犯【玉芙蓉】該句做五字句有別，沈自晉僅以「前人成法不必輒改」爲結論，未做進一步說明。

　　上述正襯影響曲牌判定，另一個層面則影響了「點板」。在上述【刷子帶芙蓉】中，「黛眉」句若訂爲【刷子序】，則板位在「黛」、「畫」字下；若訂爲【玉芙蓉】，板位則在「懶」、「畫」字下，故對點板有直接影響的，在於所犯曲牌的判斷。如此體現出一個問題：集曲創作後，曲譜編纂者的收錄不僅在「收」，更有「考訂」的工作，如此曲律的規範從沈璟《增定南九宮曲譜》就已開始，然而在收入曲譜以前，該曲已然開始傳唱，當然，許多集曲在創作之初即已明確註明所犯曲牌，然未「訂」之曲用何調唱之？如此處【刷子帶芙蓉】之例，時人演唱顯然將「黛眉」二字唱作【刷子序】「歎古今」腔句，而與【玉芙蓉】下板有別，造成了該句音樂形式的差異，這還是影響較小者，如【孝順兒】一曲，自沈璟時即苦於時人因牌名問題，將後段所犯【江兒水】硬是套入【孝順歌】後段，而有「殊覺苦澀」之弊〔註62〕。這樣的現象，實可看出曲譜之「用」。部分學者以爲《南詞新譜》之類點板譜，除一般所知有「指導寫作」的作用外，尚有透過點板、指點演唱的作用，並舉譜中詳注閉口字爲旁證〔註63〕，以此做爲曲譜從「歌詞譜」過渡到「點板譜」、「工尺譜」的演變。此說所引伸的演變過程固然值得思考，曲譜各種

〔註61〕〔明〕沈璟，《增定南九宮曲譜》（台北：學生書局，1984年8月），頁571。
〔註62〕〔明〕沈璟，《增定南九宮曲譜》（台北：學生書局，1984年8月），頁636～637。【孝順兒】註云：「向因坊本刻作【孝順歌】，人皆掀其腔以湊之，殊覺苦澀，今見近刻本改作【孝順兒】，乃暢然矣。」
〔註63〕俞爲民，〈戲曲工尺譜的沿革與流變〉，《戲曲研究》第59輯（北京：中國戲劇出版社，2002年9月），頁231～266。

型態的出現與演變，難以用此單一因素解釋，然從《增定南九宮曲譜》及《南詞新譜》的說明文字中，以「曲牌判定」爲集曲的演唱及創作制定規範的目的，是顯然可見的。

周維培認爲，沈自晉的例曲改換，「反映明中葉以後曲壇流行劇目的實況」並認爲「背離了沈璟崇古尚舊的曲學體系」〔註64〕，關於背離崇古尚舊之說，從沈自晉增補大量時調集曲即可見一端，然而前者僅從現象言之，並未進一步說明何已改換例曲，實際上，沈自晉在〈凡例・愼更刪〉謂：「譜中舊曲其刪者甚少，即所當更，大都取先輩名詞，及先詞隱傳奇中曲補之。」且更換例曲的曲牌，沈自晉必於頁眉說明「與原本《○○○》曲同調」，可見其審愼的態度，事實上也確實如此，就集曲來看，沈自晉改換例曲的數量並不多，即使並未說明，其改換例曲的原因，可從前後例曲的比較推測之。本文前段述刪曲例子所提到的【眞珠簾】，例曲由《臥冰記》改爲沈璟改本《牡丹亭》，雖爲言明改動原因，然《增定南九宮曲譜》頁眉補註《臥冰記》該曲，謂曲中「向樽前」的「前」字「還當用韻」，顯然是此例曲的缺點，故改用韻正確的沈璟改本《牡丹亭》爲例曲，較爲穩妥。其餘集曲改換例曲者，如【學士解醒】在《增定南九宮曲譜》中以《風教編》爲例曲，《南詞新譜》改以《西樓記》爲例曲，並註：「原曲用韻太雜，以此曲易之。」另增「又一體」一種，例曲出自《綠牡丹》。「用韻雜」是沈璟就已提出的問題，所謂的「雜」，指的是韻部的混淆〔註65〕，《增定南九宮曲譜》所錄例曲，即使有用韻雜的現象，如因文詞優美或傳唱甚廣，仍然錄於譜中，僅於註解說明該曲「用韻雜」的現象，沈自晉《南詞新譜》面對同樣的情況，除非是前輩名家的名作，其他則以用韻較爲嚴謹、時代相近的作品取代之。至於【霜蕉葉】，《增定南九宮曲譜》例曲《錦機亭》爲例曲，《南詞新譜》改以沈蘇門《丹晶墜》爲例曲，未做說明，亦未見「用韻雜」的現象，或只是強調改

〔註64〕 周維培，〈沈璟曲譜及其裔派製作〉，《文學遺產》1994 年第 4 期（北京：中國社會科學出版社，1994 年 11 月），頁 92。

〔註65〕 〔明〕王驥德《曲律・論韻第七》，收於《中國古典戲曲論著集成・四》（北京：中國戲劇出版社，1959 年），頁 110～111。云：「獨南曲類多旁入他韻，如「支思」之於「齊微」、「魚模」；「魚模」之於「家麻」、「歌戈」、「車遮」；「眞文」之於「庚青」、「侵尋」、或又之於「寒山」、「桓歡」、「先天」；「寒山」之於「桓歡」、「先天」、「監咸」、「廉纖」；或又甚而「東鐘」之於「庚青」，混無分別，不啻亂麻，令曲之道盡亡，而識者每爲掩口。北劇每折只用一韻，南戲更韻，已非古法，至每韻復出入數韻而恬不知怪，抑何窘也。」

以新曲、反映曲壇現象。然而從這些例子，可見沈自晉改換例曲並非僅是強調以新曲替舊曲，而是選擇更合乎格律的例曲，使曲譜更具參考價值。

3. 新查註、新分註及未能查定者

對《增定南九宮曲譜》未能考訂的集曲，沈自晉多能考訂所犯曲牌，以下所列爲沈璟未考、沈自晉考訂／改訂的集曲：（依曲牌首字字數排列）

(1)【七賢過關】：皆同，唯「又一體」第二種《雍熙樂府》「香風花草香」曲，《增定南九宮曲譜》未標所犯各調，《南詞新譜》補之，並云：「新分註。原未查明，今分註似此亦合。」

(2)【二犯江兒水】：《增定南九宮曲譜》僅首段標【五馬江兒水】，《南詞新譜》標明各段犯調，並云：「新查註。（引沈璟註解）。今按此曲『捱過今宵』三句，原不似【柳搖金】，而末段亦不似【五馬江兒水】，乃從馮改明，庶幾合調耳。」

(3)【二犯孝順歌】：《增定南九宮曲譜》中段未標，《南詞新譜》標明所犯各調，並云：「新查註。原云中段不知何調，今查是【五馬江兒水】第四句至第七句一段。」

(4)【二犯香羅帶】：《增定南九宮曲譜》未分註，《南詞新譜》以「○」分段，但未標所犯曲牌。

(5)【三段催】：《增定南九宮曲譜》【三段子】至「喜青禽新傳迅飈」，《南詞新譜》【三段子】至「青雲崛起雙都妙」，多三句。

(6)【三換頭】：《南詞新譜》依舊註標明所犯各調，例曲多有格律不合者，《南詞新譜》註云：「東嘉他曲，於調中增減一、二字者每有之耳。即【五韻美】首二句亦有二體，此與《拜月亭》『意兒裏想眼兒裏望』體同。【梧葉兒】後四句，《荆釵》『無由洗恨，無由遠恥，事到臨危，拼死在黃泉做鬼』，此以『悶殺爹娘，類珠暗墮』作正文，而以我字也字空字作襯，正爾相對。」

(7)【六犯清音】：二譜均收，所訂正格及考訂不同。《增定南九宮曲譜》考所犯各調爲【梁州序】、【桂枝香】、【排歌】、【八聲甘州】、【皂羅袍】、【黃鶯兒】；《南詞新譜》以顧來屏散曲爲正格，所犯曲牌爲：【梧桐樹】、【東甌令】、【浣溪沙】、【劉潑帽】、【大迓鼓】、【香柳娘】，另有又一體所犯各調爲：【梁州序】、【浣溪沙】、【針線箱】、【皂羅袍】、【排歌】、【桂枝香】。

(8)【折腰一枝花】：與《增定南九宮曲譜》同，唯未能考訂所犯曲牌，故未補註。

(9)【金字令】：《增定南九宮曲譜》有【攤破金字令】，《南詞新譜》錄【金字令】，註「或有攤破二字。」

(10)【香歸羅袖】與【桂子著羅袍】：二譜收錄方式有別。《增定南九宮曲譜》收二體，正格以《江流記》為例曲，註：「【桂枝香】頭，【皂羅袍】中，【袖天香】尾。此調據舊譜載之，但【袖天香】本調無從查考，且中段三句，亦不似【皂羅袍】，闕疑可也。此曲用韻太雜，不足法也。」《南詞新譜》亦收同名此體，註：「舊以【袖天香】無考，且中段亦不似【桂枝香】、【皂羅袍】二調合成，將『我欲圖一覺』至『放秋上心』，俱作【皂羅袍】，而以末二句作【桂枝香】尾，但今有上缺二字，未敢擅補耳。茲從馮說，空二字並補板。」《增定南九宮曲譜》另收「又一體」，以散曲「花韁柳鎖」為例曲，所犯曲牌與正格不同，為【桂枝香】、【皂羅袍】、【桂枝香】，《南詞新譜》因此改名【桂子著羅袍】，並收「又一體」一種，以散曲「鄰雞宵電」為例曲。

(11)【番馬舞秋風】：《增定南九宮曲譜》未考後段，僅以「○」區分段落，《南詞新譜》則考後段犯【一江風】。

(12)【瑣窗郎】：《增定南九宮曲譜》註此曲犯【瑣窗寒】與【賀新郎】，《南詞新譜》於牌名下註：「舊作犯【阮郎歸】，今改正。」

　　《南詞新譜》增補《增定南九宮曲譜》未能考訂所犯曲牌的集曲，一般在曲牌名下標註「新查註」或「新分註」，前者為沈璟已將集曲分段、沈自晉考訂各段所犯何曲；後者則是沈璟尚未分段，沈自晉分出集曲各段、並考訂各段是何曲牌。沈璟之所以未能考訂，有兩大原因：平仄不同。即使《增定南九宮曲譜》收錄該曲本調曲牌，然或因例曲平仄有誤，導致未能正確判斷。如【番馬舞秋風】一曲，沈璟未能考後段所犯曲牌，乃因【一江風】末句第三字應為仄聲，例曲作平聲，有所不合故未能考訂。至沈自晉則考慮句式板位，認為後段犯【一江風】，故於註解指出該例曲平仄不合之處；二、襯字判斷。如【香歸羅袖】之例，沈景雖考各調，但不能肯定，故於說明處云「不似」，然其「不似」乃因【皂羅袍】處該段「我」字正、襯的差別，將「我」字訂為正字，與【皂羅袍】第二至八句合，襯字則略有不似，故沈

自晉從馮夢龍之說，將此字訂爲正字，並判斷中段犯【皀羅袍】。

襯字判斷的差異，同樣是沈自晉訂正沈璟所考的重要因素。以【二犯江兒水】爲例，沈璟認爲「前五句皆【五馬江兒水】，中二句似【朝元令】，又三句似【柳搖金】，後三句仍是【五馬江兒水】〔註66〕。」【五馬江兒水】末三句爲四、四、八句法，【二犯江兒水】末三句，即使把「想起來」、「誤了我」訂爲襯字，不僅平仄仍多有不合，且板位不對，【二犯江兒水】此句「心」、「焦」、「青」、「少」點板，分別是該句第三字（若將首三字訂爲襯字，則是第一字）與第七字（若將首三字訂爲襯字，則是第四字），【五馬江兒水】該句在第三字點板，末句句式亦有別，不似之處甚爲明顯。沈自晉從馮夢龍之說，即使【朝天歌】末三句句式亦頗有差異，然細比之，平仄板位頗見穩合：

【二犯江兒水】想起來心兒裡焦，誤了我青春年少。
　　　　　　　　▲　　　▲　　　　▲　　　▲

【朝天歌】不能勾和他每夜歡愉，但能勾片時相聚。
　　　　　▲　▲　　▲　　　　　▲　　　▲

末句仍不似，但全段已較【五馬江兒水】近似許多，故將「想起來」、「誤了我」訂爲正字，並判定末段犯【朝天歌】。「近似」的情況，在沈璟《增定南九宮曲譜》中，爲了存疑，是不直接把所犯曲牌標註在例曲上的，然而此處沈自晉這種「近似詞句」考訂曲牌的觀點，顯然提出了集曲的考訂有一些「通變原則」，反映了部分「時人共識」對曲牌考訂的影響。

沈自晉《南詞新譜》的考訂與說明受馮夢龍影響頗爲深遠，如補充集曲註解的九條，有五條提及馮夢龍，未考曲牌的考訂，更多參酌馮夢龍的意見，有學者以爲是馮夢龍有「合乎精嚴的法則〔註67〕」，該文雖批評馮夢龍「崇古」之曲學觀，與沈自晉「備於今」有別，然而從沈自晉引述馮夢龍的諸多考訂，可知《墨憨齋曲譜》除了有「詳於古」的特徵，馮夢龍對於時調新曲以「活用」的角度進行考訂，對沈自晉收錄時曲有深遠的影響，實未能以「遵古」一詞概括馮夢龍的曲學觀。

沈自晉以時調新曲做爲收錄主要來源的做法，在當時曾引發不同的討論，與時代相近的《南曲九宮正始》及馮夢龍《墨憨齋詞譜》皆強調「精選」、「詳古」相較，沈自晉的收錄方式顯得獨樹一幟，畢竟這樣的做法，已不只

〔註66〕〔明〕沈璟，《增定南九宮曲譜》（台北：學生書局，1984 年 8 月），頁 648。
〔註67〕李延賀，〈遵古：馮夢龍曲律觀知淺析〉，《藝術百家》2000 年第二期（南京：藝術百家編輯部，2000 年），頁 43～48。

具有曲譜「建立規範」目的，而是具有彙集當代名作的「曲選」功能，即使多有集曲在沈自晉「備於今」的觀點中，存在著無可考或考訂錯誤的缺失，然而《南詞新譜》反映當時集曲創作之現況，以及其所具有的文獻價值〔註68〕，是值得重視的。

本節探討《南詞新譜》的增補考訂，除了顯示集曲的創作在萬曆末葉至清順治年間極為盛行外，也說明了曲律發展到清代，有不同的演變及觀點。沈璟所揭示的詳考「本調」，在沈自晉的收錄及考訂中雖仍具有指導作用，然而「通變」成為了沈自晉考訂曲牌時一種重要的做法，不僅參照馮夢龍的說法，時人對曲牌的唱演與習慣，也影響了集曲的考訂，這種古與今、律與變在曲牌創作與曲譜編纂過程中產生的衝突與融合，是探討《南詞新譜》集曲收錄時應注意的現象。

第三節　《南曲九宮正始》的「精選」觀與其集曲收錄

關於《南曲九宮正始》的編纂過程與研究發現，已見學者論述〔註69〕，卷首〈臆論〉有「精選」一條，云：

> 詞曲始於大元，茲選俱集大曆至正間諸名人所著傳奇數套、原文古調以為章程，故寧質毋文，間有不足，則取明初者一二以補之，至如近代名劇名曲，雖極膾炙，不能合律者，未敢濫收。

故所謂的「精選」，指的是精選版本，以宋、元、明初南戲為收錄範疇，並以這些曲牌為格範，考訂集曲所犯曲牌。這樣的觀點，使《正始》保存了不少宋元以至明初這段時間的南戲曲文，錢南揚《宋元戲文輯佚》一書所考早期南戲曲牌多出自此譜，其中集曲共76曲，有62曲引錄自《正始》，故可知此譜保留宋元戲文之集曲，對研究早期南戲集曲運用有很高的文獻價值。而以舊曲為考訂範例的做法，更解決了許多沈璟以來無法考訂的集曲。

《正始》所收錄的集曲共206曲，若含第二種以上格式，則有245格

〔註68〕周維培，《曲譜研究》（南京：江蘇古籍出版社，1999年9月），頁140～143。
〔註69〕參見解玉峰：〈二十世紀戲曲文獻之發現與南戲研究之進步〉，收於《文獻》2005年第1期（北京：國家圖書館，2005年），頁214～231。李舜華：〈《九宮正始》與《寒山堂曲譜》的發現與研究〉，收於《學術研究》，2000年第10期（廣州：廣東省社會科學聯合會，2000年），頁113～116。

〔註70〕。這個數字提供了解讀《正始》集曲收錄三個關鍵：1. 與《新譜》相較，集曲數量減少超過50%；2. 與《正始》所收一般過曲的又一體相較，集曲又一體收錄極少；3.《正始》集曲來源，以宋元至明初作品為主，顯示了南戲作品中使用集曲已相當廣泛，若與明清之際創用的集曲相較，可了解集曲創作的演變過程。

與《新譜》相較，《正始》集曲數量相當少，由其收錄原則，可知時人所作的新曲，《正始》不收，事實上也確實如此，綜觀全譜，除【醉羅袍】（例曲出自《江流記》）、【羅袍滿桂香】、【一封歌】、【馬鞍兒犯】、【朱奴帶錦纏】、【梧蓼弄金風】（例曲出自《黃孝子》）、【漏春眉】（例曲出自《拜月亭》）、【朝元令】（例曲出自《琵琶記》）等曲出自南戲未被收錄以外，其餘未收之曲，均出於明代中後期以至清初的傳奇、散曲作品，如湯顯祖、沈璟、王驥德、馮夢龍、沈自晉等人作品均被未收入譜中。未收時人之作，自然是《正始》曲學觀的具體表現，但值得注意的是，《正始》的編纂並非不顧時人所作，譜中所舉第二格以上曲牌格式及說明，多有列舉並解釋時人創作該曲的習慣。從這兩者的相互參照，可看出徐于室、鈕少雅對集曲是否收錄，並非僅是以「合乎曲律」作為收錄標準，而是廣泛從舊本南戲中，整理早期曲牌的面貌，並用這些材料，檢視後代創作的依據與演變。

一、《南曲九宮正始》的「精選」觀點與考訂方法

既以「精選」為觀點，《九宮正始》不僅收曲的取材限於明初以前的南戲作品，在考訂方法上，亦能以舊本為材料，從「本調演變」的觀點，對集曲中保留舊本中本調的情況予以梳理，以下分別論之。

（一）以「舊本」解決二沈曲譜未能考定的集曲

即使沈自晉已多有考訂沈璟未考的集曲，仍有不少曲牌存在《新譜》未能解決的問題。實際上，沈自晉參酌馮夢龍意見重新考訂的諸多曲牌，大部分獲得解答的關鍵，都在於引述並接受馮夢龍所提供的舊曲材料及說法，可見在集曲發展的過程中，即使一般過曲有所改變，集曲中則保留了該曲較早的面貌，故以舊本南戲曲文，能夠解決部分集曲未能考訂的問題。以舊曲材料解決二沈未能考訂的曲牌，是《九宮正始》集曲收錄最大的突破，此處茲

〔註70〕《正始》集曲標註相當精確，此數字為筆者一一翻檢《正始》後統計所得。

以【四犯黃鶯兒】為例，說明未能考定與誤解的事實，鈕少雅的思考歷程，以及舊本南戲對此思考歷程所產生的作用。此曲《增定》、《新譜》收錄相同的例曲，考訂前六句犯【黃鶯兒】，而未知餘下的三句何以曰「四犯」，《正始》參考南戲重新考訂，云：

> 末句《王十朋》格。沈譜曰，此調前六句分明皆【黃鶯兒】也，後面止有三句，卻云四犯，殊不可曉，姑仍舊名。此論毋怪，詞隱先生實難說明也，余在齠年時亦常有此話柄，見其總題有四犯之說，妄以其首二句擬作【簇御林】，第三句為【集賢賓】，腹中三句仍是【黃鶯兒】，「意似」二字乃【沉醉東風】末句，以【畫眉序】束尾，深為無誤，得意之極，及閱越數載，後幸識雲間子室徐公，承以元譜示教，始知此調並非四調相干，僅一【四邊靜】耳，此義如本宮之元傳《李婉》【二犯集賢賓】，何嘗有二調？僅一二郎耳，又有中呂之【三犯石榴花】，小令亦何曾有三調？亦即一【杏壇三操】也，【杏壇三操】者，【泣顏回】之別名也，今本曲所犯無疑耳，或今之學者並此二「似」字皆仄聲，有成化間《凍蘇秦》此調此二句曰「數載不通，音信又稀」如再憎其「誓」字與次曲之「折」字皆入聲，有蔡伯喈此二句「休憂怨憶，寄書咫尺」。

這段文字說明了從誤解到獲得解釋的過程。集曲名「『○』犯」（○為數字）時，通常有幾種情況：一、該集曲中所犯曲牌總數；二、該集曲以某數量之曲牌犯某調；三、該集曲所犯曲牌名有數字之總合。此處的【四犯黃鶯兒】，因沈璟認為「四犯」之名乃因某三曲犯【黃鶯兒】、合【黃鶯兒】共犯用四曲之故，而在考訂前六句犯【黃鶯兒】後，餘下三句而云「四犯」成為難以解釋的問題，故《增定》存疑，《新譜》亦收而未解，甚至註云：「近來諸說紛紛，總未的確。」鈕少雅初時亦未能解釋，故強考首二句為【簇御林】、第三句為【集賢賓】、第四至六句為【黃鶯兒】、第七八句為【沉醉東風】末二句、末句則為【畫眉序】，這樣的解釋，乃是以【簇御林】、【集賢賓】、【沉醉東風】、【畫眉序】四曲犯【黃鶯兒】，故云「四犯」。謂之「強考」，是因為這樣的考訂與本調未能完全相合，如首二句為六字二句（三三句法），初看與【簇御林】首二句句式同，然平仄四聲多有不合〔註71〕，他句亦然。鈕

〔註71〕 【四犯黃鶯兒】首二句「他直恁太情切，你十分忒軟怯」（平平去去平去，上入平去上去）與《正始》所收【簇御林】之「尊師範近友朋，把詩書勤講明」

少雅從元譜所得【二犯集賢賓】、【三犯石榴花】之旁證，於是思考「四犯」亦可是曲中所犯曲牌名中的數字之可能，故重考譜中所犯第七、八句爲【四邊靜】，而非四種曲牌。《正始》所收【四邊靜】例曲出自《瓦窯記》，第五、六句爲「樂聲又清，笑聲又頻」，爲四字對句，與【四犯黃鶯兒】之「意似虺蛇，性似蠍蜇」相同，又末句收於【黃鶯兒】，可見此曲音樂體式以【黃鶯兒】爲主體，又【四邊靜】乃正宮過曲，於中犯之，可得音樂上的變化。綜觀這個思考歷程，可發現《正始》對沈譜未能考訂的集曲，從元譜中獲得考訂概念的突破，從而得到確定的結果。

也因此，《正始》往往於考訂中精確標註例曲的來源，如所犯某調的某句出自某一特定劇本，如上述的【四犯黃鶯兒】，《正始》於牌名下註云「末句王十朋格」，特別指出此曲末句所犯之【黃鶯兒】出自《王十朋》，目的在說明古體【黃鶯兒】末句有「偶體」與「奇體」之別，《正始》【黃鶯兒】正格例曲出自《樂昌公主》，對此曲末句有詳盡的分析〔註72〕，「偶體」之句法爲「二二二」，奇體之句法爲「二三」，故末句有六字與五字之別，即《正始》所列正體、第二格與第三格末句的差異。《正始》於牌名下特別強調【四犯黃鶯兒】正格末句「一言如何訴說」爲出自《王十朋》的偶體，並指出此體有奇、偶之別，乃是針對時人往往見偶體不知爲古曲格律，強將偶體作奇體格式演唱的情況，除註解所引正始自註，言及當時人不知偶體字格，將《凍蘇秦》末句六字削減一字作奇體的情況外，《新譜》的【黃鶯兒】引述馮夢龍註云：「末三句，《荊釵》云：『細評論，黃金滿籯，不如教子一經』，人多狃其腔以合於近格，不知古腔，如《三元記》：『辦虔誠，焚香告神，願他轉斗移星』、《樂昌》劇『要虔誠，拜月瞻星，乞巧同穿繡針』，此俱古格，而人自失考耳。〔註73〕」可見當時人末句誤唱的現象，而《正始》此處所論，除了詳

（平平去去上平，上平平平上平）多有不合。

〔註72〕〔清〕徐于室、鈕少雅：《南曲九宮正始》（台北：學生書局，1984年8月）頁731。茲引全文：「按此【黃鶯兒】之束尾體，不始於元人之詞曲，元宋人詩餘預有二種者也，比如宋柳耆卿有詠鶯詩餘，其始調末句曰：『把芳心深意低訴』，此亦偶體，又其次調末句曰：『都把韶光與』，此亦奇體，後至元人亦祖之，施於此調，延至今時亦多有效之者，比成化間有《凍蘇秦》，此調末句云『只望榮顯門閭』，今之《金印記》削去『榮』字，仍作《蔡伯喈》體也。又有明散套『羞觀燕雙飛』之【御林犯鶯兒】末句云『缺月得再光輝』，其次曲乃【鶯兒犯御林】，末句云『缺月再光輝』，即此可知伯喈體即如【簇御林】句法也，可見一字加減，保一調是非也。」

〔註73〕〔明〕沈自晉：《南詞新譜》（台北：學生書局，1984年），頁683。

考集曲所犯曲牌,更有訂正時人理解錯誤的目的。

　　如果說【四犯黃鶯兒】是由元譜中獲得想法的轉變,以下所舉的例子,則是常見於《正始》中的考訂方法。《正始》對於沈璟未考的集曲,往往從曲牌格律的源流追索,觀察早期劇本之曲牌體式對集曲所產生的影響。【香風俏臉兒】一曲,即《增定》、《新譜》的【二犯香羅帶】,二譜均於牌名下註:「一名【香風俏臉兒】」,《增定》註云:「查舊譜亦不明註犯何調,今不敢妄擬。」《新譜》增註云:「馮亦未詳」,此曲未見於《舊編南九宮譜》,不知沈璟所謂「舊譜」所指為何,然三人均未能考訂所犯曲牌,二沈僅於譜中以「○」區分集曲各段。《正始》考訂此曲犯【香羅帶】、【刮地風】與【黃鶯兒】,乃是從「元譜」中獲得考訂材料。此處可發現曲牌格律的轉變,致使後人因未能了解曲牌原貌而無法考訂集曲。《正始》於例曲後註:「【刮地風】而合《拜月亭》之『干戈寧靜,同往神京,謝深恩,感深恩』……【黃鶯兒】而合《王十朋》之『怎如得教子一經』。」【黃鶯兒】一曲已於前段說明今古格律的不同,至於【刮地風】,查《新譜》所收,例曲雖同《正始》所言出於《拜月亭》,然字數與斷句則有不同,《新譜》斷此句為:「干戈若寧靜,同往神京,謝深恩,感深恩救取奴命。〔註74〕」一般以為較接近元人舊貌的世德堂本《拜月亭》,此曲出於第二十折〈蓮遇夫人〉,曲文更有不同:「干戈靜,共往南京,拜謝深恩,感謝深恩,救取奴一命。〔註75〕」在不同版本中,這幾句差異甚大,雖然從曲文來看,《正始》所引與《新譜》依據的明刊本較為接近,然若就斷句而言,《正始》與世德堂本末二句同,而與《新譜》所據明刊本合二句為一句有別。《正始》所引《拜月亭》標以「元傳奇」,雖無可考與世德堂本的關係為何,然可看出《正始》、世德堂本《拜月亭》所舉的格式,與明中葉以後此曲貫用的格律不同,明代以後的創作,如《珍珠衫·詰衫》之南黃鐘【刮地風】末四句:「這珠衫哪個留寄,怪道天臺浪子,不願回,原來在好處羈遲。〔註76〕」與《新譜》所據之明刊本《拜月亭》同:末二句合為一「三四」的七字句。《正始》所獲不同於明刊本《拜月亭》的又一版本,與時人所用【刮地風】有別,從而得以考訂【香風俏臉兒】中段所犯為【刮地風】,這樣的考訂方法,說明了部分集曲創作歷程的

〔註74〕 〔明〕沈自晉:《南詞新譜》(台北:學生書局,1984年),頁553～554。

〔註75〕 《重訂拜月亭記》,收於《古本戲曲叢刊》初集第一函。

〔註76〕 《珍珠衫·詰衫》,收於《納書楹曲譜》續集卷四 (臺北:學生書局,1987年11月),頁1240。

演進：產生於南戲時期的集曲，成爲一種固定格式沿用至明末清初，然而該集曲所犯之本調已有所改變，且南戲到了明代又有不同的改訂本，不變的只有該集曲的格式，導致後代的曲譜編纂者若未能探究元譜面貌則無法對集曲有正確的考訂與解釋。《正始》精選並深究古本，不僅是集曲考訂方法突破，也提供後代研究者思考集曲發展過程的又一面向。

　　然而，即使舊本南戲對曲牌的考訂有很高的參考價值，《正始》依此考訂也能夠從曲牌運用的根源了解集曲所犯本調之始末，如周維培也肯定《正始》能夠兼顧古今﹝註77﹞，但《正始》提出曲牌早期樣貌，卻往往不同於時人創作習慣，也只能聊備一格，用以說明該曲的演變，對創作沒有直接影響。如【花郎兒】一曲，即《增定》、《新譜》之【二犯朝天子】，例曲出自《金印記》，註云：「按南曲未聞有【朝天子】，唯北調有之。此曲不知何所本也。此曲末後五句似【紅衫兒】，但前五句不知何是本調，何是犯別調耳。」另有又一體一種，例曲出自《玉合記》，二譜均未標所犯曲牌。沈璟所註，《增定》未能考訂的問題癥結有二：其一、南曲沒有【朝天子】一曲，何云【二犯朝天子】？其二、前五句無法區分哪幾句爲本調（所指應爲【朝天子】）、哪幾句爲犯別調。《正始》刪又一體，更改曲名爲【花郎兒】，並考訂所犯各調爲【福馬郎】、【水紅花】、【紅衫兒】，註云：「俗謂【二犯朝天子】，謬。此調按《凍蘇秦》原本，每曲之下半截尚有北調【紅衫兒】一闋，古人所謂南北合調者也，向被改本《金印記》直削去，致今人皆不識其全調，合附補於下，以備好學者識之。」《金印記》是明代據《凍蘇秦》改編的傳奇，改編過程中，對曲牌做了修改，根據這段敘述，在《正始》所參考的《凍蘇秦》本中，此曲後半所犯北【紅衫兒】被明人改本《金印記》刪去，孫崇濤以爲《正始》所參考的本子，即是在明代成化間刊行的《凍蘇秦》，而與宋元戲文之《蘇秦傳》不同﹝註78﹞。此本今已不傳，《古本戲曲叢刊》收長樂鄭氏明刊本《重校金印記》，此本曲文雖經後人改訂，但被認爲是「〈蘇秦衣錦還鄉〉戲文舊本的近親嫡傳﹝註79﹞」，此處引述作爲參考，藉以參考《正始》所云之改訂現象。【二犯朝天子】見於第二十九出，茲錄曲文與《正始》所標參照如下：

〔註77〕周維培：《曲譜研究》（南京：江蘇古籍出版社，1999年9月），頁159～162。

〔註78〕孫崇濤：〈《金印記》的演化〉，收於《南戲論叢》（北京：中華書局，2001年6月），頁189～210。

〔註79〕孫崇濤：〈《金印記》的演化〉，收於《南戲論叢》（北京：中華書局，2001年6月），頁194～197。

【福馬郎】萬里長空收暮雲，海島冰輪，駕輾碧天。【水紅花】故人千里共嬋娟，阻關山。【紅衫兒】爭奈皓月團圓人未圓，歎姮娥，怨姮娥〔以上二句《正始》所無〕，姮娥在月裡孤眠，受淒涼苦萬千。

【以下為《正始》所謂北【紅衫兒】是處裡排佳宴，咱獨守深庭院，鎮日裡，悶煎煎，甚日與他重相見。夫你是個男子漢，怎比我婦人家見識淺，霎時間做出來，悔又悔不得，自埋怨。枉教奴卜盡金錢郎未旋。〔註80〕

「是處排佳宴」以下是《正始》所謂明人改本刪去的北【紅衫兒】。【紅衫兒】一曲南北曲均有，此處所錄曲文與《正始》略有差別，然而可以看出《正始》【花郎兒】一曲，「爭奈皓月團圓人未圓」至「受淒涼苦萬千」一段，除「歎姮娥」二句，正好為南【紅衫兒】末四句，此後「是處排佳宴」以下，帶北【紅衫兒】全曲，然用襯、增句多，頗不易考。故就此曲的犯調結構而言，所謂「南北合調」，是「南曲集曲」帶「北曲全曲」的連唱結構，就《重校金印記》而言，【二犯朝天子】即包含了此「南曲集曲」帶北【紅衫兒】。然而，明人創作【二犯朝天子】，已是純南曲集曲的部分，如《連環計》第十五齣〈歡環〉〔註81〕、第二十五齣〈梳妝〉〔註82〕、《玉簪記》第三十四齣〈合家團圓〉〔註83〕等皆然，並不帶後段北【紅衫兒】，或是這種「南北合調」的形式難以用於曲套，僅留前段南曲集曲部分，但這也說明了《正始》

〔註80〕 《古本戲曲叢刊初集》第三函，《重校金印記》第三卷。
〔註81〕 《古本戲曲叢刊》，《連環記》。〈歡環〉用二曲，曲文如下：「白玉連環製作工，不解其中，意思轉濃，看他分心眷戀兩和同。歎成功，受了多少磨礱，兩頭又空，將似那冤孽相逢，倩誰來解鬆，倩誰來解鬆。」「一片西飛一片東，有意情思，軟牽落紅，可憐花落任東風。入簾攏，銀瓶錦帳瑠宮。失身溷中，沾泥與逐水漂蓬，況無人之蹤，況無人之蹤。」除末句疊句，餘者全同【二犯朝天子】南曲集曲部分。
〔註82〕 同前註，曲文如下：「㜑雨尤雲一夢回，日轉瑤階，去始起來，漫攜仙子下瑤台，覷香腮，猶思枕上情懷，好風流快哉，好風流快哉。」「你說什麼話不投機半句多，肆意胡為，事奈若何。簾間隱約露姮娥。轉秋波，甚時再得便相過，把心來試他，把心來試他。」除末句疊句，餘者全同【二犯朝天子】南曲集曲部分。
〔註83〕 《古本戲曲叢刊》，《玉簪記》。本折用二曲，曲文如下：「一團輕絮一團花，碎翦綃薄，照月華看。他飛來飛去亂如麻，炫銀花。繡屏錦帳繁華，有幾多愛，他梁園詞賦堪誇，況竹爐味佳，竹爐味佳。」「一陣風來一陣斜，萬里彤雲，布似落花。看他顛狂無主寄天涯，似飛砂，飄零逐馬隨車，有幾多恨，他安門空自嗟呀。況孤蹤似咱，孤蹤似咱。」除末句疊句，餘者全同【二犯朝天子】南曲集曲部分。

考訂與現實創作存在著落差，在肯定《正始》的遵古能夠解決集曲考訂問題時，這樣的現象同樣值得研究者注意。

（二）以「舊本」訂正《增定》、《新譜》的誤解

以舊本爲準，訂正時譜及時人之誤解與誤用，是《正始》考訂集曲的又一價值。所謂誤解，指的是二沈譜考訂犯調的錯誤或存疑之處。這些存疑，往往於二沈譜中亦見提出，然而與上述未能考訂的情況不同的是，這些例曲中往往標註了存疑或錯誤的曲牌，這畢竟是對曲譜使用者的錯誤指引。如《新譜》所列【三換頭】例曲同於《正始》而考訂不同。《新譜》考【五韻美】、【蠟梅花】、【梧葉兒】，此曲《增定》頗有疑慮，云「考之前後二句俱近似矣，但中段不似，而『閃殺』二句，亦不似【梧葉兒】。」《新譜》雖然意識到問題，但強爲之考〔註84〕，未正視問題的存在。《正始》考此曲犯【五韻美】、【掉角兒】【香羅帶】，註云：「【五韻美】非九宮越調者，乃仙呂入雙調之【五韻美】也。此調按蔣譜首二句註曰【五韻美】，中四句爲【蠟梅花】，後四句犯【梧葉兒】，且又註屬屬南呂宮，皆非也。後時譜雖知誤，但惜未經考正，承其訛而訛之。」可見即使發現曲牌考訂的牽強之處，《新譜》並未視其爲「錯」，這正是《正始》勘訂曲譜之誤特別注意的地方。《正始》考訂曲牌的重點，著眼於曲牌使用的源流，從體式的變化觀察集曲所犯本調的格式，並詳細說明時人所作與沈譜考訂的錯誤，以下茲舉【羅鼓令】爲例。

對於時人所作習慣的改變，導致集曲考訂有誤者，如【羅鼓令】一曲。此曲《增定》、《新譜》、《正始》正格例曲同出自《琵琶記》，然二沈考此曲犯【刮鼓令】、【皂羅袍】、【包子令】，《新譜》雖承此說，亦指出此曲頗有不合之處，主要在於首段格式的判定與末段不似【包子令】的懷疑〔註85〕，此處可看出沈自晉似乎困於自身考訂的前後矛盾，也因將前十句考訂爲正格只

〔註84〕〔清〕沈自晉：《南詞新譜》（台北：學生書局，1984 年 8 月），頁 457～458。
〔註85〕《南詞新譜》，頁 448。註云：「……但此曲『我喫飯緣何不在，這意兒眞是歹』似兩句句法，而《荊釵》中『又緣何愁悶縈』止六字一句耳，馮云，因上文意未盡而疊用一句也，古戲曲中往往有之。原云：末句不似【包子令】，不可曉。愚意『恨』字上增一板，即似【包子令】，然先生於《琵琶》考註云：若依【包子令】唱，便不合調，恐有訛處，而墨憨謂此句即【刮鼓令】末句，非【包子令】也，此論足是，但【刮鼓令】既用全曲在前，帶【皂羅袍】半曲，而又入本調末一句作尾，恐又未必然耳，知音者再商之。」

有八句的【刮鼓令】〔註86〕，造成時人演唱硬將不合的句式套入【刮鼓令】演唱。《正始》對此曲則有不同的看法，【羅鼓令】註云：「按此調之總題及犯調據元譜及古本《蔡伯喈》皆如是者何？今時譜以其前十句併扭作八句，強擬作【刮鼓令】全調致爾，襯字多繁，唱法拗紛，且又以末一句擬犯爲【豹子令】，益謬矣。原犯之四調不惟宮調皆可相同，亦且腔板和協。」故考此格犯【朝元令】、【刮鼓令】【皂羅袍】、【太平令】。這段文字涉及了前人考訂與時人誤判的兩種情況，二沈未能查明這樣的現象，馮夢龍雖則提出末句所犯應爲【刮鼓令】，並以《萬事足》例曲收於《新譜》之中，成爲【羅鼓令】的又一體，亦無法解釋前段所犯【刮鼓令】全調之錯誤，更造成沈自晉的疑或。《正始》根據明初劇作對此曲的重新考訂，並指出每句格式的出處，矯正了明代以來諸譜及時人習慣的誤解。

同樣的例子尚如《正始》所收【二仙插芙蓉】，此曲在《舊編南九宮譜》、《增定》、《新譜》〔註87〕均作【梧桐半折芙蓉花】，例曲出自《金印記》，然三譜均未能考訂此曲，僅於「倚定門而眼望穿」下以「○」分段，並註云：「【芙蓉花】不知何調」，可見此曲，蔣譜及二沈參考明刊本《金印記》，僅考首段犯【梧桐樹】，而未知牌名中【芙蓉花】爲何調。《正始》根據舊本，考得舊本此曲牌名與明刊本不同，然所據何本則爲可曉。查長樂鄭氏明刊本《重校金印記》，【二仙插芙蓉】一曲出自第十二出，然曲名爲【水仙子半插玉芙蓉】，《正始》於此曲牌名下註：「一名【映水芙蓉】，俗名【水仙子半插玉芙蓉】，【玉芙蓉】無謂。」故可知此曲一般名爲【水仙子半插玉芙蓉】，與《重校金印記》同，此牌名揭示所犯曲牌及犯法，至少有【水仙子】及【玉芙蓉】一曲，以前後同調的方式，於曲中犯用他曲，故有「半插」之名，然此【玉芙蓉】並非正宮之【玉芙蓉】，《正始》於例曲後註云：

> 此調曰【二仙插芙蓉】，乃古本原題，今蔣譜不惟不知【芙蓉花】，
> 且又不識雙調亦有【水仙子】，故誤題作【梧桐半折芙蓉花】，遺卻
> 【水仙子】一調耳。今雖從古本正此，但雙調【水仙子】今人實多

〔註86〕《新譜》（頁 447）載【刮鼓令】正格，例曲出自《荊釵記》，曲文爲：「從別後到京，慮萱堂當暮景。幸喜得今朝重會，又緣何愁悶縈。末不是我家荊，看承母親不志誠，分明說與恁兒聽，他怎生不與供登程。」

〔註87〕〔明〕蔣孝：《舊編南九宮譜》（台北：學生書局，1984 年 8 月），頁 194；〔明〕沈璟：《增定南九宮曲譜》（台北：學生書局，1984 年 8 月），頁 577～578；〔明〕沈自晉：《南詞新譜》（台北：學生書局，1984 年），頁 668～669。

罕見，余今於十三調雙調內註得其詳，但今本曲所犯之三句即合《凍蘇秦》之首三句「桑榆晚景夕陽紅，富貴今朝喜逢，座上客須教常滿。」又黃鐘宮【水仙子】而合元傳奇《拜月亭》之第三曲云「你是阿誰便應承，枉了許多時」是也。

除了參考舊本《凍蘇秦》，得知此曲曲名與後代改本的不同，並詳細考證南曲之【水仙子】格式，於《十三調譜》中列舉二格〔註88〕。【水仙子】比較常見的是北曲黃鐘宮【醉花陰】套曲牌，《正始》舉南曲【水仙子】有四種：《九宮譜》中南黃鐘宮【水仙子】有《拜月亭》格與《牆頭馬上》格，各帶換頭二種；《十三調譜》中南雙調【水仙子】，有《凍蘇秦》二格。《新譜》只收南黃鐘【水仙子】一種，未見南雙調【水仙子】，至於【芙蓉花】一曲，正格出自《王祥》，第二格出自《凍蘇秦》，皆是舊本〔註89〕。可見此曲《新譜》未能考訂的原因，乃在於未見舊本傳奇，不知有南雙調【水仙子】及南呂調【芙蓉花】二曲體式，故有誤判首段爲【梧桐樹】及曲名錯誤的現象。

相同的例子還有《正始》訂正【七犯玲瓏】所犯的【梧葉兒】一曲，《新譜》謂：「犯商調仙呂。此調舊譜所無，想自希哲創之，但【梧葉兒】全不似，又且將商調與仙呂相出入，亦非體也。因此調甚行於時，聊載之耳。」因沈自晉未見【七犯玲瓏】所犯句式的【梧葉兒】，誤以爲此格是祝希哲作【七犯玲瓏】自創的格式，然《正始》考舊本南戲有不同看法，註云：「《沈譜》曰此調舊譜所無，自希哲創之也，但【梧葉兒】三句全不似，又且商調與仙呂出入者也，況【梧葉兒】一調，元明詞共有五、六體，今詞隱先生於譜中止收得改本《荊釵記》之一格，且非古本原文，致不識今本曲所犯乃元傳奇《劉智遠》之梧葉兒。〔註90〕」這段文字清楚交代了時人所用、《增定》所錄的【梧葉兒】，與舊本【梧葉兒】的差異。《正始》收【梧葉兒】共五格，正格例曲出自《王十朋》，並於註解說明沈璟所據明人改本《荊釵記》所收此曲的錯誤，其中所收《劉智遠》例曲爲第四格，註云：「此格比《王十朋》全章皆變，比《綵樓》格止爭第三句末句，同【七犯玲瓏】。」若未能知道古本【梧葉兒】

〔註88〕〔清〕徐于室、鈕少雅：《南曲九宮正始》（台北：學生書局，1984 年 8 月），頁 1235～1236。

〔註89〕〔清〕徐于室、鈕少雅：《南曲九宮正始》（台北：學生書局，1984 年 8 月），頁 1174。

〔註90〕〔清〕徐于室、鈕少雅，《九宮正始》（台北：學生書局，1984 年 8 月），頁 558～560。

的體式差異，便無法正確考訂【七犯玲瓏】的依據。

　　根據舊本的考訂，存在著關於牌名與體式相近的問題。【金絡索】，《正始》錄三體，正格以《蔡伯喈》為例曲，所犯曲牌為【擊梧桐】、【東甌令】、【針線箱】、【金蓮子】、【懶畫眉】、【寄生子】，與《增定》的差別在於所犯第一、四曲，《新譜》分別註【金梧桐】、【解三酲】；第二格以《殺狗記》為例曲，與《增定》【七賢過關】例曲同，末曲改犯【梧桐樹】；第三格以《尋親記》為例曲，與《增定》【金甌線解酲】例曲同，然考訂差異甚多。《正始》所收三格，在《增定》、《新譜》則註為不同曲牌，與二譜考訂有關。《正始》所收商調【擊梧桐】同《新譜》所收南呂【金梧桐】相同，亦與《增定》、《新譜》所收商調【金梧桐】相同，然此處所以分為三調，在於《增定》、《新譜》未能考訂【七賢過關】所犯何調，雖然《新譜》於頁眉註云：「此調極似【金絡索】，但末句不似耳。〔註91〕」末句確實是此體與【金絡索】正格之別，《新譜》因未見元譜《呂蒙正》，未能考訂此調末句【梧桐樹】合《呂蒙正》末句。至於【金甌線解蓮】所犯曲牌雖少一曲，就《正始》的考訂，格式仍大體與【金絡索】同，而與《新譜》考訂有異，《新譜》認為中段所犯「流落他鄉不似前」為【針線箱】，《正始》則認為視【懶畫眉】。因此可知，《正始》因此三曲所犯曲牌差異甚少，同樣列為【金絡索】，而《增定》、《新譜》一則因無可考訂，一則因曲牌差異甚大，故分列兩曲。這與《正始》、《新譜》對又體的理解不同有關，此待本節第三段一併討論。

　　《正始》指出的錯誤，亦有關於沈譜集曲與否的判斷問題，如《舊編南九宮譜》收錄【柳搖金】一曲，以散曲「科場及第」為例曲，沈璟雖未分註所犯為何調，然認為此曲犯用他曲，改名為【柳搖金犯】，另收【柳搖金】一曲，例曲為《白兔記》「金梧飄墜」。《新譜》循《增定》所列，增「又一體」一種，例曲出自《邯鄲記》，並於【柳搖金】正格《白兔記》例曲後註曰：「馮註，尾四句必如此用疊句，而煞句必六字，與【五馬江兒水】判然不同。原譜凡四字四句，皆曰犯【柳搖金】，誤矣。今按《詞林辯體》載周獻王一曲，與馮說同，從之。」《新譜》按馮夢龍的說法，認為【柳搖金】正格的第八至十一句為四字四句，第十一句必用疊句，末句為六字句，如此以《白兔記》例曲為正格之【柳搖金】並非集曲，而是【柳搖金】正格。而散曲「科場及

────────
〔註91〕〔清〕沈自晉，《南詞新譜》（台北：學生書局，1984年8月），頁874。

第」雖名【柳搖金犯】，卻仍未標所犯曲牌，因此，【柳搖金】一曲出現了考訂的差異，原非集曲者被改訂爲集曲，而以新曲代之。這一判定改變的歷程，說明了【柳搖金】幾種格式的差異，涉及到集曲與否的判斷，而馮夢龍所謂「尾四句必用疊句，而煞句必六字」的說法，或根據時人的實際創作所下的判斷。事實上，在沈璟對【柳搖金】一曲就有與上述「煞句六字」不同的格律判訂。《增定》除【柳搖金】正格，亦收【梧蓼弄金風】一曲，沈璟訂末段所犯【柳搖金】「不覺」爲襯字，故不含疊句，末段爲四個四字句（含馮夢龍所謂「煞句」），此格未用疊句，與《正始》所列正格極爲接近。可見從沈璟到馮夢龍，對於【柳搖金】格律的理解已有不同，而無論是《增定》、《新譜》或馮夢龍所言，均與汲古閣本《白兔記》相同〔註92〕，孫崇濤比較《白兔記》版本，將《正始》引用之元傳奇《劉智遠》與成化本、汲古閣本進行比對研究，富春堂本因屬不同系統，未列入比較〔註93〕。據孫崇濤的結論，成化本是民間戲班以古本《白兔記》爲基礎的改編本，較汲古閣本更接近原貌。然此【柳搖金】並未出現於成化本《白兔記》，只能以沈璟的考訂爲旁證，並由所知的材料，推測【柳搖金】至少存在兩種不同的體式，差異在於「疊句」是否使用，以及末句的四、六字之別，然而仍未能看出【柳搖金】是否爲集曲。

何以《舊編南九宮譜》所舉【柳搖金】例曲，被沈璟認爲應是【柳搖金犯】，而沈璟新舉【柳搖金】例曲，又被《正始》訂爲集曲，並考正格犯【桂枝香】、【四塊金】、【淘金令】、【銷金帳】、【柳梢青】五曲？這或許涉及到【柳搖金】本身在早期南戲就是集曲，觀諸譜所舉三例，乍看雖有不同，細究句式、板位及襯字判訂，卻可觀察到極爲相似之處，下表中《劉智遠》「春光明媚」一曲，僅《正始》列出，然《正始》點板不甚完全，故僅參考點板處標註，「金梧飄墜」板位基本依《正始》，未點之處缺之（後似句《增定》均點板，《正始》未點），「科場及第」因《舊編南九宮譜》較早，詞依該譜，板則

〔註92〕《古本戲曲叢刊初集》第一函，《白兔記》卷下，第三十二葉。

〔註93〕孫崇濤，〈成化本《白兔記》與「元傳奇」劉智遠——關於成化本《白兔記》戲文的淵源問題〉，收於《南戲論叢》（北京：中華書局，2001 年 6 月），頁251～268。另外，陳多〈畸形發展的明代傳奇——三種明刊《白兔記》的比較研究〉收於《南戲國際學術研討會論文集》（北京：中華書局，2001 年 5 月），頁 65～75。從語言、劇本改編與藝術風格，將明代三種《白兔記》刊本——成化本、富春堂本、汲古閣本，認爲是南戲向傳奇過渡的不同階段。

參考《增定》：

	散曲「科場及第」	劉智遠「春光明媚」	劉智遠「金梧飄墜」
第1句	科場及第	春光明媚	金梧飄墜
第2句	別尋親在鳳城	遊人如蟻	齊紈嫻揮
第3句	頭上有神靈	金勒馬頻嘶	牛女會佳期
第4句	負心的活短命	萬紫爭妍麗	丹桂飄金蕊
第5句	眼睜睜的無了信行	粉蝶成雙飛	風傳香韻奇
第6句	百忙裡把這絲弦絕斷	忽聽得賣花聲過	遙望著碧天如洗
第7句	撲通的井墜了銀瓶	轉過畫樓西	萬里月揚揮
第8句		欲買幾朵花來	一似皓月澄清
第9句	咭噹的破菱花夢魂驚	粧個花籃花轎兒	團圓到底
第10句	我說與你個（？）	朝歡暮樂	朝歡暮樂
第11句	俊俏多情	效學于飛	效學于飛
第12句	休得把奴薄倖	和你永諧連理	和你永諧連理

　　板位字以底線標之。從這個表可以看到，若依上述板位判斷重訂正襯，雖然仍略有差別，除第五句板位、第八句以及上述標問號的第十句判定問題，其餘部分，三曲的句式、格律幾乎是完全相同的，尤其《舊譜》所引散曲「科場及第」，與《正始》所引「春光明媚」正格更為接近。這個結果突顯了一個問題：在《增定》以前的《舊編南九宮曲譜》，以及《增定》以後的《正始》，均未列【柳搖金犯】與【柳搖金】為兩首曲子，且二譜所舉例曲極為接近，而與二沈及馮夢龍所舉的曲例，末四句有很大的差異，可見二沈及馮夢龍受時人所作【柳搖金】「末四句必用疊句」或「煞句六字」的習慣影響，將本不應區分二曲的【柳搖金】，強分為【柳搖金犯】與【柳搖金】兩曲。透過詳細的比對，這樣的誤判，或許肇因於曲牌的變化，然《正始》特別指出這樣的錯誤，有助於時人演唱或創作所用。

　　《正始》對集曲所犯曲牌的改動，尚有涉及宮調問題者，如【畫眉啄木】一曲，《新譜》有【畫眉姐姐】一曲，例曲與此曲同，《正始》改犯別調，註明：「此末三句，今或作【好姐姐】亦可，但黃鐘雙調難以出入，今【啄木兒】即本宮。」此處所涉及「黃鐘雙調難以出入」，指的是二曲難以組合為集曲的情況，故將【好姐姐】改為【啄木兒】，即成為犯本宮的集曲。如就《十三調

南曲音節譜》的敘述，黃鐘與商調、羽調可出入，而雙調則與小石出入〔註94〕。洪惟助教授從樂理解釋宮調出入的原因〔註95〕，黃鐘爲無射爲宮的宮調式，雙調則是以夾鐘爲宮的商調式，若從這個關係來看，則二者無論是主音或調式均不見同質性，然宮調到了清初是否仍有樂理意義，仍是受到質疑的問題〔註96〕，此處或爲《正始》引用前人之說，然而，既然句式板位可以互通，改爲同宮相犯的集曲，不管對曲譜編纂或創作、唱演者來說，都比異宮集曲更爲可信且順暢。

（三）以「舊本」爲準的變體增刪

《新譜》往往因時人所作的差異，增加曲牌的又一體，以集曲而言，《新譜》所收變體的差異往往在於所犯同曲句數的不同，如【大節高】正格與變格的差別，在於首段【大勝樂】，正格犯首至三句，變格犯首至四句，後段【節節高】同。這種收錄方式，使得《新譜》所收集曲「又一體」數量繁多。相較於《新譜》將所犯句數的變化視爲變格收入，《正始》則採取了不同的態度，將確有變化的集曲（非只是句數改變）才列入「又一體」，這種觀點使得《正始》所收變體「精簡」許多，與《新譜》全譜正、變格共 1660 體相較〔註97〕，《正始》所收集曲 206 種，含變格共 245 體，僅佔全書正、變格總數的 14%，由此可看出《正始》以舊本南戲爲準，詳考各種變格的「具體變化」，而《新譜》所著重的，是當時人使用該曲牌的現況與各種改變，因此《正始》所列變格的存在，提供我們對於明清之際所創作的集曲新的思考方向：一、包括所集曲牌的差異，或者即使犯用同曲，因來源不同造成曲

〔註94〕《十三調南曲音節譜》，收於《舊編南九宮譜》（台北：學生書局，1984 年 8 月），頁 38、58。

〔註95〕洪惟助，《崑曲宮調與曲牌》（台北：國家出版社，2010 年 6 月），頁 49～52。

〔註96〕如楊蔭瀏《中國古代音樂史稿》（北京：人民音樂出版社，1981 年第一版，1990 年第三次印刷）頁 582～585。認爲「在調性上，既不代表有定而單一的調，也不代表有定而單一的調式：在表達上也並不限制某一宮調中的某些曲調，專做表達某類感情內容之用。它們只是依高低音域之不同，把許多適於在同一調中歌唱的曲調，作爲一類，放在一起。」武俊達：《崑曲唱腔研究》（北京：人民音樂出版社，1987），頁 76～79，認爲「古代把曲牌按照宮調來分類，原應以曲牌旋律的調式結構和曲牌旋律所用樂音的音區高低及音域的寬窄爲準，可是目前情況來看，並不是或並不完全是這樣。」同樣否定了南北曲宮調的樂理意義。

〔註97〕此統計數字，參見曹文姬，〈《南曲九宮正始》對曲調正、變體格式的認識〉，《中華戲曲》（北京：文化藝術出版社，2002 年），頁 242～258

牌該句格式的不同，都是前文所謂「具體變化」，因此在句格上確有不同者，才會被列入變格；二、《正始》未收句數差異的變格或有兩個原因，其一認爲集曲所集的各曲句數並非固定的不變的，在不影響曲牌銜接的情況下，後代劇作家可視情況增減前後曲牌所犯句數，這種情況不被《正始》視爲變格；其二則與《正始》不收時曲，故未收時人所作句數差異的變格。

　　《正始》所列集曲的又一體是更爲嚴謹的，如【啄木鸝】所犯【黃鶯兒】，有《蔡伯喈》、《王十朋》兩種不同格式，此二體【啄木鸝】皆犯【啄木兒】首至六句、【黃鶯兒】末三句，差異在於末句的「二三」與「二二二」句法，此即前文所論的奇體與偶體之別。《新譜》同樣收二體，正格同，然而「又一體」犯【啄木兒】全調及【黃鶯兒】末句，二體末句同樣是「二三」句法的奇數字句〔註98〕，可見《新譜》所收差異僅在所犯句數的不同。這樣的收錄差別，直接影響到二譜所收變體，如《新譜》所收【集鶯花】、【黃鶯學畫眉】、【傾杯賞芙蓉】的「又一體」，例曲分別出自《一合相》、《邯鄲夢》與《金明池》，這三曲正格與《正始》考訂均同，然這些又一體均不爲《正始》所收，這些《新譜》所列變格的出處，均爲時人所作，不收這些體式自然是《正始》體例，然而從所集曲牌來看，三曲所犯皆爲句數的不同〔註99〕，對《正始》而言，這並不構成具體的格式差異，故不收於譜中。

　　《正始》所列變格，都是體式上有具體差異者，如【四換頭】有二格，集曲的結構頗爲複雜，是由不同集曲所組成的集曲組，具有「曲套」的用法概念，故有散曲將作爲視爲曲套創作，然《正始》一方面其視爲大型集曲，一方面也認爲此曲即曲套，故註云：「此係全調【四換頭】，其尾用仙呂【情未斷煞】。〔註100〕」前句既云「全調」，後句則又提及尾聲，則可見此二概念俱見於《正始》之中，這涉及集曲體式的討論，此處不深入開展。若就大型集曲的概念來看，此曲所犯曲牌即可看出二格的差異：正格犯【一封書】全、

〔註98〕〔清〕沈自晉：《南詞新譜》（台北：學生書局，1984年8月），頁546～547。
〔註99〕《集鶯花》正格犯【集賢賓】首二句、【黃鶯兒】三至六句、【賞宮花】末二句；又一體犯【集賢賓】首至六句、【黃鶯兒】四至六句、【賞宮花】末二句。【黃鶯學畫眉】正格犯【黃鶯兒】首至六句、【畫眉序】末二句；又一體犯【黃鶯兒】首至三句、【畫眉序】末四句。【傾杯賞芙蓉】正格犯【傾杯序】首至五句、【玉芙蓉】四至末句，又一體犯【傾杯序】換頭格首至六句、【玉芙蓉】四至末句。
〔註100〕〔清〕徐于室、鈕少雅：《南曲九宮正始》（台北：學生書局，1984年8月），頁301～303。

【排歌】、【皀羅袍】全、【排歌】、【勝葫蘆】全、【排歌】、【樂安神】全、【排歌】;第二格則犯【一封書】全、【望吾鄉】、【皀羅袍】、【勝葫蘆】、【一封書】、【一封書】全、【望吾鄉】、【皀羅袍】、【勝葫蘆】、【一封書】。可看出正格是【一封書】、【皀羅袍】、【勝葫蘆】、【樂安神】全曲各帶【排歌】末三句,由此四段落組合成的集曲,第二格則是以【一封書】全調後帶【望吾鄉】、【皀羅袍】、【勝葫蘆】、【一封書】或【樂安神】,構成了一個兩段式的曲組。此例雖較爲特殊,但很容易可以看出《正始》所列集曲第二格的條件,必須是格式有明顯差異、而非僅是犯同曲句數有異的體式區別。當然所謂正、變格的判定,還涉及例曲來源的問題,【山虎嵌蠻牌】:《正始》將《新譜》格定爲第二格,例曲考訂同,另增正格犯【下山虎】、【蠻牌令】,以《韓雲卿》爲例曲,補註:「下山虎《拜月亭》體,第九句《殺狗》句法。」考訂既同,所列正、變的不同,乃在於二譜根本的差異,《新譜》尊沈,故以沈璟《十孝記》爲正格,然這不符合《正始》以舊曲爲正的原則,故改舊南戲《韓雲卿》爲正格,符合該譜的編纂體例。

也因此,《正始》收錄了不少《新譜》未錄、且句格不同第二格,當然,列入《正始》之第二格,仍必須是舊本南戲就已存在的格式差異。如【二犯月兒高】,《新譜》、《正始》所列正格考訂相同,皆犯【月兒高】、【五更轉】、【紅葉兒】、【月兒高】,然《正始》新增《周子隆》第二格一種,差異在於所犯第二、三曲,正格所犯第三曲爲【紅葉兒】、第二格爲【誤佳期】,故所第二曲【五更轉】,正格犯二句、第二體犯則僅犯用一句。此一差異同時存在著「曲牌」與「句數」的差別,然值得注意的是,「句數」差異乃因所犯曲牌不同而造成,正格所犯【五更轉】爲「七、四、四」三句,每句末字點板,變格則僅犯七字一句,然所銜接的【誤佳期】爲「四、五、七」三句,銜接處句式完全相同,然若照正格犯用三句,則將連續出現三個四字句式,故此曲創作將【五更轉】兩個四字句刪去,以增加音樂銜接的順暢。

總而言之,《正始》對集曲變格的收錄與判斷,必須有兩個條件的成立:一、古本已有兩種以上格式;二、正變格犯用曲牌,須在格式上有具體區別,無論是犯用曲牌的不同或同曲古本的格律差異。這種嚴謹的態度,同樣是基於遵古的立場,也從而使後代研究者了解集曲變格的變化,在明初以前南戲,以及明代中後期至清初這兩個不同階段,有不同的創作與演化傾向。

二、「古爲今用」──《南曲九宮正始》的考訂價值

《正始》以宋元南戲爲基礎,詳考集曲所犯各調,訂正二沈曲譜的錯誤,頗得當代學者肯定,然亦有學者指出《正始》「一味崇古,不思曲律變遷」、「在追尋舊軌典範的過程中,徐、鈕犯了食古不化的毛病。〔註101〕」文中舉宮調系統與明清實用宮調系統的差異,說明《正始》強分「宮」與「調」是沒有必要的。曲牌如同語言,皆有其使用習慣的變遷,追尋古曲爲標準的做法,在什麼情況下需要與時人慣用妥協?是否有必要很精確的以古爲準?從舊本考訂集曲的作用是什麼?是很值得思考的問題。

綜觀《正始》對《增定》、《新譜》的訂正,似乎很容易產生此是彼非的印象。從上文的論述,對於二沈未能解釋的集曲問題,《正始》往往能夠從舊譜中找到解答,這是從明清之際的實際創作來看,崇古的作法,似乎僅具研究參考價值,即使《正始》告知了該曲來源,實際創作則有另一套作法。以【六花袞風前】爲例,此曲常見名稱爲【九迴腸】,《增定》、《新譜》俱收此曲,名【九迴腸】,此二譜與《正始》所用例曲相同,然而不管名稱及考訂均有區別,原因就在於《正始》從元譜中發現,時人常用的【急三槍】,實是犯【黃龍袞】與【風入松】的集曲,用【黃龍袞】與【風入松】取代【九迴腸】中的【急三槍】,從而改名爲【六花袞風前】,是一種「崇古」的作法,然明清傳奇對此曲的使用,皆是犯【急三槍】而牌名作【九迴腸】,未見作【六花袞風前】者,那麼《正始》的考訂並更名,對實際創作而言是否也只是「在追尋舊軌典範的過程中,徐、鈕犯了食古不化的毛病。」的又一體現?本文認爲,這個問題必須一一就個別曲牌的現實狀況來觀察。詳細比對《增定》、《新譜》與《正始》的集曲與曲牌說明,在某些曲牌的創作與唱演中,《正始》的崇古考訂至少具有兩個重要的價值,以下分別論述之。

(一)正確考訂與唱演的關係

這個問題涉及到明清之際曲牌演唱的方法問題,本文第二章第一節從曲譜的說明文字,推測明末清初崑曲唱法的問題,並舉沈璟【孝順歌】與【孝順兒】之例,說明演唱者根據坊間刻本的誤唱,可見對演唱者而言,「曲牌名」就等於一首樂曲的框架,演唱者熟悉每首曲子的框架,將唱詞套入音樂框架是一個技術性的問題,有些謹慎的劇作家會找熟悉曲牌的曲師爲其一一「審

〔註101〕周維培,《曲譜研究》(南京:江蘇古籍出版社,1997年11月),頁161。

音協律」〔註102〕，故此處【孝順兒】的例子對知音者而言一種嚴重的錯誤，訂正這樣的錯誤，是曲譜編纂者所面對的重要問題。

就曲牌與定腔而言，在前文所舉的《七犯玲瓏》中，浮現了一個必須思考的現象：如果時人慣於使用的【梧葉兒】，已與【七犯玲瓏】所用《劉智遠》格【梧葉兒】不同，那麼《正始》的考訂意義爲何？筆者以爲這個問題同樣得從唱演的角度切入討論。【七犯玲瓏】中【梧葉兒】爲所犯的第二個曲牌，《新譜》謂其「【梧葉兒】全不似」，乃與其所定【梧葉兒】正格差異甚遠，其格如下：

遭挫折○受禁持◎不由我淚珠垂◎
▲　▲　▲　▲　▲　　▲　　▲

無由洗恨○無由遠恥◎事到臨危○拼死在黃泉做鬼◎
▲　　▲　▲　　▲　▲　▲　　　▲　▲▲

至於【七犯玲瓏】中的【梧葉兒】，板眼框架如下：

今日在何方◎早把春心蕩◎免教人斷腸◎
▲　　▲　　　▲　　▲　　　▲

就板眼框架來看，不知與《新譜》所定【梧葉兒】何三句相同。然【七犯玲瓏】若用此格，不管套入何句演唱，都會產生「掠其腔以湊之」的情況，畢竟板位全部不同，表示音樂的框架也很不一致，此時正確考訂此格就成爲演唱時的重要問題。如前所述，《正始》考訂【梧葉兒】共有五格，【七犯玲瓏】之體出自《劉智遠》格，並說明每一句的變化，詳考全曲格式的差異。如【七犯玲瓏】所犯，實爲【梧葉兒】第三到五句，第三句正格爲六字句，《劉智遠》格雖爲五字句，然於第二句後加一襯字，並於第三及第五正字點板，細究與正格亦相差不遠，而第四、五句差異較大，因改爲五字「二三」句法，板位也與正格有所不同，而與【七犯玲瓏】所犯相同。這樣的做法，目的不只在於正確考訂集曲所犯曲牌的格式，亦有透過考訂，告訴演唱者於演唱【七犯玲瓏】時安板設腔所應注意的不同之處。

又如前文引述《正始》所舉【羅鼓令】因誤考前段犯【刮鼓令】，將十句詞硬套入【刮鼓令】八句的音樂框架內，時人演唱同樣將十句詞硬湊入八句之腔，《增定》所訂【刮鼓令】八句，《新譜》仍之，然改換例曲爲此曲前腔，

〔註102〕〔清〕洪昇，稗畦草堂刊本《長生殿》，收入《古本戲曲叢刊》五集四函，1986年5月。

【羅鼓令】前段亦被訂爲八句,此一錯誤甚大,看《增定》對此曲的點板,可知硬湊入八句之腔的做法在於「訂襯」,如第二至四句,【正始】引《蔡伯喈》同折異曲爲正格,訂此三句應犯【朝元令】,謂:

　　將來的飯怎喫,疾忙便擡,非干是我有些饞態。
　　▲　　　　▲　▲　　▲　▲　　　　　　▲

　　《增定》定此曲犯段【刮鼓令】,爲使板位同於本調的兩句,所訂此二句襯字甚多〔註103〕:

　　你將來的飯怎喫,可疾忙便擡,非干是我有些饞態。
　　　　▲　　　▲　▲　▲　　　　▲　▲

　　【刮鼓令】第二、三句句格如下:(爲求比較,茲引沈璟所列)〔註104〕

　　　廬萱堂當暮景,幸喜得今朝重會
　　　▲　▲　▲　　　　▲　▲

可看出沈璟欲將【羅鼓令】此處二十字,作【刮鼓令】第二、三句的十三字唱,故前二句硬合爲一句,把不僅把「你將來的」全訂爲襯字,又把「可急忙便擡的「可」與「忙」字訂爲襯字,使這兩句與【刮鼓令】「三三」句法的六字句句式、板位相合。這種作法顯然是不恰當的,南曲所講究的「襯不過三」,目的在於每個小節(板)的音樂容量固定,而南曲未能如北曲可用增加小節(板)的方式安排襯字,因此,因此襯字過多,使得每個小節字位過於密集,不僅難以美聽,過多的襯字亦可能造成倒字,或影響該曲牌特色腔的完整性。沈璟此處的做法,正是《正始》所謂的「強狃」,於格律及音樂來說都是錯誤的,而演唱者未能明白這種考訂的誤解,硬湊而唱,也就造成腔句與曲律的混亂。

　　正確的考訂,關係到集曲是否能正確演唱,而不產生錯拗的情況。事實上,不管是《增定》、《新譜》或是《正始》,這個考訂概念都是一致的,而《正始》能夠上究古本曲牌原貌,對曲牌作出正確的考訂,就這點來看,《正始》對部分曲牌如此考訂,可說是兼及了格律與唱演的需求。

(二)創作歷程與格律的演變

〔註103〕〔清〕徐于室、鈕少雅:《南曲九宮正始》(台北:學生書局,1984年8月),頁398～400
〔註104〕〔清〕徐于室、鈕少雅:《南曲九宮正始》(台北:學生書局,1984年8月),頁397～398

　　《正始》考訂的曲牌，有時已失傳，未見時人所用，或時人所用已有變化，不同於早期南戲，然而犯調產生在改變以前，即使本調已變，犯入該曲的腔句却仍維持舊格，時人因未見舊本無法考訂，也導致無法正確理解該集曲的誤解。這個問題所涉及的是集曲創作歷程與格律演變，古體的考訂與存在，不僅成爲觀察格律演變的切入點，對於時人依據舊格所填曲牌，亦可保留一種創作與演唱的解釋。

　　以【刷子帶芙蓉】爲例，《增定》、《新譜》收此曲例曲與【正始】同，首句爲「雲雨阻巫峽」五字句，沈璟註云：「此調後二句雖帶【玉芙蓉】，然第一句不似【刷子序】，恐又犯他調。」可見《增定》、《新譜》未見五字起的【刷子序】，所收格律僅見四字起格，與【刷子帶芙蓉】的五字起句不同，從而懷疑此曲犯用別調。然此曲直到清代以後的創作，首句仍是作五字句，最常見的《千鍾祿·慘睹》中，【刷子帶芙蓉】首句爲「頸血濺干將」五字句〔註105〕，《清忠譜》第20折〈魂遇〉【刷子帶芙蓉】首句「龍比作齊肩」亦爲五字句〔註106〕，再如《長生殿·製譜》的「荷氣滿窗紗」、《牡丹亭·寫眞》的「春歸恁寒峭」等，首字皆作五字句，與諸譜所列正、變格的首句四字皆不同。可見【刷子序】本調，至少到了明萬曆以後已不見「首句五字」這種格式。《正始》考此格出自明散套《樂府群珠》，可見【刷子帶芙蓉】的五字起格，源於更早的【刷子序】。這種時人所用本調已有變化，然集曲中保留更早以前的格式，說明了曲牌使用時，某些格式逐漸少用而消失，然集曲創作正好與該格式時間相近，並成爲該集曲定式的一部分，保留在後代創作的此一集曲中。《正始》追尋舊本的考訂方法，不僅能正確考訂集曲所犯本調，在一些特殊的、集曲與本調創作關係的比對分析中，對於探討集曲的創作歷程與曲律的變化，有很高的參考價值。

　　本節探討徐于室、鈕少雅《正始》的集曲收錄與考訂，針對此譜的修編宗旨——「精選」——如何體現於集曲的收錄與考訂進行研究，同時與大約同時的《南詞新譜》比對，在觀點、考訂方法與呈現結果的不同，並試圖以比較客觀的方式，重新理解前人對這些曲譜比對時，所產生的一些批評與討論。

〔註105〕〔清〕徐于室、鈕少雅：《南曲九宮正始》（台北：學生書局，1984 年 8 月），頁 1043。

〔註106〕〔清〕徐于室、鈕少雅：《南曲九宮正始》（台北：學生書局，1984 年 8 月），頁 1382。

　　無論是《墨憨齋詞譜》及《正始》，透過舊本劇作與散曲的考索，解決了部分二沈曲譜未能解決、或是理解錯誤的集曲考訂，呈現了每一曲牌在不同的時代中，有不同的格式存在，並透過這樣的比對，梳理了集曲創作所反映不同時代曲牌變遷的面貌。因此，《墨憨齋詞譜》及《正始》的集曲收錄，不僅具有確定曲律規範來源的功能，其中體現的文獻與曲學研究的價值，往往也是後代學者所注意到的，如錢南揚從《正始》中輯錄宋元南戲的舊跡、孫崇濤從《正始》所錄的曲文比對現存南戲版本的歷史定位，都是《正始》「考索舊本」的功夫，在作為曲譜以外，對當代學人而言所具有的另一研究價值。

第四章　集曲考訂與實用觀念的轉移
——順治末與康熙年間四部曲譜的集曲收錄

第一節　實用概念的轉移
——《寒山曲譜》、《新定十二律崑腔譜》與《欽定曲譜》

　　順治的兩部曲譜——《南詞新譜》與《南曲九宮正始》，以不同的觀點收錄並考訂集曲，分別反映了時曲與元明之際的集曲不同的樣貌。康熙以後的曲譜編纂，最大的特徵在於「實用」與「官譜總結」兩種編纂觀念。從現存曲譜中，可以看到直到康熙末年以前，集曲收錄較完整曲譜，有張彝宣曲譜殘稿與定本、《欽定曲譜》與《南詞定律》三種。本節論述前二種曲譜集曲收錄的情況。張彝宣是目前可見的曲譜中，最早將「犯調」獨立一類，與「過曲」並列的曲譜，從考訂方法來看，張彝宣往往提出的「細玩」二字，與其提出同一集曲能夠有不同考訂可能的情況，說明了考訂方法從二沈、徐紐的著重本調比對追溯，轉而成為推敲曲牌字句腔格的可能情況；《欽定曲譜》南曲部分幾乎完全侈錄沈璟《增定南九宮曲譜》，然而其中格式的統整與說明文字的改變，說明了此譜以時人創作習慣為宗的編輯概念。《欽定曲譜》編纂完成的時間與《南詞定律》幾乎相同，此譜南曲部分雖侈錄自沈璟《增訂南九宮曲譜》，甚至沈璟當時連未能考訂的集曲，註解都沿襲之，而未參考後人對

該譜的考訂，但此譜卻在當時被視爲「流行」、「實用」〔註1〕，何以僅將舊譜作了體例的統一，便成爲「流行」、「實用」？除了作爲官譜外，此譜所收曲牌與實際劇本創作之間有何關聯性，以致於此譜有「實用」之效，是一個值得思考的問題。

一、張彝宣曲譜及其集曲收錄

張彝宣，一名大復，字星期，是明末清初創作量頗爲豐碩的劇作家，作品存目 28 種，有《如是觀》、《吉祥兆》、《快活三》、《金剛鳳》、《重重喜》、《海潮音》、《釣魚船》、《紫瓊瑤》、《醉菩提》、《雙福壽》、《讀書聲》11 種存世，其所編曲譜，據周維培所言，有三種面目差異大的殘本存世〔註2〕：

1. 《詞格備考》，張彝宣所錄，用以供己填詞備用，僅能算作曲譜雛形，臺北國家圖書館有藏本。

2. 《寒山堂曲譜》，存四冊，北京圖書館藏，尚存黃鐘、正宮、大石調、小石調、仙呂、南呂、中呂、雙調等八宮調，每宮調不列引子，專收過曲、犯調兩類曲牌。

3. 《寒山堂九宮十三攝曲譜》，是張彝宣曲譜最後定本，中國音樂學院藏一種六冊，中國藝術研究院藏一種三冊，周妙中有校勘本《張彝宣曲譜》，惜未出版。

關於版本發現與流變考訂的論述，並非本文討論重點，此處參考李佳蓮博士論文《清初蘇州崑腔曲律研究——以《寒》、《廣》二譜與傳奇作品爲論述範疇》〔註3〕，第一章第三節〈《寒山堂曲譜》之前身——《南詞便覽》、《元詞便考》、《詞格備考》〉與第四節〈《寒山堂曲譜》之版本先後〉。文中梳理張彝宣曲譜各種殘本的發現過程與研究諸說，詳細說明了張彝宣曲譜前身《南詞便覽》、《元詞便考》與《詞格備考》編纂過程的關係，並就現存曲譜之宮調系統與所收曲牌類型比對，認爲《詞格備考》屬草稿階段作品，日後《寒山曲譜》爲《詞格備考》的修訂本，《寒山堂新定譜》則爲張彝宣編纂曲譜的最後定稿。此文的梳理清楚詳盡，然本文於《寒山曲譜》所刪《詞格備考》

〔註1〕 此概念來自周維培，《曲譜研究》（南京：江蘇古籍出版社，1999 年 9 月），頁 210～211。

〔註2〕 周維培：《曲譜研究》（南京：江蘇古籍出版社，1999 年 9 月），頁 162～165。

〔註3〕 李佳蓮：《清初蘇州崑腔曲律研究——以《寒》、《廣》二譜與傳奇作品爲論述範疇》（台灣大學 95 學年度博士論文），頁 30～50。

的宮調增減情況，有不同看法。李文認爲《寒山曲譜》所刪羽調、商調、商黃調、高平調、越調的做法，認爲「除越調較常用之外，餘者已是少用的宮調」，因此刪去是捨棄「漸次不用」宮調的「去蕪存菁」作法，是有待商榷的。這其中商調、商黃調一直是常用宮調，商黃調爲商調與黃鐘組成集曲所列之宮調，元代以來《南曲九宮十三攝曲譜》有之，沈璟《增定南九宮曲譜》雖刪，然編纂於順治年間的《南詞新譜》、《南曲九宮正始》均收錄此一宮調，這顯然是「分類」概念的不同，細觀商黃調所收犯用商調與黃鐘之集曲，如【集賢聽畫眉】、【集鶯花】、【黃鶯學畫眉】、【鶯集御林春】等，於傳奇作品中使用甚繁，張彝宣本人亦於《寒山曲譜》【雙聲臺】例曲後駐云：「舊云，黃鐘不可居商調之前，然細調之，二調甚協，故王伯良先生，有商黃調之說，予不揣，實作此幾曲，可知舊語不可全也信之。〔註4〕」由張彝宣認爲此曲既屬黃鐘犯商調，又於律「甚諧」，可推知譜中或有收錄商調曲牌，而比對《寒山曲譜》與其前身《詞格備考》，重複的宮調中，所收曲牌除了零星數例牌名略有不同外，其餘不管曲牌順序、例曲、說明文字皆全部相同，可以推想，這些宮調並非是爲「去蕪存菁」而刪，本文認爲，由於所見《寒山曲譜》屬殘本，這些宮調不存，或只是因爲此譜該卷未見留存之故，例如從全譜體例來看，標目列有之「雙調犯調」，卷中卻未見，而《詞格備考》所收之雙調犯調實有許多常用集曲，其中如【錦堂月】更是從《琵琶記》以來，就作爲集曲之常用套，常用於歡宴排場〔註5〕，此未收部分，顯然並非「去蕪存菁」，很有可能僅是殘本亡佚而未得見。因此由於所見僅是殘本，據以就宮調增刪論曲律之演變，恐存在值得商榷的空間。

（一）《詞格備考》、《寒山曲譜》的集曲收錄概況

　　《續修四庫全書》第 1750 冊收《寒山曲譜》與《寒山堂新定九宮十三攝南曲譜》，後者未收集曲，有很明確的原因論說，其〈凡例〉自謂「犯調祇是將同一宮調或同一管色之宮調中，二調以上以致若干調，各摘數句，合成一曲便是。凡稍明律法者，皆可爲之，不必以前人爲式也。故此譜但收過曲，不收犯調。〔註6〕」可見該譜未收集曲，乃是承認集曲是一種創作的自由，明

〔註4〕　〔清〕張彝宣，《寒山曲譜》（收入《續修四庫全書》第 1750 冊，上海古籍出版社，2002 年），頁 507～508。

〔註5〕　見許之衡：《曲律易知》（飲流齋刻本，1922 年），卷下 2 頁。

〔註6〕　〔清〕張彝宣，《寒山堂新定九宮十三攝南曲譜》（收於《續修四庫全書》1750 冊，上海古籍出版社，2002 年），頁 636。

白曲律規則即可自行創作，故未作收錄。《寒山曲譜》爲殘本共收錄南呂、中呂、黃鐘、正宮、大石、小石、仙呂集曲 260 曲（不含又一體）。《詞格備考》亦爲殘本，藏於台北國家圖書館，所收各宮犯調獨立一類，全列於該譜第二部分，而與《寒山曲譜》每一宮調先列過曲後列犯調不同，共收黃鐘、正宮、大石、小石、仙呂、商調、羽調、仙呂入雙調、南呂、中呂、雙調等十一宮調犯調，其中異於《寒山曲譜》者共 170 曲〔註7〕。因《詞格備考》與《寒山曲譜》究屬未完雛形，而完稿《寒山堂新定九宮十三攝南曲譜》又未收集曲，此處僅能就目前所見集曲收錄的資料，進行收錄概況的論述。

　　《寒山曲譜》集曲之收錄來源，與《南詞新譜》觀點相同，對於時人所作集曲收錄頗多，周維培認爲「輯曲上模仿《南詞新譜》，把近代人的時作新裁收入譜中。〔註8〕」當然不能把「收錄時作」的作法認爲就是模擬《南詞新譜》，如《南詞定律》亦收錄不少時作，包括《長生殿》、《格正還魂記詞調》均收錄其中，何以不言是「模擬」？本文認爲「收錄時作」是明清之際曲譜編纂的「主流作法」，沈璟開始這樣的編纂概念，其後除馮夢龍、徐于室、鈕少雅等彼此影響、參閱相同資料而有不同編纂觀點外，將時作新曲收錄譜中是普遍現象，未可輕易認爲是「模擬《南詞新譜》」。

　　但由於二譜編纂時代接近，收錄時曲的觀點相同，比較《寒山曲譜》與《南詞新譜》所收集曲，實可凸顯《寒山曲譜》的編輯特徵。由於此譜所存爲殘本，以個別宮調收錄曲牌來比對，更能夠對《寒山曲譜》收錄觀點有明確的認識。此處以「南呂犯調」爲例，說明此譜與《南詞新譜》差異概況，考訂不同的集曲於第二小節統一說明，此處僅就數字統計。目前可見《寒山曲譜》收南呂集曲 76 曲（不含又一體），《南詞新譜》則收 88 曲（不含又一體），所收曲牌有 64 曲相同，5 曲涉及宮調判定差異：【巫山十二峰】《南詞新譜》收於「雜調」，《寒山曲譜》收於南呂宮；【學士解溪沙】與【學士解醒】《南詞新譜》收於南呂宮，《寒山曲譜》則收於【仙呂宮】；【三仙序】《南詞新譜》收於正宮，《寒山曲譜》收於南呂宮；【五樣錦】《新譜》收於南呂宮，《寒山曲譜》則收於小石調。1 曲爲集曲與否判斷與定名的不同：《新譜》所收【繡衣郎】爲一般過曲，《寒山曲譜》所收例曲同，然改名【鎖春枝】，考訂犯【瑣窗寒】、【宜春令】、【玉交枝】三曲。《寒山曲譜》未收《南詞新譜》

〔註7〕 此數字爲筆者統計而得，因臺北國家圖書館掃描稿件有數頁模糊不清，故略過不計。又部分收曲與《寒山曲譜》重疊，故總數爲 260 曲。
〔註8〕 周維培：《曲譜研究》（南京：江蘇古籍出版社，1999 年 9 月），頁 163～164。

所收集曲者有 21 曲〔註9〕；《寒山曲譜》收錄，亦未見於《南詞新譜》者共 5 曲〔註10〕，因何故未收《新譜》所錄集曲，《寒山曲譜》未作說明，然應不是張彝宣認爲這些曲牌所犯本調考訂錯誤的原因，因針對考訂錯誤的曲牌，《寒山曲譜》有一套特殊的處理方法。至於《寒山曲譜》所收而《新譜》未收者，從例曲來源可知是較爲晚近的作品，在南呂宮的例子中，尤其是張彝宣自作《如是觀》，在新增集曲 5 曲中佔了 3 體，是較爲特殊的現象。由南呂宮的例子可以看到三個現象：一、因未收「引子」，《南詞新譜》所收【女臨江】、【臨江梅】等集曲引子，未見於《寒山曲譜》；二、《寒山曲譜》編纂年代略晚，故收錄的曲牌有後出者，尤其張彝宣自作集曲，如【金錢蛾】等，均收於譜中，而未見於《南詞新譜》，此曲【金錢花】與【撲燈蛾】屬常見乾唱的粗曲，其組合可見音樂的連貫性；三、集曲宮調歸屬的歧異。《寒山曲譜》集曲的宮調歸屬，與《南詞新譜》的歸屬頗多不同，如【三學士】屬南呂宮，就一般曲譜集曲收錄宮調歸屬原則，以【三學士】爲首牌的集曲應收於南呂宮，《寒山曲譜》卻將其收錄於次曲所犯「解三酲」的仙呂宮（按：《寒山曲譜》亦收【三學士】於南呂宮），《寒山曲譜》這種集曲宮調歸屬較不統一，尚出現於其他宮調集曲，如譜中所收小石調集曲 8 種：【五樣錦】與【梅花郎】首段所犯【臘梅花】；【二犯月兒高】、【月雲高】、【月照山】、【月上五更】、【月鶯蓮】首段所犯【月兒高】均屬仙呂宮，這些集曲除【月鶯連】諸譜未收外，他譜皆收入仙呂，而此譜雖是目前所見，將犯調獨立一類、分別收錄的曲譜，但「犯調」一類中並未如他譜將首段所犯同曲之集曲集中收錄，其收曲順序略見混亂而無規則可循。筆者認爲，此處集曲宮調歸屬的錯誤與所收曲牌順序的混亂，或因於此曲尚屬初稿、未作更完整的排列歸類，而與日後《新定譜》所反映的曲律變化無直接關聯。

　　針對張彝宣曲譜曲牌宮調歸屬問題，李佳蓮《清初蘇州崑腔曲律研究──以《寒》、《廣》二譜與傳奇作品爲論述範疇》第二章第三節有詳細歸納〔註11〕。其所分三類〔註12〕確實說明了張彝宣譜中部分曲牌宮調歸屬的實

〔註9〕　此 21 曲爲：【單調風雲會】、【學士醉江風】、【研鼓娘】、【勝寒花】、【女臨江】、【三換頭】、【秋夜金風】、【九疑山】、【浣溪三脫帽】、【針線窗】、【朝天懶】、【瑣窗針線】、【醉太師】、【醉宜春】、【臨江梅】、【繡針線】、【懶針酲】、【懶鶯兒】、【畫眉溪月瑣寒郎】、【梅花郎】、【折腰一枝花】。

〔註10〕　此 5 曲爲：【三脫帽】、【金燈蛾】、【秋蓮子】、【鎖窗解酲】、【雙節高】。

〔註11〕　李佳蓮：《清初蘇州崑腔曲律研究──以《寒》、《廣》二譜與傳奇作品爲論述範疇》（台灣大學 95 學年度博士論文），頁 86～91。

況，在論述此節基礎，引述王驥德與《九宮大成》的兩段文字，王驥德〈論宮調第四〉所言，實指一均七聲皆可爲主音的旋宮之法，至於《九宮大成》之〈北詞凡例〉所述，則是實際演唱時管色的運用情況。後者的管色轉換，對唱曲而言是一種靈活之變，音域太高的曲子，可用較低的管色唱之，反之亦然，而「皆可從正調而翻七調」所指爲以四字調爲準，計算崑笛每個孔位移調變化，所吹奏的其他管色〔註13〕；前者所指，則涉及調式與調性的轉換，屬傳統樂律所云八十四調排列計算的基本方法〔註14〕。因此其文所謂「王驥德所謂『一均七聲，皆可爲調』，當即《大成》所云『皆從正調而翻七調』」是宮調與管色兩種不同概念的混淆。以此爲基礎論述張彝宣譜中曲牌歸屬之混亂，乃屬宮調統攝力的「舊規則日漸瓦解」，所論未見確實。

綜合前文所論，從收錄的具體情況來看，本文傾向的看法是：《詞格備考》與《寒山曲譜》仍屬未定稿，故有體例不一或錯漏的現象。如【大節高】一曲，《南詞新譜》所收正格爲沈璟散曲「經年遠隔斷銀河」，又一體例曲出自《花筵賺》「原來是這個輕狂」，二體是犯用句數不同的差異，後者多犯【大勝樂】一句，【節節高】所犯句數同，《寒山曲譜》則將前者訂名【大節高】，後者訂名【大勝高】，作爲不同曲牌收於南呂犯調異處，這種情況一般被視爲「又一體」，《寒山曲譜》則將此分作兩個不同曲牌，與同樣情況的【滴溜神仗】及其「又一體」相較〔註15〕，顯然是尚屬稿本、體例的現象。然而此譜將「犯調」獨立爲一類，並詳註句數、字數及板數的作法，則不僅說明了實用觀念的影響，更是較此前曲譜集曲觀念的重要演進。

〔註12〕 三類爲：一、張譜歸屬與衆譜殊異；二、某曲游離輾轉於各宮調；三、自張譜所歸宮調。

〔註13〕 按：筆者曾從南京朱繼雲老師學習崑曲，其所示範「一笛翻七調」乃是以小工調爲準，與此說略有不同，然概念是相同的。

〔註14〕 按：八十四調，實爲宮、商、角、變角、徵、變徵、羽七音各爲主音一次而產生七種調式，每一種調式逐一以十二律呂中每音爲「宮」，所作排列組合而成。詳細的排列，見王光祈，《東西樂制之研究》（臺北：臺灣中華書局，1971年臺一版），頁106～115。然八十四調僅是排列組合所產生，實際未做如此使用。關於宮調系統在歷代的不同使用，包括燕樂二十八調、宋代詞樂七宮十二調與六宮十一調，乃至崑曲宮調的相關問題，見洪惟助《崑曲宮調與曲牌》（台北：國家出版社，2010年6月），頁1～58。

〔註15〕 〔清〕張彝宣，《寒山曲譜》（收入《續修四庫全書》第1750冊，上海古籍出版社，2002年），頁4908。

（二）「細玩」──《寒山曲譜》的集曲考訂方法與觀點

周維培認爲「承襲沈璟曲譜註釋，缺乏新見與獨創性。〔註 16〕」顯然是忽略了張彝宣收錄集曲時，其說明文字與訂正前譜所明確表現的觀點闡釋，以及對於所收例曲採取特殊的做法。《寒山曲譜》對考訂曲牌的方法，往往提出「細玩」，一詞，作爲其細究曲牌格律的方法用語。「細玩」作爲一種考訂方法，在《寒山曲譜》中具體表現爲「文詞格律」與「腔句旋律」的推敲考究，「文詞格律」如【月雲高】註云：「舊譜註爲【度江雲】〔註 17〕，但本調無處可查，細玩字句平仄，與【駐雲飛】末句同。」從蔣孝《舊編南九宮譜》至康熙年間的《南詞定律》，也無論以「備於今」爲觀點的《南詞新譜》或「詳於古」的《南曲九宮正始》，皆訂此曲犯【月兒高】與【渡江雲】，然而【渡江雲】究屬何曲？僅《南曲九宮正始》收錄，他譜俱謂「本調俱缺」，在這樣的情況下，張彝宣大膽根據平仄的相同，改訂此曲末段爲【駐雲飛】。關於這樣的改訂，有一個值得衍申思索的問題：【月雲高】是傳奇中常用集曲，多用於套曲前段，即使未知【渡江雲】爲何，此曲之能唱，或應是有眾人熟知的腔句格式，既然如此，張彝宣的改訂，即使合於平仄，對實際演唱是否具有直接的影響？這是在探討明清之際崑曲實際演唱面貌時，值得關注的問題。前例是有關文字平仄的「細玩」，如【六犯清音】這個例子，則可見文中「細玩」指的是「腔句旋律」特徵：

> 予初見此曲，犯入四尾，大爲○誤。細玩其腔甚諧，不覺頭尾之病，再四靜玩，原只一尾，因舊誤註耳。「何處流紅葉」二句，以註爲【桂枝香】尾二句，不知犯【月兒高】中二句更協，【排歌】原非末二句，「長門」三句，舊註犯【皂羅袍】尾，不知「琵琶寫不盡愁」一句，乃是【黃鶯兒】，「那人一似黃花瘦」句，平仄腔板相同，似【皂羅袍】而實非【皂羅袍】，○格極巧，此眞千中少一者，所以音律極諧，詞隱先生亦未○細詳，註云此四不是註，《新譜》目其語而刪之，古調調蒙冤若此，新譜入別調一曲，亦名【六犯清音】，竟至於雙頭四尾，不協律刪之。

此曲《寒山曲譜》考訂所犯曲牌爲【梁州序】、【月兒高】、【排歌】、【傍桩臺】、【皂羅袍】、【黃鶯兒】。這樣的考訂結果，與他譜有所不同。《寒山曲

〔註16〕周維培：《曲譜研究》（南京：江蘇古籍出版社，1999 年 9 月），頁 164。
〔註17〕此爲原書訛字，應作「渡」。

譜》此處所舉正格，例曲爲顧來屏散曲，相同的例曲，《南曲九宮正始》所訂板數《寒山曲譜》同，考訂則爲【梁州序】、【桂枝香】、【道和排歌】、【八聲甘州】、【恨蕭郎】、【黃鶯兒】〔註18〕，末段【黃鶯兒】分句的認定同《增定南九宮曲譜》，而與《寒山曲譜》不同；至於《南詞定律》改例曲出自《金雀記》，考訂同於《增定南九宮曲譜》，對照張彝宣所訂與前後諸譜的差異，其考訂方法，是個值得斯考的問題。張彝宣的集曲考訂方法，特別值得注意的是「細玩其腔甚諧，不覺頭尾之病」二句。首先，張彝宣質疑沈璟【六犯清音】考訂的考訂結果，認爲這樣的考訂有「四尾」之病，「四尾」指的是一首集曲中，犯用四首曲牌之末段，【六犯清音】的例子分別是「何處流紅葉，無心整翠鈿」的【桂枝香】末二句、「春將老，恨轉添，梨花院落冷秋千」的【排歌】末三句、「長門望月，深巷鎖烟，琵琶寫不盡思君眠」的【皀羅袍】末三句以及末段所犯【黃鶯兒】末三句〔註19〕，這是張彝宣特別強調的集曲之忌，此處的「細玩其腔」，所「玩」之腔爲何，在譜例未見的今日已無可考，文中提到的另一個線索是「平仄腔板」，可知其「細玩」的，包含了字音、樂腔、句式板位等三個成分，這三個成分，對曲牌唱詞與音樂的配合而言，是一體的不同面向，「字」與「腔」在曲牌中是互相影響的。因此，可以確定的是，張彝宣所訂，與這些曲牌習唱之末段腔句有所不同，避免了「四尾」的問題。

可以把張彝宣的考訂過程，分成幾個階段過程：一、發現沈璟所考有「四尾之病」；二、細究腔句甚諧，並無沈璟所考的曲牌問題：三、懷疑沈璟所考有誤，從「平仄腔板」重新考訂。就「平仄腔板」四字來看，實已包含曲牌組成的基本要素：字格、腔句、板眼。從這個考訂過程可知，張彝宣對集曲的考訂，除了前例所舉平仄外，亦考量了腔句與平仄的配合問題。

此曲張彝宣的認定，與他譜最大的不同，在於「琵琶寫不盡思君眠」一句究竟爲【黃鶯兒】倒數第四句，或者是【皀羅袍】末句。首先看【皀羅袍】。二沈所收【皀羅袍】以陳大聲散曲爲例，末句爲「無端畫角聲三弄」〔註20〕；《南曲九宮正始》所收例曲出自《瓦窯記》，正格末句爲「朝雲暮雨誰憑據」

〔註18〕〔清〕張彝宣，《寒山曲譜》（收入《續修四庫全書》第1750冊，上海古籍出版社，2002年），頁626～627。

〔註19〕〔明〕沈璟《增定南九宮曲譜》（台北：學生書局，1984年8月），頁82。

〔註20〕〔明〕沈璟《增定南九宮曲譜》（台北：學生書局，1984年8月），頁121。〔清〕沈自晉，《南詞新譜》（台北：學生書局，1984年8月），頁143。

〔註21〕；《寒山曲譜》所收正格例曲出自《臥冰記》，上述《正始》所收被列為變體，正格末句為「緣何有兩般滋味」〔註22〕；《南詞定律》所收正格例曲出自《西廂記》，末句「臨風不覺增長歎」〔註23〕。如此可知張彝宣不把此句訂為【皂羅袍】末句，與其所收正格末句為三四句法的七字句、不同於各譜的四三句法七字句有關。句法影響樂句的段落區分，張彝宣何以訂此格為正格，理由並不明確，這顯然非關曲牌格律的演變，僅以明末清初、幾乎同時期、同地域的蘇州劇作家李玉作品中，使用的【皂羅袍】為例，並未見末句作三四句法者。故可知此處乃因張彝宣對本調格式判定的不同，導致集曲所犯句數與他譜有所差異。李佳蓮認為，張彝宣曲譜曲牌收錄變異現象，除了反映曲牌格式的日漸鬆散、曲牌類別與劃分的混淆游離外，也提到了張彝宣編纂曲譜的基礎，乃在於對「演唱實際」的重視〔註24〕，但本文認為尚須提出的是，此論有其前提，明末至清初這段時間，崑曲唱法與現今我們所知有所不同，此於本文第二章第一節中，曲譜所舉曲牌說明文字中，已有簡單的論述，從這些文字可以推測得知，當時的曲牌唱法是以「曲」為單位的訂腔，每個曲牌的板眼與音樂框架是固定的，但唱詞如何與這個音樂框架配合，則是被容許有變化，因此諸多變體，只要在此一框架之內，則並不妨礙此曲作為該曲牌的存在，甚至有些錯誤的集曲判定，唱者尚可硬將字句塞入不合的樂句之中，這顯示了「牌名」的考訂對演唱有直接影響，而其基本概念，則在於「牌名」所代表一種「音樂框架」的概念。由此理解所謂「曲牌格式日漸鬆散」之說，與張彝宣「重視演唱實際」的曲牌格式判定，或可對清初曲律之變有另一層不同的理解。

　　上述集曲犯數曲首尾，是《寒山曲譜》經常提出的問題。這個問題後代論述集曲作法時亦曾提出，即一首集曲中，犯用兩首以上集曲之首句或末句的現象。除了【六犯清音】被提出有「四尾」問題外，再如【梁溪流大香】註云：「此曲前聯有雙頭之病，作者自留心。有止用二段，名【大古娘】。」【引

〔註21〕　〔清〕徐于室、鈕少雅，《南曲九宮正始》（台北：學生書局，1984年8月），頁305～308。

〔註22〕　〔清〕張彝宣，《寒山曲譜》（收入《續修四庫全書》第1750冊，上海古籍出版社，2002年），頁578。

〔註23〕　〔清〕呂士雄等編：《南詞定律》，收於《續修四庫全書》1751冊（上海：上海古籍出版社，2002年），頁490。

〔註24〕　李佳蓮：《清初蘇州崑腔曲律研究——以《寒》、《廣》二譜與傳奇作品為論述範疇》（台灣大學95學年度博士論文），頁92。

劉郎】註云：「此曲一頭二尾，可笑。」當遇到集曲有這種問題時，張彝宣所採取的作法與他譜截然不同。首先看【巫山十二峰】，此曲註云：

> 【三換頭】久已查明，前五句犯【雙勸酒】，中四句犯【獅子序】，此曲犯註【三換頭】，前九句中有牌名，二段是【巫山十二峰】矣。袁令昭先生將【三換頭】改【香柳娘】，後八句美矣，但恨上文【劉潑帽】，尾段已結，此處必要曲頭，若用【香柳娘】前半曲，此為盡善矣。或有用【太師引】前六句，換頭亦妙。

此處可看到張彝宣對袁令昭改訂此曲所集曲牌的作法意見，認為【香柳娘】前曲已犯【劉潑帽】尾段，下文若訂為犯【香柳娘】後段，則於音樂有不連貫之病，因【劉潑帽】曲末已結，新起一曲必須以首句開始，故認為該段以犯【香柳娘】或【太師引】為佳。這是對集曲所犯諸曲中，針對各曲首尾銜接所提出的考訂作法，此說未見前譜提出，張彝宣亦根據這樣的概念，判定前譜考訂的得失，雖可謂是一種合乎音樂連貫性的作法：曲牌首尾往往有不同唱法，首、末數字唱散是經常可見的一種特殊之處，然此並非每個曲牌都存在的唱法差異，需視該曲牌用於何處，而有首末句唱法的不同。張彝宣的說法，有時則有過於強調首、尾於集曲中的特殊性，所作的考訂與他譜往往不同。

對「多重首尾」的作法，上例是以「改訂他曲」作為處理方式，相同的例子尚有【香轉雲】，註云：「此曲亦有二尾之病，或不用【駐雲飛】一段更妙。」與前段同是說明文字提出該曲不合律之處，然而《寒山曲譜》採取了前後諸譜未用的手法，解決集曲「多重首尾」的問題。首先是直接改動所集曲牌句數，如【醉羅歌】註云：「此調作者甚多，唱者甚熟，竟不知有二尾之病，知音自知，愚意欲將【都丟罷】三字，改作仄平平，亦屬【排歌】甚諧。」【排歌】一曲，末六句為「三◎三◎七◎三◎三◎七◎」，是相同句法的三個句子重複一次，二段平仄俱同。此處所改「都丟罷」，屬三字前句，作「平平仄」，改為「仄平平」則是透過改動平仄修改此曲唱腔收音，由於【排歌】並未見工尺譜流傳，僅參照【甘州歌】末段所犯【排歌】工尺，觀察此一改動的原音〔註25〕。原本結束於仄聲（多為去聲）的前三字句末字，收音多為「合」音，結束於平聲的後三字句，收音多為「六」音，雖是八度之別，然與次句

〔註25〕 參考洪惟助、黃思超製作，《崑曲重要曲譜曲牌資料庫》，臺北：國家出版社，2010・06。

多起於「工」音或「六」音來看，收於「合」音是六到八度的跳進，而收於「六」音則屬平行或級進，就銜接效果而論，此處收於「合」的跳進，有腔句「中斷」意味，與級進銜接的「連貫」意味有所不同，如【排歌】第二個三字句與七字句的銜接即屬後者，故可知張彝宣此處所改，顯然是要將此曲第一個三字句與第二個三字句作類似的腔句演唱，著重銜接的流暢與連貫性，避免「中斷」效果所強調的二尾之感。

　　更改平仄是作法之一，另一作法如【春溪流】曲牌註解：「此曲新譜所收，名【春溪流月蓮】〔註26〕，有二頭三尾，大乖音律，總刪去末段，併浣溪紗頭二句，可免入齒牙矣。」此曲即《南詞新譜》所收【春溪劉月蓮】，是犯【宜春令】、【浣溪沙】、【劉潑帽】、【秋夜月】、【金蓮子】的集曲，此曲所謂「二頭」，在於犯【宜春令】首七句與【浣溪沙】首五句，而【三尾】則是犯【劉潑帽】、【秋夜月】、【金蓮子】尾句，張彝宣認為此不合律，因此直接刪去【浣溪沙】「忒愛他，風簾坐」二句與末段所犯的【秋夜月】、【金蓮子】。這種刪改曲詞以符合自身集曲考訂概念的作法，可謂張彝宣大刀闊斧的嘗試，他譜皆僅於說明文字陳述該曲不合律、創作須特別注意之處，《寒山曲譜》則直接對該曲「開刀」，於譜中刪削該曲，解決多重首尾的問題。相同的例子尚有【顏子序】，《寒山曲譜》註云：「《新譜》收作【四犯泣顏回】，此後有【剔銀燈】中一段，但此以有頭有尾，豈可復犯中幾句耶，予故刪去。」【桂花羅袍歌】註云：「此曲亦有二尾之病，愚意不若截去『眼前猶認』一句，竟接【排歌】，及自協律。」由此觀之，直接刪改曲牌，以就其集曲考訂不可有多重首尾的問題，顯示了張彝宣作為曲譜編纂者主觀的意識與作法，不僅是收錄曲牌及其例曲，對於其所認為前譜所考的不合理之處，能夠從其考訂觀點大膽採取新的作法，故此譜絕非「缺乏新見與獨創性」，即使所錄曲牌與《南詞新譜》大致相同，《寒山曲譜》對集曲的刪削修訂，表現了曲譜編纂者主觀且積極的編纂態度。

二、王正祥《新定十二律崑腔譜》的收曲精簡與考訂方法

　　王正祥《新定十二律崑腔譜》編定於康熙二十四年，是一部在分類上完全不同於他譜、以十二律呂統轄曲牌的曲譜。除了宮調分類的不同外，以往附屬於各宮本調後的集曲，在此譜中全部附於卷十六「犯調」一類，很明顯

〔註26〕原書誤字，應作「劉」

示將「犯調」獨立成一類，以彰明集曲與一般過曲有所不同。以下分別論述
《新定十二律崑腔譜》的集曲收錄觀點、概況與考訂方法。

（一）《新定十二律崑腔譜》集曲收錄觀點與概況

《新定十二律崑腔譜》每律所收曲牌，分類較其他曲譜爲細。一般南曲
譜基本上將每一宮調曲牌分爲「引子」、「過曲」，部分曲譜列有各宮尾聲格式，
康熙以後曲譜則開始將集曲另立一類。《新訂十二律崑腔譜》一般過曲部分，
將曲牌分爲五類：「本律引」、「本律聯套曲體」、「本律兼用曲體」、「本律單詞
曲體」、「本律尾聲」，除了引子與尾聲外，其餘三種分別就曲牌適用於套曲或
單用分類。然曲牌用於套曲之中，皆屬聯套，則「聯套」與「單詞」曲別爲
何？本文認爲，此與後代王守泰所謂「套牌」〔註27〕與「孤牌」〔註28〕概念
相同，差異在於與他曲組套，能否「音調相諧」，若難以相諧，則適合單用疊
腔以成套。可見此譜曲牌的收錄，雖以十二律爲綱目，與他譜以「宮調—套
曲」爲綱目不同，在內容上則是重視該律曲牌的實際用法，以聯套的關聯性
作爲分類標準，集曲收錄亦然。《新定十二律崑腔譜》將集曲全部統一收於卷
十六「犯調」一類，共收集曲一百四十一曲，爲沈璟以下曲譜中，集曲收錄
數量最少者。大量的刪曲，本文認爲是反映創作的實用情況，即使集曲從萬
曆至康熙大量增加，以收錄時曲爲觀點的曲譜，大量收錄集曲，開始有創作
者提到了「習用集曲」的概念，也就是經常使用的集曲，不妨做一般過曲用，
如卜世臣《冬青記》〈凡例〉自謂：「填詞大概取法《琵琶》，參以《浣紗》、《埋
劍》，其餘佳劇頗多，然詞工而調不協，吾無取矣。」〔註29〕亦即前人常用曲
牌、曲套，往往行之已久，近人創作即使詞藻華美，然有「調不協」之病，
不如效法前人所作曲調協美者來填詞，相同的概念尚有楊之炯，《藍橋玉杵

〔註27〕 王守泰·《崑曲曲牌與套式範例集·南套》（上海：上海文藝出版社，1994年
7月），頁 601。所謂套牌，即「可以根據主腔腔型規律同一性聯成本套的曲
牌」，組成套曲的套牌前後序列關係較爲固定，其聯套形式又可分爲單套（王
守泰：「聲腔上具有統一性的、由若干曲牌組成的集體」）及複套（王守泰：「聲
腔上無關的單套所構成的套數」）

〔註28〕 王守泰·《崑曲曲牌與套式範例集·南套》（上海：上海文藝出版社，1994年
7月），頁 240。所謂孤牌，其特點在於「孤牌沒有其他曲牌能按主腔相似與
之聯套」，其入套形式「常遵循依腔定套原則，結成自套，也就是以一隻曲牌，
自身反覆連用多次。」

〔註29〕 〔明〕卜世臣，《冬青記》，收於《古本戲曲叢刊》二集六函（上海：上海商
務印書館，1955年）。

記·凡例》云：「本傳詞調多同傳奇舊腔，唱者最易合板，無待強諧。」同樣也是提到「傳奇舊腔」有「最易合板」的優點。這兩則概念，雖未明確提到集曲，但從當時創作風氣對照，可能有很大一部分是指相較於舊曲的新腔，也就是集曲而言。既有如此使用「習用曲牌」的說法，則常用集曲的數量，也就不如各譜所收新曲數量之多，這與後代所提到「常用曲牌」的概念是相同的，本文認為，《新定十二律崑腔譜》所收之集曲，基本上皆屬這種習用集曲的概念，如【甘州歌】、【二犯傍妝臺】、【月雲高】、【榴花泣】等曲，更是常見於傳奇作品的集曲。由此可知，《新定十二律崑腔譜》的刪曲，乃是針對現實創作所作的精簡，這與後來標榜實用、卻全依沈璟《增定南九宮曲譜》的《欽定曲譜》概念相同。

《新定十二律崑腔譜》將所收集曲一百四十一曲分為四類：

1. 各律總犯曲體：注云：「以下等曲具成合璧，斷不可增減其詞。」共收集曲六種：【巫山十二峰】、【十二紅】（他譜所收商調【十二紅】）、【九疑山】、【七犯玲瓏】、【六犯清音】、【五樣錦】。

2. 犯調聯套曲體：注云：「以下等曲止可聯套內用，斷無單用之處。」共收曲牌五十五種。

3. 犯調兼用曲體：注云：「以下等曲亦可入聯套內用，亦可單用。」共收曲牌二十種。

4. 犯調單詞曲體：注云：「以下等曲止可單用，不可入聯套。」共收曲牌六十種。

從這樣的分類來看，本文認為《新定十二律崑腔譜》相當重視集曲之「用」，也就是集曲如何進入套曲中使用，其孤用與套用的分際，在《新定十二律崑腔譜》中闡釋的非常清楚。故從此譜可以看到「實用」概念的凸顯，對集曲的收錄而言，這是一種相當重要的概念轉移，前譜無論是「備於今」或「詳於古」，前者針對的是創作現況全貌；後者則針對曲牌源流的梳理，所收曲牌均非針對創作實用而論，然《新定十二律崑腔譜》無論在收曲內容或分類，皆可見「實用」之觀點，這是與他譜最大的不同之處。

（二）集曲考訂的觀念與方法

《新定十二律崑腔譜》收錄的集曲不多，在集曲考訂上，一般是依時人共識，例如【九迴腸】一曲，考訂犯作【解三酲】、【三學士】、【急三槍】，與時譜考訂同，而與《九宮正始》特別將【急三槍】作【犯衰】的復古考訂有

別。另一個特徵,則在重視現存通行曲牌與集曲的關係。如【醉花天】注云:

> 即九宮之【醉歸花月渡】。查九宮是曲,名爲【醉歸花月渡】,及按
> 全譜,並無【渡江雲】本調,何由忽注及犯調乎?況「銀燭催歸」
> 二句,諸曲中多有相似,然較之【駐雲飛】末二句,仍爲確當,今
> 故改正此名。

【渡江雲】不知爲何調,此說已見沈璟《增定南九宮曲譜》,《南詞新譜》、《九宮正始》依此說,認爲末段所犯爲【渡江雲】,然而在《新定十二律崑腔譜》,則因未知【渡江雲】已不存,故考末段作【駐雲飛】,並改曲名爲【醉花天】。此一考訂結果,影響到《南詞定律》對此曲的考訂。《南詞定律》所收【醉歸花月雲】即此曲,訂末段所犯爲【渡江雲】。相同的例子還有【月雲高】,亦是將後段所犯從【渡江雲】改爲【駐雲飛】。這樣的改訂,顯示了《新定十二律崑腔譜》將已經不傳的曲牌訂爲集曲本調是不合理的情況,因爲如此考訂會因未見依據而造成唱演上的困難。

《新定十二律崑腔譜》所提出集曲考訂的另一個重要觀點,就在於「音調」是否「協」的情況。例如【水柳園橋江風令】一曲,注云:

> 即九宮之【風雲會四朝元】。九宮謂:本曲重句乃是【桂枝香】,「空
> 把流年度」三句是【駐雲飛】,今查其音調未協,予審度首句之「謾
> 羅襟淚漬」兩句皆【五馬江兒水】,本調八句至十一句仍【柳搖金】,
> 十二至十三句仍【灞陵橋】,十四句至十七句仍【一江風】,十八句
> 至二十句仍【朝元令】,宜改去舊名,而名爲【水柳園橋江風令】。
> 〔註30〕

音調二字,亦見於《新定十二律崑腔譜》一般過曲的說明,如卷八「林鐘律」之【五美韻】說明曰:「九宮作【五韻美】之又一體,亦入於越調,殊不知此取音調與【小紅桃】一套大不協,而入於【園林好】等套中方爲妥當,看《拜月亭》便知故,故更名【五美韻】而存於本律。」〔註31〕這段說明中,「音調」之不協,特指【五韻美】之又一體,與越調【小紅桃】一套的聯套關係而言,概言之,因此曲本入越調,卻與越調【小紅桃】一套,聯套時音樂有所不協調,故有所改訂。如此看「音調」之「協」與「不協」,在《新定

〔註30〕〔清〕王正祥:《新訂十二律崑腔譜》(臺北:鼎文書局,1972年),頁300～301。

〔註31〕〔清〕王正祥:《新訂十二律崑腔譜》(臺北:鼎文書局,1972年),頁143。

十二律崑腔譜》的用法，就在前後曲段的連接，是否能夠流暢美聽而不產生衝突。可以將這種觀點，用來理解對《新定十二律崑腔譜》對【風雲會四朝元】的重新改訂。

　　【風雲會四朝元】一曲，除《九宮正始》略有不同，考訂所犯爲【四朝元】、【會河陽】、【朝元令】、【駐雲飛】、【一江風】、【四朝元】外，各譜的定名與考訂結果皆是一致的，可知此曲是集曲中較無爭議的考訂。然《新定十二律崑腔譜》之所以改訂，原因在於「音調未協」，觀其改訂，僅是將原考訂爲【桂枝香】的「謾羅襟淚漬」二句，改爲【五馬江兒水】的六、七句，故首段原本犯【五馬江兒水】首至五句與【桂枝香】五六句，《新定十二律崑腔譜》改爲犯【五馬江兒水】首至七句，其餘所犯各牌與句數皆同。由此看來，《新定十二律崑腔譜》顯然是認爲【桂枝香】與【五馬江兒水】、【柳搖金】、【駐雲飛】、【一江風】、【朝元令】五曲，在音樂的接續上有不連貫的衝突，即是所謂的「不協」。這樣的考訂方法，是考量到全曲串接的連貫與流暢。初見這樣的考訂方式，以爲或與張彝宣所言「細玩」一詞意義相似，然細究引文用「查」與「審度」一詞，本文認爲，《新定十二律崑腔譜》所提出的「音調未協」，恐怕仍是著眼於本調聯套關係的考量，聯套關係是此譜相當重視的分類型態，故此處所提出的，仍是就【桂枝香】一曲在聯套上與其餘諸曲關係薄弱，進而引伸到集曲本調的考訂上。這樣的作法有其音樂關聯的依據，然《新定十二律崑腔譜》所言未盡詳細，且缺乏音樂上的材料可供比對，本文僅能就此對此譜考訂集曲時，提到的「音調」之「協」作此論述。但可注意到的是，《新定十二律崑腔譜》對集曲的考訂，顯然是關心到了曲牌音樂的層面，這是與前譜相比，較爲特殊的一種做法。

三、傾向實用的官修曲譜——《欽定曲譜》精簡、實用取向

　　《欽定曲譜》編纂於康熙五十四年，屬官修的「南北曲合譜」，就南曲部分來看，此譜以沈璟《增定南九宮曲譜》爲本，周維培對此譜論述較爲簡單，認爲此譜的增訂有三個重點：一、體例統一；二、增添閉口韻字圈注，並標題北曲各宮可互用的曲牌；三、訂正舊譜錯別字。並認爲此譜成就雖不高，但因屬官書且簡約實用，故而在文人曲師中非常流行〔註32〕。

　　對於上述所言此譜的流行，實值得更進一步思考。「官譜」、「簡約實用」

〔註32〕周維培：《曲譜研究》（南京：江蘇古籍出版社，1999年9月），頁211。。

雖可作為流行的原因之一，從《增定南九宮曲譜》的編纂至康熙五十四年《欽定曲譜》的編纂已經歷百餘年，新增集曲姑且不論，後代如《南詞新譜》、《南曲九宮正始》對沈璟未能考訂的集曲已多有解決，《欽定曲譜》以《增定南九宮曲譜》為準，所增補的文字卻未採用其他曲譜的研究成果。對此，除了如周維培所言「匆促成書，草率之極」，而且對集曲的說明並不清楚，何以仍能「非常流行」？「簡約實用」的具體呈現是何面貌？對此譜如此曲譜面貌的展現，是否有使用目的考量，則是一個值得思考的問題。

　　首先來看《欽定曲譜》對《增定南九宮曲譜》有什麼具體的更動。宮調系統基本上是承繼自《增定南九宮曲譜》，為沈璟所標「宮」、「調」的區別是「引子過曲」與「慢詞近詞」，《欽定曲譜》曲牌分類雖依循這樣的分類，但宮調標註已一律標「宮」而取消「調」，這符合清初以來「宮」與「調」實無區別、不需特別畫分的編輯概念。其次，《增定南九宮曲譜》卷首有「凡不知宮調及犯各調者皆附於此」收錄曲牌共 46 曲，然這個部分在目錄中卻位於雙調近詞、也就是第二十一卷之末，《欽定曲譜》為使目錄與內容統一，移至全譜卷末「失宮犯調」之屬。另外，各調尾聲均同於《增定南九宮曲譜》所列，唯「正宮尾聲總論」刪沈璟所列後四條，並註云「舊譜誤將以上四條複載一徧，今刪去。」沈璟何以重複收錄同樣的條目，原因未詳，《欽定曲譜》刪之，而舊譜「中呂調慢詞」列於「中呂尾聲總論」之後，與全譜體例不同，故《欽定曲譜》將這部分移至中呂尾聲總論前。

　　以上是因應體例統一的大範圍移動。全書體例的差異，首先在於《增定南九宮曲譜》僅以「○」斷開曲牌各個句子，《欽定曲譜》則是詳分每句末字「韻」、「句」，此處均以文字詳註，而非符號標示。其次，《增定南九宮曲譜》每一曲牌均點板，然《欽定曲譜》全部取消未點，這表示此譜關注重點並非曲牌作為「樂體」，而是作為「文體」的填詞參考之用。又曲牌中「合前」處，《增定南九宮曲譜》僅以圈線標註「合前」，《欽定曲譜》則詳錄句字，如【念奴嬌序】兩處前腔換頭，二曲末段《增定南九宮曲譜》僅標「合前」，《欽定曲譜》未註「合前」二字，直接把每段末「惟願取年年此夜，人月雙清」錄於譜中。

　　更值得注意的是，《欽定曲譜》對《增定南九宮曲譜》所錄「又一體」的處理，若體式與正格相同，《欽定曲譜》則刪去，如【三疊排歌】一曲，沈璟於牌名下註：「又名【道和排歌】。」然《增定南九宮曲譜》於此曲後又錄【道

和排歌】一曲，例曲出自《黃孝子》，《欽定曲譜》則刪去此曲。仙呂過曲【傍粧臺】，《欽定曲譜》刪沈璟所列例曲出自《黃孝子》的「換頭格」一體。【醉太平】一曲，《增定》收「又一體」一種，例曲出自《朱買臣》，《欽定曲譜》刪之，並云：「按舊譜又載《朱買臣》傳奇一曲，與此無異，今刪去。」又《欽定曲譜》刪中呂過曲【永團圓】《增定南九宮曲譜》收「又一體」《陳叔文》「婆婆媽媽廳拜啓」爲例。等。另外尚有刪去沈璟所錄例曲中不屬於該曲牌的段落，如【甘州歌】，《增定南九宮曲譜》錄例曲後所接「餘文」四句，《欽定曲譜》刪之。另外，體式相同、疑爲同實異名的曲牌，沈璟收之，《欽定曲譜》則刪去。如【雁過聲】一曲，《欽定曲譜》補註：「舊譜後又載【陽關三疊】與此句調無異，正是一曲兩名，故刪去不錄。」此曲《欽定曲譜》已刪舊譜所列【雁過聲】換頭「終朝院落靜悄」一曲，又《增定南九宮曲譜》於【泣秦娥】前收有【陽關三疊】一曲，沈璟自云「與【雁過聲】相似，恐是一曲兩名。」《欽定曲譜》比對過後，認爲確與【雁過聲】同，故刪去。至於《增定南九宮曲譜》所收又一體又異名者，若格律確有不同，收錄時則直接把「又一體」更換爲新牌名。如《增定南九宮曲譜》收一名爲【醉太平】的曲牌，與所收另一名爲【醉太平】的曲牌有所不同，以散曲「明日恁的」爲例曲，沈璟註「此別是一調，當以【小醉太平】目之」，《欽定曲譜》直接將此曲名稱改爲【小醉太平】。

綜合以上所述《欽定曲譜》體例的更動，有以下三點：一、曲譜各段順序體例的統一；二、取消點板，加強填詞所需平仄、句韻字的標註；三、刪去舊譜重複收錄的曲牌體式，使全譜更爲精簡。以上三點凸顯了《欽定曲譜》的使用取向，也就是此譜側重填詞所用，並非如其他曲譜的編纂，有規範創作、唱演的目的，換言之，此譜的編纂，是一個純粹的「填詞工具書」思維，完全與唱演或曲律考訂釐正無關，這並不是指其他曲譜不能作爲填詞的工具書用，而是此前諸多曲譜的編纂，除了填詞參考，往往也存在著規範曲律的目的，因此譜中多有考訂說明文字，並強調時人所用包括牌名標註與曲牌格式的錯誤，而此譜比較傾向如一般填詞常用龍沐勛《唐宋詞格律》這種較爲比較「簡約實用」的工具書，因此，體例的統一、精簡，實與此譜編纂目的明顯相關。

前文提到此譜作爲「簡約實用」的工具書，因此往往不重視訂正時人錯誤的問題，這在《欽定曲譜》與《增定南九宮曲譜》對曲牌俗名的看法比對

中可看出觀點的差異。首先舉幾個例子。仙呂過曲【青歌兒】，沈璟註「或作【福清歌】，非也。」《欽定曲譜》則註「或作【福清歌】」，並未加上否定詞；仙呂過曲【涼草蟲】，沈璟註「或作【狼草生】，誤。」《欽定曲譜》則註「或作【狼草生】。」仙呂過曲【感亭秋】，沈璟註「或作『撼』，非也。」《欽定曲譜》則註「『感』或作『撼』」。【普天樂】又體第二種，《增定南九宮曲譜》註云「或作【錦庭樂】，非也。」《欽定曲譜》則註「或作【錦庭樂】」。這些沈璟原註中否定詞的取消，並非誤植或標註錯誤，因譜中仍多有二譜同註者，如正宮過曲【綠襴衫】，《增定南九宮曲譜》註云「『衫』舊作『踢』，今改正」，《欽定曲譜》同註「『衫』或作『踢』，非」。可見《欽定曲譜》有意取消《增定南九宮曲譜》對曲牌俗名的訂正，是其「從俗」觀點的表現：既然一般創作對這個曲牌名稱的標註已成習慣，就不妨從俗錄之，至於明顯是曲牌名稱錯誤的情況，則仍須訂正。也因此，可以看出《欽定曲譜》的編纂目的，與此前曲譜不盡相同，作爲「簡約實用」的工具書，標註時人習用的曲牌名稱是使該譜更爲實用的作法，便利使用者查詢曲牌劇作與曲牌又名的關係，至於正確、或是否需要訂正，則屬曲譜編纂的另一種觀點，與《欽定曲譜》的目的與作法有所不同。

既然此譜作爲簡便的工具書使用，其集曲的收錄是否體現出與他譜考訂不同的價值作用，則必須從曲牌順序、例曲與前人成果引用來看。《欽定曲譜》對《增定南九宮曲譜》例曲改換僅見仙呂引【卜算子】一例，此曲沈璟因「原載《拜月亭》曲，因句字不美，錄此易之。」改用蘇軾「缺月掛疏桐」曲，《欽定曲譜》改回《舊編南九宮譜》所用《拜月亭》「病染身著地」曲，並對此曲用字四聲補充說明。以劇曲取代句字之美，是實用價值觀的體現。曲牌順序的改換可見二例：中呂引子【金菊對芙蓉】改列於【尾犯】之後；【番馬舞秋風】本列於中呂宮過曲之末，《欽定曲譜》則因所犯曲牌相同，改列於【番馬舞秋風】之後。這或許是沈璟列曲偶見的誤列，畢竟就沈璟列曲順序來看，以某曲爲首的集曲置於該曲之後，是清楚可見的傾向，前者引子雖未知何以改列，然後例確因所犯首牌爲【駐馬聽】而改列，這是《欽定曲譜》體例統一的又一作法。

《欽定曲譜》對集曲的標註，著重的是該集曲所犯宮調問題，譜中每於集曲下註明所犯曲牌的宮調歸屬，如仙呂過曲【醉歸花月渡】註云「此犯本宮兼羽調」、中呂過曲【好事近】牌名下註：「此亦兩犯正宮」、中呂過曲【倚馬待風雲】牌名下註「中段犯南呂，末段犯本宮」。這種所犯曲牌宮調的標示，

並未見於明清兩代其他曲譜，這或許與《欽定曲譜》卷首的〈諸家論說〉所提到對集曲的看法有關，此段云:「知音者知能事，然未免有安有不安，不若只犯本宮為便，一犯別宮，音調必稍有異，或亦有即犯本宮而不甚安者，宜審慎之。〔註33〕」雖是引用，卻也可看出《欽定曲譜》對於集曲所犯宮調出入的看法是非常謹慎的。至於所犯曲牌在集曲中的標示，於例曲中以正楷書之，並未如沈璟特別以圈線框出所犯曲牌名，然而沈璟的集曲標註，偶爾有所遺漏，如正宮過曲【山漁燈犯】，沈璟未標所犯首段【山漁燈】，《欽定曲譜》則有清楚的標示。

從標註體例來看，全書嚴謹而統一，然而對於集曲的考訂，《欽定曲譜》卻未能參酌如《南詞新譜》、《南曲九宮正始》的考訂成果，仍舊保留《增定南九宮曲譜》中未能考訂的集曲說明，以下茲舉三例說明之:

1. 仙呂過曲【二犯月兒高】，此曲《欽定曲譜》依沈璟註云「第二段犯【五更轉】，後段似犯【紅葉兒】，姑缺之。」然此曲於《南詞新譜》、《南曲九宮正始》皆引用相同例曲，並考訂此曲犯【月兒高】、【五更轉】、【紅葉兒】、【月兒高】〔註34〕，所犯曲牌各句與沈璟以「○」分註相同，可見沈璟未能確定的集曲，在此後所所編的兩部重要曲譜的考訂已有共識，但《欽定曲譜》未能採用，僅依舊譜所標。

2. 南呂過曲【二犯五更轉】，沈璟未敢確定所犯曲牌，註云:「前五句似犯【香徧滿】，末後二句似犯【賀新郎】後六個字，此二調余自查出，未敢明註也。」《欽定曲譜》將沈璟所推論【香徧滿】、【五更轉】、【賀新郎】三曲註於其上。然而此曲《南詞新譜》、《南曲九宮正始》與其後的《南詞定律》的考訂則與此不同，《南詞新譜》【二犯五更轉】註云:「墨憨名【香遠五更】。原註前五句似犯【香徧滿】，後二句似犯【賀新郎】，而《琵琶》考註，以『憑』字平聲與『幾人見』句法欠協，今查馮註，以『漫自苦』二句正與《琵琶記》『也只為糟糠婦』二句相對，則末二句亦係【香徧滿】無疑，從之。〔註35〕」《南曲九宮正始》牌名訂為【香五更】、《南詞定律》則為【香遍五更】，二譜考訂均與此同。對於此曲犯曲之標註，沈璟態度謹慎，未敢遽然明註，《欽

〔註33〕　《欽定曲譜》，收於《景印文淵閣四庫全書》「集部四三五・詞曲類」，頁1496-406。

〔註34〕　〔清〕沈自晉，《南詞新譜》(台北:學生書局，1984年8月)。〔清〕徐于室、鈕少雅，《九宮正始》(台北:學生書局，1984年8月)。

〔註35〕　〔清〕沈自晉，《南詞新譜》(台北:學生書局，1984年8月)，頁477～478。

定曲譜》則將沈璟未敢確定之曲牌直接標註於於例曲之上，而未參考前譜考證之定論，則可見《欽定曲譜》除了未詳細作集曲考訂的工夫外，更未參考他譜成果。

3. 正宮過曲【刷子帶芙蓉】，《欽定曲譜》說明仍沈璟，註云「首句不似【刷子序】，恐又犯他調者，自此曲盛行，世人遂不知【刷子序】本調矣。」然此曲《南曲九宮正始》參考《樂府群珠》，得出【刷子序】有五字起變格〔註36〕。此例與上述二曲不同，問題並不在於所犯曲牌的標註，因爲就曲名來看，首段確是犯【刷子序】，然而沈璟所提出首句不似【刷子序】的質疑，在《南曲九宮正始》已考知【刷子序】第二格的存在，《欽定曲譜》並未參考該說提示曲譜使用者，僅是依循沈璟的疑問作註。

綜上所述，《欽定曲譜》所收的集曲，不管在數量或考訂成果，均依循萬曆年間編纂《增定南九宮曲譜》的成果，對於此後關於集曲創作、集曲考訂的進展，全然未作反應。對於此點，以周維培所言「匆促成書」視之，確實可看出因編纂的倉促，只著墨於大處體例的統一，未能總結曲律演進與曲牌研究成果的細部反映。然而何以此書編纂的「匆促」、內容的「落後」確能引起流行？雖然可以《欽定曲譜》爲「簡約實用」的工具書來解釋，然而集曲的標示若能參考曲譜前作的考訂成果，當有助於提高此書的功能性，因此這樣的解釋未能完全說明問題。但如果從萬曆以致康熙年間劇作所用的集曲種類來觀察，則可知萬曆以降集曲創作有一值得注意的特殊現象，而此現象正與《欽定曲譜》依沈璟之作收錄曲牌所體現的「實用價值」有關。綜觀萬曆至康熙年間集曲在劇作中的實際使用，可發現常用的集曲重複率相當可觀，成套者如【錦堂月】、【甘州歌】、【瑣窗郎】等；孤用者如【江頭金桂】、【金落索】、【二犯傍粧臺】等，這些集曲在不同傳奇中，使用的重複率相當高，後人歸納傳奇排場與曲套關係時，運用這些集曲組成的套曲，往往被列爲「習用關目」的「常用套式」〔註37〕。因創作的「模倣」產生某排場常用某套的

〔註36〕〔清〕徐于室、鈕少雅，《九宮正始》（台北：學生書局，1984 年 8 月），頁149～150。

〔註37〕此語出自許子漢，《明傳奇排場三要素發展歷程之研究》（台北：台灣大學，1999年 6 月），頁 247。關於「習用關目」與曲套的關係歸納，見許之衡：《曲律易知》（飲流齋刻本，1922 年），卷下 1～18 頁。王季烈，《螾廬曲談》卷二〈論作曲〉第四章〈論劇情與排場〉（聲集卷一，上海：上海商務印書館，1921 年4 月），將曲情分爲歡樂、遊覽、悲哀、幽怨、行動、訴情六門，並列宜於該列使用之套數。張敬，《明清傳奇導論》（台北：華正書局，1986 年 10 月），頁

情況，是一種相對固定的「共識」，熟悉曲律的劇作家自然可有新穎的創作，但一般文人未諳曲律，呂士雄曾指出文人有「按曲點板，不能諧其律呂，則未免於牽強者有之」的情況，故常用曲套被一再模擬創作，而沿襲《增訂南九宮曲譜》的《欽定曲譜》詳標韻句、平仄，並統一全書體例，使此本易於翻檢，則可視為其實用價值的具體表現。

第二節　《南詞定律》工尺譜的研究價值

　　《南詞定律》所附的工尺譜，一直是曲譜研究忽略的一節，諸多論及曲譜發展演變的著作，皆未對《南詞定律》所附的工尺譜進行相關研究，但同為官修曲譜、乾隆年間編纂的《九宮大成南北詞宮譜》，則普遍受到研究者的重視。晚近曲譜相關研究的著作，皆未重視《南詞定律》相關問題，例如：俞為民《曲體研究》中有〈南曲譜的沿革與流變〉〔註38〕與〈戲曲工尺譜的沿革與流變〉〔註39〕兩篇文章，另有〈崑曲工尺譜的產生與流變〉〔註40〕一文，皆提到《九宮大成南北詞宮譜》的工尺譜，但皆未述及《南詞定律》；吳新雷簡述曲譜分類時，將《南詞定律》與《增定南九宮曲譜》、《南詞新譜》、《南曲九宮正始》等歸為同類，名之「格律譜」，而另一排列、譜例與《南詞定律》極為接近的《九宮大成南北詞宮譜》則被視為「歌唱譜」〔註41〕。即使如周維培《曲譜研究》所論較詳，亦未對《南詞定律》工尺譜有所論述。論述較多的是吳志武〈《南詞定律》與《九宮大成》的比較研究──《九宮大成》曲文、曲樂來源考之一〉〔註42〕，此文從譜式、曲文及曲樂探討《南詞

140，論〈傳奇結構的程序〉第七點云「宮套都有一定的法式，在曲譜曲律裡面，記載甚詳。宮套就形式來說，有長有短；就聲律來說，有粗有細；就聲情來說，有歡有愁。總之，必須配合場面要表現的特質，以搭配宮套，否則一定聲情乖誤，靶場面上要表現的都給破壞了。」並於〈南曲聯套述例〉（收於《中國古典文學論文精選叢刊・戲劇類一》（台北：幼獅文化事業公司，1984年11月），頁157～215），將慣用套式與排場的安排，分「快樂類」、「訴情類」、「苦情類」、「行動遊覽類」、「行動過場類」、「普通類」六種，並詳列各類慣用套。

〔註38〕俞為民，《曲體研究》（北京：中華書局，2005年6月），頁346～374。

〔註39〕俞為民，《曲體研究》（北京：中華書局，2005年6月），頁412～447。

〔註40〕俞為民，〈崑曲工尺譜的產生與流變〉，收於《南大戲劇論叢》，頁244～261。

〔註41〕吳新雷，《二十世紀前期崑曲研究》（瀋陽：春風文藝出版社，2005年2月），頁8。

〔註42〕吳志武，〈《南詞定律》與《九宮大成》的比較研究──《九宮大成》曲文、曲樂來源考之一〉，收於《交響──西安音樂學院學報》第26卷第4期（西

定律》對《九宮大成》的影響，提到了《南詞定律》的譜式特徵，並比較了二譜所收樂譜的異同，文中仍是將焦點集中在《九宮大成》，未對《南詞定律》工尺譜的來源或其時代反映有所論述。

特別值得討論的是，《南詞定律》是目前所見以「宮調─曲牌」爲列曲順序曲譜中，第一部附有工尺譜的曲譜，然而因爲此譜僅點板位，難以譯譜，故目前對此譜工尺譜的研究幾乎空白。從《南詞定律》的編纂人員與編纂觀念來看，此譜所附工尺是相當具有代表性、並值得深入研究的材料。此譜的編纂，乃是因爲「文人」與「梨園」對曲牌的講究有所不同，故試圖集二者所長，除了「文章句讀，諳其文義」文人觀點的著重外，也注意到屬於梨園長處的「按曲點板，諧其律呂」，試圖在譜中兼顧文詞與音樂的成果及其優劣。此譜考量到曲牌實際演唱的音樂性問題，則反映在此譜的工尺標註，以及對點板精確性的要求。當然，其中值得思考的是，《南詞定律》所附的工尺譜只點板，未點中、小眼的工尺譜中，應如何正確的判讀此譜？又既然參酌「梨園諸家」之說，此譜所附工尺具有何種代表性？應該如何對此譜進行研究？都有待進一步釐清。本文試圖參照後代曲譜的字位、板位、工尺標示，爲《南詞定律》部分曲牌工尺譜譯譜，並將《南詞定律》、乾隆時《納書楹曲譜》、近當代常見重要曲譜《遏雲閣曲譜》、《集成曲譜》、《與眾曲譜》、《粟廬曲譜》等諸譜工尺譜並列比對，試圖探討《南詞定律》工尺譜的時代定位、研究價值、以及這樣的資料對《南詞定律》集曲考訂的影響。

一、《南詞定律》編纂背景及其特徵

《南詞定律》編纂完成的時間在康熙五十二年，從傳奇創作的分期進程來看〔註43〕，此階段已屬「發展期」結尾，進入傳奇創作的「餘勢期」，而從《南詞新譜》、《南曲九宮正始》編纂完成的順治年間至此，亦經過了大約五十年的時間，《南詞定律》的編纂，可視爲傳奇創作高峰的總結，這不僅在於《南詞定律》收錄的曲牌高達 1342 曲，含又一體共 2090 體〔註44〕，數量之

安：西安音樂學院學報編輯部，2007 年 12 月），頁 31～37。

〔註43〕郭英德：《明清文人傳奇研究》（北京：北京師範大學出版社，2001 年 6 月）、《明清傳奇戲曲文體研究》（北京：商務印書館，2004 年 7 月）將明清文人創作分爲四期：崛起期（嘉靖元年至萬曆 14 年）、勃興期（萬曆 15 年至順治 8 年）、發展期（順治 9 年至康熙 57 年）、餘勢期（康熙 58 年至嘉慶 7 年）。

〔註44〕此爲《南詞定律》目錄自註，經筆者核對無誤。

多是此前所有曲譜之冠；還在於《南詞定律》收曲有意識大量以「劇曲」取代「散曲」，特別著重「梨園」對於曲牌演唱、考訂的重要功能。

　　周維培認爲《南詞定律》是一部「帶有官譜性質的曲譜」〔註45〕，其編纂觀點確實可見與此前曲譜有所不同，卷首序言自述其編纂背景：

> 若九宮譜，則有沈伯英、馮猶龍、張心其、蔣惟忠、楊升庵、鈕少雅、譚儒卿諸家，所作不一，大意皆同，而板式正襯字眼多致揣誤，其所病者何也？蓋歌唱必出於梨園，方能抑揚宛轉，以曲肖其喜怒哀樂之情，此其所長也，至於文章句讀，不能諳其文義，則未免流於剌謬者有之，此梨園之所以爲病也。詞曲必出於文人，方能搜奇擷藻，以闡發奇人情物理之正，此其所長也，至於按曲點板，不能諧其律呂，則未免於牽強者有之，此又操觚者之所以爲病也。至九宮之過曲犯調，多采諸傳奇散曲，引子多采諸詩餘，其中有精有確，有俚有文，總因操觚者不屑與梨園共議，而梨園中又無能捉筆成文，遽自著作，是以苟延至今，終不能令人開卷一快。〔註46〕

這段文字可看出《南詞定律》的編纂，有「總結」的意味，因此曲譜序言不提時人創作曲律的演變，直接針對前人所編曲譜提出看法，尤其是各譜「不一」的現象，這在隨後「凡例」中述及集曲有更完整的說明。引文中有「梨園」二字，可見《南詞定律》的編纂，參酌了「文人」、「梨園」各自所長，「文人」對句讀文義的講究，以及「梨園」對按曲點板之諧，從這個角度來看，《南詞定律》的工尺譜是特別值得注意的一筆研究材料，乾嘉以前的曲唱，往往只能從旁證獲得相關訊息，例如：沈璟《增定南九宮曲譜》南呂宮【瑣窗郎】曲牌說明謂：「後人訛以傳訛，不知【瑣窗郎】之出於【瑣窗寒】耳，必求歸一之腔，乃妙，今人唱彼則極其慢，唱此則甚粗疏，亦非也，【瑣窗寒】亦何必細腔。〔註47〕」如此可知，至少在萬曆時，【瑣窗郎】與【瑣窗寒】的唱法，有粗細、快慢的習慣區別，但具體差異爲何未能得知。乾嘉以前曲唱所留下直接的音樂記載，應屬《南詞定律》的工尺譜。

　　《南詞定律》曲牌收錄的觀點較爲折衷，既不如《南詞新譜》廣收時人所作，亦不全如《南曲九宮正始》全以舊本爲準，自謂標準爲「務合於古而

〔註45〕周維培：《曲譜研究》（南京：江蘇古籍出版社，1997 年 12 月），頁 172。
〔註46〕〔清〕呂士雄等編：《南詞定律》，收於《續修四庫全書》1751 冊（上海：上海古籍出版社，2002 年），頁 4～8。
〔註47〕（明）沈璟：《增定南九宮曲譜》（台北：學生書局，1984 年 8 月），頁 393。

宜於今，不紐於成而隨於俗」，換言之，即使要求合於古曲格律，仍須符合時人之用，不固執前人曲譜之成見，而是取決於時人所用的習慣，因此所謂的「較爲折衷」，實是以時人之用爲準則，對元代以迄清初的曲牌進行考核，譜中雖屢屢提到「宜於今」、「隨於俗」的價值觀，但時人所作往往有訛誤，《南詞定律》的曲牌考訂也因此特別重視正襯釐清與板位分際，呂士雄自謂：

> 是以曲盛於元，如荊劉拜殺等曲，人皆稱曰當行，故後之填詞者，
> 莫不以元曲爲模範也。但歲月既久，不無好奇穿鑿之弊，或以正字
> 外多加襯字，正體作爲犯體，九宮之譜迭興，各出臆見，不能畫一，
> 填詞家正襯阮爾淸訛，度曲家板拍豈無舛錯耶。

這段文字看似與「宜於今」、「隨於俗」觀點相悖，實際上卻是涉及不同層面的問題。曲牌有其格律規範，是曲譜編纂者所重視的，規範是每一曲牌之所以作爲該曲的重要特徵，然而隨著時代的演進，創作習慣自然會有所改變，有理可循的改變，是《南詞定律》所認爲應該隨俗之處，至於時人有隨意妄作的現象，如妄增襯字、或板位混亂等，則是需要訂正的。以曲牌名的判定爲例，《南詞定律》集曲的考訂命名，往往依時人習慣，如諸譜因所犯末調爲【五供養】，皆改【玉山頹】爲【玉山供】，唯《南詞定律》仍標【玉山頹】，這是曲牌名的隨俗，時人習慣此曲作【玉山頹】，曲譜編纂時也就不需要改變這樣的創作習慣。即使沈自晉以「備於今」的觀點收錄集曲，仍只是收錄時曲，其曲牌考訂仍往往糾正時人創作習慣，《南詞定律》這種考量時人創作習慣對曲牌進行考訂說明，仍是與《南詞新譜》有所不同的。

二、《南詞定律》工尺譜體現的幾種代表類型

關於明清之際曲唱、曲譜現況等諸多問題，許莉莉〈論元明以來曲譜的轉型〉提出了一個值得深入思考的方向〔註48〕。許文認爲，清代中葉以前，「依定腔填詞度曲仍是主流……到了康熙、乾隆時，還是有一些『老』曲師能知道各曲牌之腔。」但是到了清中葉以後，「人們對曲有定腔說提出質疑，提倡依四聲行腔，依具體曲詞打譜，而實際中曲牌音樂也變得分繁複雜。」此說，所提出的一個值得思考的方向是「曲譜形式反應了曲唱的時代性差異」，許文觀點認爲，工尺之標註，與曲唱愈趨重視「依字行腔」有關，因爲「依字行

〔註48〕 許莉莉，〈論元明以來曲譜的轉型〉，收入《南大戲劇論叢》第四輯（北京：中華書局，2008 年 12 月），頁 299～309。

腔」打破了「曲有定腔」時曲牌音樂的基本框架，故須以工尺譜記錄腔句，以便於演唱。當然這樣的說法仍須更仔細的商榷，其中一個與今日所知一般說法的矛盾是：一般以爲清中葉以後，是崑曲定型的階段，既曰「定型」，表示某折某曲如何演、如何唱均有定式，如《牡丹亭・驚夢》之【山坡羊】，與〈藏舟〉、〈吃糠〉各有不同，每曲均有定式，而此定式各折不同，如果不這麼唱，就不是〈驚夢〉的【山坡羊】，其餘二例亦然。既有定式，則表示與依字行腔所造成曲牌「分繁複雜」的現象相反，則該文對曲譜形式演變之推論或有邏輯與實例上的錯誤。另一個值得商榷的是：如「依定腔塡詞度曲」所指爲曲牌各有一定之腔，即每一曲牌作爲該曲牌自有其與他曲不同的音樂形式，若依許文所言，則每一曲牌應會有完全相同的腔句形式，但實際上卻未必如此。本文所持的觀點是：「曲有定腔」與「依字行腔」無論在清中葉的前後，都是並存的曲唱現象，只是明清之際曲師是「曲牌」本位，能夠從牌名就得知曲牌該如何唱〔註49〕，後代曲唱則是以「折子／曲牌」爲本位，曲家熟悉每個不同折子同一個曲牌的唱法差異與特徵。只是，目前可見的工尺譜，主要編纂於乾嘉以後，而乾嘉以後，崑曲面貌已有所改變〔註50〕，故現今所流傳的崑曲折子戲，是「乾嘉時期崑曲藝術趨向定型的面貌」的保留，「曲有定腔」與「依字行腔」都是一種「定腔」，反映在清中葉以後的折子戲工尺譜上，雖能夠透過同曲的比對得知曲牌的某些地方屬「依字行腔」、某些地方則屬該曲「定腔」，但各曲的實際演唱則有嚴格的規範，各折各曲的工尺不容改動。但在「乾嘉」的「定型」以前，曲牌的演唱究竟是何樣貌？則須從《南詞定律》所附工尺譜進行探討，《南詞定律》工尺譜所提供的訊息，是值得注

〔註49〕此尚可舉曲譜説明文字爲旁證。如〔明〕沈璟，《增定南九宮曲譜》（台北：學生書局，1984 年 8 月），頁 636～637。【孝順兒】註云：「向因坊本刻作【孝順歌】，人皆按其腔以湊之，殊覺苦澀，今見近刻本改作【孝順兒】，乃暢然矣。」可見當時，即使曲文與該曲格律差異甚遠，因刻本曲牌名標註不同，會硬將不合的曲文湊入該曲牌的腔句，這個現象一則説明了曲牌各有其定腔，且曲師能夠知道各曲定腔，見牌名即可知該曲大致唱法；一則也説明了即使是經常演出的折子，亦與今日每折每曲有固定唱法不同，曲師是從「這個曲牌怎麼唱」著眼根據牌名安腔，而非今日是「這個折子的這個曲牌怎麼唱」的概念。

〔註50〕陸萼庭：《崑劇演出史稿「修訂本」》（台北：國家出版社，2002 年 12 月），頁263。此段云：「乾嘉時期之所以重要，還在於開啓了近代崑劇的新頁。我們目前看到的崑劇，實應歸屬於近代崑劇的範疇。早期的崑劇藝術面貌並不完全是這種樣式。近代崑劇的藝術特色，絕大部分是繼承乾嘉時期的。」

意的一筆材料，本文以下從《南詞定律》所收、後代曲譜附有工尺同一例曲的比對，試圖說明《南詞定律》所附工尺與後代曲譜的關係。

（一）乾隆以前曲唱依字行腔實例

此處首先針對前述許文的說法，從《南詞定律》觀察康熙以前，所謂曲唱所存在「依字行腔」的反映，說明「曲有定腔」與「依字行腔」在乾嘉以前應屬並存的情況。此處舉南呂過曲【梁州序】與南呂犯調之【梁州新郎】之首句四字格爲例。《南詞定律》收【梁州序】正體及又一體二種，另於「南呂犯調」收【梁州新郎】首句四字起共收二體，這些例子中，除《永團圓》一例於首、三字點板外，餘皆作散板唱，此處先不論板式，直接從工尺來看各譜【梁州序】首句四字格的異同：

工　工　　四上　合工四
【梁州序】正體首句：家　私　迭　　等　　　（《荊釵》）

工　工尺　上尺　工尺上四
【梁州序】變體一首句：風　敲　竹　徑　　　（《金印》）

工六　工六工尺　上尺工　尺上四
【梁州序】變體二首句：相　邀　　歡　　敘　（《永團圓》）
　　　　　　　　　　　▲　　　　　　▲

工　尺工　四上　四
【梁州新郎】正體首句：新　篁　池　閣　（《琵琶》）

工　工　四　上工尺上四
【梁州新郎】變體首句：風　清　皇　路　　　（《曇花》）

此句【梁州新郎】所收《琵琶記·賞荷》正格，《南詞定律》所訂工尺，與後代《納書楹曲譜》、《遏雲閣曲譜》、《集成曲譜》、《粟盧曲譜》完全相同，除「變體二首」首句點板外，其餘各例首句均不點板。從「依字行腔」的現象來看〔註51〕，第二字《琵琶記》爲陽平，其餘皆爲陰平，就腔格來看，陽平腔一般作上行腔句，即《琵琶記》例曲工尺所反映的陽平腔格，若與首字「新」陰平連唱，則可凸顯次字作爲陽平的腔格特徵，至於其餘四例皆爲兩陰平聲，《荊釵》、《曇花》單一平行工尺是常見的處理。至於第三、四字，《荊釵》之例爲陽平與上聲的組合，二者旋律走向與四聲相符，上聲由高至低再

〔註51〕此處所訂四聲與腔型的關係，參考孫從音：《中國崑曲腔詞格律及其應用》（上海：上海音樂出版社，2003 年 8 月）。

上行，末音較首音為高，是常見作法；《金印》一例，竹字入聲，出口即斷，此腔後音「尺」，顯然是為串連「竹」字「上」與「徑」字「工」的經過音，使其作為級進音階，行腔較為流暢，至於「徑」字去聲，高起下行是符合四聲的處理；《琵琶》例中，「池」字陽平上行腔，「閣」字入聲，為於樂句末尾出音即斷，不需與他音連貫，故僅用一工尺；《曇花》則是陽平與去聲組合，「皇」字雖只唱「四」音，然與「路」字連唱首墊「上」過渡至「工」，除營造級進效果外，還使得「皇」字能夠唱出陽平的上行腔格之感。至於《永團圓》一例，行腔較為繁複，將首二字行腔連貫觀察，則可見均以「工」音為準，以上下行的走向變化腔句，使其婉轉美聽，然「相」字唱似「詳」音、第三字「歡」唱似「環」音，未見準確。

　　假設「曲有定腔」是清中葉以前曲牌的唱法，那麼「定腔」應是明顯的曲牌特徵，即使首句唱散，亦應保有此一特色，但此處顯然是「依字行腔」的部分大於「曲有定腔」的要求，可發現至少在清代初期，即使不排斥「曲有定腔」的作法，至少就此句來看，「依字行腔」是存在的現象。故許文由「曲有定腔」至「依字行腔」的演變，作為曲譜產生附有工尺的轉變，此單一例證未必能完全證成這樣的說法。在《南詞定律》所見的例子中，即使板位完全相同，每一曲卻各有不同的旋律走向，如此何以謂之「定腔」？

（二）《南詞定律》工尺譜與現存工尺譜的近似

　　《南詞定律》的編纂既出參考「梨園」諸家的核定，則此樂譜部分必然與當時實際演唱有密切關係，即使歷經數百年，這些演唱傳承的痕跡，應可在後代曲譜中找尋。在這個思考基礎上，本文比對《南詞定律》所收，並存在後世折子戲工尺譜的曲牌，試圖比對其中是否存在著音樂的傳承。較接近《南詞定律》年代的是乾隆年間編纂的曲譜，有《吟香堂曲譜》、《納書楹四夢全譜》、《納書楹曲譜》以及同樣附有工尺、以「宮調─曲牌」為排列順序的《九宮大成南北詞宮譜》。其中吳志武比較《九宮大成南北詞宮譜》與《南詞定律》音樂上的關聯，認為《九宮大成》有50%南曲曲牌的曲文材料出自《南詞定律》，且其曲樂絕大部分相同〔註52〕。對後代曲唱有廣泛影響的是《納書楹曲譜》，而《南詞定律》所收工尺，與此譜相較，部分曲牌具有極

〔註52〕吳志武：〈《南詞定律》與《九宮大成》的比較研究──《九宮大成》曲文、曲樂來源考之一〉，收於《交響──西安音樂學院學報》第 26 卷第 4 期（西安：西安音樂學院學報編輯部，2007 年 12 月），頁 31～37。

高相似性。

此處以《金雀記‧竹林》一折的【六奏清音】爲例。見譜例4-1。

此曲《納書楹曲譜》雖只點頭、中眼，但從其板眼標示可看出是一板三眼帶贈板的曲子，此處譯譜以一板三眼帶贈板譯之；而《南詞定律》僅點板位，此例爲與《納書楹曲譜》比較，將《南詞定律》同樣譯爲一板三眼帶贈板，板位二譜全同，此處一一核對二譜字位與工尺，並參考《納書楹曲譜》來標示每一工尺時值。此曲《南詞定律》與《納書楹曲譜》所訂的工尺幾乎完全相同，大部份有差異之處，亦可看出是記譜或行腔繁簡的區別：

1. 第四句「浮生」的「生」字，《納書楹曲譜》平行「工」音，《南詞定律》則上行至「六」音，後收到「尺」音。

2. 第五句「著意」的「著」字，《納書楹曲譜》多一工尺「六」。

3. 第六句「笑殺」的「笑」字《納書楹曲譜》多一工尺「上」，「紅」字二譜行腔略有差別，但仍是相似的音型。

4. 第七句「類」、「觸」二字行腔略有繁簡之別，但基本音型完全相同。

5. 第八句「虛」字腔同，後二字差異大，《南詞定律》是《納書楹曲譜》四度位移，二者工尺不同但節奏相同。

6. 第九句「利」字《南詞定律》跳躍較大，《納書楹曲譜》則是「上工尺上」腔句。

7. 第十一句起始與收音皆同，然「智」、「士」、「從」、「松」四字二譜差異較大，或與對此句詞情感受的不同，《南詞定律》旋律跳躍較大，且皆用音域較高的音符，表現較爲激昂的情緒，《納書楹曲譜》則是用較低音域的工尺，仍以級進爲主，情緒較爲和緩。

8. 第十二句「雲」、「夢」、「將」三字是記譜或行腔繁簡之別，基本音型相同。

9. 第十七句收束處，「今日」二字同樣因表現情緒不同而用音愈高低不同的音符。

由此可以發現，除了《納書楹曲譜》記譜較爲詳盡、點板較完整外，二譜大部分差異均只是記譜繁簡之別，少部分則涉及對詞情的感受不同，《南詞定律》所訂工尺表現較爲激昂、活潑，而《納書楹曲譜》則較爲和緩，主要旋律幾乎完全相同，這些極爲相似之處，說明了從康熙到乾隆這段時間，唱譜是有所傳承的，也進一步證明了《南詞定律》所附工尺並非任意定之，而

是以當時實際演唱爲準，訂定曲牌的工尺。另外，《納書楹曲譜》對所犯曲牌
的標示，與《南詞定律》全同，或有受《南詞定律》所影響。

　　在一些傳唱較爲廣遠的作品，如明初以來傳唱最盛行的《琵琶記》，比
較從康熙的《南詞定律》至民初的《粟廬曲譜》，卻可見驚人的一致性，如
《琵琶記・賞荷》的【燒夜香】，此處比較《南詞定律》、《納書楹曲譜》、《遏
雲閣曲譜》、《集成曲譜》、《與眾曲譜》與《粟廬曲譜》等六譜，即使這些
曲譜有清宮（如《納書楹曲譜》）、戲宮（如《遏雲閣曲譜》）之別，音樂旋
律卻相當一致，見譜例 4-2。在此例中，除了第三句增字重複「滿院香」，
以及第四句襯字「和你」略有不同外，其餘均極爲相似。這其中《集成曲
譜》、《與眾曲譜》同是王季烈選編，《集成曲譜》增字與襯字與《南詞定律》
全同，《與眾曲譜》則與他譜相同，除了顯示選編目的造成的譜例差異外，
更可見《南詞定律》工尺譜的的演唱旋律，對後代曲譜部分折子的曲牌有
直接的影響〔註53〕。

（三）繼承與改變的並存

　　與時代更晚近的折子戲工尺譜比對，則可發現《南詞定律》與《納書楹
曲譜》雖仍具有較高的同質性，然《納書楹曲譜》訂譜在部分細節已有所變
化，這樣的變化影響後代曲譜，使得後代曲譜的訂譜與《南詞定律》有較明
顯的差異。

　　此處舉【榴花泣】爲例，說明從《南詞定律》經《納書楹曲譜》再到《集
成曲譜》，樂譜所存在的演進變化，見譜例 4-3。《南詞定律》所收例曲出自
《荆釵記・發書》，從三種曲譜的並列比較可以發現，《納書楹曲譜》與《集
成曲譜》幾乎是完全一致，《南詞定律》雖與二譜差異較多，但仍有約 70%
的腔型可看出與另二譜相似之處，例如第二句「命掩」、第三句「救伊家」、
第四句全句、第六句「就死令人訝」、第七句「你萱堂」、第八句全句。而第
一句「月貌勝仙娃」五字，《納書楹曲譜》所訂譜與《南詞定律》相同，第
二句末尾「黃沙」二字，亦可看出《納書楹曲譜》與《南詞定律》的旋律起
伏近似，二者過度到「沙」的「尺」音，皆是上行至「六」後，由「六」下

〔註53〕王季烈，〈螾廬曲談自序〉云：「余避地海濱，端居寡侶，始以讀曲爲遣愁之
　　　計。繼而稍習度曲，得《欽定曲譜》、《北詞廣正譜》、《南詞定律》、《度曲須
　　　知》、《音韻輯要》……，始於詞曲變遷、宮調沿革及旋宮之理，略有所見。」
　　　收入《集成曲譜》聲集，卷一（上海：上海商務印書館，1921・04）。可見王
　　　季烈曾得《南詞定律》並詳細研究，其訂譜可能受《南詞定律》的影響。

行至「尺」，與《集成曲譜》不同。此例《南詞定律》與《納書楹曲譜》、後代曲譜相比，雖然變化較大，不似【六奏清音】腔型幾乎完全相同，但仍可看出不同時代的曲譜音樂有相似、繼承的痕跡。

（四）《吟香堂曲譜》與《納書楹曲譜》唱法改變，對後譜的影響

同樣是【榴花泣】，《南詞定律》所舉第二格例曲出自《牡丹亭·婚走》者，則是差異更大的另一情況，在這個例子中，可看到《吟香堂牡丹亭曲譜》對《納書楹牡丹亭全譜》訂譜的影響〔註54〕，以及此一曲譜脈絡亦影響後代《牡丹亭》的訂譜。譜例4-4的譯譜，因諸譜均作一板三眼帶贈板，《南詞定律》亦依此種板式，唯工尺差異大，因此就字位與板位的一致安排音符時值。此譜中，《吟香堂牡丹亭曲譜》、《納書楹牡丹亭全譜》與《集成曲譜》全曲的音樂旋律，除少數因行腔或記譜的繁簡之別外（如第二句「送」字），三譜幾乎完全相同，然諸譜與《南詞定律》之工尺，除極為少數可看出類似之處，如首句散唱的「一夢人世兩和諧」、第二句「晉」字同與「送」字起音、第五句「春」字與「埋」字、第六句「三年」二字、第七句「看伊家」三字、第八句「骸」字外，大部分僅是每句起音或收音同，其餘腔句差異甚遠。但即使如此，少數類似的腔句處，說明作為【榴花泣】特色腔的存在，即使訂譜有所改變，這些腔句作為該曲牌的特徵，仍保留在不同的訂譜系統中。

《牡丹亭》的例子，本文以為應以不同的觀點視之，原因在於乾隆年間這兩部清宮譜所訂工尺譜對後代影響甚大，此二譜針對《牡丹亭》不合律的曲文，以「改調就曲」的方式處理，部分曲牌雖非改調就詞的新創集曲，但唱腔的重訂，扭轉了此前的唱法。雖然在《南詞定律》所收的《牡丹亭》工尺譜中，仍可見與後代唱法相當相似的曲牌，如商調過曲【山坡羊】「沒亂裏」，除「揀名門」與「幽夢」工尺略有不同外，其餘全同〔註55〕。這說明了雖然《吟香堂》與《納書楹》對《牡丹亭》部分曲牌的改訂，影響了後代曲譜所依據的訂譜來源（或謂傳承系統）有別，但有一些曲牌的唱法，因本身的合律無誤，未被大幅度改訂，因而唱法從《南詞定律》至後代曲譜未見

〔註54〕從「改調就詞」的影響來看，《吟香堂牡丹亭曲譜》對《納書楹牡丹亭全譜》有明顯的影響，見洪惟助：〈從撓喉捩嗓到歌稱繞樑的《牡丹亭》，收入華瑋主編：《湯顯祖與牡丹亭》（台北：中央研究院中國文哲研究所），頁737～780。

〔註55〕《南詞定律》所訂「揀名門」為「尺工工」，與時譜所唱「六工 尺 尺工」不同，「幽夢」的「夢」字，《南詞定律》訂為「上四合四合」，與時譜所唱「工六四上合四」不同。

改變。

　　回頭討論《南詞定律》所附工尺在崑曲音樂的研究上，究竟應如何定位。關於這個問題，本文認爲必須從幾種考量點出發，進行樂譜的比對，才可給予《南詞定律》所刊工尺較爲客觀的定位。主要是《南詞定律》所附工尺，與後代曲譜、尤其是至今仍傳唱的折子有何相同之處？特別是《南詞定律》屬康熙年間、《納書楹曲譜》屬乾隆年間，其餘曲譜則屬民國以後，由此比對，可以看出一脈相承的唱法，存在於康熙至民國的曲譜中。而《南詞定律》所附工尺，與後代曲譜相較有何不同，這些差異透過不同時代曲譜的排列，仍可發現一些腔句的繼承與演變，這是關於曲牌唱法異時演變值得注意的材料。

　　在本文的比對中，可發現幾種不同的現象：

1. 《南詞定律》所記錄的工尺譜，與後代曲譜幾乎完全相同，這說明了《南詞定律》之工尺譜反映當時實際演唱的情況，且該種唱法流傳至後世，並無太大變異。

2. 《南詞定律》工尺譜與後代曲譜有超過 50% 的相似度，顯示了仍然明確可見的唱法繼承，然曲唱會產生改變，部分樂句在後代曲譜已經產生了變化。

3. 某些特定劇目，可見《納書楹曲譜》與《吟香堂曲譜》的訂譜影響深遠，已改變了早期唱法，並影響後代訂譜。這種情況下，《南詞定律》所錄之工尺，與後譜有著很明顯的差異。

　　在近似的同曲樂譜中，可發現《南詞定律》的訂譜有相當值得研究的價值，這樣的比對，證明了此譜所附工尺，能夠視爲康熙年間崑曲音樂實際演唱的反映，透過這份材料，得以窺見今日所見「崑曲乾嘉傳統」以前，崑曲音樂的大概面貌，而透過勾勒《南詞定律》與《納書楹曲譜》及後代的曲譜之間，音樂傳承與演變的軌跡，亦可一窺崑曲音樂的演變。

第三節　《南詞定律》的集曲收錄與考訂觀點

　　從《南詞新譜》、《南曲九宮正始》到《南詞定律》，經歷五到六十年的時間，這段時間雖不乏有曲譜陸續刊行，較重要者如張大復《寒山堂曲譜》、《南九宮譜大全》等，但作爲此清初這段時間集曲現象總結者，則應屬呂士雄等

編纂的《南詞定律》。

《南詞定律》編纂完成的時間在康熙五十二年，從傳奇創作的分期進程來看〔註56〕，已屬「發展期」結尾，進入傳奇創作的「餘勢期」，而從《南詞新譜》、《南曲九宮正始》編纂完成的順治年間至此，亦經過了五十年左右的時間，《南詞定律》的編纂，可視爲傳奇創作高峰的總結，這不僅在於《南詞定律》收錄的曲牌高達 572 曲，含又一體共 655 體〔註57〕，數量之多是此前所有曲譜之冠；還在於《南詞定律》收曲有意識大量以「劇曲」取代「散曲」，詳見本文附錄二〈《南詞定律》例曲改前譜散曲爲劇曲者〉，顯示了《南詞定律》特別著重「梨園」對於曲牌演唱、考訂的重要功能。

本節論述清初官修曲譜《南詞定律》，探討其收錄體例，並比較《南詞新譜》與此前的《增訂南九宮曲譜》、《南詞新譜》、《南曲九宮正始》比較，集曲收錄的增刪、曲牌考訂的異同，以及《南詞定律》考訂的依據。

一、《南詞定律》的收曲觀點

與《欽定曲譜》成書時間大致相同，《南詞定律》則體現了另一種編纂觀點。《南詞定律》刊行於康熙末年，譜中收錄的集曲共五百七十二種，含變體共六百五十五體，據〈序言〉所說，此譜的編纂參考胡介祉《隨園譜》甚多，然《隨園譜》今已不傳，據周維培所言，稿本《南九宮譜大全》即根據胡介祉《隨園譜》增補修訂而成，其曲牌收錄的特徵，在於取消「近詞」、「慢詞」的分類，改作「引子」、「過曲」、「犯調過曲」三類〔註58〕，這樣的分類方式，影響了《南詞定律》全書的曲牌分類架構，而與此前曲譜一般作引子、過曲、近詞、慢詞的分類有所不同。這是符合「實用」的，「套曲」的架構，一般分爲引子、過曲、尾聲三個部分，前二類皆見於前譜，尾聲部分，從沈璟《增定南九宮曲譜》開始，已增列各調「尾聲」總論，亦將尾聲視爲一類列出，至於「近詞」、「慢詞」的取消，並非始於《南詞定律》，而始於對《南詞定律》

〔註56〕郭英德《明清文人傳奇研究》（北京：北京師範大學出版社，2001 年 6 月）、《明清傳奇戲曲文體研究》（北京：商務印書館，2004 年 7 月）將明清文人創作分爲四期：崛起期（嘉靖元年至萬曆 14 年）、勃興期（萬曆 15 年至順治 8 年）、發展期（順治 9 年至康熙 57 年）、餘勢期（康熙 58 年至嘉慶 7 年）。

〔註57〕此爲《南詞定律》目錄自註，筆者核對無誤。

〔註58〕關於胡介祉《隨園譜》，參見周維培，《曲譜研究》（南京：江蘇古籍出版社，1997 年 11 月），頁 143～148

影響甚大的《隨園譜》〔註59〕，本文認爲，這是清初以來針對曲牌實際用於套曲之中的分類方式，至於「犯調」的獨立一類，本文認爲原因一則在於數量的成長龐大，不得不獨立爲一類，避免列曲的雜亂；另一個原因則在於曲譜編纂者意識到集曲作法與入套使用的特殊性，有特爲集曲訂定創作與用法規範的用意。

　　曲牌有其格律規範，是曲譜編纂者所重視的，格律規範是每一曲牌之所以作爲該曲的重要特徵，然而隨著時代的演進，創作習慣自然會有所改變，有理可循的改變，是《南詞定律》所認爲應該隨俗之處，至於時人有隨意妄作的現象，如妄增襯字、或板位混亂等，則是需要訂正的。以曲牌名的判定爲例，《南詞定律》集曲的考訂命名，往往依時人習慣，如諸譜因所犯末調爲【五供養】，皆改【玉山頹】爲【玉山供】，唯《南詞定律》仍標【玉山頹】，這是曲牌名的隨俗，時人習慣此曲作【玉山頹】，曲譜編纂時也就不需要改變這樣的創作習慣。即使沈自晉以「備於今」的觀點收錄集曲，仍只是收錄時曲，其曲牌考訂仍往往糾正時人創作習慣，《南詞定律》這種考量時人創作習慣對曲牌進行考訂說明，仍是與《南詞新譜》有所不同的。這個不同點，很明顯的表現在集曲的收錄與考訂。《南詞定律》凡例謂：

> 凡諸譜犯調之曲，或各宮互犯，或本宮合犯，細查諸譜，不無異同，
> 且其定句間或參差，或犯同而名不同者，諸論不齊，各相矛盾，難
> 於定準。今以正體之句詳定其所犯，集曲幾句亦定準矣，其有向來
> 皆爲正體後或穿鑿改爲犯調者，而不知詞曲相同之句讀頗多，如【宜
> 春令】首二句與【啄木兒】、【浣溪沙】相似，豈當作犯曲耶？今查
> 係正體者，不必強爲犯調而畫蛇添足也，其合調者存之，不合者悉
> 刪去。

　　這段說明中，揭示了關於《南詞定律》集曲說明的一些觀點。首先是「總結前譜」的概念，文中提到「細查諸譜，不無異同，且其定句間或參差，或犯同而名不同者，諸論不齊，各相矛盾，難於定準。」注意到各譜考訂差異的現象，畢竟無論是《南詞新譜》的「備於今」，或《南曲九宮正始》的「詳於古」，都是從「傳奇作品」的角度出發，前者統整順治以前傳奇或散曲曾用的集曲，後者則詳考元本，以「曲牌原貌」爲概念，收錄並考訂集曲所犯曲牌，《南詞定律》則是參酌「梨園」、也就是舞臺實際演唱的觀點進行考證，

〔註59〕筆者未見《隨園譜》，此處所論，參考周維培：《曲譜研究》，頁143～148。

與諸譜有所不同，因而《定律》所提出的「定準」，其所「定」之「準」究竟
爲何，或許就與時人所唱有密切的關聯。上述引文中，《南詞定律》又提到「正
體」一語，乃是指一般過曲，筆者認爲在這段文字中提到的「正體」一語，
關係到兩個考訂觀點：其一、「以正體之句詳定其所犯」，指的是以本調爲準，
意欲透過本調的考訂，詳細考訂集曲所犯，爲其「定準」。這個觀點並非創新，
沈璟早已提出以「本調」爲準考訂集曲，但問題的癥結在於，對於「本調」
究竟該如何確定？以何爲本調？則是《南詞定律》所提出的另一個問題；其
次則是集曲的考訂應具有較靈活通變的態度，文中所認爲「今查係正體者，
不必強爲犯調而畫蛇添足也」，從集曲判定的觀點來看，是比較靈活通變的，
至於《南詞定律》可允許的通變範圍爲何，可藉由文中所舉【宜春令】、【啄
木兒】與【浣溪沙】三曲的首二句來思考，列此二句首二句於下〔註60〕：

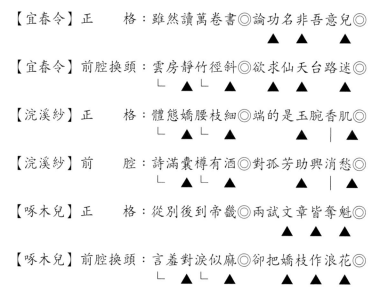

　　從這六個例子可以發現不少差異之處，就句法來看，首句均是三三句法
的六字句，然平仄略有不同，也因此點板皆同，未點板處爲原譜未標，應爲
散唱之故。次句【宜春令】與【浣溪沙】皆作三四句法的七字句，而【啄木
兒】卻作四三句法的七字句，以至於在點板上，前四例的第二句，除次字外
板位皆同，【啄木兒】的板位則與其餘二曲不同。至於文中所謂「相似」之
處，有以下二點：一、三曲皆爲「六、七」字數的兩句；二、板位雖各有不
同，但《南詞定律》認爲這當中似有可騰挪的空間，畢竟雖然略有不同，仍

〔註60〕爲求比對清楚，此處省略襯字。

可以看出類似之處，尤其是首句若上板，則各句板位完全相同。由此可知，《南詞定律》所認爲可相似通變的標準，就在於句子字數、句法與板位的大致相同，至於其他不同之處，只要在這樣的原則下，都是可以利用實際演唱加以調整改變的。

也因此，對於將一個曲牌判定爲集曲或是一般過曲，《南詞定律》的觀點與此前曲譜有所不同，這樣的不同主要仍是針對實際演唱而來。本文第三章論述《九宮正始》時所舉《舊編》、《增定》、《新譜》等四譜對【柳搖金】、【柳搖金犯】集曲判定的過程，即是對本調可容許多大的「差異性」所作的探討。當然，對《南詞定律》而言，「不強解爲集曲」是一種務實的判定作法，因爲強判爲集曲，不僅對實際演唱並無幫助，反而有可能造成演唱者的混亂。

曲譜觀點會影響本調的判定，如【九迴腸】一曲，即《南曲九宮正始》所收【六花衮風前】，沈璟一派曲譜則謂之【九迴腸】，二者的差異，在於是否將【犯衮】一曲視作本調。【犯衮】即一般所謂【風入松】與【急三槍】的犯曲，沈璟一派曲譜認爲後四句爲【急三槍】，而《南曲九宮正始》則認爲該曲應該遵從元本《琵琶記》的標註分別視之，因此對於同一曲牌，兩種不同觀點導致「本調」的判斷有所不同，因而影響了集曲的考訂。對於「本調確定」一題，在《南詞定律》的集曲考訂中，還可以看到的思考是「本調體式」的考量，如上述引文中，前譜往往將體式不同的同一曲牌作集曲論，除了《南詞定律》所舉的例子外，尚如《增定南九宮曲譜》與《南詞新譜》所收的【柳搖金】與【柳搖金犯】二曲，據《南曲九宮正始》的考訂二者實爲同曲，體式的不同實無須強分二體，這是《南詞定律》曲牌考訂實事求是的一面。

《南詞定律》除了對本調的重新思考外，對正襯、點板都有極爲細緻的考究，尚有兩項重要特徵：一、此譜更是以「宮調——曲牌」爲排列單位的曲譜中（另一種排列則是以折子爲單位），所見最早附有工尺的曲譜。然而此譜附工尺的重視度與研究程度，均遠不及《九宮大成》。如果從編纂參酌梨園諸家意見的作法來看，此譜所附工尺的價值，在於保留了康熙以前，南曲每個曲牌如何被演唱，而與乾嘉以後之「定譜」體現出完全不同的樣貌。對集曲的研究來說，這部附有工尺的曲譜，是研究明清之際集曲如何被演唱及考訂的重要材料。二、此譜不僅考訂本調，更詳註集曲每段所犯本調句數，是相當嚴謹的編纂態度。

二、《南詞定律》集曲收錄

　　爲了解《南詞定律》收曲之特色，有必要將此譜與此前曲譜所收之集曲比對。本文選擇《南詞新譜》、《南曲九宮正始》，原因在於沈璟曲譜與沈自晉一脈相承，且年代差異過久；張彝宣現存曲譜三種，《寒山曲譜》與《詞格備考》僅是稿本，未能確知是否爲張彝宣曲譜全貌，而定稿《寒山堂九宮十三攝曲譜》未收集曲，不能做爲比對之對象；《欽定曲譜》全從沈璟譜而來，雖標榜實用，但無法反映清初以來曲牌之增補。而《南詞新譜》與《南曲九宮正始》分別標榜兩種不同的收錄觀點，其集曲之考訂更可作爲觀點差異的參照，故比較於此，以明《南詞定律》的集曲收錄特徵，以下分別論之。

（一）《南詞定律》新收集曲

　　相較於前譜，《南詞定律》新增的集曲共計 158 曲（不含又一體），新收集曲的來源，主要是是康熙以來新作的傳奇或散曲，包括《長生殿》、《春燈謎》、《雙熊夢》、《再生緣》〔註61〕、《一諾媒》〔註62〕、《翻浣紗》等，另有明傳奇中重新考訂爲集曲或者補收者，如《寶劍記》第三十八齣有【對鏡畫蛾眉】一曲〔註63〕，《增定南九宮曲譜》、《南詞新譜》、《南曲九宮正始》、《寒山曲譜》未未收，《南詞定律》考此曲爲犯【畫眉序】、【臨鏡序】之集曲，收於「黃鐘犯調」，牌名作【畫眉臨鏡】，此後《九宮大成南北詞宮譜》〔註64〕、吳梅《南北詞簡譜》〔註65〕均從之。《水滸記》第二十五齣〈分飛〉有【園林柳】一曲，《六十種曲》本註此曲犯調爲【園林好】、【香柳娘】〔註66〕，同樣是諸譜未收，《南詞定律》收入「雙調犯調」，《九宮大成南北詞宮譜》從之〔註

〔註61〕 據莊一拂《古典戲曲存目彙考》，清代所作《再生緣》傳奇有四種，其一爲張玉毅所作，寫楊州鹽商子吳驊遇鬼娶妻一事；其二王學瀞所作，本事不詳，然王學瀞爲乾隆時人，此本所收絕非王學瀞所作；其三爲槐庭所作，演周扶九、章若楫再生姻緣事；其四作者缺名，爲《玉還記》改本，共十六齣。見頁 1388、1398、1514、1564。

〔註62〕 作者闕名，莊一拂《古典戲曲存目彙考》收於「明清闕名作品」，頁 1518。

〔註63〕 （明）李開先，，收於《古本戲曲叢刊》初集六函（上海：上海商務印書館，1986 年 5 月）。

〔註64〕 〔清〕周祥鈺等編：《九宮大成南北詞宮譜》（台北：學生書局，1987 年），頁 6122。

〔註65〕 吳梅：《南北詞簡譜》（台北：學海出版社，1997 年 5 月），頁 264。

〔註66〕 （明）許自昌：《水滸記》，收於〔清〕毛晉編，《六十種曲》第九冊（北京：中華書局，1999 年 2 月），頁 79。

〔註67〕 〔清〕周祥鈺等編：《九宮大成南北詞宮譜》（台北：學生書局，1987 年），頁

67〕。諸譜未收的原因不一，如《南曲九宮正始》未收《水滸記》曲牌，乃因所收以元代至明初、中期劇作爲主，該譜雖收《寶劍記》【甘州八犯】、【錦庭樂】二曲，但未收此【對鏡畫蛾眉】：而《南詞新譜》收錄曲牌已是「特取其調不強入、音不拗嗓，可存已備一體者，悉參覽而酌收之。〔註 68〕」較爲寬鬆的標準，所收曲牌出自《寶劍記》、《水滸記》更多，同樣未收此二曲，或許正因爲對「曲譜」有「建立規範」的目的而言〔註 69〕，這些曲牌是不合律的，因此並未收錄，而《南詞定律》一一收錄這些曲牌，則與前述之收錄觀點有關。作爲官修曲譜，除了如一般曲譜「建立規範」的目的外，更有收羅古今使用過的曲牌，建立曲牌「資料庫」的目的，因此無論常用或合律與否，均收於譜中以備一格。這樣的觀點，還可於譜中所收鈕少雅《格正還魂記詞調》重作之集曲得見。

　　湯顯祖《牡丹亭》中不合律的曲牌，明清以來有「改調就詞」的方法來解決演唱的問題，也就是運用集曲的手段，把原作不合格律的改爲集曲，鈕少雅《格正還魂記詞調》是最早大規模以「改調就詞」方法解決湯顯祖原作不合律的作品，相關討論見洪惟助〈從撓喉捩嗓到歌稱繞樑的《牡丹亭》〉〔註 70〕。鈕少雅「格正」的曲牌共六十四曲，然而這些曲牌畢竟是針對湯顯祖所作不合格律的處理，屬「個例」情況，因此這些曲牌並未收入鈕少雅本人自編、以古爲準的《南曲九宮正始》中，同樣的，這些曲牌也未收於《南詞新譜》與《寒山曲譜》，甚至民國以後編纂的吳梅《南北詞簡譜》。當然除了刊刻年代的問題〔註 71〕，另一問題在於這些曲牌僅作爲處理湯顯祖不合律情況的「孤例」，收入曲譜是否恰當，是一個值得思考的問題。然而《南詞定律》收錄此本共十五曲〔註 72〕，並影響日後《九宮大成南北詞宮譜》

694。

〔註 68〕〔清〕沈自晉，《南詞新譜》（台北：學生書局，1984 年 8 月），頁 34。

〔註 69〕此說參考王季烈，《螾廬曲談》卷三〈論宮譜〉，收入《集成曲譜》玉集，卷一（上海：上海商務印書館，1921‧04）。

〔註 70〕洪惟助，〈從撓喉捩嗓到歌稱繞樑的《牡丹亭》〉，收入華瑋主編：《湯顯祖與牡丹亭》（台北：中央研究院中國文哲研究所，2005 年 12 月），頁 737～780。

〔註 71〕鈕少雅《格正還魂記詞調》初刻爲康熙 33 年（1694）胡介祉谷園刻本（暖紅室彙刻傳奇臨川四夢），在《南詞新譜》與《寒山曲譜》之後。

〔註 72〕此十五曲分別是【神仗滴溜】、【畫眉帶一封】、【啄木三鸝】、【金龍滾】、【月夜渡江歸】、【縷金嵌孩兒】、【新郎拂雁飛】、【朝天畫眉】、【畫錦畫眉】、【雙棹入江泛金風】、【清南枝】、【二鶯兒】、【山外嬌鶯啼柳枝】、【下山多麻楷】、【山桃竹柳四多嬌】。

亦收錄這些曲牌。《南詞定律》與《九宮大成南北詞宮譜》同屬官修曲譜，其所收曲牌同，而與此前或此後私人編纂的曲譜有所不同，可見欲建立曲牌「資料庫」，廣泛收錄曾經使用曲牌的觀念與方法，是官修曲譜收錄曲牌的重要特徵。《南詞定律》所收集曲部分曲名與《格正還魂記詞調》不同，如第 29 齣〈旁疑〉原作【一封書】，《格正還魂記詞調》作【封書序】，《南詞定律》所收此曲作【畫眉帶一封】，實際對曲牌的分段考訂仍是完全相同的。這些曲牌的收錄，是切入觀察《南詞定律》編纂觀點的重要側面。

（二）《南詞定律》與《南詞新譜》或《南曲九宮正始》收錄的集曲

《南詞定律》所收曲牌，見於《南詞新譜》而爲見於《南曲九宮正始》者，共 295 曲；見於《南曲九宮正始》而未見於《南詞新譜》者共 30 曲〔註 73〕。這些曲牌在《南詞新譜》的收錄，涉及了曲牌的更名以及例曲的更換。首先是曲牌的更名，更名的理由與《南詞定律》所欲「從俗」有關，如上述將【玉山供】改爲【玉山頹】。至於更換例曲，《南詞定律》往往有以劇曲取代散曲、以新作取代舊作、以流行取代少見的傾向，在《南詞定律》與《南詞新譜》均收錄的 295 首集曲中，更換例曲者共 64 曲，其中以劇曲取代散曲者共 37 例，如【一封羅】正格由散曲「鸚鵡報晴」套改爲《拜月亭》曲；【五玉枝】由俞君宣作散曲改爲《雙熊夢》曲；【六么姐兒】由散曲改爲《水滸記》曲；【玉桂枝】由吳古還作散曲改爲《牡丹亭》；【甘州解酲】由散曲「鸚鵡報晴」套改爲《綠牡丹》；【好事近】由散曲改爲《牡丹亭》。另外，以新作取代舊作、以流行取代少見者共 26 例，但這個情況僅是劇作相對而言，有時前後劇作創作時間差異並不大，具體例子如【二鶯兒】《南詞新譜》以《周孝子》、《一合相》爲例曲，《南詞定律》改爲《牡丹亭》；【三段催】《南詞新譜》以《題紅記》爲例曲，《南詞定律》改爲《永團圓》；【小桃拍】以《百煉金》取代《耆英會》；【出隊滴溜】由《十孝記》改爲《一捧雪》；【朱奴剔銀燈】由《風教編》改爲《一捧雪》；【朱奴帶錦纏】由《黃孝子》改爲《金雀記》。這樣例曲更換現象，可以看出《南詞定律》所謂「宜於今」、「隨於俗」的觀點，除了表現在曲律考覈以外，例曲的選擇更說明了《南詞定律》較重視時人創作的習慣，以及重視劇唱更甚於清唱的現象。

見於《南曲九宮正始》與《南詞定律》的集曲，則體現了《南詞定律》收曲的又一觀點。這些曲牌共 31 曲，數量遠低於與《南詞新譜》均收的集

─────────────

〔註 73〕此數字爲筆者比對統計所得。

曲，這些曲牌牌名偶有重訂，如商調【十二紅】一曲，《南曲九宮正始》謂：
「此調今人或諧【十二紅】，謬。〔註74〕」但《南詞定律》則依時人創作習
慣，將此曲牌名重訂爲【十二紅】，其他牌名重訂者，尚有【海棠醉】重訂
爲【海棠醉公子】、【御袍黃】改爲【御黃袍】、【攤破錦纏雁】改爲【攤破
錦聲】、【瑣窗樂】改爲【樂瑣窗】、【三花兒】改爲【榴花三和】、【花堤馬】
改爲【榴花馬】、【東風令】改爲【令步東風】、【惜英臺】改爲【英臺惜奴
嬌】、【二犯集賢賓】改爲【集賢郎】等共 10 例，這些牌名重訂原因不一，
除了依時人創作習慣更名以外，仍有依照犯用曲牌次序重新訂名，以達牌
名清楚明白的目的，如【惜英臺】所犯【祝英臺】在前，【惜奴嬌】在後，
《南詞定律》因此改爲【英臺惜奴嬌】，其他尚如犯曲順序爲【忒忒令】與
【沉醉東風】而改爲【令步東風】、犯【大勝樂】、【瑣窗寒】而改爲【樂瑣
窗】等等。而即使部分牌名重訂，這些曲牌卻全未見改換例曲者，除了將
《劉智遠》改標爲《白兔》、《王十朋》改標爲《荊釵》外，所用例曲出處
全部相同，這個現象有助於理解《南詞定律》收曲原則。本文認爲，雖以
「宜於今」爲整體考量，對於古已有之、至清初仍見生命力的集曲仍收錄
之，但在曲牌變遷下，這些較古老的集曲所犯用的本調格律較老，因此《南
詞定律》採取了兩種處理原則，如果本調未見改變，則依循原調的曲牌考
訂，如【二犯掉角兒】，二譜分段考訂全同，然細觀本調【掉角兒】，在《南
詞定律》改作【掉角兒序】，所收六格〔註75〕，例曲除「鎮日價如醉如癡」
仍舊譜以散曲爲例外，其餘均用較爲時行的劇曲，如正格《牡丹亭》、前腔
《玉簪記》、《金印記》、《鳴鳳記》、《何推官》等。細究各曲，格律並無變
動，故《南詞定律》考訂與《南曲九宮正始》同，唯將首段曲名【掉角兒】
改爲譜中所收【掉角兒序】。

　　考訂意見相同者共 21 例。另有十例雖然例曲與舊譜全同，但考訂則有所
不同，分別是【八寶粧】、仙呂【十二紅】、商調【十二紅】、【十樣錦】、【三
十腔】、【金水令】、【梁州錦序】、【醉歸月下】、【駐馬摘金桃】、【憶虎序】。本
調已變，與時人所用有所不同，則考訂有所不同。此處以【八寶粧】爲例，
說明《南詞定律》重新考訂犯調的考量。此曲已爲《南詞新譜》所刪，註云：

〔註74〕　〔清〕徐于室、鈕少雅，《九宮正始》（台北：學生書局，1984 年 8 月），頁
　　　　　1334～1336。
〔註75〕　《南詞定律》收錄又體有「前腔」與「又一體」的區別，見凡例。

「又【八寶粧】一曲,各調難查,腔板莫考,恐作者強效之,亦不錄。〔註76〕」
然收於《南曲九宮正始》與《南詞定律》,二譜皆以《樂府群珠》所收散曲「黃
昏悶轉添」爲例曲。《正始》雖考訂所犯各調爲【擊梧桐】、【滿園春】、【五更
轉】、【懶畫眉】、【孤飛雁】、【浣紗溪】、【傍粧臺】、【香羅帶】,但未說明考訂
依據,《南詞定律》考定幾乎全然不同:【金梧桐】、【四塊金】、【馬鞍兒】、【琥
珀貓兒墜】、【女冠子】、【金鳳釵】、【綠襴衫】、【駿甲馬】。考訂觀點的問題,
於下段一併討論,但此處可知《南詞新譜》所謂的「腔板莫考」,在《正始》
中乃因出於舊本收之,並能考訂各調,至於《定律》的考訂雖幾乎全然不同,
卻是因本調判定腔板差異的影響,僅從「收錄」此曲一事來看,《南詞定律》
所收曲牌,基本是無論新曲、舊曲皆收的,然而這並非沒有收錄原則,在下
段論述刪曲中,可看出其原則在於符合時人使用習慣。

從《南詞定律》與《南詞新譜》、《南曲九宮正始》的互相參照中,凸顯
了《南詞定律》收錄曲牌具有總結意味、新舊接收的企圖。

(三)《南詞定律》與《南詞新譜》、《南曲九宮正始》皆收及刪去的集曲

三譜皆收的集曲共 83 曲,部分曲牌的例曲收錄與曲牌考訂三譜有所不
同,由此可看出《南詞定律》的考訂的依據與方法。《南詞定律》,《南詞定律》
解決《南詞新譜》、《南曲九宮正始》未能考訂的曲牌,有【十樣錦】、【一秤
金】與【七賢過關】三曲。在【一秤金】的例子中,除了可看出板位、正襯
的判斷與他譜不同外,並有詞句分段的差異,如【五更轉】段分句與二譜有
所不同,而這正是此譜的編纂特別重視的曲牌要素。而考訂不同者共十九例,
三譜考訂的不同可以分爲三種不同的情況。

首先是《南曲九宮正始》觀點與材料的不同,與《南詞定律》、《南詞新
譜》的考訂有別,而後二者往往是相同的,此例共十種〔註77〕,除前文所
引【九迴腸】因《南曲九宮正始》對【風入松】與【急三槍】的觀點不同而
有不同的定名是典型的例子外,【二犯江兒水】中段所犯曲牌,因對【金字
令】與【淘金令】理解不同而有不同的考訂。《南詞新譜》認爲【金字令】
非集曲,於【夜雨打梧桐】前收錄此曲,以《綵樓記》「紅妝艷質」爲例,

〔註76〕〔清〕沈自晉,《南詞新譜》(台北:學生書局,1984 年 8 月),頁 486。
〔註77〕此種十例爲:【九迴腸】、【二犯江兒水】、【江頭金桂】、【二犯傍粧臺】、【巫山
十二峰】、【風雲會四朝元】、【雁來紅】、【瑣窗郎】、【羅鼓令】、【金井水紅花】。

並云：「原本謂前九句【淘金令】，後五句未詳，不知【淘金令】乃此調犯【五馬江兒水】耳。〔註78〕」沈自晉認爲【淘金令】爲集曲，然《南曲九宮正始》未錄【金字令】一曲，所收【淘金令】並非集曲，而《綵樓記》該曲（《正始》謂《呂蒙正》），被收爲【淘金令】變體，《南曲九宮正始》評沈璟一派曲譜將此曲誤作集曲云「不知此格（案：即《增定》所舉《牆頭馬上》）凡上比《王瑩玉》體止減去腹中五句，餘皆一字不異也，此爲減格是類，元詞多有之。〔註79〕」《南曲九宮正始》根據所得舊本南戲《王瑩玉》，經比對而有此論，然而這樣的觀點不同與沈自晉一派所代表的時人認定【金字令】及【淘金令】之別，故《南詞定律》從俗考訂。這樣的觀點差異，亦表現在訂【江頭金桂】中段所犯【金字令】或【淘金令】的歧見上；【二犯傍粧臺】，《南曲九宮正始》認爲「此所犯之【掉角兒】，時譜詤爲【皂羅袍】，豈不知【皂羅袍】之四字句倒必四句一聯，合止犯二句乎？〔註80〕」注意到【皂羅袍】體式中「四句一聯」的特徵，而將此段改爲犯【掉角兒】，【掉角兒】第七、八句與【皂羅袍】五至八句，前者爲二個四字句，後者則爲四個四字句，各句板位相同，然韻處不同，【掉角兒】二句皆韻，【皂羅袍】則於偶數句押韻，奇數句不押，由此觀各譜所舉《荊釵記》例曲「既登金榜，怎不凱旋」二句，就韻位來看，顯然與【皂羅袍】同，然《南曲九宮正始》則認爲【皂羅袍】的四字句是不可分割的句組故而改訂，但此說與時人的認定不同，故《南詞定律》從俗，定此曲所犯爲【皂羅袍】。

其次是《南詞定律》與《南曲九宮正始》考訂相同而異於《南詞新譜》者，如【二犯排歌】沈自晉未能考訂，而《南詞定律》與《南曲九宮正始》考訂同。【羅江怨】一曲，《南詞新譜》認爲末段犯【一江風】，《南詞定律》與《南曲九宮正始》同，將【一江風】末句改犯【怨別離】，原因在於對【一江風】末句定格的考訂不同。《南曲九宮正始》列【一江風】有二體，末句均爲「二三」的五字句〔註81〕；《南詞定律》亦列二體，然正格末句六字，

〔註78〕〔清〕徐于室、鈕少雅，《九宮正始》（台北：學生書局，1984 年 8 月），頁768～769。

〔註79〕〔清〕徐于室、鈕少雅，《九宮正始》（台北：學生書局，1984 年 8 月），頁991～992。

〔註80〕〔清〕徐于室、鈕少雅，《九宮正始》（台北：學生書局，1984 年 8 月），頁328～332。

〔註81〕〔清〕徐于室、鈕少雅，《九宮正始》（台北：學生書局，1984 年 8 月），頁564～566。

變格末句五字〔註82〕，《南詞新譜》亦然〔註83〕，《南詞定律》此處所定末句【怨別離】，可從其所付工尺譜看出原因：《南詞定律》【一江風】二體末句收「尺」音，全曲韻處結音亦爲「尺」，【怨別離】末句腔句雖與【羅江怨】三體腔句略有差別，然皆收於「四」音，二者結音同，故訂爲犯【怨別離】。關於【一江風】的末腔結音問題，可以看出一種固定的使用模式：疊用前腔時，僅末曲收音於「四」或「五」音，此前無論使用幾曲，皆收於「尺」音，在較早期的《吟香堂牡丹亭曲譜》與《納書楹牡丹亭全譜》的〈肅苑〉折、《納書楹曲譜》的《浣紗記・後訪》皆爲如此，然到了民國以後編纂的曲譜，此一規律出現了變化，如《荊釵記・繡房》二曲均收於「五」；《繪圖精選崑曲大全》《金錢緣・踏鏡》所用二曲皆收於「尺」。《浣紗記・後訪》改爲二曲皆收於「尺」，但如《集成曲譜》的《浣紗記・後訪》、《義俠記・挑簾》仍維持這樣的規律。透過這些曲譜觀察，可發現收於「尺」屬不完全終止，一般均接唱後曲，收於「四」音則屬完全終止，表示一個段落的結束。因此可知《南詞定律》將此曲末句定爲犯【怨別離】，有其音樂上的考量，因【一江風】末句結音的變化，作爲犯調末段收煞之處，作「四」的完全終止較「尺」的不完全終止更爲恰當，在可見【羅江怨】、【楚江情】的曲譜中〔註84〕，末句皆收於「四」，正說明其末句結音的穩定性。而其譜中所收【一江風】末句結音皆作「尺」，故與《南曲九宮正始》同，改訂爲【怨別離】。

第三則是三譜所犯皆不同、凸顯出《南詞定律》看法差異者，有【四犯黃鶯兒】、【甘州八犯】、【清商七犯】、【醉花雲】、【醉歸花月雲】、【鶯花皂】、【六犯清音】七例，此涉及《南詞定律》考訂較爲複雜的觀點、依據與方法問題，於本文第三小節一併詳論。

《南詞定律》相較於《南詞新譜》、《南曲九宮正始》的未收曲牌，同樣體現了這樣的傾向，因此未收曲牌中《南曲九宮正始》較《南詞新譜》數量多出許多。《南曲九宮正始》以「詳於古」爲編纂重點，然而其所收集曲有

〔註82〕〔清〕呂士雄等編：《南詞定律》，收於《續修四庫全書》1752 冊（上海：上海古籍出版社，2002 年），頁 261〜263。

〔註83〕〔清〕沈自晉，《南詞新譜》（台北：學生書局，1984 年 8 月），頁 414〜415。

〔註84〕此處曲譜參考洪惟助、黃思超製作，《崑曲重要曲譜曲牌資料庫》，臺北：國家出版社，2010・06。除《西樓記・樓會》的【楚江情】外，【羅江怨】見《吟香堂牡丹亭曲譜》與《納書楹牡丹亭全譜》的《牡丹亭・聞喜》、《納書楹曲譜外集卷一》與《集成曲譜》的《連環記・拜月》、《納書楹曲譜外集卷一》的《雙紅記・顯技》。

部分未能符合時人所用，《南詞定律》所刪曲牌往往均符合此一原則，如【犯衰】、【犯朝】、【犯聲】、【犯歡】四曲，爲【風入松】犯【黃龍衰】、【四朝元】、【雙聲子】、【歸朝歡】的集曲，然這是舊本南戲所用，至明代後三曲已未見使用，而【犯衰】在明刊本《琵琶記》均作【風入松】與【急三槍】，這種不符合時人所用習慣的集曲，不爲《南詞定律》所收。

綜觀以上比較《南詞定律》與《南詞新譜》、《南曲九宮正始》收錄曲牌的異同，可發現《南詞定律》大量以時曲取代舊曲、以劇曲取代散曲的傾向，著重符合時人創作習慣收錄曲牌，並參酌梨園演唱，詳考曲牌正襯板位，對集曲的考訂因而有所不同，體現了此譜不同於前人曲譜的重要價值。

三、《南詞定律》集曲考訂方法

本文第二節論述《南詞定律》所附的工尺譜，實反映了康熙以前崑曲演唱的樣貌，在較爲接近的《吟香堂曲譜》與《納書楹四夢》、《納書楹曲譜》中，均能看到明顯的繼承痕跡，部分與後代曲譜差異較大者，則顯示了《吟香堂曲譜》等訂譜的改變對後代的影響，然而與《南詞定律》仍能看出明顯的關聯性。也因此，在論述《南詞定律》集曲的考訂觀點與方法時，這批工尺譜成爲比對的重要資料。本文第二小節所論【羅江怨】末句的判定，可知《南詞定律》考訂集曲，參考的音樂材料包括了該集曲工尺與本調工尺，在所見前譜音樂參考較爲籠統而導致犯調考訂偶從曲牌句格板位入手，造成本調考訂的不確定，《南詞定律》參考梨園意見，對曲牌音樂有較完整的認識，故將此譜的本調考訂與後代曲譜的音樂比較，往往較能看出符合後代曲牌演唱實貌的成果。

在《南詞定律》與《南詞新譜》、《增定南九宮曲譜》考訂不同的曲牌中，可看出各譜因考訂方法差異導致的不同結果，這其中突顯出《南詞定律》的集曲考訂參考了當時實際演唱。如前一小節所列，這些曲牌共有【四犯黃鶯兒】、【甘州八犯】、【清商七犯】、【醉花雲】、【醉歸花月雲】、【鶯花皀】、【六犯清音】七種。本文認爲，欲了解《南詞定律》考訂方法，從「實際演唱」的角度出發，可以拈出兩個重點：本調腔句的「音型旋律」與「結音」。

首先看【四犯黃鶯兒】。沈璟《增定南九宮曲譜》此曲註云：「前六句分明皆【黃鶯兒】，後面止三句，卻云四犯，殊不可曉。〔註85〕」這段文字被《南

〔註85〕　（明）沈璟：《增定南九宮曲譜》（台北：學生書局，1984 年 8 月），頁 589～

詞新譜》〔註86〕與《南曲九宮正始》〔註87〕所引用,《南詞新譜》亦未能考此譜所犯曲牌,而《南曲九宮正始》則說明了其考訂的思考過程,於本文第三章第三節已有論述。因此,【四犯黃鶯兒】一曲,至《南曲九宮正始》才有確定的考訂,所犯的曲牌爲【黃鶯兒】、【四邊靜】、【黃鶯兒】,而之所以云「四犯」,則是因【四邊靜】牌名有「四」字之故。從「犯四調」到「曲牌名稱數字的總和」的想法改變,影響了後譜對此曲的解讀。

《南詞定律》考訂此譜,亦是從曲牌名稱數字總和的角度,然而考訂結果與《南曲九宮正始》有所不同:《南詞定律》將正宮【四邊靜】換成了羽調【四季花】。何以作這樣的改變,《南詞定律》並未具體說明,僅是註云:「因【四季花】犯【黃鶯兒】取名。〔註88〕」先從文字格律來看,《南詞定律》所收之【四季花】本調,第七、八句爲「腳纖力怯,不舟不車〔註89〕」;【四邊靜】正格第五、六句「閑情似麻,愁煩轉加〔註90〕」,二曲皆爲四字二句,且點板相同,結音亦同,且《南詞定律》所收曲牌,唱至該句皆作乾唱,如此,僅是從《南詞定律》所收本調格律的對照,難以理解如此改訂的原因,然而從二曲演唱的特徵著手,則可發現《南詞定律》所訂有其音樂上的考量。

本文直接查閱後代曲譜,【四邊靜】僅有《吟香堂牡丹亭曲譜》與《納書楹牡丹亭曲譜》所收〈禦淮〉一折附有工尺,其餘均作乾唱;【四季花】一曲,僅見於《長生殿·窺浴》一折,是一板三眼帶贈板曲〔註91〕。何以改【四邊靜】爲【四季花】,則與曲牌之粗細有關。【四邊靜】爲粗曲〔註92〕,與【黃鶯兒】組成集曲或有不合,故有此改正,粗曲與細曲,在集曲的組合

590。

〔註86〕 〔清〕沈自晉,《南詞新譜》(台北:學生書局,1984 年 8 月),頁 586。

〔註87〕 〔清〕徐于室、鈕少雅,《九宮正始》(台北:學生書局,1984 年 8 月),頁 733～735。

〔註88〕 〔清〕呂士雄等編:《南詞定律》,收於《續修四庫全書》1753 冊(上海:上海古籍出版社,2002 年),頁 97。

〔註89〕 〔清〕呂士雄等編:《南詞定律》,收於《續修四庫全書》1753 冊(上海:上海古籍出版社,2002 年),頁 193～194。

〔註90〕 〔清〕呂士雄等編:《南詞定律》,收於《續修四庫全書》1751 冊(上海:上海古籍出版社,2002 年),頁 327～328。

〔註91〕 《吟香堂長生殿曲譜》、《納書楹曲譜正集卷四》、《過雲閣曲譜》第二冊、《集成曲譜》玉集。

〔註92〕 許之衡,《曲律易知》,卷上,第40頁,於「正宮粗曲」列【四邊靜】、【福馬郎】二曲。吳梅,《南北詞簡譜》(台北:學海出版社,1997 年 5 月),頁 279,註【四邊靜】云:「此曲例無贈板,且宜淨丑口角」,亦謂此曲宜於作粗曲用。

上區分是很清楚的。《南詞定律》所收集曲，犯用【四邊靜】者，僅《如是觀》的【四邊芙蓉】，然此曲實為創作時特意標名〔註93〕，其餘集曲未見犯【四邊靜】者，犯【四季花】的集曲則有十曲〔註94〕，可見《南詞定律》考量所犯曲牌時，不同於他譜從文詞格律或板位的考量，而是直接注意到所犯曲牌音樂組合的合理性，此為《南詞定律》不同於前人曲譜，在集曲考訂方法的突破。

其次看的是【六犯清音】的例子，此曲三譜所考差異如下：

《南詞定律》	梁州序首至五	桂枝香十至末	排歌合至七	八聲甘州五至合	皂羅袍七至末	黃鶯兒合至末
《南詞定律》又一體	梁州序首至五	浣溪沙首至三	針線箱五至合	皂羅袍合至末	排歌合至七	桂枝香十至末
《南詞新譜》	梁州序	浣溪沙	針線箱	皂羅袍	排歌	桂枝香
《九宮正始》	梁州序	桂枝香	道和排歌	八聲甘州	恨蕭郎	黃鶯兒

可以看出《南詞定律》所訂之正格與又體，分別與《正始》與《新譜》吻合，略有差異者，在於正格與《正始》所犯之第五調，《定律》正格認為是【皂羅袍】七至末句，《正始》則考訂為【恨蕭郎】。何以有如此考訂的差異，觀《南詞定律》所收此二曲的不同，則可知與點板與腔句旋律有關。因《南詞定律》僅點板，難以譯為五線譜，本文於此將此三句工尺譜並列如下表（因表格關係，為使字位對齊、工尺清楚，此處分句列表，且點板處以底線標之）：

	皂羅袍七、恨蕭郎七					
【六奏清音】正格	四上四 兩	合四 疏	上四合工 機	見		
【皂羅袍】正格	合 只	四 怕	工 人	工合四 隨	合四合 花	工合四 老
【皂羅袍】前腔	工 陽	工四合 臺	工合 何	上四合工 處		

〔註93〕〔清〕呂士雄等編：《南詞定律》，收於《續修四庫全書》1751 冊（上海：上海古籍出版社，2002 年），頁 406～407。

〔註94〕十曲為：【花叢道和】、【花覆紅娘子】、【四季盆花燈】、【桂花羅袍歌】、【一秤金】、【醉花雲】、【醉歸花月雲】、【醉花月紅轉】、【醉歸花月紅上馬】、【鶯袍間鳳花】。

【恨蕭郎】正格	上 肝	四上 腸	尺上四 痛	合四 也	
【恨蕭郎】前腔	上 教	四上 奴	工尺上 見	四上 也	

皂羅袍八、恨蕭郎八			
【六奏清音】正格	尺工 鷗	上尺工六 夷	五六工尺上 泛	四上 航
【皂羅袍】正格	四尺 無	上尺工 人	尺上 見	四上 憐
【皂羅袍】前腔	尺上 夢	四上 兒	尺上 又	四 無
【恨蕭郎】正格	上 痛	四上 也	六五六 傷	工 悲
【恨蕭郎】前腔	尺 見	上尺 也	工六五六 還	工 驚

皂羅袍九、恨蕭郎九							
【六奏清音】正格	六五 翻	六五 身	上五 跳	六五六工 出	合四 紅	四上尺上四合 塵	尺上上四 浪	
【皂羅袍】正格	工 臨	六 風	六五 不	六五六工六 覺	上尺上 增	四上尺上四 長	尺上四 嘆	
【皂羅袍】前腔	六 朝	工六 雲	五六工 暮	尺工 雨	四上 難	上尺上四合 憑	尺上四 據	
【恨蕭郎】正格	上 冤	上尺 家	工尺 下	上 得	四尺工尺上 直	四上 如	尺上四 是	
【恨蕭郎】前腔	四 元	四 來	尺 是	上四上 猛	工尺 獸	上尺工尺 來	上四 山	尺上四 徑

　　點板的不同，是【皂羅袍】與【恨蕭郎】很大的區別，除此之外，從工尺可看出二者旋律線相差甚大，【皂羅袍】第七、八句主要在「合四」行腔，而【恨蕭郎】音域較高，甚至如第二句行腔至「六五六」。而與【六奏清音】相較，【皂羅袍】工尺的相似度遠較【恨蕭郎】高。當然，可以合理質疑《南詞定律》先訂此段犯【皂羅袍】，而後訂工尺與【皂羅袍】同。然而正如本文

第二節所述，《南詞定律》之工尺譜，反映的是當時演唱的實際情況，既然如此，則【六奏清音】所附之工尺，也應是演唱之反映再加上此曲例曲出自《金雀記‧竹林》一折，此折仍可見於《納書楹曲譜》外集卷一，所訂工尺與《南詞定律》極為相似，見以下圖譜例，故並非考訂後補附工尺，而是針對原工尺進行比對才有此判定。可見《南詞定律》集曲的考訂，參酌了時人所唱、本調腔句之相似性。

圖例：《納書楹曲譜》所收《金雀記‧竹林》之【六奏清音】

如本章第二節所述，《南詞定律》的工尺反映了當時該曲演唱的面貌，也因此，從曲牌考訂來看，參酌集曲的個別腔句如何唱，將之與本調個別腔句

比較，就其相似或差異，判斷該集曲所犯之本調，是《南詞定律》考訂不同於他譜的方法。簡單的說，從沈璟到沈自晉、徐于室等譜，其考訂都有規範或指導演唱的意味，故強調正確的考訂，即可使演唱合腔合調；至於《南詞定律》則是反過來從集曲成品實際演唱的腔句樣貌，與類似的本調一一比對，得出其考訂結果。這是《南詞定律》曲牌考訂的特殊之處。

另外，《南詞定律》考量結音進行集曲考訂者，可舉犯用【四季花】與【錦添花】、【駐雲飛】與【渡江雲】的曲牌爲例說明，這個情況出現在【醉花雲】與【醉歸花月雲】兩首集曲上。可知《南詞定律》所訂結音的想法，與此前曲譜的考訂也略有不同。二曲諸譜考訂差異如下：

出　處	集曲名	曲牌一	曲牌二	曲牌三
南詞定律	醉花雲	醉扶歸全	四季花三句	駐雲飛合至末
南詞新譜	醉花雲	醉扶歸	四時花	渡江雲
九宮正始	醉花雲	醉扶歸	錦添花	

出　處	集曲名	曲牌一	曲牌二	曲牌三	曲牌四
南詞定律	醉歸花月雲	醉扶歸首至合	四季花三至五	月兒高五至末	駐雲飛合至末
南詞新譜	醉歸花月渡	醉扶歸	四季花	月兒高	渡江雲
九宮正始	醉歸花月渡	醉扶歸	錦添花	月兒高	渡江雲

《新譜》、《正始》均云【四時花】即【四季花】又名，《南詞定律》則定爲不同曲牌，二曲均收。從上表可知，《南詞定律》與《南詞新譜》差異在末段【駐雲飛】與【渡江雲】之別，而與《九宮正始》則在【四季花】與【錦添花】之別。【渡江雲】一曲，《南詞新譜》與《南詞定律》均未收，《南詞定律》或因未見此曲而有不同的考訂，此處難以具體分析改訂之因。至於後者，《九宮正始》所收【四季花】爲仙呂過曲，羽調目錄有之，於牌名下註「借證於仙呂宮〔註95〕」，內文則無，此曲爲犯【惜黃花】、【間花袍】、【錦添花】、【一盆花】、【錦添花】的集曲，以散套〈無意理雲鬢〉爲例曲；【錦添花】則爲一般過曲，收於羽調與仙呂宮，二宮調所收體式同。羽調處收錄二格，與《南詞定律》之羽調【金鳳釵】所收二格與例曲均同。由此可知，《九宮正始》所收【四季花】爲集曲，集曲不可犯用集曲，是明代以來集曲

〔註95〕〔清〕徐于室、鈕少雅，《九宮正始》（台北：學生書局，1984 年 8 月），頁1248。

考訂與創作的原則，因此《九宮正始》不可能標示犯調爲【四季花】，【醉花雲】所犯二字句爲【錦添花】第五句、【醉歸花月渡】所犯爲五到七句，此三句分別是「二、七（四三）、七（四三）」句式，與【錦添花】五至七句正同，故有此考訂。然而在《南詞定律》中，【錦添花】五至七句與【四季花】三至五句是相同的，三句皆爲韻句，板位也相同，然若就工尺譜的結音來看，則可看出二曲實屬不同調性。雖然上述三句結音未可看出差異，然若就全曲來看，雖同屬仙呂宮，【錦添花】曲末收於「上」音，【四季花】收於「四」音，結音是集曲組合時重要的「保留因素〔註96〕」，概言之，結音所體現的，是曲牌基本調性，相同結音表示調性的穩合，故《南詞定律》認爲此處犯【四季花】而非【錦添花】，實不僅是從文詞格式的考量，集曲組合時音樂前後調性的一致，是其考量的重要因素。

　　集曲考訂方法與觀念，對考訂結果影響甚遠，文詞格律或板位固然是判斷依據之一，但如果就實際演唱、甚至劇唱而非清唱的觀點，對集曲所犯本調有不同的考訂，而能夠符合崑曲音樂的實際演唱規律，則是對集曲更具有意義的解釋方式。從《南詞定律》對集曲的考訂方式來看，文詞、板位與本調的一致，是考訂的基本條件，然而即使詞格與板位一致，並不能說明因此就有相同的腔句，對集曲的考訂而言，前人曲譜著重在詞格與板位的考訂，有其「指導演唱」的目的，因有感時人或坊本的誤唱或誤刊，透過具體的曲牌標示，告訴讀者應如何演唱該曲；而《南詞定律》的考訂，則是充分體現出受到當時實際演唱的影響，首先透過本調的釐清，進而在文詞與板眼外，參考集曲與本調音樂腔句的一致性，從而對集曲所犯本調提出考訂及解釋。這是對集曲的創作或演唱有更具體的考訂方法與結果。

〔註96〕　武俊達，《崑曲唱腔研究》（北京：人民音樂出版社，1987年），頁236。此段解釋集曲摘句與原曲牌的「保留因素」云：「一是結音，兩句都保留了原曲句和讀的結音；二是曲式、字位大體保留；三是旋律主要骨幹音也都予以保留。」

結　論

　　清初張彝宣《詞格備考》稱犯調謂：「犯者，音之變也，亦調之厄也。
〔註1〕」認爲集曲是曲牌音樂的變化，同時也認集曲是「調之厄」，這兩種
觀點並陳，頗能代表明代萬曆以來，許多曲譜編纂或劇本創作者對集曲的看
法。認爲集曲是「調之厄」這樣的觀點，主要著眼於集曲的摘句組合，破壞
了曲牌本身的和諧。這樣的觀點，除了本文緒論提及沈璟與沈自晉的看法
外，謝弘儀對集曲的觀點，《蝴蝶夢》凡例云：

> 牌名之高下疾徐，頓挫馳驟，各有義趣。犯太多則腔不純，雖作俑
> 本於元人，而濫觴極於今日。夫描寫之工在曲，繞梁之妙在音，與
> 牌名何涉？徒多此伎倆奚爲，是編所用牌名，一遵舊譜，間有一二
> 犯者，皆習用既久，聊存此一體也。〔註2〕

　　這段文字針對犯調而言，是謝弘儀對時人劇作中喜歡創用新曲的反思。
謝弘儀認爲，一般過曲「各有義趣」，在摘句組合的過程中，稍一不愼則會有
「腔不純」的困境，且曲唱的審美在於「曲文」與「音樂」，部分集曲只是一
種牌名組合的「伎倆」，於審美不僅不相關，且可能因爲犯曲過多，而產生音
樂上的衝突。因此謝弘儀看待、運用集曲是極爲小心翼翼的。更有甚者，如
黃周星《製曲枝言》云：

> 余尤恨今之割湊曲名以求新異者，或割二爲一，或湊三爲一，如【朱

〔註1〕〔清〕張彝宣，《寒山曲譜》（收入《續修四庫全書》第 1750 冊，上海古籍出
　　　　版社，2002 年），頁 507～508。

〔註2〕〔清〕謝弘儀：《蝴蝶夢》，收於《古本戲曲叢刊》三集二函（上海：上海商
　　　　務印書館，1955 年）。

奴插芙蓉】、【梁溪劉大娘】之類，夫曲名雖不等於聖經賢傳，然旣
已相沿數百年，即遵之可矣。所貴乎才人者，於規矩準繩之中，未
始不可見長，何必以跳躍穿鑿爲奇乎？且曲之優劣，豈係於曲名之
新舊乎？故余於此類，皆深惡而痛絕之，至於二犯、三犯、六犯、
七犯諸調，雖從來有之，亦皆不取。〔註3〕

黃周星對集曲抱以否定的態度，認爲集曲僅是「以跳躍穿鑿爲奇」的作法，
是明代以來認爲集曲應小心使用、避免破壞曲律的一種極端意見。從以上兩
則引文，可以看到一個共同點，亦即「習用已久」的曲牌，可沿襲使用，這
樣的觀點，除了指一般過曲外，尚可針對集曲而言，認爲習用已久的集曲，
與一般過曲無異，直可當一般過曲使用。無論是認爲集曲僅是爲求變化「割
裂曲名」，或認爲習用集曲可當一般過曲使用，都有一個相同的出發點：對一
個曲牌、以致數個曲牌組成的套曲，音樂上的流暢、穩定與一致性。

　　然而，與這些觀點相反的現實情況是，萬曆到康熙這段時間編纂的曲
譜，收錄了的大量集曲，反映了當時集曲創作的盛行。把這樣實際情況，對
照上述觀點的產生，雖然可以理解爲：因爲集曲、甚至可說是不合律的集曲
被大量創作，導致曲律產生混亂，從而意識到曲律混亂的論者，產生如此的
觀點。但本文試圖提出的進一步反思的是，在萬曆到康熙這段時間，何以在
認爲集曲的創作與使用必須極爲謹慎的前提下，仍有大量集曲被創作出來？
到底對劇作家或觀眾而言，集曲具有什麼樣的功能或魅力，值得創作者花費
心思創用新曲？這個問題的原因，恐怕不只是創作者爲了「炫才」，所能簡
單解釋的。

　　本文論述萬曆至康熙曲譜所收集曲，將論述重點放在梳理這些曲譜所收
集曲的情況，以及各譜觀點與考訂方法的差異。在論述曲譜所收集曲之前，
試圖針對圍繞著「集曲」一詞，與本文論述相關概念的梳理，包括：整理目
前所知集曲相關概念，從實際可見的集曲一一檢視這些說法是否成立；其次
追溯集曲的源流，探討宋詞與早期南戲「集曲」這種摘句組合的產生與關聯；
最後則是從「排場」的角度切入，探討明清劇作家何以使用集曲的問題，認
爲集曲組合不同曲牌的特徵，實爲集曲在曲套中，能夠發揮種種「功能性」
的關鍵因素。

〔註3〕〔清〕黃周星：《製曲枝語》，收入《中國古典戲曲論著集成‧七》（北京：中
　　　國戲劇出版社，1959 年），頁 120。

一、本文研究成果

　　本文研究成果，可分爲「各曲譜所收集曲之整理、考訂與觀點梳理」、「萬曆至康熙曲譜集曲整理」與「各曲譜集曲考訂方法的梳理」三個面向。

（一）各曲譜所收集曲之整理、考訂與觀點梳理

　　本文整理分析萬曆至康熙曲譜共九種。整理各譜所收集曲，是本文研究之基礎，亦是一個重要成果。目前針對格律譜所收集曲的整理，除施德玉〈集曲體式初探〉統整《九宮大成南北詞宮譜》之集曲外，尚未見其他著作對這批資料進行整理研究，畢竟如《九宮大成》的曲牌分類中，有「集曲」一類的曲譜，首見於張彝宣《寒山曲譜》與《詞格備考》之稿本，康熙以後才成爲曲譜曲牌分類之定式，在此之前曲譜，集曲散列於過曲之間，且偶有未能考訂者，存在著整理的困難。然而，從所收曲牌的比較可知，萬曆至康熙這段時間編纂的各種曲譜之間，存在最顯著的差異，就在於集曲的收錄與考訂，其次才是曲牌例曲與正變格的判定差異，又集曲是萬曆至康熙這段時間，被大量創作的曲牌格式，換言之，對這些曲譜所收集曲進行整理研究，不僅是探討不同曲譜編纂者曲學觀，也是觀察不同年代，曲牌創作風氣與現象的種要切入點。

　　即使觀點有別，對於集曲的收錄與考訂問題，仍可看出一個共同性的指向，而各譜對集曲的考訂，也因編纂者採取的方法與目的的不同而有差別。以下分別從三個角度，總結並分析本文所論。

1. 各譜所收集曲數量

　　數量是各曲譜收曲明顯可見的差異之處，透過觀點與數量的比對，本文統整影響曲譜收錄集曲數量的因素，有以下三類：

　　（1）以收錄時曲爲主，包括沈璟《增定南九宮曲譜》、沈自晉《南詞新譜》、張彝宣《寒山曲譜》等，另外，呂士雄《南詞定律》總結前譜與創作成果，從數量來看，亦屬此一觀點。此類收錄特徵，在於反映集曲創作之面貌，故隨著集曲創作數量的增加，收曲數量也大量增加。從萬曆年間沈璟《增定南九宮曲譜》的 189 首集曲，到沈自晉《南詞新譜》的 438 曲，再到呂士雄《南詞定律》的 655 曲（張彝宣《寒山曲譜》與《詞格備考》均屬稿本，目前可見共收集曲 260 曲，去其重復，然二譜均爲稿本，並非曲譜全貌）。故可知，以收錄時曲爲主的觀點，反映了萬曆至康熙這段時間集曲創作的盛況，

收曲也大量增加。

（2）以收錄古曲爲主：包括馮夢龍《墨憨齋詞譜》殘本、徐于室、紐少雅《南曲九宮正始》等。《墨憨齋詞譜》屬輯佚，數量上略而不論，而《九宮正始》則是明確揭示了「精選」的觀點，亦即收錄的是明初以前南戲所用集曲，在數量上，由於根據的材料限於明初以前的舊本南戲，收曲數量遠不如上述時曲爲主的多，《九宮正始》所收集曲共 206 曲，雖較沈璟略多，但所據皆爲古本，因此有部分集曲和集曲體式，是未見於沈璟等他譜之中，這是此一收錄觀點收錄數量與收錄內容的重要特徵。

（3）以創作實用爲主：王奕清《欽定曲譜》與王正祥《新定十二律崑腔譜》。「實用」這一概念的揭示，與「常用曲牌」的概念相同。《欽定曲譜》與《新定十二律崑腔譜》所收集曲數量並不多，前者全依《增定南九宮曲譜》，收錄 189 曲；後者則僅收錄了 141 曲，換言之，即使集曲大量被創作，有很多是創作後未被他人襲用，成爲孤例的情況。這種概念，實際上從明代以來屢被提出，甚至認爲常用集曲與過曲無異者亦有之。此二譜針對實用的須要，僅收常用集曲，故收曲雖少，卻反映了集曲創作的又一面向。

2. 觀點的改變：集曲逐漸「獨立化」

從《十三調南曲音節譜》，認爲集曲只是本調的「合犯」，因此未列集曲牌名，到蔣孝譜中初見集曲的列舉與考訂，再到二沈、徐、紐等人有意識收錄並考訂集曲，最後到《南詞定律》將集曲獨立爲一類。曲譜中集曲的收錄，可以看出不同時代對集曲的看法，從是附屬於一般過曲的「集用」概念，逐漸到與引子、過曲並行的「曲牌分類」。本文認爲，這一方面與集曲數量大量增加，列於過曲之後，恐造成曲序的雜亂，故將集曲獨立爲一類。另一方面，本文認爲是集曲的獨立性格，已爲曲譜編纂者所重視，故單獨列爲一類，以凸顯集曲是犯用不同曲牌的特徵。

何謂集曲的「獨立性格」，本文認爲，可以從集曲被運用的方式來理解。本文基本認爲，集曲的用法是與時俱進的，從本文第一章第一節論述可知，早在宋元南戲，集曲的運用已是相當頻繁，然就運用手法而言，仍與一般過曲並無太大差別，即使有「數曲犯用同曲以成套」的情況〔註4〕，然各用「全曲」帶【錦添花】數句，從手法來看，仍與後代所用不同。利用「犯同曲以

───────────────

〔註4〕見於《王子高》，用【間花袍】、【一盆花】、【惜黃花】全曲，各犯【錦添花】第五至末句而成套。

成套」的手法，在明末清初成爲一種靈活運用曲牌組成曲套的方法，除了比較常見數曲犯【玉芙蓉】成套外，尚可見以下幾種：

(1) 犯南呂【奈子花】各曲組套：如《一捧雪・遣邏》套式：【生查子】、【奈子落璅窗】、【奈子宜春】、【催拍】、【一撮棹】。

(2) 犯商調【黃鶯兒】各曲組套：如《四喜記》第 33 齣套式：【二郎神】、【囀林鶯】、【啼鶯兒】、【憶鶯兒】、【玉嬌鶯兒】、【御林鶯】。

(3) 犯商調【集賢賓】各曲組套：如《天緣合・喬扮》〔註 5〕套式：【二郎集賢】、【集賢二郎】、【集賢畫眉】、【集賢黃鶯】、【集鶯花】、【黃鶯羅袍】、【貓兒墜】。

至於利用集曲的手法，縮減套中用曲數量，亦是對集曲靈活運用的又一手法，比較常見的，有【園林好】一套，套式爲：【步入園林】、【園林江水】、【江水供養】、【五玉枝】、【玉枝海棠】、【海棠姐姐】、【姐姐撥棹】、【尾聲】。除此之外，尚有幾種類似套式：

(1) 正宮套曲的簡縮：如《麒麟閣・遇英》，套式爲：【錦堂春】、【引】、【芙蓉普天】、【普天紅】、【朱奴銀燈】、【銀燈照芙蓉】、【尾】；《萬里緣・跌雪》：【傾杯芙蓉】、【普天顏回】、【朱奴錦纏】、【尾】。

(2) 南呂宮套曲的簡縮：如《西樓記・覓緣》、《人獸關・閨箴》、《眉山秀・契合》、《意中人・拜詩》等折，套式爲：【繡太平】、【三解醒】（或稱【學士解醒】）、【大節高】、【東甌蓮】。

本文認爲，上述犯同曲以成套，是對「集曲」這一「組合曲牌手法」的靈活運用，究其用法產生的背景因素，則在於創作者對「集曲」理解的轉變，早期認爲集曲是本調的附屬品，因此集曲對創作者而言，也僅是「曲牌」的一種，集曲充其量僅是過曲的「合犯」，與一般過曲並無區別，故如《十三調音節譜》僅列過曲名目，未列集曲；後代意識到集曲不同於一般過曲，特別是手法上的摘句運用，是相較於一般過曲、集曲存在的形式優勢，這種理解方式的改變，即是集曲所具有「獨立性格」的表現。也因此，反映在曲譜收錄中，成爲不同年代曲譜的集曲收錄，形式與分類的一種進程。

3. 考訂方法與目的——「因詞定牌」或「因曲定牌」

曲譜是爲規範曲牌創作與唱演而編纂，對集曲的考訂，同樣也基於這個

〔註 5〕此套見於《繪圖精選崑曲大全》，未見傳奇劇本。

目的。然而有部分集曲，各譜的考訂結果不盡相同。這與曲譜的收曲觀點有關，如本文第三章第三節所論述《南曲九宮正始》的例子。可以發現在這個例子中，舊本南戲的挖掘，是曲牌早期面目的發現，透過舊本南戲所呈現曲牌早期的不同樣貌，《九宮正始》的集曲考訂所揭示的一個重要觀點是：曲牌本身不斷改變，某一集曲的犯用，可能取材於某一階段的變化，後代本調既已產生改變，該集曲中所犯格式仍屬早期樣貌，產生了考訂的困難，這是二沈曲譜部分集曲無法考訂的原因。故可知觀點上的改變，促使考訂方法的改變，進而解決了部分集曲問題。

除了上述的觀點影響考訂方法與結果外，本文認為，尚可從目前可見的兩種考訂結果，發現兩種截然相反、集曲理解的角度。

首先是透過曲牌的考訂，給予曲詞正確的演唱指導。例如，本文第二章第三節，論述沈璟譜中所提到【孝順歌】的例子，可以看出曲詞本身與刊本的牌名不合，然而「曲有定腔」，將不合的曲詞硬套入該曲牌定腔而產生錯誤，透過對「曲詞」與「牌名」的正確考訂，使該曲詞能夠正確演唱，這是一種「因詞定牌」的考訂方法，目的在於規範並改正原本不合的曲唱。同樣的考訂意圖，也存在於《南詞新譜》、《九宮正始》。例如《九宮正始》所收【羅鼓令】，檢討二沈與馮夢龍考後段所犯【刮鼓令】〔註6〕，認為是「併扭」、「強擬」，故而有「襯字繁多、唱法拗紛」之病，這種曲唱的錯誤，同樣也是基於所犯曲牌的判定所致。也因此，《九宮正始》透過正確的考訂，解決【羅鼓令】唱法上的問題。當然，考訂結果孰是孰非，在這樣的觀點下或許存在著見仁見智的答案，畢竟某譜認為正確順暢的考訂唱法，另一譜卻可以有不同的解讀，這樣的情況，顯示了至少從萬曆到順治年間，集曲演唱靈活可變的解讀方式。

另一種方法是相反的情況，見於《南詞定律》。本文第四章第二節論述，認為《南詞定律》所訂的工尺，是當時曲唱的直接反映。故可知《南詞定律》集曲考訂觀點，必須符合集曲本身腔句的特徵，換句話說，集曲本身唱腔是如此，要為集曲判定本調，本調的唱腔也須與集曲該段落唱腔相似，因此《南詞定律》的考訂方法，是把「曲腔」作為比對之材料，也就是除了字格、四

〔註6〕《九宮正始》【羅鼓令】注云：「按此調之總題及犯調據元譜及古本《蔡伯喈》皆如是者何？今時譜以其前十句併扭作八句，強擬作【刮鼓令】全調致爾，襯字多繁，唱法拗紛，且又以末一句擬犯為【豹子令】，益謬矣。原犯之四調不惟宮調皆可相同，亦且腔板和協。」

聲、板位要吻合外，曲腔也必須是聽得出與本調的相似性，如此才可算是正確的集曲考訂。這種考訂方法與前者不同的最大之處，在於集曲唱腔的固定於否，前者集曲隨考訂結果更動唱腔，結果在於對此曲原本唱法的訂正；後者集曲唱腔固定，編纂者直接把唱腔作爲比對的材料，在未更動唱腔的情況下，考訂集曲所犯之本調。

　　上述兩種考訂結果與目的的差異，除了體現對集曲不同的理解方向外，尚可解讀出「曲唱」的演進。崑曲有所謂「乾嘉傳統」，意指乾嘉時期成型的一套崑曲唱與演的規範。然而在定型以前如何唱演，卻是難以考索。從這些曲譜透露的訊息來看，曲唱在《南詞定律》成書的康熙末年，已有趨向固定的傾向，其中最重要的徵兆，就在於此處所論《南詞定律》重視習用唱腔，表現了曲牌唱腔本身具有「不可變」的音樂要素，故不像前譜藉由集曲的考訂改變唱法，而是以本調來就此「不可變」的唱腔。

（二）集曲創作與運用的功能性問題

　　萬曆至康熙年間的這幾部曲譜，收錄了大量的集曲，反映的是當時集曲運用的盛行。而如果反問，集曲爲什麼被大量創作使用，追根究柢，除了音樂串接的新奇感以外，更有集曲本身所具有的功能優勢。另外，由於集曲一直被視爲「曲牌之變」，原本適用於一般過曲的聯套或使用原則——如用了某曲、前後必接某些曲牌，往往因爲集曲之變而有所鬆動，這也就成爲創作者愛用集曲的內在原因。

　　本文第一章第二節，從排場設計的角度切入，論述集曲的功能性問題，分析四項特徵，作爲運用集曲的功能性考量。此四項特徵分別爲：

1. 引曲之用：運用集曲，以便在開場直接切入戲劇主題。
2. 半曲之用：運用集曲內前後異曲的特徵，可作用途或寫作內容的切割。
3. 多曲之用：運用集曲犯用多曲的特徵，以較長的篇幅、變化較多的音樂，細膩描寫、刻劃戲劇情境或人物心理。
4. 變化之用：在習用套中插用集曲，透過音樂的乍然變化，強調該場轉折的力度。

　　上述集曲功能性的討論，可知從萬曆到康熙這段時間，集曲被大量創作的原因，在於「集曲」在劇本創作時所扮演的角色。本文認爲，創作劇本的過程中，集曲一則作爲曲牌，被運用在曲牌體於傳奇劇本；一則作爲「曲牌運用之法」，其拆解、重組的特徵，往往被當作使用曲牌的方法，在碰到特殊

情況的時候，可以運用「集曲手法」，配合各種情況來使用。

特別說明的是，即使本文提出這四項集曲的功能性運用，並非指碰到類似的情況，就必然使用集曲，因爲曲牌的選用同樣屬創作的自由，同樣的情況，有些創作者會選擇使用集曲，有些則會選擇使用一般過曲。但無論如何，集曲被當作一種曲牌的運用之法，是集曲不同於一般過曲的重要特徵。

（三）集曲組合規律諸說檢討

首先是關於集曲組合條件規律諸說。即使如王季烈所言：「集曲可不拘成格，苟能深明宮調音律之規律，不妨自我創作新集曲。〔註7〕」但規律爲何，卻是王守泰未曾說明的。統整本文第一章第三節的論述，目前各家對集曲組合條件與規律的說法，可分爲以下幾個條件：

1. 集曲的組合當取「同宮調」或「同管色」之曲牌：持此說者，有張彝宣、吳梅、武俊達、王守泰、汪經昌。
2. 組成集曲的曲牌，「結音」的相同與一致性：持此說者，有武俊達、王守泰。
3. 集曲前後曲牌的「板眼速度」應相同：持此說者有王守泰。
4. 組成集曲的曲牌，必須要「音域」相近：持此說者有王守泰。

由此可見，幾乎大部分學者，都認爲「同宮調」或「同管色」，是集曲組合的必要條件。此二說指的是同樣的概念，同宮曲牌自有組成集曲的便利性，此一論點固不待言，進一步思考，這些說法所提到的「同宮調」，其實也具有「同宮曲牌使用相同管色」，故可組成集曲的意味存在。也因此，「管色」之說，成爲本文首先檢討的說法。本文第一章第三節，舉吳梅、陳栩與王季烈諸家，所提出宮調與管色關係的說法，經過交叉比對，發現即使從最寬鬆的標準，即三家之中，只要有一家提到相同管色之宮調，即屬「同一管色」，如此仍可過濾出未被此三家認爲是同管色的宮調，在曲譜的收錄中，仍有大量集曲的存在，有些甚至是經常使用的集曲。如此可證明，「管色」對集曲的組合，並非組成規律的制約。然而如何理解「管色」對集曲組合的作用，本文所提出的看法是：無論集用曲牌本身宮調所用管色爲何，在組成集曲後，使用同一管色統一唱奏，不於曲中轉換管色。至於王守泰所提到的宮調音域問題，在本文的論述中，認爲不同宮調的音域差異並不明顯，這樣的說法並不

〔註7〕 王季烈：《螾廬曲談》卷二〈論作曲〉第二章〈論宮調及曲牌〉，收入《集成曲譜》（上海：商務印書館石印線裝本，1925年）聲集卷二第14葉。

成立。

　　其次則是音域的問題。本文認為，「音域」一詞係指曲子或演唱時，最高音到最低音之間的範圍，無論針對的是「曲牌」或「宮調」，皆未能看出「音域」的區別，也因此，以「音域」作為集曲曲牌組成的條件之一，本文並不贊同。另外兩個因素則是「結音」與「板眼速度」，武俊達所提出的「結音」，乃是集曲中曲牌組合的「保留因素」，亦即本調之結音特徵，在摘句組合後，仍保留在集曲之中，本文認為，從另一個角度來看，為使新曲能有前後一致完整感，在挑選組成集曲的曲牌時，考量結音的一致性，是必然的要素；至於「板眼速度」，因一個曲牌本身可用的板眼類型並不是硬性規定，本文認為，在集曲的運用上，「粗曲」與「細曲」的區別，要比說「板眼速度一致」來的準確，例如某一曲牌，有時可用一板三眼、有時可用一板三眼加贈板，這樣的例子並非少見，從本文第一章第三節的討論可知，若將「板眼速度」視為集曲組合的限定條件，則應著重於曲牌粗、細之板式類型的組合，另一個重點則在於曲牌組合後，板式類型是用以作為全曲的統一，可視曲情須要，為新曲訂定板式。

　　綜合本文第一章第三節所論，本文認為集曲組成的規律有三：本調的聯套關係、板眼速度、與結音的一致性。

1. 本調的聯套關係——本宮與借宮

　　即使前文提到，同宮調曲牌具有組成集曲的便利性，仍可從曲譜所收集曲，發現即使同宮曲牌，如同屬商調之【山坡羊】與【集賢賓】、【二郎神】等曲，在《舊編》、《增定》、《新譜》、《正始》、《寒山》、《定律》等譜中，皆未見組成集曲的例子。也因此，本文於第一章第三節進一步提出的「近關係」與「遠關係」，實是就聯套關係所言，本調聯套關係較密切者屬「近關係」，反之則屬「遠關係」，這層曲牌關係的提出，同時涉及「集曲組成」與「集曲運用」兩層不同的概念，然絕非指遠關係不能組成集曲，而是就《九宮譜定論說》所謂「犯本宮為便」、「犯本宮亦不甚安」與「音調必稍有異」、「宜深慎之」四語，所提出的觀點，認為集曲組成考量的原則，必須是「音調之異同」，既屬經常聯用的同套曲牌，則各曲的「音調」應具有較高的同質性，亦有組成集曲的方便之處；至於聯套關係疏遠的曲牌，在組成集曲時，則有較多須考量的因素，以使組成集曲後，能夠更為流暢美聽。由此衍伸觀察，本身經常套用的「近關係」曲牌，在組成集曲的過程後，往往也與其本調套

曲有較明顯的套用關係，至於「遠關係」組成的集曲，一般較傾向「孤用成套」的用法。關於集曲的入套使用，筆者另有〈集曲入套論析〉一文可供參考〔註8〕，此處不再贅述。

2. 板眼的速度與銜接

板眼速度，確實可見是集曲組合曲牌的考量重點，但本文認爲，板眼速度所考量的，並非要求「板眼速度相同」，而是一個取其銜接順暢、前後曲板式的連貫性，本文傾向，將一板三眼及加贈的曲牌作爲一類，速度較慢，而一板一眼這種速度較快的作爲另一類，在集用二曲或三曲這種較短小的集曲中，仍會傾向選用板式相近的曲牌，但每一曲牌，本身即有數種板式的可能，換言之，板眼速度的規範其實是相當寬鬆的。至於與一般過曲相同，一曲之中板式可換，特別是大型集曲，一曲之中板式變化是普遍現象，只要注要銜接的流暢性，避免忽快忽慢即可。

本調的板眼特徵，保留於集曲之中，則如何「銜接順暢」，則成爲板眼考量的重點。本文透過本調板眼銜接之觀察，發現板位的銜接，存在著一些可以騰挪的空間，可以將集曲板眼的銜接分成四種情況：

1. 前曲末字點板、後曲首數字不點板：依原曲牌板位所列，見以下示意圖：

2. 前曲末字未點板、後曲首字點板：依原曲牌板位所列，見以下示意圖：

3. 前曲末字與後曲首數字皆點板：這樣的情況，通常在本調中，前曲次

〔註8〕黃思超，〈集曲入套論析〉，發表於「2010年兩岸八校崑曲學術研討會」，2010年5月。

一句首數字皆未點板，以與該句末字點板銜接，然組成集曲時，爲保留前後曲的板位特徵，因此將前曲末字唱滿一整板，以滿足後曲首字點板的情況。見以下示意圖：

4. 前曲末字與後曲首數字皆未點板：這種例子較少見，然而若出現這種情況，則前曲末數字與後曲首數字置於一板之中，這種情況很有可能造成字位過密的問題。見以下示意圖：

3、結音的一致性

結音的一致性，關係到整首集曲是否能夠前後連貫的問題，因爲有相同的結音，會使全曲的基調較爲一致。不同宮調的曲牌，往往會出現相同的結音，也因此，「結音」有時難以作爲判定曲牌是否適合組成集曲的標準，畢竟即使結音相同，仍有可能未見組成集曲的例子，而曲牌的選擇組合，屬於創作的自由，不能據以論說未見實例，就不適合組成集曲，但目前組成集曲的例子中，除了大型集曲往往涉及較爲複雜的音樂變化，故而有結音差異性的存在外，大部分犯二至三曲的集曲，結音均是一致的。另外，特別需要提出的是，部分集曲不僅結音一致，收尾的簡短腔型也呈現一致的情況，如此更增加了前後曲牌的連貫性。

二、本文之檢討與未能討論之課題

集曲相關問題的討論，是理解明清之際傳奇作品創作的重要切入點。本文討論重點雖然僅止於曲譜所收集曲，然而曲譜收曲，直接反映的就是創作的現實，是論述劇本中集曲使用的重要材料。本文限於學力，仍有力而未逮、未曾解決的問題。例如：本文感興趣的問題之一，在於異宮集曲所反映的問

題。集曲有「犯本調」與「犯他調」兩種情況存在，且即使曲家認爲犯他調未如犯本調穩便，劇本的實際使用或格律譜收錄的集曲，都可見不少犯他調的情況。何以產生這樣的現象？犯他調的集曲在音樂上是否有特殊之處？或者集曲會在犯他調時對音樂進行處理以消除音樂上的差異性？集曲中轉調的特徵有沒有、或如何呈現？多次轉調是否能增加音樂的豐富性？這些相關問題，將在論文探討集曲音樂體式與變化時詳細論之。而犯他調的集曲，由於在同一曲牌轉換不同宮調，其差異性若存在，將可被突顯出來，如此或可成爲研究宮調意義的重要材料。

再如：集曲是否僅是文句與樂句的組合，或者可作爲一種特殊的作曲方法。目前一般對集曲的理解，無論認爲是文句的組合或者樂句的組合，都未見是否有「創作」的因素在內。本論文就目前所整理的資料，初步認爲部分集曲在腔句的組合過程中，音樂有所創新，而非僅是原曲腔句的組合，這樣的情況，在曲譜中亦可見其他例子，如《南詞定律》所列【錦纏道】第三種又一體體以《牡丹亭・拾畫》「門兒鎖」一曲爲例曲，例曲後注云「此曲因轉入中呂，故板式那移，唱法更妙，然與本宮不可爲法，姑存一體以備查考。〔註9〕」雖是特例，可見因曲牌連接的差異，可以對本曲「那移」，可見或許在集曲之中，因組合曲子的不同，可能也會有音樂上的改動，但此仍待仔細論證。這些問題，將成爲日後研究持續關注的重點。

〔註9〕　〔清〕呂士雄等編：《南詞定律》，收於《續修四庫全書》1751 冊（上海：上海古籍出版社，2002 年），頁 276。

參考書目

一、詞曲譜（依刊行先後爲序）

（一）詞曲格律譜

1. 〔元〕周德清：《中原音韻》，臺北：學海出版社影印出版，1996。

2. 〔明〕朱權：《太和正音譜》，臺北：學海出版社影印出版，1991。

3. 〔明〕蔣孝：《舊編南九宮譜》，收入王秋桂主編：《善本戲曲叢刊》第三輯，臺北：臺灣學生書局，1984。

4. 〔明〕沈璟：《增定南九宮曲譜》，收入《善本戲曲叢刊》第三輯，臺北：臺灣學生書局，1984。

5. 〔明〕徐于室、鈕少雅：《南曲九宮正始》，收入《善本戲曲叢刊》第三輯，臺北：臺灣學生書局，1984。

6. 〔明〕鈕少雅：《格正還魂記詞調》，揚州：江蘇廣陵古籍刻印社影印出版暖紅室本，1990。

7. 〔明〕沈自晉：《南詞新譜》，收入《善本戲曲叢刊》第三輯，臺北：臺灣學生書局，1984。

8. 〔清〕張彝宣：《寒山曲譜》，收入《續修四庫全書》編纂委員會編：《續修四庫全書》第 1750 冊，上海：上海古籍出版社，2002。

9. 〔清〕李玉：《北詞廣正譜》，收入王秋桂主編：《善本戲曲叢刊》第六輯，臺北：臺灣學生書局，1987。

10. 〔清〕王奕清等：《御定曲譜》，收入《文淵閣四庫全書》1496 冊，集部435 詞曲類，臺北：臺灣商務印書館，1986 年。

11. 〔清〕呂士雄等輯:《南詞定律》,收入《續修四庫全書》第 1751～1753
　　冊,上海:上海古籍出版社,2002。

12. 〔清〕萬樹:《詞律》,收入《文淵閣四庫全書》1496 冊,集部 435 詞曲
　　類,臺北:臺灣商務印書館,1986 年。

13. 〔清〕謝元淮:《碎金詞譜》,臺北:學海出版社影印出版,1980。

14. 〔清〕周祥鈺等輯:《九宮大成南北詞宮譜》,收入《善本戲曲叢刊》第六
　　輯,臺北:臺灣學生書局,1987。

15. 吳梅:《南北詞簡譜》,1939 年於重慶印行;臺北:學海出版社影印出版,
　　1997。

16. 鄭騫:《北曲新譜》,臺北:藝文印書館,1973。

(二)折子戲工尺譜

1. 〔清〕馮起鳳:《吟香堂曲譜》,清乾隆 54 年（1789）刊行,北京:中國
　　國家圖書館等藏,中央大學戲曲研究室影印本。

2. 〔清〕葉堂:《納書楹曲譜》,收入《善本戲曲叢刊》第六輯,臺北:臺
　　灣學生書局,1987。

3. 〔清〕葉堂:《納書楹四夢全譜》,收入《續修四庫全書》第 1757 冊,上
　　海:上海古籍出版社,2002。

4. 〔清〕王錫純輯、李秀雲拍正:《遏雲閣曲譜》,臺北:文光圖書有限公
　　司影印出版,1965。

5. 怡庵主人編:《六也曲譜》,臺北:臺灣中華書局影印出版,1977。

6. 怡庵主人編:《崑曲大全》,上海:世界書局,1925;收入波多野太郎編:
　　《中國語文資料彙刊》第一篇第二卷,東京:不二出版,1991。

7. 王季烈、劉富樑:《集成曲譜》,上海:商務印書館,1925。

8. 王季烈輯:《與眾曲譜》,臺北:臺灣商務印書館影印出版,1977。

9. 俞振飛輯:《粟廬曲譜》,臺北:中華民俗藝術基金會重印本, 1996。

10. 中華學術院崑曲研究所、蓬瀛曲集輯:《蓬瀛曲集》,臺北:臺灣中華書
　　局,1972。

11. 俞振飛:《振飛曲譜》,上海:上海音樂出版社,1982。

12. 周秦主編,王正來、毛偉志研校:《寸心書屋曲譜》,蘇州:蘇州大學出
　　版社,1993。

13. 江蘇省崑劇研究會編:《崑劇傳世演出珍本全編》,甲編第一、二函,南
　　京:江蘇文藝出版社,1998。

14. 王正來:《曲苑綴英》,香港:中華文化促進中心,2004。

二、劇本與古籍（略依作品或刊行先後爲序）

（一）劇本集

1. 〔明〕湯顯祖撰，劉世珩編：《暖紅室彙刻傳奇臨川四夢》，1919 年刊行；揚州：江蘇廣陵古籍刻印社影印出版，1997。

2. 〔明〕湯顯祖著，錢南揚校點：《湯顯祖戲曲集》，上海：新華書店，1978。

3. 〔明〕湯顯祖著，徐朔方箋校：《湯顯祖全集》，北京：北京古籍出版社，1999。

4. 〔明〕毛晉編：《六十種曲》，北京：中華書局，1958 新 1 版、1996 第 4 次印刷。

5. 〔清〕李玉著，陳古虞、陳多、馬聖貴點校：《李玉戲曲集》，上海：上海古籍出版社，2004。

6. 〔清〕黃兆森：《四才子》，清康熙 55 年（1716）刊行，北京：中國國家圖書館等藏。

7. 〔清〕黃兆森：《忠孝福》，清康熙 57 年（1718）刊行，臺北：臺灣大學圖書館等藏。

8. 〔清〕沈起鳳《文星榜》，清刊本，收入吳梅：《奢摩他室曲叢》第一集第 9～10 冊，上海：涵芬樓，1928。

9. 〔清〕蔣士銓撰，周妙中點校：《蔣士銓戲曲集》，北京：中華書局，1993。

10. 〔清〕荊石山民：《紅樓夢散套》，清嘉慶 20 年（1815）刊行，臺北：東吳大學圖書館等藏。

11. 〔清〕周文泉：《補天石傳奇》，清道光 17 年（1837），臺北：東吳大學圖書館等藏。

12. 《古本戲曲叢刊》編刊委員會：《古本戲曲叢刊》初集，上海：商務印書館，1954 年。

13. 《古本戲曲叢刊》編刊委員會：《古本戲曲叢刊》二集，上海：商務印書館，1955 年。

14. 《古本戲曲叢刊》編刊委員會：《古本戲曲叢刊》三集，上海：商務印書館，1957 年。

15. 《古本戲曲叢刊》編刊委員會：《古本戲曲叢刊》四集，上海：商務印書館，1958 年。

16. 《古本戲曲叢刊》編刊委員會：《古本戲曲叢刊》九集，北京：中華書局，1964 年。

17. 林侑蒔編：《全明傳奇》，臺北：天一出版社，1983。

18. 朱傳譽主編：《全明傳奇續編》，臺北：天一出版社，1996。

19. 阿英編著:《紅樓夢戲曲集》,北京:中華書局,1978。

20. 首都圖書館編輯:《清車王府藏曲本》「全印本」,北京:學苑出版社,2001。

21. 錢南揚:《永樂大典戲文三種校注》,北京:中華書局,2009 年。

（二）選 本

1. 〔明〕朱有燉:《誠齋樂府》卷一,收入盧前編,《飲虹簃所刻曲》,臺北:世界書局,1967 年 12 月。

2. 〔明〕郭勛編:《雍熙樂府》,明嘉靖 45 年（1566）刊行;臺北:西南書局影印出版,1981;收入《續修四庫全書》第 1740～1741 冊。

3. 〔明〕徐文昭編,孫崇濤、黃仕忠箋校:《風月錦囊箋校》,北京:中華書局,2000,據明嘉靖 32 年（1553）刊本。

4. 〔明〕無名氏,《樂府群珠》（台北:世界書局,1968 年 11 月

5. 錢南揚:《宋元南戲百一錄》,臺北:古亭書屋,1969 年。

6. 趙景深:《宋元戲文本事》,上海:北新書局,1934 年。

7. 陸侃如、馮沅君:《南戲拾遺》,臺北:進學出版社,1969 年。

8. 錢南揚:《宋元戲文輯佚》,北京:中華書局,2009 年。

（三）曲論、曲韻及詩話

1. 〔元〕鍾嗣成著,王鋼校訂:《校訂錄鬼簿三種》,鄭州:中州古籍出版社,1991。

2. 〔明〕魏良輔:《南詞引正》,見〈魏良輔《南詞引正》校註〉,收入錢南揚:《漢上宦文存》,上海:上海文藝出版社,1980。

3. 〔明〕何良俊:《曲論》,收入《中國古典戲曲論著集成》（四）。

4. 〔明〕王驥德:《曲律》,收入《中國古典戲曲論著集成》（四）。

5. 〔明〕沈德符:《顧曲雜言》,收入《中國古典戲曲論著集成》（四）。

6. 〔明〕沈寵綏:《絃索辨訛》,收入《中國古典戲曲論著集成》（五）。

7. 〔明〕沈寵綏:《度曲須知》,收入《中國古典戲曲論著集成》（五）。

8. 〔清〕徐大椿:《樂府傳聲》,收入《中國古典戲曲論著集成》（七）。

9. 〔清〕徐大椿原著,吳同賓、李光譯注:《《樂府傳聲》譯注》,北京:中國戲劇出版社,1982。

10. 〔清〕黃文暘原編、無名氏重訂、管庭芬校錄:《重訂曲海總目》,收入《中國古典戲曲論著集成》（七）。

11. 〔清〕沈乘麐著、歐陽啓名編:《韻學驪珠》,北京:中華書局,2006,據清光緒 18 年（1892）重刊本。

12. 〔清〕袁枚:《隨園詩話》,南京:江蘇古籍出版社,2000。

三、近人論著（依作者姓氏筆畫為序）

（一）專　書

1. 上海崑曲研習社研究組編：《崑劇曲調》，上海：上海文化出版社，1958。
2. 天虛我生：《學曲例言》，附刊於《過雲閣曲譜》，上海：著易堂書局，1919。
3. 王光祈：《中國音樂史》，臺北：臺灣中華書局，1970 年臺三版。
4. 王守泰主編：《崑曲曲牌及套數範例集》（北套），上海：學林出版社，1997。
5. 王守泰主編：《崑曲曲牌及套數範例集》（南套），上海：上海文藝出版社，1994。
6. 王季烈：《螾廬曲談》，收入《集成曲譜》，上海：商務印書館石印線裝本，1925 年。
7. 王耀華等：《中國傳統音樂樂譜學》，福州：福建教育出版社，2006。
8. 朱昆槐：《崑曲清唱研究》，臺北：大安出版社，1991。
9. 吳梅著，王衛民輯校：《吳梅戲曲論文集》，北京：中國戲劇出版社，1983。
10. 吳新雷：《二十世紀前期崑曲研究》，瀋陽：春風文藝出版社，2005。
11. 吳新雷：《中國戲曲史論》，南京：江蘇教育出版社，1996。
12. 吳新雷：《吳新雷崑曲論集》，臺北：國家出版社，2009。
13. 吳曉萍：《中國工尺譜研究》，上海：上海音樂學院出版社，2005。
14. 李昌集：《中國古代曲學史》，上海：華東師範大學出版社，1997。
15. 李昌集：《中國古代散曲史》，上海：華東師範大學出版社，1991。
16. 李玫：《明清之際蘇州作家群研究》，北京：中國社會科學出版社，2000。
17. 汪經昌：《曲學例釋》，臺北：中華書局，1963 初版、1984 五版。
18. 汪志勇，《明傳奇聯套研究》，臺北：嘉興水泥公司文化基金會，1976 年。
19. 周秦：《蘇州崑曲》，臺北：國家出版社，2002。
20. 周育德：《周育德戲曲論集》，臺北：國家出版社，2008。
21. 周維培：《曲譜研究》，南京：江蘇古籍出版社，1999。
22. 林逢源：《折子戲論集》，高雄：復文圖書有限公司，1992。
23. 武俊達：《崑曲音樂研究》，北京：人民音樂出版社，1987。
24. 俞宗海輯錄：《度曲芻言》，上海笑舞台《劇場報》，1924.5，收入吳新雷：《二十世紀前期崑曲研究》附錄，瀋陽：春風文藝出版社，2005，頁 249～254。
25. 俞為民：《宋元南戲考論》，臺北：臺灣商務印書館，1994 年。
26. 俞為民：《曲體研究》，北京：中華書局，2005。
27. 俞為民、劉水云：《宋元南戲史》，南京：鳳凰出版社，2009 年。

28. 洪惟助：《崑曲宮調與曲牌》，台北：國家出版社，2010 年。

29. 洛地：《洛地戲曲論集》，臺北：國家出版社，2006。

30. 洛地：《詞樂曲唱》，北京：人民音樂出版社，1995。

31. 胡忌、劉致中：《崑劇發展史》，北京：中國戲劇出版社，1989。

32. 郁元英編：《譜曲初階》，臺北：郁氏印獎會，1977。

33. 孫崇濤：《風月錦囊考釋》，北京：中國戲劇出版社，2000。

34. 孫從音：《中國崑曲腔詞格律及應用》，上海：上海音樂出版社，2003。

35. 康保成：《蘇州劇派研究》，廣州：花城出版社，1993。

36. 張庚：《中國大百科全書·戲曲曲藝》：北京：中國大百科全書出版社，1983 年

37. 張敬：《明清傳奇導論》，臺北：華正書局，1986 年 10 月

38. 張敬：《清徽學術論文集》，臺北：華正書局，1993。

39. 許子漢：《明傳奇排場三要素發展歷程之研究》，臺北：國立臺灣大學出版委員會，1999。

40. 許之衡：《曲律易知》，1922 年許氏飲流齋刻本，臺北：郁氏印獎會，1979。

41. 郭英德：《明清傳奇綜錄》，石家莊：河北教育出版社，1997。

42. 郭英德：《明清文人傳奇研究》，北京：北京師範大學出版社，2001 年。

43. 郭英德：《明清傳奇戲曲文體研究》，北京：商務印書館，2004 年

44. 陸萼庭：《崑劇演出史稿「修訂本」》，臺北：國家出版社，2002。

45. 陸萼庭：《清代戲曲家叢考》，上海：學林出版社，1995。

46. 陸萼庭：《清代戲曲與崑劇》，臺北：國家出版社，2005。

47. 曾永義：《從腔調說到崑劇》，臺北：國家出版社，2002。

48. 曾永義：《論說戲曲》，臺北：聯經出版事業有限公司，1997。

49. 曾永義：《戲曲與歌劇》，臺北：國家出版社，2004。

50. 隋樹森：《《雍熙樂府》曲文作者考》，北京：書目文獻出版社，1985。

51. 楊易霖：《周詞定律》，臺北：學海出版社，1975。

52. 楊蔭瀏：《中國古代音樂史稿》，北京：人民音樂出版社，1981 年第一版，1990 年第三次印刷。

53. 劉念茲：《南戲新證》，北京：中華書局，1986 年 11 月

54. 蔡楨：《詞源疏證》臺北：學海出版社，1988 年 1 月

55. 鄭西村：《崑曲音樂與填詞》，臺北：學海出版社，2000。

56. 鄧長風：《明清戲曲家叢考》，上海：上海古籍出版社，1994。

57. 錢仁康：《錢仁康音樂文選》，上海：上海音樂出版社，1997 年。

58. 錢南揚：《元本《琵琶記》校注 《南柯記》校注》，北京：中華書局，2009 年 11 月。

59. 孫從音：《中國崑曲腔詞格律及其應用》，上海：上海音樂出版社，2003 年 8 月）。

60. 孫崇濤：《南戲論叢》，北京：中華書局，2001 年。

61. 顏長珂：《戲曲文學論稿》，北京：文化藝術出版社，2008。

62. 顧篤璜：《崑劇史補論》，南京：江蘇古籍出版社，1987。

63. 盧元駿：《曲學》，臺北：國立編譯館，1980 年。

（二）單篇論文

1. 王正來：〈關於崑曲音樂的曲腔關係問題〉，《戲曲研究通訊》第二、三期（2004.8），頁 26～51、《藝術百家》2004 年第 3 期，頁 50～63。

2. 朱堯文：〈譜曲法〉，《戲曲月輯》第一卷第一、二、四、五輯（1942 年 1、2、4、5 月），頁 73～82、175～184、339～342、397～405。

3. 吳志武：〈《新定九宮大成南北詞宮譜》收錄的元明雜劇考〉，《天津音樂學院學報》（天籟）2008 年第 1 期，頁 9～16。

4. 吳志武，〈《南詞定律》與《九宮大成》的比較研究——《九宮大成》曲文、曲樂來源考之一〉，收於《交響—西安音樂學院學報》第 26 卷第 4 期（西安：西安音樂學院學報編輯部，2007 年 12 月），頁 31～37。

5. 吳新雷：〈《牡丹亭》崑曲工尺譜全印本的探究〉，《戲劇研究》創刊號（2008.1），頁 109～130。

6. 吳新雷：〈關於《長生殿》全本工尺譜的印行本〉，《戲曲學報》第一期（2007.6），頁 123～136。

7. 李惠綿：〈從音韻學角度論明代崑腔度曲論之形成與建構〉，《中國文哲研究集刊》第 31 期（2007.9），頁 75～119。

8. 李惠綿：〈從音韻學角度論清代度曲論的傳承與開展〉，《漢學研究》第 26 卷第 2 期，2008 年 6 月，頁 185～218。

9. 李舜華：〈《九宮正始》與《寒山堂曲譜》的發現與研究〉，《學術研究》，2000 年第 10 期（廣州：廣東省社會科學聯合會，2000 年），頁 113～116。

10. 林佳儀：〈《納書楹曲譜》之集曲作法初探〉，《臺灣音樂研究》第六期，臺北：中華民國（臺灣）民族音樂學會，2008 年 4 月，頁 95～130。

11. 林佳儀：〈南、北曲交化下曲牌變遷之考察〉，收於《戲曲學報》第四期（臺北：國立臺灣戲曲學院，2007 年 12 月），頁 153～192。

12. 林佳儀：〈試論葉堂《納書楹四夢全譜》宛轉相就之法〉，收入《2006 第五屆國際青年學者漢學會議論文集》，臺北：輔仁大學，2007 年，頁 108～132。

13. 施德玉：〈集曲體式初探〉，收於《戲曲學報》第二期（臺北：國立臺灣戲曲學院，2007 年 12 月），頁 125～150。

14. 洪惟助：〈從撓喉捩嗓到歌稱繞樑的《牡丹亭》〉，收入華瑋主編：《湯顯祖與牡丹亭》，臺北：中央研究院中國文哲研究所，2005，頁 737～780。

15. 洪惟助、洪敦遠：〈初探崑曲曲牌是否有「個性」？——以【喜遷鶯】爲例〉，發表於世界崑曲與臺灣腳色——崑曲國際學術研討會，2005。

16. 洪惟助：〈從北【喜遷鶯】初探主腔說及崑曲訂譜〉，收入洪惟助主編：《名家論崑曲·下》，台北：國家出版社，2010 年 1 月，頁 959～1010。

17. 洛地：〈犯〉，《中國音樂》（季刊）2005 年第 4 期，頁 17～22。

18. 洛地：〈魏良輔·湯顯祖·姜白石——曲唱與曲牌的關係〉，《民俗曲藝》第 140 期（2003.6），頁 5～31。

19. 洛地：〈關於崑班演出本〉，收入姜智主編：《戲曲藝術二十年紀念文集·戲曲表演卷》（北京：中國戲劇出版社，2000），頁 365～386。

20. 俞爲民：〈犯調考論〉，收入《南大戲劇論叢·四》，北京：中華書局，2008 年 12 月，頁 209～227。

21. 徐宏圖：〈南戲《姜詩躍鯉記》遺存考〉，《浙江藝術職業學院學報》第 3 卷第 3 期（2005.9），頁 54～56。

22. 徐扶明：〈崑劇中時劇初探〉，《藝術百家》1990 年第 1 期，頁 81～86、128。

23. 孫崇濤：〈中國戲曲刻家述略〉，收於徐志平主編，《傳播與交融——第二屆中國小說戲曲國際學術研討會論文集》，臺北：里仁書局，2006 年，頁 353～394

24. 夏寫時：〈吳江派戲曲理論初探〉，《學術月刊》1980 年第 8 期，上海：上海市社會科學聯合會，1980 年 8 月，頁 49～55。

25. 高嘉穗：〈南曲集曲結構探微——以《新訂九宮大成南北詞宮譜》的【商調】集曲爲例〉，《臺灣音樂研究》第六期，臺北：中華民國（臺灣）民族音樂學會，2008 年 4 月，頁 131～166。

26. 曹文姬〈《南曲九宮正始》對正、變體格式的認識〉，《中華戲曲》，北京：文化藝術出版社，2002 年，頁 242～258。

27. 許莉莉：〈論明清時期文人曲詞對南北曲曲牌定腔的影響〉，《齊魯學刊》2007 年第一期，頁 70～74。

28. 許莉莉，〈論元明以來曲譜的轉型〉，收入《南大戲劇論叢》第四輯，北京：中華書局，2008 年 12 月，頁 299～309。

29. 張敬：〈南曲聯套述例〉，《中國古典文學論文精選叢刊·戲劇類一》（臺北：幼獅文化事業公司，1984 年 11 月），頁 157～215。

30. 陳多〈畸形發展的明代傳奇——三種明刊《白兔記》的比較研究〉，《南

戲國際學術研討會論文集》（北京：中華書局，2001 年 5 月），頁 65～75。

31. 陳新鳳〈《納書楹曲譜》的記譜法與崑曲音樂〉，《音樂研究》2006 年第 2 期，頁 26～30。

32. 曾永義：〈論說「折子戲」〉，《戲劇研究》創刊號（2008.1），頁 1～82。

33. 黃仕忠：〈《南北詞廣韻選》批語彙輯〉，《戲曲文獻研究叢稿》，臺北：國家出版社，2006 年 6 月，頁 365～470。

34. 黃思超：〈論沈璟《增定南九宮曲譜》的集曲收錄及其集曲觀〉，收入《戲曲學報》第六期（臺北：國立臺灣戲曲學院，2009 年 12 月），頁 63～100。

35. 黃思超，〈集曲入套初探〉，發表於中央大學主辦，「2010 兩岸八校師生崑曲學術研討會」，2010 年 5 月。

36. 解玉峰：〈二十世紀戲曲文獻之發現與南戲研究之進步〉，《文獻》2005 年第 1 期（北京：國家圖書館，2005 年），頁 214～231。

37. 路應昆：〈中國牌調音樂背景中的崑腔曲牌〉，發表於崑曲與非實務文化傳承國際研討會，2007。

38. 路應昆：〈文、樂關係與詞曲音樂演進〉，發表於世界崑曲與台灣腳色──崑曲國際學術研討會，2005；《中國音樂學》2005 年第 3 期，頁 70～80。

39. 路應昆：〈明代「絃索調」略考〉，《天津音樂學院學報（天籟）》2000 年第 1 期，頁 11～16。

40. 蔣星煜：〈《六十種曲評註》序〉，收於黃竹三、馮俊杰主編，《六十種曲評註》（吉林：吉林人民出版社，2001 年 9 月），頁 1～29。

41. 顧兆琳：〈崑曲曲調的展開手法・上、中、下〉，《戲曲藝術》1990 年第四期、1991 年第一期、1991 年第二期，北京：中國戲曲學院，1990 年、1991 年，頁 77～81、頁 101～104、頁 98～101。

（三）學位論文

1. 卜致立：《北曲【貨郎兒】音樂研究》，臺北：臺北藝術大學傳統藝術所碩士論文，2006。

2. 李佳蓮：《清初蘇州崑腔曲律研究──以《寒》《廣》二譜與傳奇作品為論述範疇》，臺北：臺灣大學中文系博士論文，2007。

3. 林佳儀：《《納書楹曲譜》研究──以《四夢全譜》為核心》，臺北：國立政治大學博士論文，1999 年。

4. 范揚坤，《別裁與正宗──曲牌音樂的現象存有與歷史實踐》，國立臺灣師範大學音樂學系博士班音樂學組博士論文，2009 年。

5. 周丹：《崑曲清唱與劇唱比較研究》，北京：中國傳媒大學音樂學碩士論文，2009。

6. 陳薇新：《集曲【榴花泣】研究》，臺北：國立臺灣藝術大學碩士論文，

2009。

  7. 黃慧玲：《湯顯祖《四夢》中同名曲牌音樂之研究》，臺北：文化大學藝術所碩士論文，1995。

五、工具書（依作者姓氏筆畫爲序）

（一）辭　典

  1. 王森然遺稿，《中國劇目辭典》擴編委員彙編：《中國劇目辭典》，石家莊：河北教育出版社，1997。

  2. 中國藝術研究院音樂研究所《中國音樂詞典》編輯部：《中國音樂詞典》，北京：人民音樂出版社，1985。

  3. 吳新雷主編：《中國崑劇大辭典》，南京：南京大學出版社，2002。

  4. 洪惟助主編：《崑曲辭典》，宜蘭：國立傳統藝術中心，2002。

  5. 齊森華、陳多、葉長海主編：《中國曲學大辭典》，杭州：浙江教育出版社，1997。

（二）檢索與資料庫

  1. 中央研究院：傅斯年圖書館人名權威資料庫：
http://ndweb.iis.sinica.edu.tw/fsnpeople/Search/index.jsp

  2. 李殿魁、林佳儀：「戲曲曲譜檢索系統」，建置於國立臺灣傳統藝術總處籌備處臺灣音樂中網站：http://rimh.ncfta.gov.tw/qupu/，2007。

  3. 洪惟助主編：《崑曲研究資料索引》，臺北：國家出版社，2002。

  4. 洪惟助、黃思超：《崑曲重要曲譜曲牌資料庫》，臺北：國家出版社，2010

  5. 國立故宮博物院：「清代檔案人名權威資料查詢」，國立故宮博物院館藏資料庫，http://www.npm.gov.tw/zh-tw/learning/library/archives.htm。